UNREAD

THE RUINS
MAT OSMAN

成名之日

一位
摇滚歌手的
两次非正常死亡

[英] 马特·奥斯曼————著
郭澍————译

上海文化出版社

图书在版编目（CIP）数据

成名之日 /（英）马特·奥斯曼著；郭澍译. -- 上海 : 上海文化出版社, 2022.9
ISBN 978-7-5535-2513-6

Ⅰ. ①成… Ⅱ. ①马… ②郭… Ⅲ. ①长篇小说－英国－现代 Ⅳ. ① I561.45

中国版本图书馆 CIP 数据核字（2022）第 161656 号

THE RUINS
Copyright © Mat Osman 2020
This edition first published by Repeater Books, an imprint of Watkins Media Limited
www.repeaterbooks.com
Simplified Chinese rights arranged through CA-LINK International LLC (www.ca-link.cn)
Simplified Chinese edition © 2022 by United Sky (Beijing) New Media Co., Ltd.
All rights reserved.

著作权合同登记号：图字 09-2021-0717 号

出 版 人：	姜逸青	
选题策划：	联合天际·文艺生活工作室	
责任编辑：	顾杏娣	
特约编辑：	张雅洁　刘小旋	
封面设计：	CINCEL at 山川制本	
美术编辑：	夏　天	

书　　名：	成名之日
作　　者：	［英］马特·奥斯曼
译　　者：	郭　澍
出　　版：	上海世纪出版集团　上海文化出版社
地　　址：	上海市闵行区号景路 159 弄 A 座 3 楼　201101
发　　行：	未读（天津）文化传媒有限公司
印　　刷：	大厂回族自治县德诚印务有限公司
开　　本：	880×1230　1/32
印　　张：	14
版　　次：	2022 年 10 月第一版　2022 年 10 月第一次印刷
书　　号：	ISBN 978-7-5535-2513-6/I.972
定　　价：	68.00 元

关注未读好书

未读 CLUB
会员服务平台

本书若有质量问题，请与本公司图书销售中心联系调换
电话：(010) 52435751

未经许可，不得以任何方式
复制或抄袭本书部分或全部内容
版权所有，侵权必究

致安妮莎

目录

A 面

第一章 /003

      初雪中的第一串脚印 /028

第二章 /037

      废墟之中 /057

第三章 /085

      神兽 /118

第四章 /147

      世界末日之后 /159

第五章 /168

      光之女之女 /179

第六章 /193

      某个神教 /204

第七章 /216

B 面

清除历史 /237

第八章 /265

微型闪电 /292

第九章 /296

我们还会好起来吗？ /310

第十章 /324

光之减速 /346

第十一章 /361

男孩子们 /390

第十二章 /403

黎明恐惧 /411

第十三章 /422

我一动不动地站着,仿佛身体被灌满了汽油,已经满到头顶,满得快要溢出来了,而脚下熊熊的火焰包围了我。这里总是夜晚下雪,然而今天晚上,天空一片漆黑,要下雪的唯一预兆就是四周一片寂静。

钢琴弦槌上的毛毡,低音鼓里的吸音棉

我能看到船甲板令人眩晕的轮廓,接着就是无尽的深渊。我站着,冰霜在我脚下噼啪作响。我张开双臂,迎着风。气压托举着我,保持着完美的平衡,我向前倒去,坠落,坠入黑夜。

木管乐器:空灵的,独奏

我感觉我可以跳下去,俯冲到像星星一样的大片柔软的雪花里,穿过寂静的松树林,越过沉睡的湖水和一片死寂的道路,一路冲到美国的尽头。

弦乐器:行板,灿烂辉煌的,滑音

我放手……

A 面

第一章

诺丁山，2010 年 4 月

  我正要发动地震，电话响了。也不是什么大地震——预计死亡人数也就两三百人。这种事情，来点儿不确定因素才会有趣，而且根据我的计划，接下来的整个夏天刚好可以修复这次地震带来的破坏。

  我将震中设在了席尔德郊区的河畔，那里狭长的木质联排别墅鳞次栉比、蜿蜒分布，包围着一座小教堂，教堂有着典型的翁布里奇式螺旋尖顶。我在这一区域的中心支柱上装了一台搅拌器的发动机。只需开足马力，持续整整一分钟，就是一场地震。接着降至三分之一挡位，再来几场余震。

  我很紧张。这已经不是我第一次制造自然灾害了——那场冲走悬崖上德雷特村的洪水和传说中"烧了十小时的大火"都是我新近完成的项目，这些自然灾害拥有一个共同点，那就是变幻莫测。这也正是制造它们的乐趣所在。

  我站在门口，趁着翁布里奇还完好无损，对它进行最后一番审视。暮色中的翁布里奇昏昏欲睡，卧室门外山坡上的郊野笼罩在滚滚浓雾中。我在心里记下要把干冰机里的水弄出去一点儿，好让雾气散去些。交通系统在一天的工作后呈现出懒洋洋的平静状态；缆车索道气喘吁吁地攀在山坡上，向天空喷出小小的气团；几辆缆车仍在较繁忙地区的上空循环往复，但空气中充盈着一种宁谧而满怀期盼的愉快气氛。然而这一切都被突然响起的电话铃声毁掉了。

我原本以为是推销电话。我都记不清这电话除了这周还什么时候响过了。说实话，上次交电话费时，账单上显示一个来电都没有，仅有三个去电（都是我自己拨的，还是为了找出手机被我落在屋里具体哪个位置）。

我任由电话铃响着，试图继续专注于我的地震。地震的范围很难精确计算出来，这使得它的破坏力几乎仅凭臆测，而我不喜欢臆测。可电话却不停地响。这周已经响两次了，都是在一天中的这个时候。我拼命无视它，但脑海中有个声音已经在默默数着了——25、26，这极度摧残着我的注意力。要想成功地完成一场灾难，需要全神贯注。1992年的那场大火，就是烟雾警报突然响起，引来了无数热心肠的邻居上门围观——31、32，我一边费力劝说他们没出任何岔子，一边奋力把一双双使劲向里张望、爱管闲事的眼睛挡在门外，就这么一会儿工夫，从锥尔匹兹到厄尔斯敦，整个这一角已经烧成灰烬。我又检查了一次支柱——39、40，以确保发动机的火花塞开关处于开启状态——43、44，可不能轻易认输。好了，现在必须接电话了，不然对方要挂断了。我得从"暗夜摩城"的支柱下面爬过去，才够得着话筒。

"喂？"由于好久没有开口讲话，我的声音有些嘶哑。我已经有日子没和别人说过话了。

"喂？感谢老天。亚当，是你吗，亚当？"美国人，女的，年轻，焦虑。

她又问了一遍："亚当？"

我这才反应过来我一直没吭声。

"对，我是亚当。"

"太好了，哇！真是叫我好找。"

"不好意思，我不怎么用这部座机。"但凡亲近的人都有我的手机号码，不过这样的人少之又少。"能问一下您是哪位？"我轻轻拨弄着发动机上的调速轮，它转动着，发出悦耳的嗡嗡声。

"我是瑞。"对方停顿了一下，"布兰登的女朋友瑞，在加利福尼亚州的。"

我又拨了一下调速轮。希尔德上空的尖顶在我眼前列阵排开，有如一个个纤巧易碎的冰锥。这些建筑虽远离震中，但它们的刚度会让它们在地震时很脆弱。

我想不起来谁是瑞，不过我跟我哥哥布兰登也有好几年没说过话了，所以可能并不认识她。尽管如此，我脑海中还是闪现出一幅画面，那是一张照片，附在我哥哥发给我的圣诞邮件里，是多年以前的事了。照片中是布兰登和一个女孩，她笑容满面、一头金发。他俩在一个山顶上，裹得严严实实的，衣服艳丽无比，和想象中滑雪服的样子相去甚远。

"瑞，你好。我想我们没有……"我想我们没有任何瓜葛，没见过面，也没人介绍我们认识过，什么也没有。"你好吗？"

德拉斯的幽谷中浓雾滚滚，这是浴室门右侧低地上的一处荒郊。我将天花板上的风扇调大一挡，看着浓雾消散。

"我不太好，亚当。我有个消息要告诉你。我找你一个星期了。"

"嗯，抱歉，我刚才不是说了嘛，我不怎么用这部座机。"调速轮咔嗒一声停止了运转。

"不管怎样，总算找到你了。好吧，说正事。就是……就是，你哥哥死了。"

我有个习惯,就是每逢这种情绪激动的时刻,我就会说一些不该说的话。我会变得局促不安,然后脱口而出一些不太恰当的话。这都是事后别人告诉我的。

我紧随着她的呼吸声,也吸了一口气,想象自己置身于电影中。要是电影中的角色,这时候该说点儿什么呢?

"哦,瑞,真是糟透了。对你来说,糟透了。"我是不是太过分强调了"你",我在暗忖。"什么时候的事?"

这时候,天花板上的风扇转速太快,浓雾正以一种烦人的、不现实的方式被赶下山坡,冲进海里。我把风扇关了。

"可能是一个星期前?"听上去她也不太确定。"你们英国警方周六给我打的电话。我一直试图在那边找到一个能去指认尸体的人。"她顿了顿,深深吸了两大口气,"那边我一个认识人都没有。"

"他在这儿?在英国?"

"是的。他被杀的地方是在……"我听到她快速翻动一些纸的声音,"伦敦 W11 的莫特康街。"她把 11 读成了"1、1"。

"他在伦敦?"我更正道,"他死前在伦敦?"他在伦敦,这比他死了这件事还要让人难以置信。

"是的。"她答道。

"怎么会?"据我所知,布兰登已经有将近二十年没有回伦敦了,甚至都没有踏入欧洲半步。

现在她的声音里有了一丝哀伤。"我其实真的不太清楚,亚当。大约两个星期前他就消失了。哼,一张便条也没有,一句话也没留。家里的车在旧金山机场被找到时,已经被开了五百美元的罚单。那车值不值那么多钱我都怀疑。打他走后,没给我带过一句话。后来警察就来电话了,说他在这个什么莫特康街被蒙面人开枪打死了。"

蒙面人。听到"布兰登"这个名字,我第一反应是,这又是来讨债的——"能从你双胞胎哥哥那儿要回我的钱吗?"我从十几岁时就开始应付这些电话。但这一次,听上去完全不是那么回事。

她语速加快了。我了解这种感受:当某件事连日来在你脑海里不断翻腾,而你又没有一个倾吐对象,你必须一股脑地把它们全说出来。

"我最后一次见他是十天前。他没去学校接孩子,这倒不稀奇。那天晚上他也没回来。这也没什么大不了,是吧?你知道他的。但是接下来的三四天,打他手机还是关机,我开始意识到这不是一个玩失踪的寻常周末。我开始觉得有点儿内疚了。你想啊,男朋友不回家,不第一时间报警或是给他的朋友们打电话,这算什么女朋友?不过这放在布兰登身上……"

她又停下来了。大概是该轮到我说话了吧。"了解,了解。"

"过了一星期,我去了警察局。坐在警察局里,向警察描述自己男朋友消失了七天,音信全无,你能想象这有多尴尬吗?那些警察问我:'他会不会只是离开你了?'老实讲,这也不是没可能。可能有一半,或者甚至有七成的可能性。他们又问他以前有没有过这样的情况,我努力克制才在历数他种种不着家的情形时没有大喊起来。"她长叹了一声,"然后就这样了。该死的!这感觉太诡异了,不知道自己是被抛弃了还是怎的,不知道该期盼什么。你能明白我的意思吗?"

我真不太能。"蒙面人?"我问道。

一阵沙沙声,她开口继续,声音微微颤抖:"从监控录像里看,菲茨罗伊先生是在傍晚六点十五分进入莫特康街的,自东向西横穿街道。这时一辆白色丰田越野车从得里亚大街那个路口开了进来。车开到菲茨罗伊先生面前停了下来。从车上下来两个人,穿着黑西装,戴着面具。他们和菲茨罗伊先生交谈了几句，接着开车那个人就掏出手枪对着他的胸口开了两枪。两人翻遍他身上的口袋后回到了车里，从得里亚大街离开了。一个路过的行人发现了菲茨罗伊先生，救护车把他送到圣玛丽急诊中心，然而医生说来医院前他就已经死了。有路人说，那两个凶手是白人男子，四十多岁，开车那个一边杀人一边还录了像。"

"菲茨罗伊先生是谁？"

"就是布兰登，他改名了，在洛杉矶时就改了。"她有些恼火，"为了他的演艺事业。"她的语气旋即又缓和了些，"你还不知道吗？"

哪怕我们已经有十多年毫无往来，人们还是以为我和布兰登之间有着某种心灵感应。都是因为我们是同卵双胞胎。别人一厢情愿地想象出的那种纽带从来就没存在过，起码对我来说是这样的。

"真的抱歉，瑞，我想我们这十五年唯一的往来仅限于四封电子邮件，再没别的了。所以关于他的生活我真的无法提供什么有价值的线索，这对我来说完全是陌生的。"

再次开口说话时，她的语速慢了下来，也多了几分小心翼翼。

"没有，是我抱歉才对。我总以为他只对我神秘兮兮，没想到对你，他也这么不漏一点儿风声。不过，你当叔叔了，这你总知道吧？"

"噢不，一无所知，最近的事吗？"

八千多公里的电话静电都难掩她话音里的怒气："罗宾十岁了。"

"十岁了。好吧。"我不是很确定该对这个信息作何反应，"呃，那就替亚当叔叔问他好？"

她对枪杀过程的描述令我心烦意乱。"你刚才说他们还录了像？没看到新闻里有任何报道啊。"其实我也有些日子没看电视了。

"我知道。网上也没有一点儿动静。显然他的名字对英国媒体来说太微不足道了。"她顿了顿，"他要是知道了，一定气得要死。"

这她倒没说错。还是孩子的时候，布兰登就每周都读《音乐家日报》和《新音乐快递》这些杂志，就好像研读庭审报告似的。他对音乐界的每件事都了如指掌：周榜排名、花边八卦、爱恨情仇。从第一天开始，他就坚信自己将会成为他们中的一员，不出十年——长则七年，短则五年，绝对会有一个年轻人狂热地挖掘关于他的一切，一如今天的他追史密斯乐队和回声与兔人乐队那样。然而接下来等待他的是一系列错综复杂、阴差阳错的事。他组建了一支又一支乐队，这些乐队无一不以解散告终，仿佛已经有了规律。只有在某场演出有极其不叫座的危险或现场有唱片公司星探，需要好多人去捧场时，他才会找我——虽然这些人和我一样不重要。

二十五岁近在眼前，眼看着某种定势也在向他招手。20世纪90年代，伦敦乐队呈井喷式发展，他的四人乐队——摇/控——认可度也终于开始攀升。在杂志里可以看到写他们的文章，也有亲密朋友以外的人去看他们的演出了，他们的单曲也可以在商店里买到了。除了真正的成功，他们什么都有了。就像瑞说的那样，即使他在街头被枪杀，他的名字对这里的人仍然什么都不是，这无疑会令他恼火不已。

从瑞说的话里可以听出，显然她不只是布兰登那些寻常女友中的一个。当年我和布兰登还住在家里，并且要被迫跟他打交道时，我从来不屑于费劲记住那些每周一换、挽着他胳膊的女孩的名字。他的恋爱通常都只维持几天，而不是几周（甚至有那么一次是几小时）。已经数不清多少次了，我一接起电话，就听到女孩子的哭泣声或喊叫声，或者比这还要糟糕。我们离开家后（我去上大学，布兰登去玩乐队），每次只要我在家庭聚会上看见他，他都带着一个新女朋友在身边。瑞听上去不像她们中的一个。她跟他在一起十四年了。十四年，搬了十次家，有了一个孩子——这对我哥哥来说真是不小的进步。他们甚至置办了一套房产，在太浩市[1]，就在加利福尼亚的一个小山区里。听她的声音也感觉她人非常好——不够理智，但人很好。我们的对话在实际问题——怎么处理布兰登的遗体、该给谁打电话、她缺不缺钱——和闲聊八卦之间来回转换。前一秒还在说死亡证明，下一秒就闲扯到我们的家庭。最后，我干脆躺在翁布里奇低矮的山脚下，听着天花板上嗡嗡的风扇旋转声和瑞的声音。她的声音非常催眠，像广播里的那样。她有一副好嗓子，仿佛能吸引着你、使你不断把电话压到耳朵上从而与外面的世界隔绝起来。

"那你会去吗？"这个问题把我拉回现实。我想不起来我们具体说到哪儿了。

"去哪儿？你能再说一遍吗？"

"去警局，或者到了这份儿上可能得去停尸间了，去认尸，你可以吗？我不能扔下罗宾不管，再说为这事我也付不起机票钱。"

"当然可以，"我说道，心里感激她没有张口要我付钱好让她过来。其实我内心深处一直充满怀疑，这整件事，包括发生在布兰登身上的这些事，会不会都是一场骗局，"把号码给我吧，我看看能做点儿什么。"

置身于以前只在电视里了解过的情境中，有着某种令人不适的

---

[1] 指的是南太浩湖市（South Lake Tahoe）。如无特别说明，文中脚注均为编者注。

诡异感。警察局、审讯室，立刻变得极度陌生，同时又异常熟悉。警察说话时用的那些词，我只在电影、电视里听过，我想知道这到底是艺术源于生活，还是电视剧研究者们专门挑了这些词来给电视剧增光添彩的。我不住地想，如果身为警察，又要在心里不断背负这种虚构行为的分量，应该会很奇怪吧。某些特殊职业的人群——比如警察、医护人员、律师——就永远不应该让人们看到他们"幕后"真实的样子。

一开始在外面的等候室里时，感觉还不错。执勤的警察板着脸，对我前面的人粗暴无礼，整个场所充满着一种令人满意的专业氛围。然而我一说完我是谁，我为什么来这儿，就被带回了狭小逼仄的私密空间。这让我想起在学校时，我被派到教工办公室去给某个老师带口信。那时我就很讨厌看到他们在办公室的样子。抽着烟，脱了鞋，读着报纸。我更愿意认为他们完全没有自己的内心世界。

我跟着负责这个案子的专员——一个身材瘦高的男人，长着一对招风耳，衣服空空荡荡地挂在身上，像是一个孩子穿着大人传下来的衣服。他让我叫他"琼乔"。我们穿过办公室里随处可见的垃圾堆；一块块签了五人制足球赛和慢跑俱乐部参加者名字的公告牌；敞开的门通往乱糟糟的厨房，有人正从冰箱里面掏东西。中途不时遇到琼乔的同事冲他点头打招呼或停下来跟他交流几句，我就被晾在一边傻站着。这一切都让我觉得像是在参加一场假想的奇奇怪怪的业余戏剧表演。终于，我们到达了目的地：一间简陋的屋子，没有窗户，只有三把塑料椅子、一台电视机和一台录像机，都用铁链固定在墙上。

"我没想到我们还有必要来这里。"我对琼乔说，他忙着给设备连上线。

他抬起头看了我一眼，明白了我的意思："你会感到惊喜的。"

经常有人跟我说我表达不够到位。确实是，每次我努力想分析一段对话，弄清自己该说什么时，我总是处于劣势的一方。然而当我试图变得更加巧言来打破这个局面时，情况反而更糟。相反，我花了很多心思去研究我所理解的那些代表着"好的倾听者"的品质。我努力与人保持眼神交流，尤其是对男性（因为对女性而言，长久的对视可能会令她们感到畏惧）。我还会频繁发出不经意的感叹以表明我在听并且对当前的对话很受用（然而这样做也可能会有问题。为了竭力表现出真诚，我变换着回答方式，在"对""明白了""嗯哼""当然"，还有微微点头之间来回切换。问题又来了，我渐渐明白，我的这些回应似乎是随机的，而且我发现自己的注意力集中在一连串回答上，而不是对方实际说了什么）。

此刻，在警察局里，我的这个毛病更加严重了。我想帮忙，可我对布兰登最近的生活一无所知。琼乔对整个案件的态度听起来并不乐观，我感到我是另一条令他失望的线索。本来一开始我以为这是一桩罪证齐全的案件，就像电影里演的那样，但渐渐地，这个案子看起来平淡乏味却又困难重重，而我的回答只会让他更加心烦。

"你哥哥在伦敦做什么？"他挨着我坐着，保持着一个合适的角度，极有可能是为了抚慰我，让我觉得这不是一场审讯。

"我不知道。对不起。我都不知道他在这儿。"听我这么一说，他脸上流露出难过的神色。

"他没联系过你吗？"

我前一天晚上查过邮箱了。"没有。我们上一次联系已经是三年前了，那是他在我生日那天给我发了封邮件。"（其实是我们的生日过去四天之后，但我怀疑这个信息是否重要。）

他翻阅了一下笔录。

"他被杀的地点和你的住处只隔了几条街?"

我点点头。

"你觉得他有可能是要去看你吗?他知道你的地址吗?"

这点我和瑞也讨论过。

"不可能。他知道。或许也有可能是来看我,他知道我住哪儿。他当然知道这套公寓:这公寓以前的主人是我们的姑妈,后来才归了我,他也去过几次。至于说来看我,我表示怀疑。这么多年来这可是头一遭,不过我想也不是没可能。"

"你们关系不亲吗?"

"不亲,一点儿都不亲。"

"附近还有什么你认识的他可能会去拜访的人吗?"

"对不起,没有。我对他现在交往的朋友一无所知。"

他放下笔,在耳朵后面挠了挠。之后他没再拿起笔记录别的东西。

"那仇家呢?有什么人想伤害他吗?"

"我刚才也说了,我已经有好一阵没见他了,但是除非他人到中年突然痛改前非,否则我一定会说有,他肯定会欠别人钱,也会有那么几个出轨对象,还有那几个被他绿了的出轨对象的丈夫,以及上千个仅仅是被他惹恼的人。"

这让他来了精神:"这些人的名字?"

"我不是一直在说嘛,我什么都不知道,我和他的生活毫无交集。"

"那这个女朋友呢,瑞?"

"她怎么了?"

"呃,你哥哥卷走了所有的财产,留下她独自带着一个婴儿。"他往回翻了一页,"呃,并不真的是婴儿。但她跟我说话时非常生气!"

她和我说话时倒没有那么生气了。她似乎已经有点儿接受现实了。

013

"我真的不知道。昨天我才第一次听到她的名字。"

他给我看了我哥哥被杀过程的闭路电视录像。"严格来讲，应该在你认尸后再给你看这个，但你俩……呃……我想我们可以万无一失地说他就是他、你就是你，希望你听明白我的意思了。不过你还得去趟停尸房，去签几份文件。"

他试了好几次，录像带才正常播放。"这种老录像几乎很少有合适的播放器了。我们本来应该把它转成DVD格式，但没有时间了，抱歉。"但他的声音里并没有什么歉意。

录像里出现了一组垂直于特雷利克塔转角处一栋房产的车库。我对它们非常熟悉。车库是通往波多贝罗的捷径，有时天色尚亮时我会从那儿走。天黑以后那里挤满了小摊贩，我通常就绕道而行了。琼乔按了快进键，一个个飘忽不定、戴着兜帽的鬼影在屏幕里间或闪现，就这样快进了大约一小时。

"好了，差不多就这儿。"他放慢了录像的速度。

我不太能分清到底录像本身就是黑白的，还是那天天气格外灰暗。先是十秒的空镜头，接着布兰登从屏幕左侧出现。他可能是从波多贝罗过来的，又或者是从地铁出来的。尽管还不能看清楚就是他，但你已经察觉到有些古怪，就像那种"找出画面中哪里不对劲儿"的找碴儿游戏。他穿着西装，打着领带，外面又套了一件连帽风雨衣，手里拿了一根拐杖，每走一步就摇动一下拐杖。他看起来有明确的目的，知道自己要去哪儿，走路时目不斜视。

他走到中间时，一辆白色丰田越野车从他后面开了过来，在屏幕上亮得刺眼。布兰登回头看了一眼后，停下来注视着车里的人。车停了，两扇车门同时打开。两个男人走了出来，他们的脸是遮住的。

"那是……"我开口了。

"唐老鸭面具。"琼乔说道。

屏幕里,布兰登看起来有些漫不经心。他站在那儿,两手叉腰,直到开车的人从口袋里掏出什么东西时,他才开口。录像没有声音,所以只能看到那个司机举起手,布兰登倒地。没有拖延,没有挣扎,也没有看见血。上一秒他还站着,下一秒就软塌塌地瘫在了地上。那两个人在仔细翻着他的口袋。从他们脸部倾斜的角度来看,他们好像在交谈,看起来像没事儿人似的。然后,如他们来时那般迅速,两个人回到车上,驱车离开。录像继续嗡嗡地播放着,我们坐着,一度陷入沉默。我们看着那一排车库,还有那个黑乎乎的污渍,那个我双胞胎哥哥留在人世的最后一点儿痕迹。

警察关掉了录像。

"就这样了。"

"所以呢?"

"这么说吧。车是那天早上从利兹买的,用的假身份。其中一个男的,高个儿,英国人,秃头。车贩就只记得这些了。过了几个小时,车被发现停在希思罗机场的长期停车场里。当然,没有目击证人。机场那个地方,就算有一丁点儿毒品或罪犯的蛛丝马迹,在那儿也会立马销声匿迹。"

他把灯打开。

"你哥哥口袋里装着他的美国驾照、一个笔记本,还有几克可卡因。"

"几克?那个量算很多吗?"我问道。

警察疑惑地看着我,好像刚刚见到我似的:"不,不算多。"

"那些面具是怎么回事?"

"唐老鸭吗?很显然,我们也不知道。你就一点儿都想不起来什么吗?"

我摇摇头，竭力想象着在什么情况下唐老鸭能和生死挂上钩。我想象不到。

"蹊跷的是，他对那两个人的反应，"警察说，"两个戴着鸭子面具的人从车上跳下来走向你。我的意思是，如果是你，你会怎么办？"

我在脑海里想象了一下。"我会死命跑开。"

"我也是。但是布兰登呢，他表现得一点儿都不惊讶。"确实是这样，我又想到他双手叉腰、歪着头的样子。

"你觉得他认识他们？"我问道。

"你呢？"他搓着脸，看上去一下子就精疲力竭了，"我们一直被困扰着，关于这个布兰登·菲茨罗伊究竟是谁以及他在那儿干什么，一点儿线索都没有。找了将近两个星期，才找到一个和他有关联的人。"

我让他失望了，这我能理解。从毫无头绪，到几天之内相继找到伴侣、孩子，甚至双胞胎兄弟，这本来应该是个突破口的。他垂头丧气，一筹莫展。

"好了，先这样吧。"他把资料整理好，"要是想起什么来，随时给我打电话。"

这个情节，我在电视剧里也见过，所以我还等着他给我递名片，可他站起身就走。

"你不给我名片吗？"我问道。

他做了个手势，双手摊开。"发完了，打总机说找我就行。"

如果说实际的警察局跟电视里的比起来让人略有失望的话，那么停尸房简直是教人失望透顶。停尸房里面很狭小，亮得让人犯偏头痛，闻起来有一股移动厕所的味儿。房间里太冷了，所以我和技术人员都穿上了外套,好在我们也不会待很久。技术人员透着一股莫名其妙的愉悦。"通常这种时候我都会要一些身份证明,"他一边说着,一边把单子从我哥哥脸上拉开,"但这次,我觉得没这个必要。"

作为同卵双胞胎,最烦人的就是人们这种充满猎奇的眼光。我能看到技术人员饶有兴味的眼神。他的思维过程如此清晰,我简直都可以给他配上字幕了。"在太平间停尸床上看到自己的脸,还被这样的自己盯着,感觉奇怪吗?他死的那一瞬间,你有没有感觉到心灵的震撼?"差不多就是这样的鬼话。

我低头看向布兰登的脸。我无法分清是拜他血液里的化学物质还是生活的风霜所赐,他看起来老了。蜘蛛网状的血管沿着他的双颊蜿蜒而过,深色的半月形眼袋出现在他眼睛下方。看到他,我的第一反应——先于其他任何想法——是他开始长得像我们的父亲了。曾经我也因为布兰登的生活方式居然没有报应在他脸上而感到恼火。在为数不多的几次家庭聚会上,他一露面,我就能看出他没睡觉。他哭丧着脸,由于长期摄入大量尼古丁,他情绪狂躁,说话东拉西扯,但他看上去依然很年轻,起码也和我一样年轻。我曾经希望,即使他的生活方式没有在身体上给他好看,起码也应该是有因果报应的(不管他从洛杉矶零星发来的电子邮件里再怎么粉饰,也仍然能看出他不完全是自愿去那儿的,而是有一半被迫无奈,这令我心里产生了一种温暖但内疚的喜悦)。

然而此刻,在这幽蓝的灯光下,他看起来就是每一个四十五岁的人都会有的样子。他的眼袋看上去是永久的,而不像我的只是偶尔造访,而且他面色蜡黄,满是斑点。也许这就是过着他那样的生活,岁月会带给你的:就像饭吃完了,该结账了。不过或许是我太过苛刻——没有人能在这种情况下还呈现出最好的状态。

我的第二反应,我有些羞于启齿,那就是他的发型真是不错。我们俩都受到头发的困扰——我们都有一头浓密粗硬的白发,还总是以奇怪的角度支棱着,随时都会变得狂野不羁。然而不知为什么,他却能把这一头乱发收拾得服服帖帖,整理成一丝不乱的飞机头。哪怕是此刻,被装在袋子里好几天,拉链拉来拉去,他的头发仍然像船头一样骄傲地挺立着。我想,在我开口说话前应该先停顿一两秒,以体现这个过程无论如何都该有的感人气氛;这样做才符合常理。我迫使自己的思绪飘向别处,飘到翁布里奇某条河的流动问题上,想了足足十秒钟。

"没错,是他。"

"你想自己待几分钟吗?"技术人员眼睛里泛起泪光。

"不用,不用,我还好。"

"好吧,你知道我们会把尸体送去哪儿吗?"

"哪儿?"

"是你来筹备葬礼吗?"

"我……应该不是。我想他女友……"但很显然她人在美国,分文不剩不说,还对布兰登气不打一处来,"我得先跟她谈一下。"

他怀疑地注视着我。"好吧,但是麻烦尽快,我们这里排着长队呢。"

布兰登的私人物品也把警察们难住了。一开始他们本来觉得瑞是他最亲近的亲属了,但是我的到来,再加上我的双胞胎身份,明显更胜一筹。三个警察在柜台后争执着我和瑞究竟谁更有发言权,我想这更多的只是为了走个形式,而不是真的在讨论什么两难的道德抉择。最终,他们递给我三个透明的小袋子,里面装着他的物品。我签收了。

"一个钱包,里面有三张信用卡,都在布兰登·菲茨罗伊名下,其中一张已经过期了。美国驾照,同样的名字。一张二十美元钞票、八十五英镑,还有一些零钱。"

"一本英国护照,名字还是布兰登·菲茨罗伊,最近刚换过。"

"三个拨片……或许该叫拨子吗?"其中一个警察问道。但没人回答他。

"一个写满字的笔记本。"

"一把钥匙。"

那个警察把钥匙递过来时看了看我。"知道这把钥匙是开哪儿的吗?我们还不知道布兰登·菲茨罗伊住在哪儿。"那把钥匙很重,上面系着一个红色的流苏织物。织物上有一条缎带,表面有几个醒目的金色字母:ATSOTM。

"不知道。"我说。办公室里太闷热了,光线过亮,我头都疼了。和陌生人在一起而没有灾难性撤退,两个小时几乎是我的极限了,回我公寓避难所的念头正使劲拖拽着我。离开时,我答应他们如果"我想起什么"一定会给他们打电话,听起来有种不必要的含糊其词。

来到外面,走在路上,我松了一口气,即使是我们这种最守法的人,在和执法机关打交道后也会有这种感觉。外面刮着大风,随时可能下雨。人们低着头匆匆走过。我找了一个没人的门口好给瑞发信息。现在是中午——加利福尼亚是凌晨五点——所以我没敢打电话。

"知道 ATSOTM 是什么意思吗?这是布兰登口袋里一把钥匙上的。可能和他待过的地方有关。"

她立刻回了:"不知道,不过我可以查查。半小时后 Skype 见?"

我上了公交车。一想到又要和她聊天,我莫名地感到兴奋刺激。上一次有人需要我帮忙做事是什么时候,我已经记不清了。布兰登的这些物品有着令人愉快的神秘感,就像在还没摸清游戏套路之前玩电子游戏的那种感觉。我坐在公车后排,腿上铺了张报纸,把这些东西放在报纸上，挨个儿琢磨起来。

钥匙很沉、黑乎乎的，但它的简洁又让我觉得这是一把现代的钥匙。三个拨片（或拨子，谁知道呢）。一张牡蛎卡[1]。几张信用卡，签名是B. 菲茨罗伊先生，但笔迹和波洛克[2]的抽象画一样抽象。八十五英镑钞票和一些零钱。一个写得密密麻麻的笔记本：皮面笔记本，用一根松紧带固定的那种。

我在车上就开始读这本笔记了。如果从开头往下读，简直一团糟。一个个我猜可能是歌词片段的东西和各种笔记、备忘提醒以及几幅颇为灵动的草图密密麻麻地挤在一起。在其中的某页上，你会看到"给索尔／卡斯帕／密纹唱片压制打电话"的字变成了划掉的诗和草草画完的舒展在床上的四肢或是鸟的翅膀。有些页几乎是空白的，还有一些则是一团乱麻，令人恼火。

当我发现笔记本里难以理解的东西要多过清晰可辨的，我便开始快速浏览，而翻到后面我察觉到字迹变了。从某个地方开始，他把本子倒了个个儿，上下颠倒，开始写起了看上去像是日记的东西。这些页面上，他的字迹小而工整，和那些歌词的部分比起来，这些文字似乎未经修改——连着五六页都没有一处修改或犹豫的痕迹。我读了起来。这文笔是典型的布兰登风格：轻浮、夸张，对生命中所有的人都漠不关心。读他的日记，让我有种罪恶感，我啪地合上本子。

回到家，我冒险坐了一次电梯。这套公寓严格来讲是我姑妈的，她身患残疾，这是地方政府给她的保障性住房，不过她更喜欢待在乡

---

[1] 伦敦地区推行使用的交通卡。
[2] 杰克逊·波洛克（Jackson Pollock, 1912—1956），美国抽象表现主义绘画大师。

下,所以公寓这些年都是由我来打理的。在她死后我就已经打包好行李,等着随时被赶走,然而一直没人赶我,所以我自己待着,避免接触四邻,进出都是在四下没人的时候。

一进屋,我就感觉到翁布里奇哪里不对劲儿。它发出的所有声响都有特别的节奏,马达的嗡嗡声与发条装置和水泵的滴答声组成了这座城市如同指纹一般的独特声音。我竖起耳朵仔细听着,终于听出哪里不一样了。通往厨房窗口的缆车装置上的凸起,意味着引擎室里有个零部件正发出虚弱的咔嗒声。我认为可能得费些功夫才能把它修好。我打开了电脑,但这件事仍然让我心绪不宁。

我以前用过几次 Skype 给模型制作的同事们介绍一些关于翁布里奇的事,但是看到自己的脸出现在屏幕上,仍然让我颇为震惊。我脸色苍白,脸上布满了皱纹,像个通缉犯。瑞正好相反,在屏幕里白得发光。我努力克制着自己不去盯着她看。她看起来比布兰登的其他女友要健康,在电脑镜头里,她的一头顺滑的金发如皇冠一般发着白光,五官因被放大而显得有点儿呆。她身上有着某种乡下女孩的特质:淡淡的雀斑搭配着双颊两坨微红。她的声音听上去也不怎么像城里人。

"老天,真是太感谢你了。恐怖吗?他看起来什么样儿?"她的眼睛在屏幕上快速扫视着,我知道,她在检查她看到的这张脸和布兰登的有什么区别。

我刚要开口说话,但又闭上了嘴。他看起来什么样儿?"看上去……看上去还好。在这起……事件中,他们没动他的脸,所以他看上去只是像睡着了一样。不过他不能一直那么放着,所以我们接下来要讨论一下什么时候办葬礼。"

她不耐烦地扬了扬手。"那个可以等。先说说 ATSOTM 吧,全名是'喜鹊寻踪'。这是一家有私人客房的奢华会所,在东区。因为太小众了,所以在猫途鹰和其他旅游网站上都没有,但布兰登注册过一家日本的设计博客,他以前在上面留的地址就是这家酒吧,于是我搜了一下,我想就是它。"

我的电脑屏幕上又弹出一个窗口,我点开了链接。这是一组照片,照片上拍的地方很昏暗,像一座维多利亚时期的图书馆。

我拎着钥匙扣,钥匙在屏幕前来回晃动着。"看起来挺像的。这是布兰登可能会待过的地方吗?"

她声音里有一丝愤怒。"他要是能掏得起那份钱,这种地方简直是他求之不得的。不过你要是非要问多少钱的话,我搜遍了网上也没找到它的价位。很有可能是他看上了住在那里的哪个妞儿,就和人家在那儿躲起来了。"

她给了我地址,是位于伦敦东区我不熟悉的一个地方。我等着。我感觉她有什么问题要问我,但我想不出是什么。我把布兰登的遗物在我面前摆开。"除了这些,还有一本笔记。我回头可以把这些东西都寄给你。"

她没接茬儿。"你读过了吗?里面有没有说他在那儿干吗?"

我有些坐立不安。"读了一点儿,我只是想知道他在干什么。大多数都是歌词之类的我不太懂的东西,但后部分更……有条理。我没读多少。看上去应该挺私密的。"

她眉毛一扬。"私密?他都死了。要是你需要一个许可的话,我批准你读了。"

我不知道该说什么,只是盯着摆在眼前的这些东西。笔记本、护照、现金。

"那至少跟我说说你读了的那部分吧。"

我试图作出回复。她的眼光快速扫过屏幕上我的影像,然后耸了耸肩。"我明白了,你都读完了。说吧,到底有多糟糕?"

我努力找到合适的词来描述他言语中的冷漠和他抛妻弃子时的喜气洋洋。她点点头,更多的是对她自己而不是对我。

"听着,亚当,我对你哥哥什么德行不抱一丝幻想,一丝都没有。罗宾三岁生日聚会上,我接到一个电话,叫我去奥克兰的一家监狱里保释你哥哥——当时我正照看着二十个路都走不利索的小崽子,就我一个人。奥克兰离这儿足足有五个小时的车程。整整一下午,我跑遍了拉斯维加斯,把闹着脾气的孩子们挨个儿送回家,而你哥哥呢,给我发了无数条信息质问我'为什么还没来'!所以,你尽管读吧,如果你愿意的话。我宁可知道一切,也不想坐在这儿瞎猜了。"

"好吧,我得先喝杯咖啡。写得很长。十点回来?"

她不露痕迹地微微笑了一下。"就这么定了。"

把整本笔记读完用了将近一个小时。布兰登的字很小,行文又没什么逻辑,不时地还有一个墨水画的箭头指向另一段文字。有些段落是相互关联的,有些则无关紧要,纯粹是他在那一刻坚定地认为应该留给后人看的东西,还有一些与文章的其他段落看不出有明显的关联。读这笔记本里的内容像是走在迷宫里:看似无关紧要的小道反而是主干道,看似畅通无阻的大道实则为死胡同。读完所有内容后,我不知道该对瑞说什么了。整个读笔记的过程,我们一直在互相请教对方解读词语,试着搞清楚读的这段文字接下来该连着哪一段,就像在做游戏一样。直到快读完,我才知道文中提到的那些名字在现实中都有对应的人。此时的我坐在黑黢黢的卧室里,翁布里奇发出的光在光秃秃的墙壁上投出了城市天际线的影子,我重新把屏幕里的这张脸——坦率、满头乱发、面无表情——与文中提到的"瑞"建立了连接。

我意识到自己的声音和布兰登的一模一样,这肯定让她备感真实。

"你看……真是抱歉。"我说,但马上又不确定自己为什么这么说,"他就是个……是个浑蛋。"

她看着我。"对,没错,他就是。"她看起来比我想象的要自如得多。

我想岔开这个话题。"结尾处提到的那三个名字,"我往回翻着,"吉米、索尔,还有巴克斯特,你认识他们吗?"

"听说过。他们是他最后组的一支乐队里的另外三个成员,乐队好像叫'摇/控'?不过我觉得他这十五年来都没跟他们有过任何联系。吉米后来挺出名的,就是那个脖子上戴着音箱的妞儿。另外两个我就不怎么清楚了。"

脖子上戴着音箱的妞儿。我知道她说的是谁,一个歌手,我在电视上看见过几回,一个长相让人印象深刻、特别时髦的女人,脖子上戴着一个像机器人的音箱,做的恰巧是我不喜欢的那种现代音乐。我记不清她戴的那个东西到底是真的需要,还是装酷而已。

"糟了!三点了,我得去接罗宾了。"她看向屏幕,"你看,我们连个该死的车都没了,对我来说仿佛又回到了挤公交时代。"她看上去闷闷不乐的,但旋即又笑了,"不好意思,不怪你。所有这一切都不是你的错。"

我能感觉到孤寂像热气一样从她身上散发出来。"呃,从基因角度来讲,可能确实是我的错。"我说道,"完完全全是我的基因导致了你今天这样的局面,只不过载体有些微差别。"

她勉强笑了笑。

"我帮帮你吧,"我说,"我可以去这个'喜鹊窝',去看看能发现点儿什么。那儿或许有人知道他在伦敦做什么,或者有谁在那儿接应他。"

"你确定?"她的语气仿佛在说"求你了,去吧去吧"。

"当然啦,反正我也没什么事情干。"其实我并不是没事干。本来计划完成地震,还有,索伦特水城和暗夜摩城之间蜿蜒的水道堵了,但我还是硬把自己拽回到眼下的事情上,"这事儿一定很有意思。"我不确定地说。

"谢谢你啦。我回来就能见到你吗?"

我看了看时间,已近午夜。"应该不能。明天我给你打视频电话?"

这次,她的笑容灿烂多了,"当然,晚安喽!"然后她不动了,"我能问一下后面那是什么吗?"

我本来调整了屏幕的角度,让它对着屋子里一面空的墙壁,好让翁布里奇在镜头外。一定是刚才展示布兰登的遗物时转动电脑镜头让翁布里奇入镜了。

我已经准备好接受鄙视了,于是用平静的语气说:"是个模型,一座城市的模型。"

"哦,模型火车?"她努力表现出感兴趣的样子。

"也不是,就一个模型而已。"我在想她到底看到多少。

她露出牙齿灿烂地笑着。"哦,等一下,我知道这个。布兰登很久以前告诉过我。这就是你从小就开始做的那个模型,对吗?我能看看吗?"

"这个其实也没那么有意思,真的。"

"给我看看嘛。你要是给我看了你的住处,我就给你看看我的。快,带我看看。求你了。"

自从 1998 年给一个房地产代理商看过以后,我就再也没有给别人看过翁布里奇。"好吧,不过就看一小会儿。"我抱着电脑,把镜头调低。我试图想象她的视角所看到的,以及陌生人对这个模型是什么看法。翁布里奇的模型大约及胸高,蜿蜒而过的峡谷将它一分为二。左手边的一半是比较新的里奇市，一条直上的陡坡，通到将近十米外的后墙，几乎触到了天花板的吊顶。较大的倾斜度意味着里奇市最高处的道路不得不像旧金山的一样蜿蜒起伏，一排排房屋和教堂密集地分布在坡路上，曲折的路线像一连串的发夹。在最陡峭的部分，一台缆车正喷着烟雾，吃力地向上攀爬着。右手边，老城区翁布更富有古典气质，它相对较缓的坡度也让城市结构更为整齐。幽暗的广场散发着慵懒的气息，狭窄的小道像动脉一样从广场向四周发散出去。中心地带是最古老的部分，这里的一些建筑可以追溯到我的童年时代。和后来建筑的复杂精细相比，它们显得有些简陋。道路两边多样的建筑风格彼此融合。圆顶教堂毗连粉红色砂岩雕琢而成的洞穴般的小房间，在被彩绘旅行车环绕的绿树成荫的公园里，一个个窄而高的、门脸用原木装饰的商店投下了长长的影子。我在每道峡谷里穿行，给瑞展示着城市的每一面，最后把电脑拿回来对准我的脸。她睁圆了眼睛。

"天哪！简直太……要不是该走了，我能盯着它看一整天。"

我把电脑转回来，摄像头对着我的脸。

"太多问题想问了。"她咧嘴笑着说。

"问吧。"

"这就是全部？看上去有些部分已经延伸到别的屋里去了。"

"不是，浴室里还有个水城，叫索伦特，卧室里还有几个郊区。"实际上，卧室里除了有一个折叠床垫的位置，其余地方都被占满了。即使是这个床垫，也有三分之二的长度藏在支撑着暗夜摩城的平台底下。但这部分我就不展示了，会显得我有点儿强迫症。

"做这些用了多久？"

"嗯，布兰登说得没错，早年我们还和父母住在一起时，我就开始做了，但那时候做的现在基本都不在了。前前后后三十年吧。"

"你还有地儿住吗？我是说生活空间。"

"卧室还空着半间。浴室也能用，厨房也还有一点儿空间。"我把电脑转过去对着由几件家具组装成的厨房。

她咯咯笑着。"简直太炫了，这个词都不足以形容它。不过里面没有人吗？"

"没有，人的模型太难做了。这就需要你发挥一点儿想象力了。"

她玩味着这句话。我没想到这个模型让她如此上心。模型制作跟打板球、逛街一样，也是一件因性别完全两级分化的事情。

"人的模型确实太难做了，"她终于开口了，"他们会毁掉翁布里奇这整个模型吗？"

其实我以前已经想象过无数次了，我想象着要想把翁布里奇建成一座干净整洁、人口稠密的城市还需要准备哪些轨道、马路和发动机。"不，完全不会。但是制作那些维持交通、电力、蒸汽运转的机械就已经相当复杂了，如果还得做出几千个人来，我估计得累趴下了。如今这样就已经占去我大多数时间了。"

她对着模型笑了起来。"可以给罗宾看看吗？他超爱做这些小玩意儿，我一直在奇怪这种热情是打哪儿来的。反正肯定不是遗传的布兰登，他连换保险丝都找人来弄；我呢，既不会画画，更是什么东西都不会做。"她把两只手摊开，放在桌上，盯着它们仔细看着。

罗宾。我的侄子。一个全新的事物。"当然，"我说道，"我没有反对的理由。"

她若有所思地看了我一眼。"他一定会喜欢的，我保证，我敢打包票。"

"好啊，下次我们视频通话时给他看。"

她突然没来由地粲然一笑："回头见，探长。"

初雪中的第一串脚印

以下是我哥哥笔记的第一页到第十一页。这些是我和瑞读了一晚上的所有内容，其中我认为无关紧要的部分就不再赘述了。

背叛，像所有成年人的快乐一样，最好慢慢完成。

我最后一次走出那个家门，屏住呼吸踏入破晓之中，然后猛吸了几大口山间清洌的空气。天色尚早，无人往来，连鸟的踪迹都没有，唯一的声音就是我嘎吱嘎吱的脚步声和呼吸声：仿佛是架子鼓和小鼓的鼓点不和谐地交织在一起。我向山下走去，脚步在雪地里写下了一串没有句号的句子。踏着清晨未被玷污的纯白的雪，妻子、孩子，一切的一切，都在身后安心地熟睡。我知道，同样的脚印再也不会掉转方向走回头路了。每个脚印都是一支箭，指向一个全新的生活。从此以后，这里将再也没有我这个人。

昨晚我把瑞的车停在离家几条街以外的地方，这样就不会吵醒周围的邻居了。就算是背叛，也要精心组织、周密计划。我掸去风挡玻璃上的积雪，掰动雨刷，又用一张信用卡把冰刮掉。其实这是瑞三张卡中的一张，昨晚我把它刷透支了，反正信用额度也没多少。

这个地方邻近一座小镇——这也能叫镇子，简直可笑。这里只能听到一些微微的声响：麻雀扑棱着翅膀疾速飞过，融化的雪水淙淙流向湖水，三层玻璃后的咖啡咕嘟咕嘟地冒着泡儿。我用钥匙打开捷达车门，依照 20 世纪人的做法，把窗玻璃摇下来。我拉起手刹，刺骨的寒风向我袭来。车子开得几乎没有声响，只听到橡胶轮胎在雪里碾过的嘎吱声。我坐在车里朝山下溜去，一只脚在车里，另外一只搭在外面，像罗宾玩滑板车那样。车子加速了，车顶的积雪抖落下来，车钥匙还在等着点火启动。我任由车子越跑越快，关上车门，等着它冲向山下的路口。时间这么早，路上应该还没有什么车，除非已经有铲雪机出动了，不过就算有车，我肯定也会听到的——就算没听到，葬身于这样一个市政大家伙的车轮下，怎么也算不上是最糟糕的别离。要拐弯了，雪很晃眼，车子也没减速，我转动钥匙，引擎呼啸着，后轮侧滑了一下——这一下差点儿把我甩吐了。然后车子步入正轨，收音机欢腾起来，时机刚刚好——这是一个好兆头，如果我相信这种鬼话，我解脱了，自由了，逃离了！

背叛，像所有成年人的快乐一样，你必须学会咂摸它的滋味。它就像蓝纹奶酪，像汤姆·维茨（Tom Waits）的歌，像单一麦芽威士忌。如果你还年轻，这些都是非常可怕的事情，因为这些东西本质上都是毒药。但是当你长大了一些，经历了一些曲折，也更坚强了，这时你也学着品尝了一点儿毒药的滋味；这是慢慢练就百毒不侵的过程。背叛、尼古丁、窒息：一点儿一点儿要人性命。这正是我义无反顾地离开家时的心情。美味又有毒，仿佛是喝了一口纯饮金酒后的灼烧感。

我不断调换电台频道，想找到一个说话少、节奏又快的节目——不过这在早饭前这几个小时似乎不太可能。然而我还是找到了特拉基镇的一个灵歌电台，这让我如获至宝，我把车窗摇下来，对着月亮渐渐消失的最后一抹银白号叫了起来。还有十几公里就到州际公路了，路上撒了盐，雪开始融化成水，车胎欢快地嘶鸣着。

诀窍就是要一直开、不要停。寂静容易让人产生疑虑，所以一定要让车不断轰鸣着，超出限速一点儿即可，让音乐保持吵闹。不要去想今天晚些时候，罗宾坐在校外的路边，每当听到有车开过来，就满怀期待地扭头去看；不要去想瑞发现我的包不见了，然后她怎么都行，就是别去检查已经空空如也的衣柜，因为到那时她就会确认——而不是怀疑——我不会再回来了。只需要一直往前开，开过不同的道路，开过不同的车站，抽着烟，唱着歌。要把背叛这件事分成小份儿，以便下咽。

高山变成了平地。雪原变成了矮木丛。灵歌电台陷入了沉寂，我把广播调到萨克拉门托的怀旧金曲台，跟着电台唱着《流浪者》(The Wanderer) 还有《何苦坠入爱河》(Why Do Fools Fall in Love)。偏远地区的小餐厅被高速公路服务区和他们几乎没有差别的菜单上的各种选项所替代。这就像电子游戏里的场景——人们称之为"程序"，每一次，有限的几个单元变换不同的组合，以给人丰富的错觉。罗宾，我的儿子，在他这个年龄还浑然不知昨天我接他放学回家的路上的谈话就是我们之间最后一次对话，可他却能读懂路边这些店铺的基本逻辑。当汽车行驶在一条不熟悉的高速路上的时候，他会把额头贴在玻璃窗上，研究每一组扎堆出现的店铺：麦当劳、咖啡豆、红龙虾，直到他摸清了里面的规律。然后，在距离下一个商铺密集区还有几分钟的时候，他就已经开始预告，压低嗓音说着："汉堡王、DQ、唐恩都乐、星巴克……"十次里有九次他都能说对。真是个奇怪的孩子。

当车子开离我那马上就可以称为"曾经的"家人的生活范围足够远的时候，我靠边停下车，到一家咖啡馆的厕所里撒了泡尿。这个地方处在家和旧金山的中点处，过了这儿，我将无法回头。既死又活，波或粒子。此刻我就是薛定谔的猫。如果有人偷偷往盒子里看一眼，就会看到我既是忠心不二的伴侣,也是不负责任的逃避者(还有关于哪个是生哪个是死的问题,我要留给你们去猜)。

这里的空气中仍然浮动着阿尔卑斯山的清洌气息,但偶尔也夹杂着一股热带的风,迅速掠过垃圾箱。一家给汽车装防雪链的店坐落在散发着芬芳的橘子林间,在小型购物中心里可以买到比基尼、雪鞋、风雪衣,以及人字拖。拖着雪地摩托的汽车与挂着冲浪板的大众汽车并排停放着。我自顾自地哼唱着"人人皆知此处非吾乡"。非吾乡:美国的特色。毫无灵魂的虚无之地,千篇一律滋生蔓延的商店,到处看上去都像是把不美好藏在了身后,想要发现些许美好,必须绕到正面才行。

我喝下最后一杯美国人称之为咖啡的这种微温的棕色液体,把手机丢进垃圾箱。如果这是在电影里,此时你会看到在电子地图上,一个小亮点消失,一群探员围在屏幕前,喊着"跟丢了"。

继续上路时,感觉这辆捷达太小了,装不下我。我想要向任意方向疾驰。我把车窗都开到最大,把收音机音量调得更高。太浩城的人,他们会想念我吗?罗宾和瑞在想念我的同时,还会恨我,想念和恨各占一半,但我必须把他们从我脑海里冲刷掉,他们已经是过去式了,他们是旧世界。还有一些人也会为我的消失而哀悼。我给学校的大门口增添了一抹亮丽的风景。一位父亲的出现总是能引起一丝兴奋的骚动。要是再加上他来自遥远的英国,有着神秘的过往,极具个人风格,从不满足于羊毛衫牛仔裤的穿着,这便再好不过了。

过了萨克拉门托,道路宽阔起来,有什么东西从我身上抽离出去了。准确来说,不是一个有重量的物体,是我脑子里的一团雾,让这一天变得清澈起来,像刚洗过似的。为了不陷入旧金山的引力,我特意选择了北卡罗来纳尚在沉睡中的小路。我绕过闹市区,只拣那些空旷的街道走，街上只有废旧的厂区、出租车修理铺、几家挨着的商店和一些仓库，一直开到旧金山沿海的路上，在后视镜里看着身后的世界变小，直至变成一个点。广播里放着贝琳达·卡莱尔[1]的歌。

久远得仿佛是一百万年以前，那时我从相反方向走这条路——从伦敦来到加利福尼亚，像其他无数蹩脚的剧作家和梦想成为女演员的人一样。我坐在一个土气的得克萨斯人旁边，她穿的衣服松松垮垮，戴着一副让眼球变得凸出的眼镜。她看着我有条不紊地毁掉我伦敦生活的残迹。我专注于手里的活计，一会儿用剪刀剪，一会儿拿手撕，直到那些照片、信件、账单、地址簿、书本，在面前的小桌板上变成一堆承载了私人信息的雪花般的纸屑。终于，我忙完了，我把空姐叫过来，对她说："麻烦把这些垃圾收走烧掉好吗？"土包子透过眼镜盯着我，用那种亲昵的南方口音掩饰着满心的不快对我说："宝贝儿，你不能逃避问题，你知道吗？"

那时候，我还认为年岁的增长（她看起来起码有四十岁）可以带来智慧，而非如今我知道的——它带来的就是恐惧，所以我认真地考虑了她的这个忠告。但要是在这个航班上，有人胆敢跟我扯这种废话，我会对他们说："当然能，只是你逃避得还不够努力。"我现在已经有好几次成功地逃避了我的问题了。逃离不难，难的是不要回头看。绝对不要。你什么都不能带走；要采取一种"焦土政策"。罗宾、瑞、太浩、车款、朋友、情人、酒吧、邻居、收藏的唱片、电子邮箱

---

[1] 贝琳达·卡莱尔（Belinda Carlisle），1958年出生，因作为有史以来最成功的全女性乐队之一 Go-Go's 的主唱而声名鹊起。

地址、纪念品、衣服，甚至记忆，不仅是让这些消失，而是根本就没存在过。

我是第一个登机的，这事本身也是第一次。我心血来潮办了个升舱——给高筑的债台又添砖加瓦，这次我的邻座是个比利时人，是个搞化学的还是什么的。一过了纽芬兰，我庆祝自己又越过了一道永不再回头的界线，一旦英国比美国离我更近了，我将举杯向寂静的群山和微弱的灯光致意。我又一次感觉什么东西离我而去了。降落，降落，降落。过了格陵兰岛，我拿出笔记本电脑，享受着被一群戴着眼罩熟睡的人所包围，而自己是他们中唯一的一小片亮光。我没带钢琴键盘，但在今天，只要有一台电脑，再加点儿想象，就能创作出一首听起来还算不错的曲子。我在破兔子（Pro Tools）音乐制作软件里打起了草稿。鼓点在网格上跳动，像布莱切利公园的密码破译者；一条抛物线在亮屏上滑过，创作出一句合成的乐谱。我随意摆放着音符：像雪花穿越严寒，一点点堆积。然后我把整首曲子加上了一些特效，把所有东西加在一起，让他们全部朝向同一个方向。有一个音符似乎迷了路，游离于其他音符之外。我正要将其删除，突然想起吉米常常挂在嘴边的一句爵士乐圈的古老格言："一次是错误，两次即成真理。"我把这个音符复制下来，粘贴到每小节乐曲里。很快，你期盼已久想听到的乐句诞生了。我继续完成乐谱，全然不顾微波炉加热的早餐已经变凉不能吃了。当窗口的遮光板升起，晨曦仿佛给地平线撒上了一层糖霜，我回过头来听这首刚做完的曲子。曲子听起来相当不错。我把文件命名为"初雪中的第一串脚印"，存在一个空文件夹里。新世界便由此处开启。

下一页上有一幅草图,画着一棵棵细长的树,还有一串踩在空荡荒原上的脚印。文字再次出现时,变成了黑色墨水的字迹,字更小,笔法稍显犹豫。

在希思罗机场,我想到了金·菲尔比。他是我心目中一个特别的英雄,是无数燃烧生命者的守护神。他堪称是背叛界的毕加索,或者背叛界的爱因斯坦、背叛界的猫王。

1963 年 1 月 23 日。收音机里播放着《黑夜拥有一千只眼睛》(*The Night Has a Thousand Eyes*)、《径直走来》(*Walk Right In*),还有《走开,小女孩》(*Go Away Little Girl*)。菲尔比刚刚从一场由一位老友兼同事执行的审问中走出来,他心里清楚,他完了。舞曲结束了,他毕生的事业——一个深入英国政界的不忠的双面间谍——即将暴露。他没有收拾行装。他没有说一句哪怕是道别的话。他迅速行动,乘坐货船偷渡到乌克兰敖德萨港,之后作为英雄飞往莫斯科。

我父母对菲尔比有一点儿了解,他曾到家里做客。有一张他们三人在戈林后花园里的合影,草坪上整齐地摆放着椅子,每个人都面朝这位尊贵的来宾。尽管头戴草帽,高大的身躯蜷缩在椅子里,他仍然似有若无地散发出一股独特的魅力——那深沉迷人的笑容,还有那股云游四方的气质。这个男人是多么有胆识、多么有控制力、多么他妈的会玩儿。三十年,一个活生生的谎言;三十年,用一个自己的假象穿越了权力的丛林。仅用了一成功力,但已有足够的魅力,差一点儿就掌管整个该死的情报处了(就连俄国佬也不相信菲尔比是真实的存在;没有人能把自己如此四分五裂而一滴血都不流,不是吗?像所有的背叛者一样,他们的问题就在于他们在每个人身上都看到背叛)。

1963 年 1 月 23 日，他在切卡洛夫斯基的军用机场下了飞机，迎接他的是五十个表情肃穆的苏联人。世界的其他角落还在沉睡，他把那骄傲的头颅探出来，伸到莫斯科寒冷刺骨的空气中，呼出的气像一团烟雾。远处有线广播里传来的喇叭声，脚后跟相碰的咔嗒声，行军礼后手放下的啪嗒声。瞧瞧这个人啊。这几个小时，西方世界才反应过来，他们被耍弄得如此之久、如此彻底。只有为数不多的几个人见证了他的蜕变——蝴蝶变成毛毛虫，那个浮夸卖弄、狂喝滥饮、在床上蹦来蹦去的菲尔比，实际是一个低调保守的人：神秘、严肃，而且自由。

此处有一张菲尔比的画像——我上网查了才知道，画得还挺像。下面还加了星号。然后本子上是如下文字，我想它应该和这幅画有关联。

（事实上我给那个人写过信。1988 年 1 月——冷战稍有缓和，父亲的一个朋友，在莫斯科举行的一次政府招待会上见到了他。当时他坐着轮椅被推出来，他们聊了板球和一些伤心的往事。父亲的朋友知道我是他的粉丝，所以把他的地址给了我。我给他寄了一个爱心包裹：梅森百货的茶、半瓶格兰杰威士忌、一些黄油酥饼，还有一本被誉为"板球圣经"的《威斯登板球年鉴》。我本来还写了一封信，但是太夸张了，于是我只写了一张字条，问了唯一我想知道答案的问题："如果他们一直没有发现，你会怎么做？"）

去伦敦的游客在穿过郊区之前都应该被蒙上眼睛，因为路上的"风景"实在是太让人难堪了。途经伦敦西区的十五分钟路程，满眼都是邋遢的后花园、停车场、垃圾场。

背叛，像所有成年人的快乐一样，是一场长长的游戏。我掰着手指头，数着一个个名字。罗宾、瑞、太浩、美国，还有所有那些叫不上名字的人。都过去了，像蒲公英一样，轻轻一吹，随风飘散。我又开始数着：吉米、索尔、巴克斯特、迪伦：这四个人都欠我的，而且谁自认为欠得最少，谁就会付出最大的代价。我要抓住过去二十年来所有的废料残渣：那些单调乏味，那些厌烦无聊，那些成功的朋友和成功的敌人，那些购物单和家长会，还有那些糟糕的电视节目——我要把它们全部收集起来，然后用这堆烂草纺出金子。

怎么做到？走着瞧吧。

第二章

生命中总有那么一些时刻，一切都变了。在那些时刻，你存在的意义发生了彻底的转变，就像千钧重的生命列车呼啸着冲向一条未知的道路。在工程学上，我们把这种现象称为"对初始条件的敏感性依赖"。我从成年后就一直确信我的初始条件是怎么都不会变的。父母尽享天年，走得很安详。我的恋爱关系是慢慢开花，而后慢慢凋零：一连串的分分合合不断更替。有时候我发现自己能清楚地记起某个假日或浪漫的一餐，却唯独想不起来一个细节：我想不起来陪在我身边的是谁了。在那个种有葡萄藤蔓和新鲜无花果的希腊式屋顶上，和我共进浪漫一餐的是——瑞秋还是莉萨？我的记忆中有一个模糊的温馨画面：我坐着雪橇，穿过挂满冰柱、张灯结彩的树丛。我的健康状况良好，我的工作有些无聊，我的银行账户盈亏稳定。如果你在我十六岁时问我以后会变成什么样，我绝对无法得知那些细节——翁布里奇、我的盆景生意、琼姑妈的公寓，但是我生命的基本形状却一如我预计的那样，平静而简单，有时孤独，但没有什么不满足。我把自己关在远离那些可能改变生命的重大事件的地方，就像人类的郊区。所以，我不确定是什么指引着我，来到一家地板打了蜡、镶嵌了木质天花板的酒店的大堂，来扮作我刚刚死去的双胞胎哥哥。

我睡得特别差。正常情况下，翁布里奇那些机械发出的节奏对我来说是催眠曲，但是一想到将要回去与我哥哥的世界建立联系，我就心神不宁。前方会有困境、戏剧性的转折，还有动机模糊的人们。瑞来电的第二天，我一心捣鼓着翁布里奇，小心翼翼地不去想接下来将要面临的任务。

只要一进入翁布里奇，我就像变了个人似的。我的双手自行运作，问题只要涌现出来，就会立即被解决。周遭的世界渐渐暗淡下去，变成黑影。两天前，我去了个跳蚤市场，在一个贩卖布满褐色斑点的旧书和不成套系的杯盘碟碗，以及一些闪闪发亮、像破碎迪斯科球的东西的摊位前驻足。一个旧箱子里装了上百个闲置的照相机取景器。它们是一个个灵活的小镜子，可以通过侧面的螺丝调节角度。这种对角度的处理让我想起了某种结构。回到家，我把它们拧到一个圆形的木头基座上，像田螺的壳一样呈同心螺旋式分布，跟着固定好角度，以使每一个镜子正好能照到下一个，直到任意一束照射到外侧镜子上的光都朦胧地出现在相对面。然后我接通一个从旧音乐盒上拆下来的发动机，把手柄接长，使所有镜子组成的轮盘都可以从外部上发条、调角度。我花了整个上午把它装在一个铺了鹅卵石的中心广场上，这个广场直到现在也只有几把木质雕花长椅，每把长椅都掩映在守护着它的榆树下。在新装置的外环内侧，我用牙线和手套皮革做了复杂的格子装饰，然后又把它固定回中轴。一个模型小人儿被放置在外面一个正对着玻璃镜箱的屋子里——表面看不到他，然后我启动了装置。音乐盒的音叉都变弯了，而且因为污垢变得黑黑的，但这些都给音乐平添了一丝阴森的气息。就在那儿，在轮盘的远处，有十六间屋子，那个小人儿被投影到一间空屋子里，和真人一样高，影子无比清晰。我任由装置继续运转着，各音符之间的间隔拖长了，这座建筑的故事开始在我脑海中环绕。我在写《翁布里奇之书》时，用了跟我一直以来建造这个城市一样的方式：信马由缰，心随手动。

　　翁布里奇是一座没有镜子的城市。不小心瞥到自己的影子被认为是不祥之兆，甚至是不得体的——那会像监狱一样束缚人的灵魂。从来不可以有积水，小到一个普普通通的供鸟儿戏水的小水坑，大到秋实园里鳗鱼游来游去的大水塘，都不允许存在。没有喷泉，只有坑洼不平的路面，还有风车发出的嗡嗡声响在水坝上回荡。金属的价值是由它们表面的锈迹来决定的：翁布里奇人很喜欢铁锈黄、铜锈绿，一如其他文化看重贵金属的光泽那样。在这座城市里，只有一处允许有镜子：旋转镜轮。这个装置坐落在峰驼广场，大部分时间是用天鹅绒布罩起来的，可这些藏起来的镜子即使被遮住了，仿佛仍然在施放光子引力，但翁布里奇人会尽全力不去看它。镜轮每天早上开放一小时，任何人都可以免费使用。有时候，蜿蜒的队伍都排到了城墙下，卖糕点的小贩会趁机沿着队伍快速地兜售一番。也有一些时候，一周不过两三个访客。像翁布里奇的很多现象一样，这样的熙来攘往和门可罗雀，都是有原因的；翁布里奇人口味挑剔、反复无常。

　　镜轮的操作非常简易。当音叉响起，拨动清晨的空气，镜轮将要转起来时，你就可以站进去。两手分别伸入顶棚上悬挂下来的皮圈，抓住细绳。绳子自动收紧，你的双臂会随之高高举起，两手分开。你站在镜子前。什么都没有。你没有影子，像吸血鬼一样。相反，角度的变化会把你的影子投射在螺旋式分布的镜子上。镜轮开始旋转、变暗，然后你的影子出现了——确切地说是出现了一个影子，其实是有人走进了你正对面的隔间，他们的影像呈现出的动作与你的恰好相对。你们的双胞胎影子在迷宫里弹射、翻转、颠倒、放大、缩小，最后又恢复正常。这次是一个妇人，上了些岁数，穿着带褡裢的灰色奶妈服。她的姿势和你的一样：双臂张开，掌心向上。镜轮开始转动，金属音叉奏出沉闷钟声般的音符。在装置的深处，滑轮组运行着，你的手腕随着机器的牵引时而抬起、时而伸向前方。妇人的影像紧跟着你，重复着一模一样的动作。这个影子是你，但又不是你。你们动作一致，缓缓起舞。地板垂直立了起来，你对面隔间里也是如此。你转身看着自己的形象，她也是。左手的袖口松了，你看到她的手腕垂在了身侧，同时感觉到了自己手腕的重量。你成了一个陌生人。

对那些从来没有在镜子里看到过自己的人来说，镜轮简直太神奇了。"我是世界上最美的女孩！"头发花白的船夫说着，用指节粗大的双手抚摸着自己满是胡子的面颊。"我太老了。"少年说道。巨人感叹自己如此渺小，瘸子感慨自己无比幸运。镜轮为人们平淡的日常增添了一点儿调味料。翁布里奇不算大，市民经常上街走动，所以偶遇自己的"影子"也不是什么稀罕事。有时"我"在海鲜市场，经过训练的鸣禽在"我"张开的双臂上快乐地叽喳乱叫。看到远处人群中的"我"，我会往妓院的小巷子跑，但在消失不见之前，我还会扭头再看一眼——我这么淘气，我自己都不知道。有时"我"在法庭上宣判，有时"我"在水池边洗碗，有时"我"在阴沟里咯血。峰驼广场下面铁皮屋酒吧里的退休老人都说，总去镜轮的人是最好的市民：友善、慷慨、宽容。

镜轮做好后,前方的日子也不那么可怕了。所以我要到一个陌生的地方,去向我不认识的人打听关于我哥哥死亡的事。这意味着什么?我已经准备好去应对像布兰登那样的人了。我们小时候,他总是和那些最令人头疼的孩子交朋友:不是父亲已经"不在了"(委婉语)的少年,就是疤面少女。可是我,别说和他们待在一起了,就算只是从他们旁边经过,我都感到充满危险。但我仍然努力藏起这些恐惧。我只是一个信使,一个工具,来帮助瑞找到她应该得到的真相。

第一次去那个地方时,我直接走过了。我对东边不太熟,尽管来之前我查了地图,但这个酒店完全不是我预想的那样。没有车道,也没有衣着考究的门卫。我第二次在这条堆得满地垃圾的小巷里搜寻了一遍,才发现一个刻着一只喜鹊图案的标牌在清晨的微风中摇摆。标牌悬挂在一排脏兮兮的红色大门上。这些门从街面上缩回去,像一个个深陷的眼窝。门上没有名字,但是门环是一只用黄铜做的鸟。我敲了敲门,没人应答。片刻后,一个声音从头顶上某个地方传来。

"啊,库斯加藤先生。我还以为您又被布莱克本的魅力给迷住了呢。"

不知道摄像头在哪儿,但肯定很隐蔽。门开了,露出一条走廊,隔着街上闷热污浊的空气,里面看上去阴凉幽暗。走上楼梯,我决心不说出我不是布兰登,起码现在先不说。这个念头让我既害怕又兴奋。随之而来的是一个更刺激的想法:稍后我再把这个决定告诉瑞。

往楼上走时,我尽量放慢脚步,努力学着布兰登的趾高气扬,最重要的是,要掩饰我的紧张情绪。拐上最后几级台阶时,我吸了一口气。台阶的尽头是一间有着高高的天花板、散发着蜂蜡味道的黑漆漆的木板房子。光线晶莹透亮，如烛光般微微跳动，虽然我看不清这光是从哪儿发出来的。

一个人影从昏暗的角落里剥离出来。是一个体态修长的人，穿着马甲，脸上的胡子修剪得非常有型，整个人透着一股快乐劲儿。他大步朝我走来，脸上是藏不住的喜悦，走到我跟前时顿了一下。他快速但认真地上下扫视了我一番——头发、衣服、鞋子，就是女人们在街上互相打量对方的那种方式。他一边开口说话，一边停下脚步。

"库斯加藤先生，太高兴了。我们都等着急了。没带包吗？"

我傻傻地看着自己空空如也的双手。

"没，没，什么都没带。"

他的眼神从我脸上迅速闪过，我强装镇定，逼迫自己不闪避他的目光。

"太棒了，嗯，屋子里还是您走时的样子。"他伸手接过我的上衣，我偷瞄了一眼他马甲上绣着的名字：卡斯帕。

我强装淡定。"对不起，卡斯帕，只是消失了一个周末而已，你知道我的意思吧？"上楼时我就在反复练习这句话。

他笑了。"当然，我们每个人都需要不时地来这么一下。照您的吩咐，屋子里什么都没动过，不过食品柜和厨房都补满货了。您想要点儿什么吗？给您送上来？"

我正要说"不用了"，突然意识到我不知道自己接下来该往哪儿走。大堂有至少六个出口。我用一只手按了按衣袋，说："呃，卡斯帕，有个事儿，我把钥匙忘在一个朋友那里了。"

他又笑了。"没问题，请随我来，稍后我给您送一把新的上来。"

我们进了一个夹在两个书架之间的门廊，然后沿着一个螺旋式的楼梯往上走。楼梯很陡，上楼时，我看到的是卡斯帕的膝关节后侧。

随后我们穿过一条挂满画的走廊，走廊一开始是下坡，后来是上坡。就在我觉得幽闭恐惧症快要犯了时，他在一个小门前停下来，摸出一把钥匙。

"到家了，到家了，当当当当！"他的语调欢快无比，快要唱起来了。他两个脚后跟一磕，行了一个老式的军礼，然后从来时的路退回，边走边承诺会重新拿一把钥匙来。

第一间屋子特别大。你甚至都能在里面举办化装舞会。四面大墙上画满了粉笔画，令人眼花缭乱的拼花地板覆盖了整个地面。整间屋子看上去像是一座维多利亚时期的图书馆：就是那种可以想象马克思和达尔文从一摞摞高高的书堆旁擦肩而过相互点头致意的地方。一切都是旧旧的。木地板靠近墙壁的地方是深深的巧克力色，而中间是浅浅的小麦色。家具很坚固、很古旧，边沿有磨损，表面都放满了东西。每把椅子扶手上都有摊开的书，每个空着的垂直立面上都靠着吉他。一摞一摞的物品——素描本、T恤、报纸——堆在墙脚，简直无法分辨哪一部分是这怪异的室内设计，哪一部分是布兰登自己的设计。有个太阳系仪——非常好看的一个仪器，布兰登是绝对不会放在眼里也绝对不认得的，还有一个看上去做工精细的唱片机，完全打开着，我想这是这间屋子里最贵的一个物件。

屋里有扇门，打开后通往另外两个空间，都在同一层：一间带餐厅的厨房，木质镶板里藏着高档的德国电器，橱柜里塞满了梅森百货公司的食品；另一间铺着石头地板，内部像教堂一样宽敞，二层有一条通道和一个华美的天窗。这个房间里也有乐器，但摆放更加井然有序。吉他被安置在架子上，键盘被排成一个敞口的四边形。走过钢琴时，我在键盘上弹了一个旋律——小时候学钢琴时的某个曲子，钢琴音色清脆饱满。地板上全是粉笔记号。画了很多乐谱，但多数都被划掉修改过,还有布兰登手绘的漫画,以及一个由符号组成的轮盘,占据了中间的一小块地方。我小心翼翼地绕过它们,以免弄糊任何东西。

角落里又有一个往上的旋梯,转弯非常急,我都要被绕晕了。旋梯通往一间有窗户的尖顶卧室。床铺收拾得很整齐,但这也是屋子里唯一有秩序的音符。满地乱堆着衣服,简直让人分不清地上到底有没有铺地毯。蜡烛的蜡油洒落到了茶几上。所有的储物柜和抽屉都打开着。

我坐在床边,沐浴在清晨微弱的阳光中,让心率恢复正常。角落里的绘图桌上有一台笔记本电脑,我点开 Skype 的图标。通讯录里什么都没有,于是我在搜索引擎里试着搜索瑞昨晚给我的名字:巫女瑞。正在连线的提示音响了两秒钟,紧接着一张陌生的面孔填满了屏幕——双眼的距离很宽,黄褐色的头发乱糟糟的,嘴唇沾满口水。这张面孔迅速躲开又突然出现,大睁着两眼,我看出屏幕里屋子的陈设就是那天瑞和我聊天时的屋子。然后他又扮成老虎的样子猛地冲到屏幕前。

"嘿,爸爸!"他说了这么一句,然后又消失不见了。

这一定就是罗宾。我应该先问问瑞她都跟他说了些什么。他一定知道他爸爸离开了,但是除此之外呢?

我尽量保持镇静。"嘿,罗宾。"他仔细观察着我,脑袋从一边歪向另一边,像一只小鸟。人们一般都和孩子们聊什么啊?"学校里都好吗?"

"爸——爸,"他抱怨地说,"现在才早上七点。我还没去上学呢。你在英国吗?"

所以她还是说了些什么的。我的胃抽搐了一下,但我还是告诫自己:只是聊聊,一场游戏而已。"对,在伦敦呢,你看。"

我退后一步,好让他看见这边的屋子,一边又觉得自己很傻;这个样子的陈设可能出现在任何地方。

"棒极了,"他说道,其实他根本看都没看,"英格兰是世界上最古老的国家之一,曾经统治半个地球,也包括这里。"他快速而熟练地说出这番话。

另一个声音从扬声器里传出来。"罗比,你在跟谁说话啊?"

"是爸爸,我在给他讲英格兰的知识呢。"

瑞冲进了屏幕,头发包在毛巾里。她看着屏幕上的我,使了个眼色。是警告还是歉意,我看不出来。

"他对英格兰了如指掌,亲爱的,他就是英国人。还有,我不是告诉过你,不许随便接电脑里的视频电话吗?"她对着我笑笑,仿佛在说"真拿他没办法"。

他噘起嘴:"屏幕上写着'布兰登'啊,那是爸爸的名字嘛。"

"我知道,但是你要记住,在网上,你永远不知道对方是不是真的就是他说的那个人。"

"我能看到他啊,就是爸爸嘛。"罗宾回答道,沉浸在自己强大的逻辑推理里喜不自胜。

"嗯,那好吧,我得跟他谈点儿事情。"

"好吧。"他跟着便消失了,然后又猛地回来了,"守卫伦敦塔的人叫作'伦敦塔卫士'。"

瑞坐下来。"抱歉啊,上学期他做过一个关于英国的专题作业,布兰登……"她转过身去看了看,"布兰登和他一起做的,"她又摸了摸脖子,"还有另一件事,他管你叫'爸爸'的事,我真的非常非常抱歉。我还没告诉他。"

我感觉到了这个谎言的分量,深吸了一口气。我们之间的联系如此脆弱，我想象不到用什么方法能够既告诉她这样做是错的，而又不打破我们之间的这种联系。

"或许还是告诉他比较好？越拖只会让事情更难办，不是吗？"

她看上去孤苦伶仃的。一阵沉默，然后她兀自点了点头，眼睛盯着地面。"你说得对，我知道。简直一团糟。但我们还是缓些日子，慢慢来吧，等我们的世界不像现在这么一团混乱时。对不起。"说完，她大睁着两眼看向我，然后伸长脖子想看清这边屋子里的其他地方。"所以，房间怎么样？"

"呃……不太一样。我是说，房间很漂亮、很宽敞，显然价格不菲。而且，这边的人都以为我是布兰登。"

她扬起眉毛。

"我其实都没有撒谎，但他们就是觉得我是。我也不明白我为什么一点儿都没有透露，但这样做的话，也许我可以找出更多线索。"

"他们不知道他死了吗？"

"不知道，我昨晚上网搜了一下，什么都没搜到。过去五年，他的每一个名字在网上都没有任何动静。"

"奇了怪了。我还以为枪杀案在那边极其少见呢。"

"是很少见。我估计他们已经认定它是涉毒案件，所以不再沾手了。"

她做了个鬼脸。"以他平常的量，药劲儿绝不会持续一晚上的，我相信他的死和毒品没有半点儿关系。"

她咬着手指上的肉刺。我从来不知道这种情况下该看哪儿，是看着那个小小的凸起的镜头，好让对方觉得你在认真听着，还是看屏幕上对方的影像？

"可是你呢，你还好吗？"我问道。

她看起来仿佛在积极思考这个问题。"其实我也不知道。当我想到他只是离开了我，其实还好。我是说，虽然这很可怕，很令人感到羞辱，我难过得缩成一团，甚至想死，但起码它是件确切的事，你明白吗？人都会抛弃别人，或者被抛弃。也许不会像布兰登这么残忍，可这的确是会发生的事情。但现在情况却不一样。他就这么被打死了，我都不能生他的气。如果他只是那样逃跑，我也不会去哀悼他。现在我不知道到底是该恨他还是该同情他，也不知道我到底该对罗宾说些什么。这一切看起来都这么随意。我完全不知道怎么办才好。"

我不知道该说什么。她正审视着我身后的房间。

"你想四处看看吗？"

"想。我看起来那么虚弱吗？我得先把头发吹干。"

"呃，从我这里看过去，你好极了。像个金发的埃及艳后。"她额前的刘海儿湿淋淋地垂在眼睛上，看起来有一丝调皮。

她笑了。"埃及艳后。好吧，安东尼，那我稍后再吹头吧，带路。"

我带她在公寓里巡视了一圈，像侍者托着托盘一样拿着电脑。我拿出我纯正的英国腔调："我们先从布置精美的起居室开始，里面有安妮女王时期的家具，还能看到一些中国风的影子。看看这些陈设，多么富有古典气息，光线从毛玻璃天窗透进来，越发地明亮。"我有几次都让她开怀大笑，这感觉很不错。

在音乐室，我把电脑角度调低，给她展示了一幅粉笔画。那是一个分为七段的螺旋，分为七段，每个纵横交错的格子里都写满了拉丁文和炼金术符号。

"哇哦，停！那是个什么鬼东西？"

我把屏幕靠近些，好让她看得更清楚。"这是一种'神之封印'，是布兰登儿时着迷的东西。他在我们卧室的小地毯下面就画了一个，后来被妈妈发现了。这是约翰·迪伊用来召唤天使的符号。"

"约翰·迪伊？"

"一个魔法师。"她把脸凑过来看着。"不是拉斯维加斯的那种魔术师，而是历史上的那种，我记得应该是伊丽莎白时期的。有点儿像一个魔法师、科学家、间谍和政客的结合体。他的旧居和我们莫特雷克的房子在同一条路上，布兰登坚信他和我们是失散已久的亲戚。所以他组第一支乐队时，给自己取名布兰登·迪伊。"

"是吗？"

"是啊。直到每个人都开始简化地叫他布兰·迪伊，他才又改回了库斯加藤。"

我端着电脑走进阳台。阳台上有两个人体模型，除了头上配套的巨大的头饰之外，他们全身赤裸，他们被摆放的位置，使他们正好从直棂窗户望向外边。头饰是用真的羽毛制成的，头部是一个鸟头的仿制品（我想是鹰吧）。鸟喙光滑黑亮，质地像甲壳虫的翅膀。羽毛像头发一样披在背上，"长发"及腰。眼睛湿漉漉的像墨水滴，但我摸了其中一个却发现它是干的、凉凉的。

"又一个'哇哦'，"瑞说道，"那些又是什么？"

这两个头饰做工精细：羽毛油亮、色彩斑斓，整体是扇形的，呈波浪式起伏；两个向下的鹰钩顶端如针一般尖锐。我用手指尖摸了摸鸟喙的尖端，想感受一下用多大力度会扎出血。

"妙极了！你戴一个试试。"

我把镜头转向自己。"我觉得它们只是摆设。"

"试试嘛，快点儿。"

我拿起近处的那个。它比看上去要沉，底部缝着一个乳胶做的无檐圆帽。我把它套在头上，戴得稳稳当当，羽毛在我背上倾泻下来，和鸟喙的重量达到完美的平衡。向下弯曲的鸟喙把我的视线一分为二，使我看到的每一样东西都有了一种立体化效果，就好像两只眼睛是分别独立工作的一样。我左右歪歪头，立刻找到了一点儿鸟的感觉。

瑞打了个冷战："这个东西真不简单。有标签吗？"

我把另一个转过来，检查着里面的圆帽。一个丝质标签上有一条手写的批注：库斯加藤，17/4/10。下面是一个徽章，还有一个名字"福格和巴蒂"。我把它读给瑞听："在什么地方听过吗？"

"没听过，但听起来特别像是英国的。"

有几样东西她想多检查一遍：冰箱里的东西和浴室的储物柜。我把电脑放回桌上，她安安静静地用毛巾绾着头发。

"看到这里，你怎么想？"我问她。

"呃，这屋子太好了，我当然是这么想的。我是真的想不通他拿什么来付这个房费。不过浴室里的东西倒都是男人用的，冰箱里的食物也都是他的口味，所以看上去可能真的是他自己在住，而不是傍上了哪个富婆。"她把头发拍平整，"我猜可能有个保险柜。不过如果你得去跟他们要密码的话，那也挺奇怪的。"

我思索着。"我不确定，不过我感觉也没什么好奇怪的。我消失了一个多星期后突然出现，没带钥匙。我的发型也变了，一个人都不认识，他们都欣然接受了这一切，毫无顾虑。布兰登的丢三落四在这里反倒可能是个好事儿。等一下。"

我拿起那个老式转盘电话的听筒。数字上都贴有喜鹊的图片，还有过去那种提示音"坏事请拨1，好事请拨2"。我拨了一下"2"，电话那头响起一个声音："是库斯加藤先生吗？"

我让自己平静下来："是我。说起来真是太蠢了，上次我过来时，改了保险柜的密码，当时挺晚的了，我有点儿害怕，你知道吗？"卡斯帕发出了同情的声音。"可以叫人过来重置一下密码吗？"

"当然可以，先生。顺便请示您，现在要用晚餐吗？如果您不急着开保险柜的话。我们把京都那位专门做寿司的大师傅请过来了。"

"可以，什么时候都行，我现在不用，只是提前想到了。"

"我们一小时之内上去。"然后他就挂断了。

"'只是提前想到了？'"我一放下电话，瑞就说道。

"我知道，我知道，"我说，"这估计是最不像布兰登的一句话。"

"可能吧。要么换成'不用了，谢谢。我想我吃不下了'怎么样？"

"挺好。或者：'我该睡了，明天还要早起。'"

她长了一张让你总想看她笑的脸。哪怕是在电脑屏幕里，她的活力也显而易见，她的笑容仿佛打开了一束光。她的手在头发里穿过，好像读懂了我的心思："天哪，笑一笑真是太好了。等我一下。"她四处看看，然后起身把门关上了。"我又有个想法。你要是住酒店的话，一般会把东西藏在房间里的什么地方？我是说，钱和护照，当然是放在保险柜里，但是其他东西呢？你懂的，比如要嗑的药啦，玩具啦什么的。"

"你是忘了在跟谁说话。我已经二十年没住过酒店，也二十多年没吃过那玩意儿了。"

她摇摇头。"抱歉，都是惯性。你还真是跟他不太像，你知道吗？"

这令我心里涌起一阵骄傲。

她继续说着。"好吧，我以前跟布兰登住酒店时，当时是在一间蓝色的房间里，他的东西都是藏在墙上的一幅画后面的。"她又四处看看，"但是在那边估计成问题，看起来简直像个画廊。"

"没事儿，我有一整天呢，"我说，"我们要不先去卧室？"

我立刻脸红了，可是她却笑了起来，"这下你听上去像他了。那我们开始吧。"

没花多长时间。我们试到了第三幅画,这是一幅维多利亚时期的画像,上面写着一句话:我感觉如此美妙。我把它放到床罩上,好让她也能看见。

"快打开,快打开!"她说,活像一个兴奋地盼着拆开圣诞礼物的孩子。

我揭开后面的盖子,拿出里面的东西。里面的大部分空间都被一捆钱占满了,一沓美钞,用红色的纸带绑着。

"妈的……"瑞轻声说道,"瞧瞧这些钱。一共有多少?"

我开始数钱,边数边把它们在床上排开。"五十,一张;五十,两张;五十,三张……"

在我数钱时,瑞只说了一句话,就是当我数出第十张一千时,她拖着长长的语调说了句:"不可能。"

数完总共是两万七千五百五十美元,在床上整整齐齐排了好几排。瑞在屋里不停地来回踱步,我只能看到她经过屏幕时一闪而过的身影。"三万美元,三万美元的现金!亏我昨天花了一整晚把从旧货店淘来的别人家孩子校服上的名字拆下来。"她踹了一脚桌子底下的什么东西,画面抖了一下。"他什么时候变得这么有钱了?什么时候?"

"我不知道,瑞,抱歉,我……"

她打断我:"我知道你不知道,亚当,对不起。我不是真的在提问。只是,这也太……"她摊开双手,"我不知道三万美元对你来说意味着什么,但是对我们来说那是……一切。它是五年的按揭;是一个可以带着罗宾去我父母家以外地方游玩的假期;是一辆车——胡扯,是两辆车。"她跌坐下去,"是晚上可以睡个好觉。他到底从哪儿搞到的这笔钱?"

我不知道该从何说起，不过有几件事确实让我烦心。"这些是美元。所以他很可能并不是在这儿赚的。除非，他是想寄回家来着？"

她哼了一声。"你可以把那条列为最不符合布兰登的行为排行榜榜首。'我刚刚赚了一大笔钱，寄回家一些吧。'"

我在包底搜了搜，拿出四个空信封。"看上去这里原来好像有更多。"

自这之后，瑞就变得很平静了。我快速设想了几种情形，但说老实话，我实在不知道布兰登都干了些什么。在我不那么确定地说完第三种情形时，瑞说她得回去和罗宾待着了。她离开后，我继续盯着屏幕。我是不是应该把钱直接寄给她？这些钱我也确实用不上，尽管我不知道这间屋子是怎么付费的，也不敢再给卡斯帕打电话了。我决定下次聊天时要一下她的银行账号。

我继续在其他房间搜索，也不确定到底在找什么。每转一圈，似乎都能发现一些新线索，就好像事物在我背后悄无声息地改变似的。卡斯帕上来了，带来了维修工，还有寿司。我坐在钢琴凳上吃起来。一块块五颜六色的冷肉组成的小方块：红的、粉的、黄的，仿佛木质画板上一小摊一小摊的颜料。它们吃起来口感很微妙，几近乏味。我从冰箱里拿出一罐无糖可乐和一包饼干，把它们装进口袋。说什么我也得回去了。翁布里奇各个配件的发条这时候应该已经快要走完了。发条一走完灯会立马断电。其实也没那么严重：那些自动化的系统极少停摆，但是一想到这座城市将陷入黑暗，我就感到焦躁不安。

我打包了几样东西：布兰登的日记、一本布兰登在上面胡乱记了些笔记的写约翰·迪伊的书，还有布兰登的笔记本电脑。出门好一阵，我才想起他的衣服。早些时候卡斯帕对我的上下打量，说明仅仅脸长得像布兰登可能还是不够的。我又掉头回去，来到卧室的雕花橡木大衣柜前，发现这是这套房子里唯一还算得上有些秩序的地方。衣柜内部很整洁：西装挨着夹克，为数不多的几条裤子，然后是一长溜的衬衫。另一侧是由针织衫组成的沉闷的彩虹。下面的抽屉里是内衣。再往下的架子上放满了鞋。每一件衣物看上去都是簇新的，空气中是扑鼻的皮革提亮剂的味道。搭配选择实在太多，太多太多了。一直躲在我大脑角落里安静运转的算术神经已经开始悄悄对我说有多少种排列组合的穿搭可能了。十件西服乘以二十件衬衫，再加上那几件针织衫，再和那些领带相乘，即使不算鞋子和腰带，也有一万两千种穿搭。往后余生一天换一身都够了。

我在每种服装里都挑选了几件。一件很沉的灰色大衣，上面有很密集的图案，内搭一件粉色衬衫，它的袖口像硬纸板一样板正。到领带这儿，我琢磨了一下。我从来没见过布兰登扎领带，但是这里既然有领带就必然有其原因。最终我决定还是不戴了，因为我实在想不出什么颜色的领带能和灰色、粉色搭配。我费了好半天工夫都没能把袖口系上，这才发现需要用袖扣来系。于是我只好把衬衣的袖子卷起来穿在外套里。我选的这双鞋很好看、很性感，刻有深棕色的花纹。鞋子虽然看上去很新，但我穿刚刚合适，一点儿都不卡脚，我这时庆幸我和布兰登有着共同的 DNA 了。镜子里的我看上去并不像布兰登，但我看上去也像个人物了。我感受到体面的衣着带给人的那种厚重感，那种实实在在的感觉。这主意还真不错。

又一次回到大堂，我感到卡斯帕的眼神从我身上迅速闪过，一瞬间让我联想到了蜥蜴的舌头。

"这么快又要走了吗？要给您备些酒晚些时候喝吗？"

已经九点了，不过布兰登是会比我晚睡很多。

"我想不用了。我要去见一个朋友，要在那边过夜。"

"好的。杰本来今晚要来的，您需要我重新安排一下吗？"

谁是杰?"那太好了,卡斯帕。我明天一大早就回来。"

听了这话,他笑了。我也尝试着做出一个布兰登式的色眯眯的坏笑。"呃,对我来说算早。"

他低头看到了我的鞋。"那是洛伯(Lobbs)吗?"

幸好,我在楼上时看了鞋子里面的品牌名字。"是的,眼光不错啊,卡斯帕。"

他感叹道:"漂亮,多么漂亮的鞋子。"

翁布里奇果然停摆了,但没造成什么严重的后果。远处墙上的轨道灯刚好垂在模拟夜幕降临的屏幕下方。缆车在山间的索道上滑动着,在后墙上投下暗影。我坐在晦暗的灯光下,听着咔嗒咔嗒的声响,吃了一碗麦片。回想起这一整天的种种,我的心跳得飞快。每次当我模仿布兰登的言谈举止时,总是透着那么一丝慌乱。那是一个没有半句真话的谎言,一个让我感到不舒服的灰色地带。罗宾也同样让我不舒服,那感觉是最奇怪的。他看着我时那饱含深情的眼神,他释放出的那种他需要我的信号——这些都是不能儿戏的。过不了多久,瑞一定就会告诉他的,那时候我将成为一个骗子。

我吃完麦片,把碗洗了,放下卷帘,把街上的灯光挡在外面。奥哈维修道院洞穴里闪烁的微光将成为我的夜灯。我把睡袋上的睡帽紧紧套在头上,努力让自己什么都不去想。

一阵铃声把我从沉沉的睡梦中叫醒。在短暂地感觉身子像打了个趔趄要摔倒似的之后,我才意识到自己在哪儿。我看了看表——刚过凌晨两点。沉睡的翁布里奇环绕着我。我摸索着打开笔记本电脑。"瑞?"我使劲儿想要看清屏幕里她的脸。

"是我,我跟你说……"她听上去很是激动,然后才看出我一脸迷糊,"该死,你那边是深夜。"

"没事儿。"我打开床头灯,"出什么事儿了?"

"不好意思,我得理理思路。别的且不说,那笔钱,实在是有点儿……有点儿太过分了。不过我出去了一趟,又把罗宾哄睡了,我想我这会儿气应该消了点儿。于是我又想起布兰登说的他写的那首曲子,飞机上那个。那个叫什么'初雪中的第一串脚印'的?"

"没错。"

"那首曲子没在他电脑里,是吗?"

"我觉得应该没有。我从来没见过有比这个还空的电脑桌面。"

"嗯,听口气他对这首曲子还挺满意的,我就想我得上网搜搜。"

"然后呢?"我抿了一小口水。

"搜到一条。是一个声云(SoundCloud)的页面。艺术家是一个叫'雨'的乐队,有一首作品。"

"初雪中的第一串脚印?是他这个吗?"

"是的,还有一整篇文章。说是内容介绍,但依我看,读起来更像是不知所云的胡思乱想。我读了一点儿,然后想着我们是不是可以一起看看。我没考虑到时差,对不起。"

"天哪,道什么歉,这多有意思啊。"

她肉眼可见地放松了下来。"是很有意思,不是吗?"

我拿着电脑走进厨房,冲了一杯咖啡。夜里的翁布里奇宁静安逸:小小的浪花拍打着河岸,还有最后几班缆车咔嗒咔嗒地运行着。我在唯一一张空椅子上坐下,在电脑上输入"雨乐队 第一串脚印"。瑞说得对,一旦明确了目标,这歌一点儿都不难找到。艺术家头像的地方和我想象的有点儿不一样,是一个喜鹊的缩略图。还有一个音乐链接,是一个上下起伏的波形图案。我点了播放。

"你需要先听一下吗?"瑞问道。

"我先听听看。"我摆弄了好几次才放出声音,声音一出来,我觉得并没有布兰登描述的那么优美。稀稀拉拉的音符,叮当乱响,不成曲调。

"我需要听完吗?"我问她,"后面会不一样吗?"

"不用了。我想这就是问题的关键。挺好听的,你觉得呢?"

"要我说的话,我其实不太欣赏得了他的音乐,一直都是。我们要不开始读吧?"

"好吧,就是下方那个链接。"我能看得出她的兴奋。"3、2、1……"

我们相隔五千多公里,却共享着同一时刻,眼睛不约而同地盯着同一句话,这一切都有种奇异的亲密感。有一瞬间,我们同时伸手去拿咖啡杯,眼睛分别盯着自己的屏幕,这个动作会短暂地让我一惊,把我拉回现实。她看了我一眼,两条眉毛一扬,然后我们又各自继续读起来。我先读完了,就看着她读。她的表情生动不已,我能通过她的一系列动作看出她读到哪儿了。有时候,她两手平放在桌上,轻声咒骂。但多数时候她只是皱着眉。她皱起前额,像个孩子一样,更多的是不解,并没有很愤怒。

她读完了,抬起头来发现我正在看着她。"天哪,我看起来是不是像个傻子?布兰登常常说我看东西时嘴巴不停在动。"

我大着胆子夸了一句。"你看上去好极了。"

她斜了我一眼。"好吧。那么……你是怎么想的?"

这个问题不难回答。"说实话吗?我觉得他疯了。"

废墟之中

那个音频已经从声云下架了，但我把音频下的文章存了一份，以下是副本。

我屁兜里有张我从丹·梅勒写的约翰·迪伊的传记里撕下来的一页纸。我一直保留着它，因为里面有一段话我一直都很喜欢，是这么写的："约翰·迪伊能够看到宇宙的运转规律。而当那些与他同时代的人，从江湖骗子到普通人，把视线投向罗尼文或研究一堆堆的鸡内脏时，迪伊只需抬头望一望天，就能读出老天对未来震彻云霄的安排。大自然对着迪伊揭开了她的面纱，除他以外，再无第二个人。"我知道那种感觉。有时候突然下坠到一定深度时；或者在深夜里开着车，迎面而来的灯光一骑绝尘消失不见时，天空会剧烈抖动，有那么一个瞬间，我可以看到宇宙的结构。此刻，我已经接近这种感觉了：伦敦和时差带来了这种感觉。我走啊，走啊，直到这个城市的节奏卡在我的嗓子眼儿里：烦躁和狂怒，一意孤行的盲目。我驻足观看街角商店里哥顿金酒的迷你模型，在墙体画满了涂鸦的门洞里抽烟，直到时差如潮水般淹没了我，空气开始颤动。我在一个僻静的小巷里扶着墙，等待熟悉的电光闪现时刻到来。突然间，天空中信息翻涌。我尽力静静地站着，望着无数新星发出一束束纵横交错的光线。无线网络的脉冲和螺旋式上升的移动数据示踪器。国家监管的暗色的飞艇和加密流量的鬼火。信号干扰。相位偏移。一切都被记录在空气中。还有审查的烟雾和俄罗斯恶意软件的侵袭。然后一切都消失了,什么都没有了,只在我眼皮上留下了瘀青,每条路都仿佛变成了车辙。

我躲进帕丁顿附近一家不知名的旅馆。美妙的电台广播在空荡荡的餐厅里显得聒噪,塑料杯子在塑料包装里,一眼能望到内部的电话销售办公室。我打会儿盹儿,上会儿网;上会儿网,再打会儿盹儿。

谢天谢地,多亏了互联网和它的海量数据。昔日里,想要找到三个十五年来都未曾联系过的人的具体联系方式可能是某种私人研究层面的巫术,可如今只用了一顿午饭的工夫,我就得到了乐队所有成员的私人电话号码,还有吉米的一个工作电话。现在的问题是,他们三个哪个挂断我电话的可能性最小?索尔是和我分开的人里跟我关系最好的那个,不过那也是相对的,况且他的那股复仇之火在这十五年里可能已经熊熊燃烧,越烧越旺了。吉米是最难对付的,加之她谨慎的待人接物方式和毁誉参半的复杂名声。就剩巴克斯特了,我对他的伤害可能是最深的。而且,说老实话,我还欠他一大笔钱,但他性格里有感性的一面,最有可能听进去一些忏悔的谎言。我给巴克斯特打了个电话。

铃声响了许久,我都做好心理准备听到答录机的回答了,所以当他接起电话,他那充满迷惑而又遥远的声音传来时,吓了我一跳。

"喂?哪位?"

我清了清嗓子,也不知道为什么。"巴克斯特?我是布兰登。布兰登·库斯加藤。"

他吹了个长长的口哨。"真的吗?是你本人吗?"

"如假包换,"我说,又考虑了一下,"呃,当然,是在电话里。"

我事先没准备好说什么。我本来准备作为对话里被动的那一方，结果他反倒默不作声、怡然自得。"我在伦敦，确切地说是帕丁顿，我想知道你愿不愿意出来喝一杯。"

他迟疑地笑了。"喝酒？当然，当然。不过我这会儿没在市里，真是抱歉，我来马里了，要待上几天。"他说这话时，极力掩盖着话音里的骄傲。天知道因为什么。

"天哪。马里？你去马里做什么了？怎么还要待上几天？你为什么要去马里？我说，你还没火到达蒙·奥尔本[1]那个份儿上吧？啊？"

"是工作的事，回头找时间再跟你细说。还有，我周四回去，到时候你方便的话我们再聚。这是你的手机号吗？"他读了一串数字。

"不知道，我买的新电话。"

"好，到时候我打给你。也不知道这边几点了，我感觉我刚刚睡着不久。"

我必须得从这通电话里有所收获才行，这样才能让事情进行下去。顺利，顺利。"等一下，先别挂，你有吉米的电话吗？"

我似乎能感受到他对这个话题的兴趣一下子就上来了？现在他的的确确听上去没那么困了。

"打给环球试试，找洛克希，或者打给暗黑天才，号码网上有。"

这可能只是搪塞。他和吉米向来走得很近。"嗯，那些我都有了，我只是想要个私人号码。"

"我想着你也是，"他不耐烦地说，但旋即他的音调里又有了一丝幽默感，"真不巧，这件事我帮不了你什么忙，不过洛克希一直很擅长干这个。我得挂了，我们周四再聊。"他打了个哈欠，打得我也有了

---

[1] 达蒙·奥尔本（Damon albarn），1968 年出生于英国，模糊乐队（Blur）的创始人、主唱。

睡意。

"等等。"我又说道。揭晓真相的时刻到了。就算我暂时退后一步，也必须搞清楚自己现在的立场。"梅尔还好吗？盖博呢？"

像电影画面闪回一样：梅尔的文身随着她在我面前弓起的背而绷紧，涂了黑色指甲油的指甲掐在我的胳膊上，试衣间的啤酒瓶滚落一地，我的手指插在她头发里。我搜了巴克斯特的脸书才查到他们儿子的名字，我知道他一定会感激我还记得。

他又打了个哈欠。"他们很好。梅尔重返校园了，拿了博士学位。她现在是莫瑞斯博士了你敢信吗？盖博也已经十五岁了，组了自己的乐队。"

我等待着，没有一丝指责的迹象。梅尔一定是默默地瞒下来了。简直令我大失所望。

旅馆的电视向来很糟糕，比那更糟糕的是英国旅馆的电视。一点儿都不好笑的喜剧演员，毫无剧情可言的电视剧，激不起半点儿性欲的色情片。我把节目都关掉了，问候语还没完呢：尊贵的先生/女士，您好。我靠在枕头上，看起了手机。不知不觉间，旅馆服务员突然来砸门，我才知道外面天已经黑了。我陷入了在陌生酒店房间里所独有的那种短暂的存在主义焦虑，不知身处何处，不知何年何月、什么时间，如果当时状态极其不好，甚至想不起来自己是谁。这种感觉让我渴望出去游玩，然后一天的日程表会从门下面被塞进来：说明有人专门负责确保叫你起床，让你坐上大巴。我今天该做点儿什么才能不辜负如此的悉心照料呢？

我查看了一下手机。一封语音邮件：是巴克斯特。他终于有空搭理身在伦敦的我了。他的声音里带着一种刻意拖长的语调,伦敦周边的孩子刚来伦敦时就操着这样的口音,以免在夜班巴士上被揍,而他装着装着就假戏真做了。"你个死鬼布兰登,我还以为你死了还是怎么了呢。你那个电话像是地狱来电一样。不管怎么样吧,听着,我把吉米的电话发给你了。抱歉啊之前,但我也得先跟她确认好,她是不是愿意你打给她,结果她还真同意了,鬼知道为什么。她明天晚上在O2体育场有演出,要是你们通话的话,记得问候她这个。还有,千万记得她用音箱,第一次听可能会有些吃惊,但是你很快就会习惯的。回见。"

我感觉一切凝滞了,黏糊糊的,一种隐隐的疼痛感在我四肢蔓延开来。电视里还是之前的老一套。雨小点儿了,外面的街道散发出诱人的光彩。经历过一场暴风雨后,伦敦显得更美好了——我们不都是吗?

这句话我有二十年没说过了:"给你自己也来一杯。"挺可爱的一件事,在我嘴里就像"人行道""电梯"这些词一样生疏,但伦敦的酒吧礼仪显然还是没变,因为吧台后那哥们儿听了这话认真地点了点头。在美国,一美元一杯酒,更像是管得没那么严格的税收。在这里它更像是一种慷慨,我喜欢这样。酒吧里充满了各种孤独的人,他们穿着廉价的衣服,费尽心思想要错过他们的火车。我喝了几杯啤酒,又喝了几杯烈酒,然后在外面的长椅上给吉米打了个电话。巴克斯特没说错。我在脱口秀节目里听过她的音箱,但是这样即时连线听到时,还是觉得颇为震惊。我必须提醒自己,我不是在跟一个机器对话。

"嘿,是吉米吗?"

过了半晌。仿佛是打国际长途中的一个停顿。

"布兰登,巴克斯特说你可能会打来。"

我几乎要咬着舌头,才能控制住自己那句寒暄"你的声音听上去真不错",好让它不要脱口而出。

"是啊,我们叙了叙旧,"我撒谎道,"聊了聊旧时光什么的。他说你明天有场演出。"

又过了半晌。

"你想要什么,布兰登?"音箱里的软件给我名字的几个音节加了重音,出来的声音变成了一字一顿的"布、兰、登"。

"没什么。"我的声音里充满歉疚,连我自己听起来都信了。"就打个招呼?看看你过得好不好。"

"好吧,"她说,"嘿。"

说完,她又迟疑了一下。我们聊了有一阵儿:以前我们待过的那些地方,我们共同的那几个朋友。我告诉她我在洛杉矶 El Rey 剧院看过她的演出,然而她也没问我为什么不去后台找她。我问了她父亲的近况,希望我们上次聊天后他还活着。我们最后以"好吧"结束聊天并道了别:她去排练了,我继续喝另一杯。

我在洛杉矶的广播里听说这位叫作吉米的英国女歌手后,过了足有六个月才意识到她和从前的遥/控乐队的贝斯手,过去那个普普通通的金·巴洛赫,是同一个人。我第一次遇到她以新身份出现是在圣费尔南多市某个地方举行的一次试镜上。她身上那一目了然的特征——起码一米八二的身高、灰色的头发、干干净净的脸,也没有文身,三十来岁——令试镜间变得非常恐怖:仿佛在一个由好多面镜子组成的废弃大厅里出现了二十个版本的我自己。我听到邻座的人在议论这个戴着音箱的怪异歌手,还有她那有着某种淫秽色彩、头天晚上刚在《名侦探柯南》中出现过的日式装扮。他们讨论了好一阵儿,不过最终问题还是落到了洛杉矶两个永恒的主题上:这玩意儿能卖钱吗?你会买账吗?他们都认为会,所以我把它归类到大脑存储中

"有待考证"的区域，然后就把她抛到脑后了。然而过了半年，晚上十点在 K 镇的一家酒吧里，在五台开着却没有声音的电视里。她正做客《大卫深夜秀》。在那场著名的演出里，舞者们在她周身缠绕彩带，把她弄得像五朔节花柱一样，而她歪头的动作，把我带回了遥/控乐队贝斯手试镜当晚的达尔斯顿排练室。我看着这姑娘，个子高高的，但是再高一分便显可笑，她探着头从门口进来，背上背了个琴包。我立刻在心里默念"一定要好一定要好一定要好"，因为她有着某种酷酷的感觉，演奏时有股倔劲儿，全副注意力都集中在指板上，脸上挂着傻笑。

我让酒吧招待把电视音量调高，结果只赶上节目结尾的五秒钟，只见她傲慢地鞠躬，莱特曼眉开眼笑地说："这就是吉米，女士们、先生们，她很棒吧？"从那以后，她就无处不在了。一部分原因是我的留意，另一部分原因是她正当时，正处于巅峰时期。她的身上几乎没有我认识的那个女孩的痕迹了。那个专辑在英国排名第三的吉米，那个某知名服装品牌的代言人，那个冷冷的又有点儿犀利的家伙。当然那个音箱也让她有了距离感。

我从长篇大论的文章和扑朔迷离的小报里拼凑起了她的故事。在一篇《时代》杂志的访谈中，她谈到"在乐队的那五年里，一天哪怕连一分钟都无法呼吸到新鲜空气"。这是真的。无论是在演出场地、工作室、车上，还是在排练室、家庭聚会、酒吧集会上，所有地方都烟雾缭绕，尼古丁无处不在，无孔不入。她久咳不愈，就去看了医生（我立刻富有同理心地自动感觉到我的喉咙也开始发干发痒），然后在第二天就动了手术，甚至都没来得及回家换身衣服。过了一星期，她回来了，切除了一大段声带。那个时候，对失声的人来说，能选择的路少之又少。可以使用身势语，很优雅，但普及程度与世界语不相上下，或者也可以去搞一个像霍金那样的语音合成器，就是会显得迟缓吃力。而吉米却另有打算。她避开一众医生和医疗供货商，转而和数字设备制造商聊了起来。她激起了他们的兴趣，这个严肃而又质朴的女孩，带着那副几近原始而又富有乡土气息的笑容。他们开始着手打造一款全新产品，它包含一种声音转码技术，但是它的精准度是他们通过不断尝试，一点儿一点儿磨出来的。我听她在访谈中说话，很难搞清这个器械的具体工作原理是怎样的。她说话的声音很平淡低沉，但是软件又会把她的咳嗽声或笑声变成一种悦耳的电音。这样的声音，录音效果简直一流。在一首歌刚开始时，她的声音还平平无奇，但是到了歌曲的中间部分，声音突然迸裂、爆发，令人敛气凝神，继而分为几股，彼此环绕，像图表上的一条线一样盘旋上升，从窃窃私语变成惊声尖叫，接着又从飞机轰鸣降至莺啼燕啭。

看着她的成功，我的内心活动是这样的：嫉妒、愤怒、恐惧、更加嫉妒、轻蔑。嫉妒，很简单：她上了《大卫深夜秀》，被称为新千年最有趣的艺术家之一。我也想上《大卫深夜秀》，我也想被称为新千年最有趣的艺术家之一（即便不是我，那我肯定也不想是我身边认识的某个人）。恐惧，也简单。我也曾见过有人暗地里悄悄夸赞索尔的新乐队还不错，那是一个伊维萨岛的暗黑迷幻二人组。我本来没有理会那些传言，但是现在，一股执念攥住了我。遥/控乐队的另外三个成员后来都继续他们的职业生涯并取得极大的成功，这会使媒体记者捕捉到他们的关联并撰文对这个（几乎）每位成员单飞后都发展成为明星的乐队进行报道。我会成为乐队主唱版的皮特·贝斯特[1]，以没有火起来而著称，成为大众茶余饭后的谈资。有一天晚上，我梦见《名利场》

---

[1] 皮特·贝斯特（Pete Best），1941年出生的英国音乐人，是披头士乐队最初定下的鼓手，但在1962年被林戈·斯塔尔（Ringo Starr）取代。

上登载了一整篇文章介绍遥/控乐队，事无巨细，从家族成员到花絮报道，还有挖掘出来的早年的照片。文章的最后一句话是："讽刺的是，乐队幕后的指路明灯，以及拆散了乐队的人，是那个唯一在接下来的二十年里都没有火起来的人。"

所幸，索尔的乐队成了众多永久低迷的乐队之一，看似拥有光明的前途，最后却总是被证明这只是假象。吉米也是，在令人惊叹的崛起之后，如今似乎缓慢但持续地走上了下坡路，注定一路下滑，从头等舱降至商务舱，与仅仅"有趣"都渐行渐远；巴克斯特呢，一如他在舞台上时一样寂寂无名。

问题在于，我在她的重生中看到了我的一份功劳。追溯到遥/控乐队刚组队的年月，那时候吉米还被诸多烦恼缠身。她甚至为她的没有安全感而感到没有安全感。她弓着背，待在角落里，仿佛那样就能把自己藏起来似的。她的打扮也是独立音乐人最典型的自我掩护的装扮：带圆环的渔夫式上衣、破洞牛仔裤、马丁靴。她的头发遮住了脸，袖子长长的，手藏在里面。所有的特质都被藏了起来。我们第三次排练时，我当时正琢磨着乐队将以何种形象站在舞台上，我让巴克斯特和索尔靠近观众，而让她坐着。她坐在一个行李箱上，踢着脚后跟，像个孩子一样。

"你看啊，吉米，你身高一米八，肩膀比我的还要宽，皮肤就像山羊皮。你看上去酷毙了，然而你却把这些都藏了起来。你越是想压抑它们，它们就越突出。可是说到底，你到底为什么要藏呢？我是说，你看上去特别棒。"

我把她的刘海儿拨开，必须像平时那样刻意把手抬高才够得着。她有着一张好看的面孔：鹅蛋脸，皮肤光滑，没有瑕疵，像一个黑皮肤版的值得反复玩味的荷兰画像一样。我抽出一本《新音乐快递》。

"看看这些努力吸引眼球的家伙吧。"我们快速翻动着页面,看着那些乐队。有走学生路线的,穿得不知道像古惑仔、还是朋克、还是水手,反正就是不像学生。"你还没尝试呢,看起来就比他们这些人强一百万倍了,你要是试了的话,想象一下吧。"

她怀疑地点了点头。

"这就是规律。你最介意自己的哪一部分呢?身高?皮肤?体重?"

她几乎咆哮起来。"我的皮肤怎么了?"

"好,那说明不是皮肤。那就是身高了。"

她微微点了点头。"嗯,你知道人们是什么样的。"

"去他们的。哪些人?演唱会上那些?"我们四个一起出去过几次,去找出那些潜在的将会成为对手的乐队,在我看来,这是和排练同等重要的事情。卡姆登音乐演出现场和周末的乡间狩猎活动如出一辙,都看重身份和地位。我注意到吧台前人头攒动,自封对独立音乐颇有见地的品鉴大师试图把她改造得符合他们的社会准则。在这个充斥着中产阶级白人的场景里,一个格拉斯哥人会显得格外显眼,不可名状地富有异国情调。吉米完完全全是另一种存在。"让他们都去死吧。他们生怕有人有一点儿独创性。下次排练,穿上高跟鞋。"

"你是在教我怎么穿搭吗?"她撇了撇嘴,但语气并不强硬。

"不是在教你。做你自己想做的。但如果你穿衣打扮就是为了给那些支撑着酒吧的底层混混儿看,那岂不是更糟糕吗?对不对?"

她咕哝了一声。

"考虑一下吧,好吗?还有什么?头发?"

她本身的头发,我只见到过一次,粗犷凌乱,接近爆炸头,但是她每天都要花上好几个小时试图把它们整得服服帖帖，还要弄一个"逝去的六十年代"卡姆登女孩们必不可少的刘海儿。"把头发散开。"我说道。

从那以后，我再也没有给过她任何形式的指点，但是我像一个罗马君主一样统治着乐队。如果你大拇指朝下，表示不赞成，会让他们感觉到足够害怕，他们会为了你努力做出改变。仅仅一句"鞋子很酷，吉米"，或者只是冲着某个太像飞毯乐队[1]的元素皱一下眉，他们就能立马心领神会。

他们三个人里，吉米是唯一那个会看眼色并贯彻执行的人。我们上一场演唱会时，我拍了一张我们四个人的合影（巧妙地做了裁剪，来掩饰观众很少的事实）。吉米侧身站着，耳朵周围的头发粗糙地推起来，她梳着莫西干头，看上去毫无艺术气质，懒懒散散的。由于全神贯注于指尖的演奏，她的下嘴唇向前突出。她身穿一件薇薇安·韦斯特伍德的衬衫——如今，人们称之为复古，短裤和长袜，脚踩一双磨损的白色高跟鞋。她看起来近乎完美，异常地对味，让我突然觉得追悔莫及，为那些逝去的光阴感到遗憾（随后我立刻阻止了自己，因为遗憾是所有感情中最没用的。我不允许自己有这种情绪）。

至于另外几个：索尔拥有那副拉仇恨的模特身材，穿什么都好看。他要是错过了回家的夜班车，就会待在我这儿，而且早上他经常从地板上捡起一些旧衣服借来穿；无一例外的，那些衣服穿在他身上都好看。巴克斯特已经无药可救了。惯常的做法是，从背后猛推他一把，并且告诉灯光师假装他是个话筒架子就好。但是吉米呢？我又看

---

[1] 飞毯乐队（Inspiral Carpets），1983年成立的英国摇滚乐队，具有强烈的迷幻风格。

着《大卫深夜秀》里的她，穿着恨天高，头发微微岁开。我对自己说："是我造就了这一切。"

我在塔桥附近的环路上逆行时，电话响了。是"吉米工作室的某个人"。不是她的经纪人，甚至不是巡演经纪人，而是"某个人"。可能是个实习生，也可能是某个接线员。对，她知道吉米说了我们可以见面喝上一杯。她会把演出门票寄到哪儿呢？不，我不需要过去拿，他们会送来一辆自行车，还没等我多问些别的她就挂断了。

我以前没去过O2体育场那一带。光是这名字，听上去就不像什么办大事的地方，还有那入口的通道，看上去像是进入一家商业银行才需要的那种通道。我搭了码头轻轨过去的。前面都是玻璃窗，所以我任由城市的各种景观从眼前狂飙而过。坐在我旁边的是一个九岁或十岁的小男孩，长了一张冷漠优雅的脸。他正在假装驾驶着这辆列车，每到转弯时，他都作出预判，肩膀跟着转动。他注意力高度集中，我从他身上看到了罗宾的影子。他并没有回应我的微笑。

在加利福尼亚待了多年再回到伦敦，伦敦那股完完全全的随意劲儿依然让我震撼。摩天大楼毫无装饰的楼板凌驾在杂乱无章的仓库之上，挨着仓库的是20世纪70年代的老房子，与老房子毗邻的是维多利亚时期的露台，而露台又靠着工业区。每一座翻新的建筑都布满了脚手架，孤零零的教堂站在一片涂鸦之中，像迷路的孩子。铁轨的每一个咔嗒声都会搅乱眼前的景致。街道左侧布置得像要拍开膛手杰克的纪录片，右侧的街景又像是要拍一部反乌托邦的科幻史诗。到达过港站时，有五六个穿着印有吉米头像T恤的人。我挤过人群，向现场走去，人越来越多了。

我找了半小时,才找到 VIP 通道的入口。从那儿开始,每个角落都挂有指示牌:餐饮、制作、安保、舞台。我羡慕不已,不由得哆嗦了一下。吉米演出的场地大到你甚至可能在这里迷路。我问了五个人才找到来接我的人——"来看吉米的对吧?她以前乐队的老伙计?"他随后带我穿过大楼内部,把我留在一个标着"演员专用"的地方。这倒也合理。我推门走过一扇又一扇双开门,像护士去手术室的路上一样,但是走到走廊尽头,即使是我的 AAA 通行证都不管用了。一个头戴耳麦的保安说"在这儿等着",然后过了十五分钟,才有吉米的另一个手下过来接我。

她看上去很好。真的很好,不仅是那种照片里的好。我在想她到底有没有事情做。我站在她这一代女明星的角度想:她们有自己独有的修图后的形象,去与其他不止一代更年轻、更性感的女明星竞争。她现在看上去成熟些了,但是不老;时光之手只是在她身上轻轻抚过,而不是像我一样,被它打个半死。与你能想象到的任何一个多功能、可以刷信用卡、几乎位于郊外的活动场所里的那种更衣室一样,她的更衣室平淡无奇。它可以是一个最近新建的休闲中心的更衣室,也可以是一个中部中型城镇的议事厅。那个地方唯一有异国情调的事物就是她。她头发蓬乱,是赤褐色的,像便宜的居家发型的昂贵版(或者是某种昂贵造型的便宜版,我也分不清)。她有着那种很多高个子女孩普遍有的沉静。我可以想象到,猫的眼睛和安保摄像头是捕捉不到她的。

"嘿。"有人正在给她的衣服别上别针,所以我小心翼翼地双手环抱住她。她摸上去很结实很健美,"你看上去很好。"

"你看上去也不赖啊。"音箱把这句话里所有的抑扬顿挫都抹平了。哪怕是一句真诚的话,也可能轻易变成讽刺。"你回伦敦了?"

"只是待几天。这边有点儿事情要处理,顺便完成几张录音,需要一点儿英国情调。"

"想加点儿灰色调,哈?"她的笑声听上去像发了个大笑表情一般敷衍。

"对,加一点儿低低的阴云笼罩。顺便说一句,你的专辑听起来棒极了。"我之前用手机上油管(YouTube)搜了几首,掌握了这张专辑的主旨,"我超爱那首同名主打歌。"其实我并没有,但是那首歌里刻意的愚钝迟缓,一定是她最喜欢的。

"哦谢谢,是啊,那首歌其实写得有些吃力。"

"真的吗?好吧,那你一定下了一番苦功让它听起来毫不费力。"

一个服装师小姑娘,叼着满嘴的别针,围着她忙碌着,不时地评估一下手上的活儿。"胳膊。"她说道,然后吉米就摆了一个耶稣钉在十字架上的动作。

"所以你还在录音吗?"尽管透过音箱,她的声音仍然满是怀疑。

"嗯,这将是我的收山之作,这张过后,就跟音乐说拜拜了。我就会一心投入表演了。"我希望我说的是真的。

"真的吗?我从来没见过有人这么做。我是说,音乐事业可能离开你,但谁会真正背弃音乐事业呢?没有人会。"那个助手,用手机快速拍了几张照片,又绕到另一侧接着忙活了。"你给我举个演奏家或是歌手的例子,正当还有人追捧时,就真的只是轻描淡写地说了句'去他妈的',然后就掉头走开了。"

她开始试探性地刨根问底,这是前所未有的。过后我想到了"牛心上尉"(Captain Beefheart),然而当时却没想起一个恰当的例子。

"彼得·格林?"我小心翼翼地说。

她哼了一声,这个声音绕过音箱,把我带回十五年前。"确实,他是个很好的例子。疯疯癫癫，陷入宗教狂热，赔了个精光，然后过了三十年早就无人问津了，再回来做音乐吗？"

助理退后仔细看着她。

"你妈妈还好吗？"她问道。

她们曾经在布赖顿的音乐演出中见过一面。我突然想起了我的母亲，头发被雨淋得湿答答的，在火车站的出租车候车点对我说"布兰登，好好对那个女孩，多好的一个孩子"。

"她去世有几年了，她以前确实还总是问起你呢。"

一个化妆师小姑娘正要给她画嘴唇，吉米用口型示意"等一下"。

"既然你现在不方便讲话，不如我来给你讲讲？"

我说话时，一直有人在她身上忙碌着。她被要求换了个姿势：开始蜷缩在椅子里，妆化完了，又被拉起来，举着两条胳膊，我感觉自己就像是在和一个能活动的钉在十字架上的人说话。我觉得这样很让人分心，但是她已经练就了一种当现场一直有工作人员时，她可以无视他们的本领。我的思绪突然飘回那次我俩唯一一次上床。那是遥/控乐队第三次还是第四次排练后，事毕，我认为我这一方的表现虽然敷衍，但也叫她颇为受用，她却用一只手肘支撑着爬起来，认真地看着我说："嗯，我们再也别这么干了。"

不知道现在做的话会怎么样？我想象着我们交合时，一个团队围着我们，像赛车维修队一样服侍着她。

我跟她说这说那，其实只是没话找话，好适应彼此鲜有往来却不得不同处一室的尴尬局面。更衣室的门背后用万用胶泥贴着一张巡演日程表。她大后天要去中国了，所以我要想让她上钩，就必须得是现在。她嘟起嘴唇，化妆师好用一把小巧精致的刷子给她的嘴唇上色。她嘟着嘴唇说："我得安静一会儿了，你跟我说说吧。"

"我一直都有这么个主张,"我听到自己说,"就是说,但凡出名,都得有特异性。"她把头偏了偏。

"想想你所有的形象。视频、照片、粉丝写的那些小说、大幅报纸的吹捧报道、小报里的花边新闻。每幅粉丝制作的粘贴作品,每一场南岸的演出,每一次色情网站的致敬。"

她做了个鬼脸,化妆师小姑娘不满地冲我皱了皱眉。

"把所有这些都加起来:所需的时间,就是你的数字。一旦这个时间超过了你的岁数,就会砰的一声,你的特异性就成了。这个弗兰肯斯坦造出来的怪物,是用你的生命碎片拼凑缝合而成的,如今它已经大过了你。这个庞然大物笨拙地在外面游荡,把你拖在身后。如果你的名气有麦当娜那么大,那么它就像金刚一样,把真正的你拿在手中。你觉得呢,你还在听吗?"

她茫然地看了我一眼,这时有人递给她一沓文件让她签字。然后她把口红摁进去,乐队其他成员也开始陆陆续续地进来了,空气中有一丝满怀期待的热烈气氛。一个人打开电视剧屏幕,把声音调得很大,所以我们能看到人群,还有那些留着吉米前一款发型的女孩子拥在警戒线前。我们离舞台太远了,自然是听不到现场的声响,但是就算透过电视小小的喇叭,那声音的嘈杂也令我兴奋得血脉偾张。我假装没有看到她冲着巡演经纪人微微点了点头,向他示意了一下让我离开,随后他便大声喊道:"只有乐队人员留下,伙计们,清场了!"相当一部分人留下了:化妆师、几个女性朋友,还有几个前呼后拥的随从,但显然,我不应该再待在这儿了,所以我快速说了句"演得开心",就离开了。

我已经在走廊里走出好几码远了,突然那个巡演经纪人气喘吁吁地追了上来:"嘿!你能稍微等一下吗?"他钻进了身边一间屋子,出来时拿着一个通行证,"抱歉,有点儿弄混了,我们能换一下牌子吗?"他重新递给我一个通行证,上面写着"后台"字样。"我们的AAA通行证用完了,真对不起——不过你用这个可以来参加酒会。待会儿见。"

被剥夺了"后台"通行证后,我回到台侧,感到这里明亮而阴冷。在台侧,我能感受到大厅里的观众席中央有一道无形的界线。界线以前,观众看起来还像观众,穿着T恤,汗津津、醉醺醺的。但是过了这条线,后面的人立刻变得更老了,也更秃了。我站在调音台边,看看工作人员里有没有我认识的,然而我周围站着的全都是,呃,普通人。他们穿着普通的汤玛斯品克商务衬衫,袖子卷到肘部。白葡萄酒盛在塑料杯里。有几个人漫不经心地拍手打着节拍,更多的人在发短信、自拍。

我挤到前面,想看看真正的粉丝在做什么。离舞台大概八米远的地方,只有一排排高高举起的手机和平板在拍。根本看不到舞台,也看不到乐队,只能看到成百上千个角度别无二致的相机镜头里成百上千个小小的吉米在动,画面出奇地一致。她被囚困——甚至是隐藏——在自己的形象里了。我走向大厅左手边,从大屏幕上看着演出。

演出相当华而不实。吉米在舞台上并没有做什么,所以一大部分激昂的情绪都由乐队和灯光分担了。舞台背景像是用某种建筑模型搭建的——空白的白色箱子搭成建筑的形状,就像是我弟弟自己在家建的城市一样。但是不同的灯光交替打在上面,它们也会被不同的场景覆盖。前一秒它们还是孤独的摩天大塔楼,星星点点亮着几盏灯;下一秒就变成了寺庙的墙壁。然后它们变成了儿童玩耍的积木,对比之下,乐队简直成了巨人。效果相当好。这种效果和音乐一点儿关系都没有，但是在这样一个场地，是什么造成这种效果的呢？现场更多的是那种寻常的"看看我多有钱"的效果，但有一个纹丝不动的吉米站在中间，效果立马就起来了。她是万物运转的中心，是风暴眼。乐队跳着、闹着，吉他手尤其让人受不了——他狂热地弹奏着，脸上是使劲搬动沙发时那种痛苦的表情，不过这倒也无伤大雅，因为在一个没有什么东西静止的地方，你会被唯一坚持不动的东西所吸引。吉米的声音在混音里显得十分低沉，她高高在上，远离那片喧嚣，而我却身处舞台的这一侧，成为舞台的界限，这深深刺痛了我。我怀念站在舞台上时的那种力量和自由；那种一句话、一个动作，就能榨取无数陌生人的欢笑和泪水的感觉。再没有任何事物、任何地方，像这件事一样，可以那么轻易地获得快乐。

　　最后，接近尾声时，热度稍稍有所缓和。"这将是我们今晚的最后一首歌。"观众席里响起一片敷衍的"不"，然后她又唱了一遍她在电台里收听率最高的一首歌，还有她的新专辑里最棒的一首。当灯光亮起，清洁人员拿着扫帚出现时，最后一个音似乎还在回荡。我来到酒吧时，铁栅栏已经放了下来。我找了将近二十分钟才找到庆祝酒会，酒会上的人是我见过最三教九流的了。开门前，我还担心没有人会认出我，走进去后，我祈祷他们别认出我。整个屋子里有一种压抑的葬礼气氛，天花板上的扬声器播着吉米的最佳金曲。我很好奇乐队在哪儿。吉米本人可能会懒懒地待在一间不受外界打扰的房间里，但是该死的贝斯手却在这里偷吃着免费三明治，勾搭别人家的女儿。每个人都在看手机，看看他们认识的人里有没有也在现场的。

　　我就要走出去了，突然手机响了起来。

　　"你在哪儿？"

　　"你是谁？"

"吉米。你来酒会吗？"

"刚才我可能就是在酒会，那间绿色屋子。"

"艾伦带你去的吗？"

"不是。"

"来化妆间。"

我厌恶地皱了皱眉。

"他拿走了我的 AAA 通行证。"

"哈哈，等一下。"

等了五分钟。

"来后台入口找我们，到车上去。"

这也从另一个侧面反映出吉米如今的地位——她的面包车停在场地里。台下，场工正在拆卸舞台装置。足有一堵墙那么大的两扇门打开了，通向外面的夜色。外面寒冷的空气里，一群粉丝冻得挤在一起，他们的头笼罩在呼出的寒气中，敏锐的第六感时刻关注着哪里会有动静。车没熄火，我敲了敲驾驶室的窗。司机摘下头戴式耳机。

"我要跟乐队一起回庆功酒会去。"我自己说的时候，都觉得听上去很没底气。

他点点头。"没问题，伙计，在这儿等着，等他们回来跟我说了'行'就行，行吗？"没等我回答，他就把窗户关上了。我看到几个等着的粉丝在笑。他们老练地注视着我，想看清楚我是不是还有什么他们所没有的招数。乐队的几个人出来了，头发上裹着毛巾，在包里翻找着什么。那个烦人的吉他手过去和人群聊天了，另外的两个人坐进车子后座，就直接开始看手机。吉他手回来后，围着我转了一大圈。

粉丝们的表现让我意识到她快来了。周围的气压微微升高，紧接着"吉米"的高喊声响成一片。她换上了一身制作精美的非洲服饰，穿了一双十厘米高的软木底坡跟鞋。足有十分钟,她跟粉丝合影、闲聊,我站在一旁吞云吐雾。

最后,她风风火火地回来了,给了我一个我读不懂的眼神,说道:"来。"

我跟在她后面跳上车。

他们住的酒店挺有意思的,在肖迪奇的一个僻静的小巷子里,乔治王时代的联排别墅和破败的仓库并存,一扇木门掩藏在黑黑的墙壁里。没有人敲门,但门还是自动开了。我们结队走上一个窄梯,梯子窄到仅容一人通过,所以我们变成一列纵队。里面幽暗到了荒唐的地步。这里有没有其他客人住,我也说不好。一个穿着整洁西装马甲的人忽然从门廊里蹦了出来。

"吉米小姐,我们在线上观看了演出。极大的成功!"

他帮吉米脱去大衣,她伸出手去,辨认着他胸前徽章上的字。音箱开始说话了。"我用了三个小时就爬完了艾格峰,猜猜我怎么做到的?"

他们看起来就像一对情侣在打情骂俏,对着只有他们自己能懂的秘密暗语。"你猜,卡斯帕?怎么在三小时内登上艾格峰?"

他叹了口气。"我给羽绒外套充满氢气。脚步如此之轻快,雪地上几乎没有留下我的脚印。"

吉米轻轻地拍着巴掌。"妙极了。卡斯帕,这是布兰登,我的一个老朋友。"

他伸出一只手,"你好啊,布兰登,欢迎来到'喜鹊寻踪'。"

如果我因为这辈子作恶多端、罪孽深重,下辈子不得不转世投胎成一个房地产经理的话,我将会这样描述吉米这个容身的套间:富有年代感的大门,上面有一个禁酒令风格的小窗,通向一条宽大的走廊,宽到足以可以在走廊里从容地打网球。走廊两侧贴满了日本枕绘。穿过走廊来到客厅,客厅的大小和整体气氛像个舞厅。客厅里摆满了各种极其高端的家具:椅子不是伊姆斯(Eames)的,就是奇彭代尔(Chippendale)的;沙发是17世纪法国学院派的;就连那些边桌,也都是源于法国卢瓦尔河谷的古堡。厨房里,梅内吉尼(Meneghini Arredamenti)的冰箱耀眼夺目,大到可以装下一头牛;一个可以根据气候控制的红酒恒湿储藏室;一台咖啡机,它的铬用量甚至超过了20世纪50年代的厢式轿车(注意:这里没有任何烤炉搁架或是微波炉这种寻常百姓家的东西——这儿可不是做饭的地方)。隔壁是座小教堂,将近一百四十平方米的场地用波特兰石灰石重新铺就,内部有一个熟铁打造的夹层画廊,这些熟铁曾为距离此地只有几公里的贝德莱姆精神病院增光添彩。楼梯通往卧室,足有两个伦敦东部用以展览最好的新秀艺术家作品的画廊那么大,还有一个复式阳台,外面是肖迪奇的街道。

我感觉这儿的整体结构是把分隔不同房间的墙壁打通而形成的,在它们中间,还留有这片区域诸多伪装的迹象。你可以看到胡格诺纺织机车间的痕迹,犹太风格的裁剪、孟加拉国的面料,还有青年英国艺术家的震撼艺术。这是一个举行聚会的绝佳场所。表演用的各种乐器应有尽有,厨房堆满了各种酒类饮料,一间间暗室供瘾君子消受。我要不是有事在身,一定会在这个地方大肆挥霍一番我的身体。

聚会,像任何其他权力关系一样,是一张由各方力量相互交织的网,你得学会如何驾驭这些力量。我没有挨着吉米坐在长沙发上(这样显得太亲密了），但我也没有走向外面卧室里的人群。我只是沿着一个椭圆形轨迹走着，强行加入起码三伙人的交谈，这么做更多的无非是练练手，而不是真有什么要紧事。我让我的交际圈和吉米的形成交叉。这有点儿像以前我弟弟亚当在展览馆老玩的那种同步象棋的游戏：从一块地板走向另一块地板，有时要踮着脚尖去看对手的招数，常常由于精神过于集中而浑身发抖。我一边说服一个呆头呆脑的贝斯手相信手枪乐队只不过是去掉了所有黑色元素的滚石乐队——在种族隔离背景下创作的"他们的撒旦陛下"，不是吗？一边告诉一些狂热的素食主义者养一条纯种狗比吃肉还糟糕——试试希姆莱德国腊肠，就什么都知道了，又提出每代人都有他们应得的恶果这么一个理论，与此同时我还偷听到吉米那群人讨论某个时尚设计师的自杀宣言到底是不是认真的。

有一会儿我去探听消息，我坐在一间卧室里，它那毛皮的床罩和帐篷式的屋顶让整个房间看起来像是成吉思汗的营帐。正当我思忖着找个什么合适的方式接近吉米时，床突然开始轻声说话了："银色冲浪板上的银色冲浪者。"一个女孩探出头来，脖子像个潜望镜似的，焦虑地环顾了房间一周，然后又藏了起来。我拿出笔记本，在床沿上坐了下来。她把床单拉上去盖住了头，但我仍然能看到几绺湿漉漉的头发，能听到蛇一样的低语。"沉、沉默之子……唱、唱悲……悲伤之歌。"一只手猛地从床单下伸出来，精准地抓住了我的手腕。"占星石盘展示给你看。"我起身离开，留下她独自沉浸在幻觉里。

夜色渐浓，屋子里人也少了。我们这起初的二十来个人也时增时减。吉他手们提出要乘坐早晨的班机，并叫卡斯帕去预约出租车到庄园宅邸、豪恩斯洛，以及其他类似的地方。还有一些无关紧要的环节留给那些落在后面的人、粉丝的粉丝、朋友的朋友，还有仇人的仇人，但是到了凌晨四点半，只剩下我和吉米，还有看上去坚不可摧的卡斯帕。我们都挤在有壁炉的一间小房间里。炉火的光仿佛就是整个宇宙：冰冷、不友好的伦敦深处的一个充满生机和欢笑的气泡。我们轮流去播放唱片，每个人都觉得这是世界上最美好的事情，起码在那一刻是。我放的是斯科特·沃克（Scott Walker）还有劳拉·尼罗（Laura Nyro）的歌，吉米则放了刀乐队（the Knife）和 ESG 乐队的歌。她在笔记本电脑上浏览网页，一边听歌一边发信息。那就是一个没有任何附加服务的普通聊天室，摄像头窗口开着。我就着屏幕的光，不住地偷偷瞟她。她看上去相当容光焕发，如孩童般稚气未脱；她的团队也不知用了什么工业化学成分给她做头发，让她的头发能一直保持坚硬，她的妆容也使她看上去红光满面。这太气人了。

"浏览、阅读、播放视频。"她的手指在一行文字下面扫过。我需要一副眼镜。

"这是什么网站？"

她做了个鬼脸。"'瘾君子'。名字很烂，但网站很有趣。这上面都是一些业余搞化学的，自己在家研制合成一些打违法擦边球的药物，然后拿到这里试试效果。"

"公开的吗？"几个窗口里，一张张相似的、被屏幕照亮的脸，各自无声地忙着一些貌似高级别的工艺。

"对，分享知识。"我看了看屏幕上的几张脸。眼镜、T恤、适量的胡子，是当今社会的潮流之选。我盯着中间的一个看了一会儿，一个白白胖胖的家伙，穿着一件 T 恤，上面写着：为生命而嗨（HIGH ON LIFE）。他正在伴着某个我们听不到的音乐在空中打着鼓点。

"这胖子什么来头？"

吉米把他的视频放大。"德怀特，来自墨尔本。他正在研制一种五烷氧基化合物，我猜可能是一种合成的致幻剂，还有一种大麻油。"

"我们能和他说上话吗？"

她查看了一下他的收件箱。"说是可以。嘿，德怀特？德怀特？"他点了点头，但没有停止打鼓。吉米靠近麦克风，"你还好吧，哥们儿？玩得挺好？"

"那必须，那必须。"他的声音在扬声器里断断续续的。"短暂的失忆，有些断片，还有一点儿幻觉。"他耸耸肩，在桌面上快速敲了一串小鼓的节奏。

我把脸别过去，离开屏幕，悄悄地说："他们会失去自控力吗？"

她左右摆了摆手："他们是有原则的。主要就是逐渐减量啦，恢复期啦，基础体温监测什么的，你懂的。"

我们陷入了和谐的沉默。她放上了《爱的猎犬》(*Hounds of Love*)这张专辑的第二面，它来回冲刷着我的记忆。

"嗯，吉米，我想跟你说件事。"

她的表情，司芬克斯看了都会觉得难以捉摸。

"我想录张唱片。"

她笑了笑，这笑里怜悯占了将近九分，还有一分是轻蔑。"你当然要录了，不然你还能干什么？"

我点了点头。"我知道。但我需要一些帮助。"

她仍然保持着那种笑容。"当然了，那是另一件事了。"

"不是帮忙做音乐什么的，那些都在这儿呢。"我指指自己的头，"需要帮忙的是宣传。"

她开始卷一支烟，并抬起眼睛看着我。"太可惜了，布兰登。要是设备、录音棚时间什么的，这种事情我都可以免费给你安排。现在外面是买家市场。但是要说宣传，那可得花钱。再加上不那么有利的一个条件,一个年届四十的失意音乐人,年轻时光鲜亮丽那几年也没得到过什么关注,这种情况下需要的推广力度,我拿不准你是不是承受得起。"她舔了舔卷烟纸的边缘,"就算我想帮吧。而我其实真的、真的不想。"她盯着我看着,"光有才华是不够的,每个人都得有点儿故事,布兰登。而你的故事是所有故事里最老套、最乏味的。无意冒犯。"

我不记得还有哪个人跟我说"无意冒犯"而实际想表达的意思却恰恰相反。一股怒火升腾起来,我把它强压下去。且让她这么想吧。

"这些我知道。你以为过去二十年来,我就没关注过风往哪儿吹吗?我要是有故事呢?"

她面无表情。"那我倒要听听看。我一个一米八几、雌雄莫辨的歌手,又能弹贝斯,还戴着个机器人一样的音箱,都上不了排行榜。你到底哪儿来的自信说你有料?"

她是怎么做到把这些字眼组合在一起让它们每个字都闪动着轻蔑的?我把酒杯一字排开,挨个斟满意大利白兰地酒。

"嗯,"我说,"这个怎么样?"

我拿了一杯酒,一饮而尽。"嗯,一个失败的、已过巅峰时期的音乐人……你刚叫我什么来着?"

"失意音乐人。"她露出了整个晚上最温情的一个笑容。

"好。一个失败的、已过巅峰时期的叫作布兰登的失意音乐人,被谋杀了,确切地说是被枪杀了,在伦敦东部的一条街上,那条街正是开膛手杰克的被害人被发现的地方。整个过程都被画面充满雪花点的闭路摄像镜头记录了下来:布兰登穿着西服,两个杀手也穿得西装笔挺。画面震撼。特别有迈克尔·哈内克[1]电影那味儿。"

---

[1] 迈克尔·哈内克(Michael Haneke),著名电影导演,其执导的《白丝带》《钢琴教师》《隐藏摄像机》曾斩获多个电影大奖。

我用手指碰了碰我的汤姆·福特（Tom Ford）人字形斜纹布上衣的领子，又喝下一杯酒。

"警察从他身上找到一张白标唱片。是他刚刚刚完成但还没发行的最后一张遗作的副本。"

房间里很闷热，我这才发现黎明的手指正在卷帘上悄悄拂过。我口干舌燥，感到马上要开始结巴了。

"警察求助了粉丝，求助了音乐学研究人员。他们认为他的死因可能隐藏在歌词和那些意象里，甚至可能隐藏在那些和弦序列里，但是他们也搞不懂。"

烟卷拿在她手上一直没点着。她的表情令人捉摸不透。"是故意的吗？"她问，"我是说那些暗藏的线索是故意藏在唱片里的吗？还是说无意识的？"

好了，这下我就知道了：她上钩了。

"应该是无意识的，我认为。如果布兰登知道他马上就要被杀死，就会有一丝广告的噱头，而我们不想这样，是吗？"我特意强调了"我们"，收起渔线。

她捻动烟屁股，把烟晃了晃。"嗯，那确实会引起一些注意。但即便没有我的帮助，那也肯定会引起一些注意的，不是吗？"

当然我也考虑过这个问题。我更倾向于不依靠任何人来让这件事做成，但是我知道这个世纪的媒体圈子不好对付。如果我在鲍伊[1]死的那天被杀，或者是某个恐怖分子的暴行恰巧在那天发生（那只能怪我倒霉），那样我就需要一个人间的代表把我的故事推上正轨。

"或许，可能。我其实并不想冒这个险。如果不小心忘了，将

---

[1] 指大卫·鲍伊。

会……你明白吗？"

"浪费。"她点着烟，直接递了过来，"所以，布兰登想从我这里得到什么？"

我想要什么？也许是她那不劳而获的名气？她的成功中有相当大的一部分是和音乐本身毫无关联的，是由好奇、同情和欲望等比例组成的。也许是让她偿还她压根儿不承认的一笔债。

"没什么。只需要一句话，事后。瞅准时机。惨痛的损失、无与伦比的才华、几乎令人难耐的性魅力之类的话。"

她的嗤笑声又绕过音箱传了过来。

"当然了，如果你想为这张唱片出点儿力，可能也会有帮助。"对她也不是毫无帮助。快速搜一下，就能发现2004年她只有三场O2回归演唱会的门票全部卖光。但就拿我看的那场来讲，楼上的空座位都用厚布盖上了。

"人声？还是贝斯？"

该我嗤笑了。"人声。是个人就能弹贝斯。"

我起身去换唱片。从炉火周围的光晕走到唱片机那一小段路，像是北欧史诗里的一段旅程，我可以听到远处千军万马的铁蹄慢慢靠近。是时候了，该把这些思绪掉转方向，等待降落，该做个了结了。

她做了个把烟要过去的手势。"在整件事里你把钱放在什么位置呢？死人大概不可能巡演吧，而且，只有你错过了，那才是来钱的时候。"

"可我们做这个不是为了钱吧，咱俩，你和我？"

她耸耸肩。"你可能不是，但我做唱片就是为了钱。你只有有钱了，才能说自己不需要钱。"

"嗯，那它可能会给你带来一两个封面。这样也能帮你宣传。"

"这是真的吧？布兰登不会还要突然爬起来说'嘿！这只是个后现

代的玩笑,你们一定要买我的唱片'吧?"

唱片放完了,我留它空转了几圈,然后才摇了摇头。"没有付出就没有收获,舍不得孩子套不着狼。"这时我才第一次严肃地思考了我这个主意以及它真正意味着什么。每个字都使我之前的想法更加坚定,变成一个真实的可以掌控的东西,一个计划。她严肃而哀伤地看着我,然后把一个手指放在我嘴唇上。

"我今晚不想再听到和这件事有关的哪怕一个字了。但我答应你我会考虑的——那句话,唱歌,以及整件事。"她看上去很疲惫。她悄悄地和自己说了些什么,像是某种提醒,我没听清。

"你说什么?"

她眼中所有的兴趣都消失了。"我说,就算你不能闪耀,那你也一样可以燃烧。"

卡斯帕突然从黑暗中出现了,我都没听到门响。他轻声说道:"您的车到了,库斯加藤先生。"

我向吉米扬起一条眉毛,我并没有叫车啊。

她向我投来一个几乎是慈爱的眼神,说道:"你还是看不出来自己什么时候该离开啊,是吗,布兰登?"

第三章

"他来真的吗？"

读了这么久，再从笔记转回屏幕看瑞，仿佛从梦里醒来一般。这个音乐简介把我困在我哥哥的逻辑中了。他这首歌的旋律有一种近乎催眠的效果。这些文字如此轻柔地托着你，让你根本无法意识到他说的这些都是胡扯。简直堪比让无线网络可视化。为了卖唱片，让别人拿枪打死你。太疯狂了，可这一如既往的疯狂，再加上他的自信，让一些看起来最不可思议的想法都变得可行了。但是我看了一眼瑞，就打消了这个念头。她双手按着太阳穴，似乎在努力振作。她的嘴巴抿成一条细线。对我来说，过去二十年里，布兰登几乎就是一个虚构的人物。我对他的了解全部来自道听途说，或是媒体的只言片语。但这是她的生活：她的伴侣，她儿子的父亲，她每天醒来身边躺着的那个人。我提醒自己，他才走了两星期而已。还有罗宾，该怎么跟他解释这样一件事情呢？一股罪恶感席卷了我。我很享受读布兰登笔记的过程。我喜欢瑞和我一起分享某件事的那种感觉，我想把它一口气读完，仿佛这是一本小说。

我又试探地问了一遍："他肯定不是认真的，对吗？这只是在讲故事。"走出家门，并且知道自己再也不会回来了，那该是一种什么感受啊。等待结局的到来：嘭地关上车门，有人隔空喊你的名字，面具、手枪,然后你就趴在地上了。

瑞把一绺头发缠在小指上不停地绕着,绕着绕着,我隔着屏幕都能看到那个指尖被勒得肿胀、发紫。

"瑞?"

她的双唇无声地翕动着,然后她终于看向了我。"我不知道,亚当,真的,我不知道。"

我读不懂她的情绪。是愤怒?是恐惧?还是听之任之?我又试探着开口。

"我是说,这么做有什么好处?对他来说?就算这事真做成了,唱片也大卖了,可是他也死了,看不到了呀。"我的措辞很糟糕,我知道。

瑞轻轻摇了摇头,她的手指还在头发里绕着。她终于开口说话时,声音很低沉。

"你看,很显然布兰登不是一个无私的人。如果他真能不知怎的就出了一张爆火的唱片,成为封面人物,人人都在谈论他,这些都是他求之不得的,那么你说得对,这么做只会让他毁灭并且错过这一切。人死了,也没有办法反复去跟别人强调你有多成功。但是……"

她把头向后仰,盯着天花板。我能看到她的颈部肌肉在微微颤动。

"我想你低估了他为了能有底气说出'去你妈的'会有多拼。"

"对谁说?"

她双手摊开。"对所有人。跟他同时代的人。你是不知道他对那些家伙的仇恨有多深。他以前在家里的车库写歌时,或者在犯罪剧里扮演'五号罪犯'时,他们在忙着赚大钱;他们在做汽车商业音乐、联合巡演,和模特约会。总而言之,过着他认为本该属于他的生活。在那个世界里,他甚至根本就从来没有存在过。一年又一年,他离那个圈子越来越远，然后就这样了。"

她把头发扎起来，扎了个马尾辫，拽得她的面部都有些变形。"他的死对那些人来说不仅是个谴责，还证明即使唱片不卖钱，他也能成功，尽管他也很喜欢钱。他会为了艺术而死，亚当，想象一下这会让其他人看起来多么浅薄。更重要的是，这会改变他生命的最后二十年。他已经成了一个音乐发烧友，那对他来说才是最严重的羞辱。但是如果这张唱片成了，那所有这一切都会被改变。他会被重新评价。这些年所有的遭遇和不公，都将是助他复活的原材料。"

接着，是一阵长久的沉默。瑞陷入了一种激烈的思绪，我努力尝试把她拉回来。

"好吧，但是就算他真的做到了，还有一件事极其不对劲儿。U盘里压根儿就没有歌，新闻里也什么都没说，他甚至都不是在伦敦东区被发现的。"

瑞眨眨眼，好像刚醒过来似的。我看到她一直紧紧缠绕的那绺头发松开了。

"他被杀的地方不是开膛手杰克出没的某个地方？"

"不是，隔着好几公里呢。"

她看了看四周。"但是这也不可能是偶然。有些事情还是对得上的，是吗？"她在自己的键盘上敲起来，"枪杀……有雪花点的闭路电视录像……西服，整个装束。"

我点点头。"但是就算出了一丁点儿差错，缺失的也绝对是最重要的部分，是吧？录音，还有他的身份。少了这些，这件事就白干了。"

她眼神呆滞地看着我。

"我再回去一趟，"我毫不犹豫地说，"我再回去一趟，多找出些线索来。我那天第一次去，还不知道应该找什么。起码如果那儿有人和他的死有牵连，我去了非吓死他们不可。"我感到胃里一阵翻江倒海。我特别受不了沉默还有瑞脸上忧伤的表情。"而且也许那首歌录完了。也许就在那儿呢。"

她叹了口气。"我才不在乎那个呢，亚当。"

我萌生了一个念头：找到那首歌，把它发行了，得到的钱给瑞和罗宾。我听到了远处的门铃声，瑞回过头去看。

"该死，是外卖，"她尴尬地说，"你知道的，眼下这种情况下没时间做饭。"我听到罗宾咚咚地从楼上跑下来，嘴里喊着："比萨来喽！比萨来喽！比萨来喽！"

最后，我们三个人一起吃了起来。我从冰箱冷冻室里拿出一块比萨，用微波炉加热了一下，然后我们对着各自的屏幕边吃边聊。我不擅长闲聊，但罗宾用各式各样的问题、笑话还有他学校发生的事填补了谈话中的每一个空白。不过瑞很安静，好几次罗宾都抱怨她没有在听。他一直看着她，好确认自己的想法有没有传达到，她有没有被逗笑。尽管瑞沉浸在自己的思绪里，她仍然不时地冲他伸出手：不是抚平他那桀骜不驯的头发，就是掸掉他衣服上的食物碎屑，要么就是我们吃甜品时，单纯只是和他钩着小指。她让他去洗手，但是他贴着她的耳朵说了一句悄悄话才去。她凑到屏幕前，声音听起来暖融融的："他能看看那个模型吗？"

我想起来我曾向为数不多的几个上学的孩子展示过早期的翁布里奇。效果其实每次都不太好；那座城市看起来像个玩具，但是它的精妙之处在于它的内部构造和运行，而小孩子不愿意坐下来仔细看，他们宁愿玩得两手都是泥。

"我该跟他讲些什么呢？我打赌布兰登从来没提过翁布里奇。"

"说你从小就开始做了？做好了一直放着，就等着给他看？谁知道布兰登没准儿有比这更大的秘密呢。"

我感到一阵恶心，但我不确定是因为欺骗还是因为想到翁布里奇的所有权归布兰登所有。我听到罗宾又从楼上跑了下来，我对瑞点了点头。她悄声做了一个"谢谢"的口型，然后让我俩自己安排参观。

早在2010年模型网创办前，我就从乌克兰的一家海淘店买了一个二手内窥镜。当时是想用它来检测翁布里奇所有维持喷泉和小溪正常流动的通水管道的堵塞情况，但是画质比我预想的要好。内窥镜可以伸入街巷，然后通过一根细细的数据线把画面输出到电脑上，罗宾立马意会了。他总共用了五分钟，就在他们远在太浩的家里的显示器上连接了线路并接通了信号。他指了指瑞的电脑屏幕，上面显示出镜像式反转的、数字化的翁布里奇，跨越了大西洋。

我缓缓移动着内窥镜，讲解着，带他游遍了大街小巷，一座座房子，从瘟疫坑到歌剧院。我们首先从我最喜欢的一个地方开始。我慢慢爬进了支撑着城市西南角绝大部分地区的两张装饰桌下，从市议会厅的内部开始展示。我1994年建的这个议会厅，是用我在兰仆林的一个废弃物市场淘来的小提琴的琴箱做成的。透过琴箱上两个"f"形孔洞投射进来的蜿蜒曲折而清晰的光束，充满了尘埃的微粒。我发现那里发生的故事轻而易举地就到了我的嘴边。我给他讲了官僚主义和血腥的战争；讲了议员们遭遇围困时，为了那少得可怜的蛋白质，被迫无奈把那些伟大典籍的皮质书脊弄下来煮了吃；还讲了为讨论复杂的古老程序议题而多次举行长达一周的会议。

我拿着内窥镜穿过议会厅周围的街道，这些街道常年见不到阳光，两旁是没有装饰的高楼，里面住着思乡的水手和数月没有听到乡音的迷途异乡人。罗宾如饥似渴地听着。在故事和故事的间隙中，当内窥镜掠过一条条鹅卵石的小径，我都能从耳机里听到他的呼吸声，像大海一样让人感到熨帖。从某个角度来说，这样要比他来到这里更好。没有小孩子跑来跑去，也没有笨手笨脚、人仰马翻。罗宾和我一样，擅长自己一个人。

故事和街道相得益彰，交织在一起，形成某种紧密且具有保护性的东西。如果不是瑞那句轻轻的"听够了吗？"在过了两小时后出来打断，不知道罗宾能听多久。我是能一直讲下去，让故事继续发展，和孩子的呼吸声还有内窥镜的摩擦声融为一体。他说了句"谢谢爸爸，简直棒呆了"便离开了屏幕，留我独自在原地。随着翁布里奇像潮水般退去，房间重新回归视线。在我们参观了树木成荫的街道和通透的房屋后，我的房间显得狭小而拥挤，一切那么鲜活，那么真实。

我做了一些日常的修护工作。生态缸顶部的榆树盆栽看上去没精打采的，我发现它地下土壤里的管道堵了。索伦特有两条工作驳船搅在一起了，我用镊子把它们的船绳解开。我全程都让太浩那边的画面投在大屏幕上，而不是在电脑上。我先是听到瑞回来了，接着才看见她。她穿着拖鞋，脚步很轻，像猫一样。她坐在屏幕前。

"谢谢你啦。这一个月来他都在跟布兰登闹别扭，这是我这些日子见他最开心的一次。我觉得那会比他们实际在一起共度的最后一个夜晚要更好。"

我本来想问她打算什么时候告诉他发生的这一切，以及到那时候我该怎么办，但是她看起来还没准备好，所以我决定还是以后再说。她离屏幕更近了一些，我感觉到她的目光从我脸上扫过。

"你们都去哪儿了？"

"谁?"

"你、布兰登,你们这些男人。你们藏身的另外一个世界到底在哪儿?以前布兰登弹钢琴或写作时我总是看着他,我会想'你现在在哪儿?'任你大声叫他、烧了房子,他也丝毫不会察觉。我很羡慕他,可以完全抛弃现实世界。"她做了个鬼脸,"这是多么奢侈的一件事啊。"

她的目光越过我,望着翁布里奇的灯光。树荫卧房的窗户是光控的,所以人造夜幕降临时,它们的百叶窗咔嗒咔嗒地一扇接一扇关闭。每扇窗听上去都像一声慢速快门。

咔——嗒!

咔——嗒!

我不知道瑞能不能听到,她仍然不停地说着话。

"然后那个世界变得比这个世界更加真实。唱片就存活在那个世界里,还有那些你并不知道的人和事。"

更多的窗关上了。一个像是棒球卡绞进自行车轮的声音在诉说着。咔——嗒嗒嗒嗒嗒——咔——嗒嗒嗒嗒嗒——

"布兰登放弃了这一切,我、罗宾,这个地方,他的朋友,他的生活。他抛下所有,像关闭了浏览器的一个选项卡一样。因为有一个地方远比这个地方重要。"

最后一扇窗关上了。一个孤独的声音。一排空荡的窗户也回望着我。

"我们存在过吗?我们是鬼魂吗?我们碍他事了吗?他到底去哪儿了啊?"

她的视线落在了我身后某个地方。她的声音听起来一丝愤怒都没有。

"你们都去哪儿了？"

我不知道怎么回答她。她站起身来亲吻了一下屏幕，然后离开了。

全城的街灯啪啪地亮了起来。翁布里奇运行的声音有种让人昏昏欲睡的魔力，但是突然一瞬间我感到在这里睡意全无。睡袋、方便面、胶带封上的窗户：在看了瑞和罗宾在太浩开阔敞亮的环境后，这里让我有了幽闭恐惧症。我想下次聊天时给他们准备点儿东西。

于是第二天，我在喜鹊酒店布兰登的床上醒来。穿着他的睡衣，用着他的牙刷。我在卧室里探查一番，试图去感受我哥哥在这个地方的行踪。书本摊开倒扣在床头柜上。一本写一个叫丹尼斯·威尔逊的音乐家的传记，一本英国鸟类图鉴，还有一本关于分子化学的书，我无法想象他会读这种书。抽屉里东西不多：一些头疼药、发胶、几个拨片，还有几包书夹式火柴。我又看了一遍栏杆上那一长溜儿的衣服，衣服口袋里什么都没有，底下的抽屉里也什么都没有。

我穿得很随意。裤腿像水手裤一样宽的柔软羊毛长裤和一件灰白色圆领衬衫。它们看起来搭吗？我得问问瑞。浴室的柜子里塞满了各种产品，不过它们都是喜鹊牌的，所以我猜这些东西都不是他的。只有一个白色金属盒子装的发蜡除外。我检查了下盖子，是圣詹姆斯街的特洛菲特（Trufitt & Hill）。发蜡里有两道挖痕，我的手指跟它完美吻合。我对着镜子做试验，直到我的发型和我在停尸床上看到的那样差不多为止。是我，但又不是我。从我醒来时开始，胃里就像有把钳子在不断夹紧，现在终于松了点儿劲。反正我在社交场合总是会自我反省的，在做出回应前要仔细斟酌，试图把它们调整为一个正常人会说的话。我认为这也是一种角色扮演，所以呈现出布兰登性格的这个主意也不算多费力。如果你不做自己，那也可能是你认识的某个人。我把一绺头发向后抹平，对镜子里的自己小声说："你好，我是布兰登。"我又简化了一下，"你好……布兰登。"

我又在公寓里绕了一圈，努力感受它是我的房间。我坐在音乐室里，试图搞清地上画的图形的意思。圆圈里画着三角，还有像希伯来语一样的文字，一些占星术的符号。四周用大写字母写了几个名字——巴克斯特、迪伦、吉米，还有两三个被擦得模糊不清，只留下一团团粉笔灰。我给几个模糊的字描起了边，我的手感受着我哥哥曾经用过的力度，他的自信。偶尔有声音穿过公寓。一种车辆驶过的声音，仿佛一条隐形的公路架在半空中。我集中精力把声音屏蔽掉，过了一分钟才意识到那是电话在响。是卡斯帕。

"库斯加藤先生，希望没有吵到您，动作传感器显示您已经起床了。长话短说，两件事：我正想跟您核实，您的账是不是还记在吉米小姐名下并给她开具发票。"

吉米小姐。乐队那个。我盘算着：现在我可以把保险柜里的钱寄给瑞了。"还是这样，卡斯帕，没错。"

"好极了，"他说，"还有，杰正准备上去，我说了'可以'。"

布兰登的笔记里没提到这么一个杰。"哦，好的，当然。他有没有说他想干什么？"

卡斯帕笑起来，"您想干什么才是要紧的。"

杰看上去稚气未脱，耳朵小小的，脸上没有一丝皱纹，五官紧凑，特征鲜明。他有一张只有在城市里才能见到的脸：它是如此地国际化，似乎它本身就已经自成一个种族。他的眼神冷酷而敏锐，密密的鬈发比地毯还要紧实。如果他说他是索马里人或者马来人或者以色列人，我都会信他。他的脚不停地打着拍子，以至于我不得不检查一下他是不是戴了耳机。

"很高兴见到你，哥们儿。"他严肃地跟我握了握手，"我能自己拿瓶可乐吗？"

"当然，请自便。"

他在厨房忙活起来，显然像在自己家里一样自得。他找出冰块、柠檬，还有一个冰杯。（对此他朝我喊道："太棒了！你还记得。"）他在我对面坐下，特别津津有味地喝了一口，然后开始在口袋里摸索，掏出了几包东西。

"这些还和上次的一样，你说过你喜欢它们，对吗？"没等我回答，他就继续说道，"这个人我以前从他那儿买过，但是有阵子没买了，所以我们还是得尝尝才能确定货的好赖。"他眨巴了一下眼睛继续说，"我还搞到了免费的能'提神'的小药丸。是我小弟的，他这么上心，真是受不了。小机灵鬼。"

"哦，好的……听起来不错。"我说道。然后他就在我眼前轻车熟路地摆弄起那些药来，并邀请我加入。而现在作为布兰登的我，没办法拒绝。

一切结束之后，他靠在了沙发上。"这个是三百五十英镑，除非你还想要点儿别的？"

昨晚那些现金还在桌上。我数出三百五十英镑。

"不用了，别的不要了，我这个星期需要静静。"

他迅速笑了一下。"知道了哥们儿。那护照呢？做还是不做？因为可能得一两天。"

我能问问他说的是什么护照吗？应该不能。布兰登的护照已经在他自己身上找到了，而且如果他铁了心想死，应该也用不到多余的护照。"这事不急，我们可以先放放吗？"

他点了点头，然后开始收拾。"还有一件事，我的 CD 呢？"

我尽力表现得不置可否。

"你觉得怎么样？"

我想了想可能的答案。"对不起，杰，我完全给忘了。"

他脸上闪过转瞬即逝的愤怒：一眨眼就会错过的那种。

"又忘了，哥们儿？"然后他笑起来，"没事，我知道你会解决的。真的特别想听听你的想法，看看我们能不能约个合适的时间。"

杰一走，我就赶紧关上门测试我的身体状况。心跳加速？有一点儿。手心出汗？当然。目前来看，一切还在可控范围内。我打开电脑屏幕，返回到和瑞的聊天窗口，但是她没在。于是我查看了一下邮箱。最后我决定做些木工活。昨晚罗宾曾问我关于科洛菲海湾两侧的那两块光秃秃的泥地。它们需要通过一座桥来连接，但我一直抽不出空来搭桥。我尝试过几种方式，想把水域扩大一些，但是和周围蜿蜒起伏的陆地搭配起来就总是略显单调。

不过，壁炉架上的一对木马一直吸引着我的目光。它们最初一定是马术艺术家用的模特，因为它们可以被摆成不同的姿势。它们大约一个巴掌那么高，表面涂了颜色很深的漆，几乎成了紫色的。每次我经过时，它们那从尾巴到背部再到鬃毛的不间断的曲线总是让我心头一动。它们一定也引起布兰登的注意了。在他笔记本里就有一页画满了马，每一个都比前一个更抽象，直到页面最后，只剩下一根简单流畅的线条。如果把那条线延长一倍——对称再画一遍，那个形状毫无疑问就是一座桥。

我削啊、凿啊，用音乐室的一套古老天平上的砝码控制平衡。我做完后，两匹马面对面，鼻孔贴着鼻孔，前腿抵着前腿，一条台阶小路从马的尾巴一直延伸到鼻子。现在只要轻轻一拉砝码，连接处就会转动，两匹马后仰留出的空隙可容最高的船只通过。上一次我抬头看时间是下午六点，现在仍然没有瑞或罗宾出现的迹象，所以我四仰八叉地平躺在地板上，好让酸疼的背部舒缓一下，然后叫人送上来一份汉堡薯条。

吃完后，我又检查了一遍电脑屏幕。太浩正是大清早，阳光明媚，瑞把电脑拿到门廊上去了。起初，被白雪覆盖的松果和远处的群山让背景看上去有一点儿假。我有点儿期待有知更鸟俯冲下来重新整理瑞的长袍。她两手捧着一杯咖啡，热气腾腾的。她默默地点击着，在两个窗口间来回切换，可她的脸却一刻也不得闲；她在默默演练一段完整的对话，嘴唇无声地翕动着，时而大惊失色，时而狂笑不已，时而迷惑不解，所有这些表情在她脸上轮番上演，像天气变幻一般。过了大约有五分钟，她才注意到我。

她瞪大了眼睛。"靠！你看了我多长时间了？"她的两只手分工忙碌起来，一只手把头发捋到耳朵后，另一只手把 T 恤拉平整。

"没多久，你看上去很专注。"

"我是很专注。"她的注意力回到屏幕，面露悦色。"你又回到那个酒店了？"

我跟她聊了一上午。聊了杰和卡斯帕，还有我在那座房子里几乎一无所获。现在我有点儿后悔没问杰护照的事了，因为当我提到护照时，能看到她在思考。我不确定她希望事情是什么样的，是他没有一心求死，还是他就是一心求死？有一次她说："我非常努力尝试不去掺杂个人情感地看待他的求死心,但这有点儿困难。"

我换了个话题。"哦,对了,我吸了点儿……"我本来不打算告诉她,但是这种轻松的情境让人很有安全感。

她惊讶地扬起一条眉毛。"你第一次?"

"是啊,我四十二岁才开始虚度青春。"

"那你觉得怎么样?"

"嗯……跟我预想的不太一样。我意识到我在四个小时内就干完了一周的活儿。"

"有意思。你居然没有胡言乱语,而是做了一些创造性的事。"她用她的美国口音说出这个英国词来,显得新奇有趣,"这种做法永远也不会流行起来。"

她把电脑拉近,好把我看得更清楚。"那你这会儿到底感觉怎么样啊?还撑得住吗?"

"我觉得还行,能。"

"因为我今天早上还在想,要是我,不知道能不能做到你现在做的。"

"什么?待在五星级酒店,闲着没事做模型吗?"

"说真的,做这些事,你真的还好吧?贩毒、欺骗,我想这都不是你做得惯的。"

我想了想这话。"说实话,我现在有点儿享受这么做了。就像《宇宙威龙》里演的那样。你懂的,以另外一个人的记忆来一场旅行。我就是施瓦辛格演的那个回到火星的人。"

"你可和施瓦辛格太不一样了。"

"我懂,我懂,但你却很像莎朗·斯通。"

一阵沉默,我俩都在努力回忆电影里施瓦辛格和莎朗·斯通是什么关系。

"总之，不管什么时候，只要你想退出，就跟我说。""我会的，但是我不会，你明白我意思吧。总之，昨天跟你和罗宾度过的时光美好极了。"我的心在胸膛里怦怦直跳。

"你在他眼里棒极了你知道吗？我无意中听到他在电话里跟朋友炫耀他爸爸的模型有多么多么好。"

一想到我成为被谈论的对象，即便是被一个小孩子谈论，即便是被当成别人，也令我觉得无比神奇。"你打算什么时候告诉他？"

她耸耸肩。"我不知道。别的什么时候再说吧。我感觉眼下我们需要消化的东西太多了。这很烦，不是吗？如果你觉得不舒服，我可以现在就告诉他。"

我考虑片刻。我是想让她告诉他，但我还不想这种感觉就这么停止。

"也不用。这也没比圣诞老人不存在的真相差多少。不过以后再告诉他会不会就更难了？"

横跨大西洋的时差，使得她不时停下来当着我的面哈欠连天。

"对我来说，是。但我觉得对他来说不会。甚至还可能有好处呢。"

瑞还有事情要做，所以她把电脑安置在窗台上，正对着外面的花园。我发现自己两手拿起翁布里奇的另一个设备一动不动，望着那边的缓慢变化的风景。一只乌鸦全神贯注地穿过一个被大雪围困的运动场，不时地因为发现一点儿昆虫战利品而发出充满胜利喜悦的叫声；一辆巨大四驱车在大街上的商店间驶过时，因轮胎上的防滑链而发出嘎吱嘎吱的声响。然而几分钟过去了，没有任何东西表明这个画面不是一个电脑屏保。我发誓我都能闻到新鲜的空气和松树的清香。工作充实，美人相伴：试问，夫复何求？过了一个小时，瑞发出一声满意的叹息。

"总算完事儿了！"她把电脑转过来，咧嘴笑着，"接下来，我得把罗宾的校服裤腿放下来。你跟我说会儿话吧。"

我脑海里又回想起她以前提过的一些事情。"你以前说过，布兰登是个演员？"我能看出来。他还是孩子的时候，说话就有一种戏剧式的铿锵顿挫感。父母在家里招待客人时，他总是很乐于坐在大人们身旁，学着大人的样子说话，甚至是脏话也都学全了，活像个小大人。我父母的朋友，那种喝得醉醺醺的人，看到这一幕都会拍手叫绝。

"好吧，当我说一个演员时，我实际上指的是群众演员。"瑞津津乐道，"四年里，他演了七个有台词的角色，其中一个还被卡掉了。毛病就出在他起点太高。《犯罪现场调查》拉斯维加斯篇里需要一个英国摇滚歌星，在酒店房间里被发现吸毒过量而死，可房间门窗紧闭，也没搜出任何毒品。那是他第一次试镜。他倒也挺争气，没费什么劲就拿下了这个角色，连我都能看出来他是有些天赋的。但是在那之后，就什么都没了。他后来就沦落成了一个群众演员，但他也是身不由己——他总是和别人起争执或者总是临时改词。就因为这，最后他都被封杀了。可奇怪的是，他后来在2007年又得到了一大堆工作，当时演员罢工持续不断，所以他会出现在各种各样的背景中。这事总是能吓我一大跳。我不经意瞥视一下什么，他就可能不知道从哪里冒出来盯着我看。"

她把裤子拿起来细细地检查。

"可笑的是，我认为如果他能给自己找个主角的话，他可能会做得很好。他能像换衣服那样轻松地在不同性格间切换，他还能模仿各种不同口音。要是你把他介绍给一个人，过上十分钟，他就能演那个人了，不光是声音，他已经抓住了模仿那人的精髓——掌握了那人某个细微的动作或是习惯。可他不喜欢别人告诉他该怎么做,而那恰恰是一个演员生涯中百分之九十五的内容。"

听起来她说的都是经验之谈。"那你呢?"我问,"你演戏吗?你在洛杉矶是做演员的吗?"

她把一绺散乱的头发往耳朵后掖了掖。"演戏只是非常非常小的一部分。我来洛杉矶其实最初是个模特,但我的经纪人也给我争取到几个角色。你应该一个都没看过。"

"你做过模特?"

她笑起来。"你觉得很难以置信吗,白马王子?"

我脸红了。"不是,天哪,你看起来完全不像做过模特的样子啊。我是说,你外形确实可以做模特,但是感觉你不是那种人。你太正常了。"

她看起来很受用。"谢谢。我猜,我那时候不太好。一周有十次被说'你不够漂亮',实在太难挨了。我也很讨厌穿成那样。"她指指自己的衣服——长袍搭配短裤。

那个声音又在公寓里响起了。它听上去更像是机械声,而不是电器声,于是我查看窗外是不是有直升机飞过,但看到了别的东西,距离更近的一个东西。我做了备忘,打算回头问问卡斯帕。

我们沉默地坐了一会儿。我感觉自己像布兰登一样正在做他经常做的事:拖着我跟在他身后。我想要找到一个办法走在他前面。"要不,我们一起捋捋我们已经知道的,把它们写出来?"

"好啊,来吧。"

"那天早上,布兰登起床、打包,开车去了旧金山。"

"其实他早就打包好了。"瑞说道。她进了厨房,然后就往返于我和炉子间,炉子上的锅里煮着什么。

"所以你早知道他要走?"我想象不到她为什么早没告诉我这一点。

"不是,他一直有个收拾好的包,一个应急包。你知道这玩意儿吗?"

我不知道。她翻了个白眼。"网上有那么一群人,他们都备有一个包,里面放了一些必需品。这个包时刻放在门口,为了不可挽回的社会崩溃做好准备。比如黑人当了总统、同性恋能结婚了,或者精神病人禁止使用自动武器了。你懂的,就是当明显的迹象表明世界末日要来了时。你必须做好在树林里开始新生活的准备:搭木屋、打猎,所以你得在这个包里放上一切可能用得上的东西,一有情况抓起来就跑。里面一般是些医疗用品、武器、净水块之类的东西。他和罗宾其实都有一个。"

"这听起来很不像布兰登啊。"我说道。这听上去非常离奇但确实很富有感染力。我已经开始在脑海里谋划我会在包里放些什么了。

"不是。他只要看不见卖酒的铺子就会焦躁不安。但我想这个念头让他心痒痒。你知道他对轻装上阵的看法。"

"这么说,你没有料到他会离开?"

她呆呆地望着我。"嗯,我已经学会了不要总是期待他能回家,但是我没想过他会……会消失。"

"你觉得这会是一时兴起吗?"

"我真的不知道。很傻,是吗?我想了很多遍,不确定哪种情形更糟糕:是他筹谋数月,而我却丝毫没发现,还是就在一个平常的日子,他起床然后离开我们,连头也没回一下。"

我想起我们读过的那本日记,想象着听到他那种欣喜若狂后的感受。

"话说回来。就算我知道他离开了,那他最不可能去的地方就是英国,伦敦更是。不过……"她搅了搅锅里的东西,"他上个月的确说了一点儿关于那个乐队的事。"

"这很不常见吗？"

"哦，天哪，是的！他从来不会说起他的过去。你可以认为他来到美国的第一天起是刚从蛋壳里孵出来的。要不是有一次在一家音像店里有人认出他来，我都不知道他以前玩过乐队。我们第一次见面时，他众多吸引我的点之一就是 —— 他看上去根本没有什么行李。永远都只有明天，还有我们即将一起做的那些事。但是就在大约上个月……你知道关于迪伦的混音那件事吗？"

我不知道。

"嗯，一旦我得知有遥/控乐队这回事，一年里总有那么几次，他喝得烂醉如泥时，就开始为这个该死的混音哀号。"她关切地看了我一眼，"你知道什么是混音吧？"

我笑起来。"我又不是七老八十了，我知道混音是什么。"

"好。所以他们把迪伦这个家伙的一首曲子做了一版混音。"

"一个乐队叫迪伦？"

"一个人组成的乐队，或者说这个乐队只有这一个人还是什么的。在美国还挺出名，但和布兰登如出一辙。问题的关键是，他们混的那首曲子是他的。"

瑞的情绪被点燃了，脸上被映衬得阴云密布。不看着她，很难把注意力集中在她说的话上。

"这件事发生时，布兰登他们已经出了几首单曲了，而且他们已经有了话题度，被视作明日之星。布兰登把这事一说，每个人都开始四处嗅探，终于找到一个品牌愿意让他们混一首他们旗下艺人的曲子。原曲不怎么样，也真不怪布兰登眼光高，那首曲子明显就是垃圾。于是他还有乐队里的键盘手 —— 索尔我想应该是 —— 决定把这曲子彻底来个大装修。他们剔除了鼓,拿掉了贝斯,换上了一些更现代的东西。可他们一旦动手修补起来,就停不下来了。他们把键盘和吉他都去掉了,到了最后那歌干脆也不剩什么了,完全是一首新歌了,除了还保留了迪伦的人声。然后他们想。'为什么止步于此呢?'于是他们把人声单拎出来,只保留了一句,放在了曲子开头,就是假装歌手在录音棚里说的'我们开始吧'那个片段。"

那句话突然让我想起来,我在广播里听过的一首歌。"我知道那个曲子。"我说道。瑞继续说着,我另开了一个窗口从谷歌里搜起来这首歌。

"后来他们把这首歌发给迪伦,希望他不介意他们基本上抹掉了他的原曲,再后来他们得到了一个大写加粗的'不'。迪伦并没有被这件事逗乐,但是事到如今,布兰登也不在乎他的拒绝了,因为他开始觉得他们的这首歌,他们录的这玩意儿,实实在在棒极了。于是他们把它称为他们的新单,并开始在人前演奏。每个人都喜欢这首歌。乐队曾经处于低谷,然后他们突然就有了这首每个人都想要的歌。布兰登重录了'我们开始吧'那一小段,所以他们没有被起诉,然后他们在一些地方兜售了一番,后来那家唱片公司就给他们打电话了,说:'嘿!我们把你们混的那首歌放给全国广播公司的人听了,他们很喜欢。他们想在《周日橄榄球之夜》上用这首歌。每个人都无比激动。这是一个重大突破。他们本来是英国一个小小的独立乐队,可现在,他们的遥/控乐队即将拥有相当于十个三十秒广告那么大的推广力度,还是在每个周日的晚上,在美国收视率最高的频道。这完全是飞来横福。可是好景不长,律师打来了电话。他们整理了文件,问布兰登为什么他的曲目来源是迪伦·马克斯曼。"

瑞喝了一小口水。她的语气里有点儿得意,又有点儿厌恶。"结果好像是他们注册那首歌时,或者不管你对那首歌做什么吧,创作来源都是迪伦,因为那是一首基于他的歌的混音。"

"但现在那首歌的百分之九十是布兰登的创作?"我问道。

"那是,但是仍然百分百是别人的版权。所以布兰登联系迪伦,想要拿到著作权,但这反而给对方敲响了警钟。迪伦四处打听这件事,后来他把这首歌放在他的新专辑里,并且授权给全国广播公司,赚了好几百万。"此刻她的语气又好笑又惊叹。

"布兰登竟然没有起诉吗?"我唯一能做的便是开始想象他的暴怒。

"他试过了,当然。但是唱片公司压根儿不在乎到底是谁的歌,反正他们能卖就行。最后他拿了几千美元的封口费,便没再提这事儿了。"

"后来呢?是什么让他变卦了?"

瑞舀了一勺土豆泥尝了尝,加了点牛奶进去。

"一个案子。另一个英国乐队也遇到了类似情况,不过是在近期,他们告了那个……那个基佬歌手是谁来着?动不动就撞车了那个?"

我不知道。

"就他反正。他们自始至终的态度就是'虽然是以你的名义,但是是我们写的歌',后来好像是庭外和解了,得了一大笔钱。帮他们打赢官司的律师在《公告牌》上说这件事为其他乐队开了先河,过了十分钟布兰登就给他打电话了。他甚至还上纽约去见他了呢。"

"那他打官司了吗?"

"打了,没打成。那个律师说严格来讲那首歌是他们的,可是布兰登已经庭外和解了,所以他打官司太迟了。但是另一个人,索尔,他一直没接受调解。他反而去迪伦的乐队里演奏了一段时间,布兰登因为这事一直记恨他。他依然可以起诉,但显然他已经完全消失了。我知道布兰登一直在让人找他，对布兰登来说，哪怕只是跟英国那边的人说上话也算是一件大事。不过，也许事情就在他的掌控中？"她茫然地往自己嘴里塞了一口土豆泥。

"那就是了，他来这儿很可能就是来见这个索尔，说服他起诉？"

她关掉了燃气。"可能吧，但那笔钱肯定不是打那儿来的。这种事遥遥无期。再说了，这个录音听起来像是他已经计划有一阵子了，要是他是认真的，我是说跟吉米说那件事，那他就不会再需要钱了。"

"有可能是想留给你和罗宾的吗？他死后留给你们？"

她抿紧嘴唇。"我严重怀疑，难道你信吗？昨天你读给我听的那篇小作文听上去可是不像有人会管我们死活的，不是吗？"

她没有表现得特别伤心，但还是沉默了一会儿。我无法把眼前这番景象——静谧的小镇、爱意浓浓又温馨的家庭——跟我记忆中的那个布兰登联系起来。我任由寂静蔓延。

"你知道不是你的问题，对吗？"我问她。

"什么意思？"

"他对每个人都是这样的。他当初也是这么离开家、离开亲人的。他也是这么离开他那些女朋友的。"我不想说这已经不是我第一次接到这种电话了。被戴着唐老鸭面具的人开枪打死的确是个新出的状况，但她不是第一个给我打电话的前女友（尽管她们通常都是跟我通了电话才知道自己已经变成前女友了）。

"我知道，我猜到了，"她说道，"只是很难不掺杂个人情绪。"

"还有多久吃饭？"我问她。

"十分钟？"她朝楼上喊道，"罗宾，洗洗手，十分钟后开饭！"

"好，我给你讲个故事吧。"

我给她讲了劳拉·谢尔德雷克的故事。那时候我十六岁，劳拉，我当时预测她就是我的真命天女。虽说我配不上她，但也没到可笑的程度。她挺好看的，虽然也称不上漂亮。她挺聪明，但是不高傲。她还很友好，但也不是毫无底线。我觉得我那时候一点儿都没想到我们之间会有什么化学反应，她看上去很和善，可能也挺容易到手，这就够了。我追她到手的手段，从 21 世纪的角度看，可能更接近跟踪：靠着整天待在学校黏着她和她的朋友们，我得知了她喜欢什么、不喜欢什么。在那个脸书还没问世的年月，这个过程蜿蜒曲折。我花了三个月，看她最喜欢的电影、听她最喜欢的专辑，然后才有足够的信心约她出来。

我的计划很简单。在船坞酒吧喝东西，船坞酒吧在布赖顿，管得不是很严格，有未成年人喝的酒（我提前两个星期就开始过来踩点了，买了无数的酒，和吧台的酒保一一确认过眼神）。然后到布赖顿市中心去看苏可西与女妖乐队的演出。我对那个乐队无论从哪方面来讲都没有什么强烈的感觉（除了稍微有点儿害怕那个主唱以外），但是那支乐队在她书包上占据着显要的位置——甚至比治疗乐队还要显眼，我很确信这意味着她是这个乐队的粉丝。除此之外，我一无所知。毫无期待，也没有规划。我以为如果她答应了，我就会立刻拥有一个全新的身份——男朋友，进入一个全新的世界，一个连细节我都不能想象的世界。于是我就约她了。

坏消息是：她已经有票了。她当然已经有票了啊。我难道没看见那个包吗？好消息是：她仍然愿意先跟我去喝一杯。结果就是，我发现自己招摇地坐在船坞酒吧靠窗的桌边，劳拉清晰地展示给每一个可能路过的同学。一个女孩从外面看见了我就停下了，她默不作声地走进酒吧，拿起我那杯还没怎么喝的酒，泼在我脸上。

我从来没见过她。她很漂亮，年龄要稍大一些——起码有十八岁,显然这还不算完。她转向劳拉,冷漠地打量着她。

"这就是最新的吗?"

我正忙着擦干,还来不及回答,她就用一根手指头猛地戳向劳拉。

"你想不想知道你在他的名单里排倒数第几?"

再一次,她没等回答。不管她想要的是什么,她都不愿意为此多浪费一分钟。

"在你前面有他的女友,还有他的另一个女友——那个凯尼恩学院的、去年被他搞大了肚子的那个,还有他前女友,如果不是老娘马上就要叫他永远滚蛋,你肯定还要排在我后面。"

她上上下下把劳拉看了一遍,又转向我。"你他妈的,品位越来越差了。"

然后她贴过来——贴得太近了,我都能看见她唇彩上刷子刷过的痕迹——对我说:"滚吧你,亚当。"

这一系列操作完美无瑕。要不是我是被泼了满脸酒的那个人,我简直要鼓掌了。你能明显看到其他桌的人都很喜爱这幕戏。我擦干净脸,看着劳拉,告诉她:"我这辈子从来没见过那个女孩。"

"嗯,可她绝对见过你。"

我恍然大悟。"布兰登!我哥哥,布兰登。我的双胞胎哥哥布兰登?"

她满脸狐疑。她一定知道布兰登,但我从来没提过他。

"我的同卵双胞胎哥哥布兰登?"

"可是她叫你亚当。"

这就是症结所在了。这情况前所未有。我以前遭遇过同样的场景。比如,刚才提到的那个凯尼恩学院的女孩,还有更吓人的,在戈德斯通,一帮足球球迷叫嚣着我"得罪了"他们,不过每次只要一张图书借阅证就能证明我不是他们要找的那个人。但这一个却叫我亚当。

这次约会就这么不了了之了，你可能也已经想到了。她说她理解，然后提议我们早点走，赶去支持乐队，但是一到那儿，她立马消失了。后来新的一周在学校里见到，我们像是完全连话都没说过的陌生人。

那个泼酒女当然就是布兰登的某个女友。至于说名字的变化，他第二天解释说是因为她曾经被好心的朋友警醒过要离他远点，于是他们在一次聚会上相遇时，他就报了脑海中跳出的第一个名字。

时至今日，我还是对陌生人很警惕。虽然并不是很常见，但只要有人多看我两眼，我就知道准没好事。一顿怒骂是家常便饭，或者是一通控诉。也有要求抚养孩子的。还有一次，我记忆犹新，我被人用一把叉子扎了胳膊。我已经学会了不去辩解。我只是默默接受，然后走开，把它记在我哥哥的账上。

这个故事我已经讲了无数次，几乎脱口而出，但是看到瑞的反应还是很有意思。她看上去好像在看电影似的。遇到好玩的地方她就哈哈大笑，遇到尴尬的场面她就捂上眼睛，并尽量在最后流露出同情的神色（尽管她明显觉得这件事十分好笑）。她那边有一个微弱的响声，她边笑边说："哦，天哪，等等。"

说完，她就从屏幕前消失了。我能从扬声器里听到锅子咕嘟咕嘟的冒泡声和窗外的鸟叫声。她再回来时，手里牵着罗宾。

"瞧瞧这是谁，终于睡醒了。"她说道。

"我其实没有在睡觉，我只是在思考，闭着眼睛思考。"罗宾说道，径直朝冰箱走去，"嘿，爸爸。"

"嘿，罗宾。妈妈刚才给我讲了你的应急包。"

他在屏幕前晃来晃去，嚼了满满一嘴的饼干："想看看吗？"他说着话，嘴里喷着饼干渣。

"好啊。"

他跑开了几秒钟,然后拖着一个帆布包回来,把它放在了面前的桌子上。他拉开顶部的拉链,嘴里还嚼着饼干,随机地把包里的东西往外拿,又把它们一个个搁在屏幕上:几本漫画书、一个指南针、一个破旧的望远镜。一个麦卡诺的钢铁机器人静静地躺在盒子里,一套扑克牌,还有一顶俄罗斯仿皮帽,帽徽是一个塑料的列宁像。

"哇,你准备得很充分嘛。"我对他说。

"我想也是。本来还应该有几把刀或者一张十字弓,可我太小了。我还放了好多吃的在里面,可是妈妈把它们都给拿出来了。"

瑞的声音从他身后响起。"因为你把三明治连包都没包一下就放在了里面,还有蛋糕、水果,在里面放了几个星期了,闻着都馊啦。"

"可是得带吃的呀。网上就是这么说的,以防所有的商店都消失了,每个人都变成了僵尸。"

瑞把头探过来望着屏幕。"看见了吧?看见这件事给他们带来的脑洞了吧?"

罗宾看上去倒没有对一个可能到来的充满僵尸的黎明预言过分不安。我想帮忙解释。"罗宾,你妈妈那么处理那些食物就对啦,要是它们掉出去,可能会把熊引过来。"

"所以啊,我应该有一副弓箭才对。"他用一种胜利的语气说道,然后便从屏幕前跑开了。

瑞在弄炉火,我能看见她笑得背部都在抖动。"永远别想吵赢一个十岁的孩子。"

"现在干什么?"

瑞把头发拢到头后,用一根发带扎了起来。"所以,酒店那些人看到你是不是感到很惊讶?"

我想了想:"不,一点儿都不惊讶。他们确实有很长时间做准备,但屋子里看上去也确实像是在等人回来的样子。他们向我转达了留言并且为我准备好了一切东西。"

她点了点头。"我想研究研究这些留言,都谁联系你了?"

留言都在我的上衣口袋里。我把它们拿出来读起上面的名字。"巴克斯特、索尔、托尼,又是巴克斯特,托尼也有一条,菲尔,几家服装店,巴克斯特又来了,索尔,然后是一家汽车出租的。没什么值得玩味的,我都读过了。"

"没有女的。"她看上去很诧异,"你应该没有帮我筛选过吧?"

我把那些留言都拿给她看。"这上头怎么写我就怎么读的,你看看?"

"好啦。我觉得有一件事很明显。"

有吗?我看不出来。

"没有吉米。其他人都打电话了,唯独吉米没打。可能她没想着你会回去?"

瑞的眼珠左右转着,仿佛空气中有字给她读似的。"首要的是,我觉得你应该确保他们不知道你回去了。"

"让楼下那哥们儿别告诉他们?我该想个什么理由呢?"

"你可以……"她开口道,然后笑了起来,"那可是布兰登啊,要是他问为什么,就告诉他关他鸟事。这才是布兰登会做的。"

她是对的。我仿佛都能听到这句话从他嘴里以愉快的音调说出来。我跟着试了试。"关你鸟事。"

她打了个冷战:"精准得可怕。"

我拨通了卡斯帕的电话。"嘿!卡斯,如果有人来电话,就说我周末走了还没回来,你也不知道我什么时候回来,或者还会不会回来了。"

"你还没回来,我不知道你什么时候回来或者还会不会回来。"

"谢谢你卡斯。"我回到屏幕前,"好了,接下来呢?"

"打给他们,听听他们什么反应?"

我不确定我是不是做这件事的最佳人选。我极其不擅长听出别人的弦外之音,很多人这么告诉过我。"我感觉我不能胜任。开着扬声器怎么样?"

"完全可以。叫你一个人干这个,我已经开始感到不舒服了。我们先打给吉米?"

我想了想。"不,我们先打给巴克斯特吧。他看起来最不像是卷入这整件事的。在成为布兰登这件事上,我想我得慢慢来。"想到我要假扮他,我都已经开始冒汗了。应付这里的工作人员还行,他们可能也会猜测,不过我应对得还可以。尽管这是故意欺骗。

我们把扬声器紧挨着电脑放好,以便瑞可以听清每句话。"我们开始了。"我告诉她,她对着屏幕做了一个交叉手指的祈祷动作。

电话响了好几声巴克斯特才接。

"巴克斯特,是我,布兰登。"

丝毫没有停顿,他像机关枪一样开口了。"你上哪儿去了?别回答啊,我确定我不想知道,不过你可真会挑时候。你关注留言板了吗?"

我立刻不知所措起来。"没有,"我冲着瑞使了个眼色,"我一直都很忙。"

"嗯,你应该看看。我仔细考虑过了,比起我之前对外界说我是在一个旧货市场上淘到的这个,我想可能有更巧妙的方法来处理这件事。所以我联系了弗兰克·伊萨克。"说完他停了下来,我猜测这个人是我应该知道的。

"好主意。"我说。

"我就说吧?你知道他这个人有多八卦。我费尽了口舌,我是这么跟他说的：在一个图书馆拍卖会上发现了一个东西，可能不算什么，但如果它真像我想的那样，那么这东西就是个世纪大发现……诸如此类的话。我告诉他我需要一个无可挑剔的资深人士来掌掌眼，又恭维了他一番，说了许多。"

"做得好！"我说。

"是啊，但他变得很激动，他处处有意无意地暗示。我有报价了，布兰登，正经报价，可我们的东西还没好，是吗？"

瑞的表情跟我一样茫然。

"我猜还没有。"

"那什么时候呢？你的人准备好了吗？"

我对着屏幕里的瑞投去一个无助的眼神。她在一张纸上快速写下"你是布兰登，挺住"。

"不，他还没准备好。少他妈烦我，巴克斯特。等他准备好了自然就准备好了。"

他听上去很绝望。"但它是一大笔钱啊。这难道不是你想要的吗？不是我们想要的吗？"

"我当然想要，但我不想惹麻烦，特别是跟你，巴克斯特。"我也不知道我为什么加了那么一句。

"我知道，当然。听着，那麻烦你让他快点儿。其他的都准备好了。都六位数了已经。我明天还去找你，对吗？我这儿有几样东西，你准需要。"

我咕哝了一句。我迫不及待地想要赶紧挂断电话。"当然。明天。明天见，巴克斯特。"然后我挂掉了电话。

我感到一阵胸闷。冒充布兰登让我的身体很痛苦。

"干得漂亮！"瑞像啦啦队队员一样高兴，"第一次对话通常都是最难的,我觉得你表现得恰到好处地浑蛋,刚好过关。他听起来被激怒了,你觉得吗?"

我也觉得。不过,他很快就压住了怒火。

"你觉得他在说什么?"

我刚才太紧张了,几乎一个字都没听进去。瑞摆弄了一下屏幕外的一个什么东西,然后把刚刚的对话重放了一遍。

"一个从旧货市场得来的东西能值大钱?他还提到了一个录音,会是他跟吉米说的那个吗?不过他们好像说好了那首歌不给钱。"她又放了一遍,"谁是弗兰克·伊萨克?"

"不知道。听起来好像他认为布兰登应该认识这个人。"

"哇,你说得有道理。"她的手指开始飞速敲打起键盘,"伊萨克,伊萨克,可有不少呢。棒球运动员?我觉得不是。科研人员?口腔医生?这个是不是?"她迅速戴上阅读眼镜,我恰好看到她向我投来一瞥,看我有没有在看,"弗兰克·伊萨克是《天才少年——布赖恩·威尔逊的奇异美妙世界》(Teenage Genie — The Strange and Beautiful World of Brian Wilson)的作者。"

我茫然地看了她一眼。

"布赖恩·威尔逊?海滩男孩乐队那个?哦,天哪,布兰登知道了会杀了你的。布兰登完全痴迷于他,知道关于他的一切。"

"所以,有没有可能是和他有关的东西?非常珍贵的东西?"

她想了一阵儿。"我猜可能是。一张唱片?但是他们要布兰登的人做什么呢?还有,重点是,谁是布兰登的人啊?"

我读了几篇网上论坛里有关海滩男孩的文章,但没发现任何跟巴克斯特刚才说到的事有关联的东西。罗宾又出现在了镜头里,在后面坐着看电视。瑞现在也去干别的家务了。我看着她天生就很优雅的双手,像两个独立于她而存在的生物,一会儿把物品摆正,一会儿把褶皱抚平,一会儿把什么东西弄紧,一会儿又轻轻擦拭起来。它们忙得不亦乐乎,在罗宾和他的所有物——午餐盒、背包、大衣之间来回穿梭,像一种永无休止的很简洁的语言。这种语言,千言万语都汇成了一句话:我爱你。我猛地感觉到一股强烈的渴望。不是对她的渴望,或者不是仅仅对她,而是对他们的生活有一种渴望。我想要,我对自己说,这是我从未说过的。我想要,我想要,我想要。我本来想一直就这么看着,突然手机里的闹铃响了。该关照一下翁布里奇了。

在地铁里时,我感到有什么东西深深地吸引着我,但一开始我没分辨出是什么。这是一股潜藏的逆流:像是一种思乡的感觉,但思的却并不是故乡。随着我穿过城市地下——法灵顿、霍本、邦德街,这种感觉越发强烈。一股狂潮向我奔涌而来,召唤我回到喜鹊酒店,回到那个和太浩连接起来的大屏幕前。我回到家,翁布里奇在下午昏暗的光线里显得灰扑扑的——这一次仅仅是个模型。我拿出《翁布里奇之书》,试图写些什么,给它重新注入魔力,但我写得都慢慢泄了气。我希望罗宾在,这样他就可以从另一个角度看看这座城市了;或者它弯曲的后街能被喜鹊酒店噼里啪啦的生气点亮。我泡了杯茶,又烤了面包片,看着交通运输系统周而复始地回到起点。搅拌机马达的电线垂着。电源还没拔——只要按动按钮,就可以重新启动地震——但现在感觉有点儿无关紧要。没有发生什么巨大的变化和破坏,而是我看到瑞的脸——我们读到布兰登描述自己离去的文字时的瑞的脸。然后那个画面就一直挥之不去,不易察觉,却确凿无疑,就在我的心里。我给酒店打电话,保持着清楚存在我脑海里的布兰登的口型。"卡斯,亲爱——的，我在想，你能不能帮我搞定一个模特[1]。"

"应该没问题。她的名字？地址？"

我想了一下才反应过来。"不是那个模特，真不巧——这事儿可能有点儿复杂。"

我用了一整天才把翁布里奇准备好，弄成能打包带走的状态。

随着这座城市越做越大，占据了公寓里越来越多的空间，我不得不把它做成可携带的，以便里面的街区可以重新组配。水管和电路铺设在土地之下，我还画了如何将它们组装起来的详细技术图解。

趁我睡觉时，卡斯帕给我召集了一个搬家小分队。他们是一群建筑系的学生——和不拿钱的实习生差不多，常参与那种会雇用上千个戴着复杂装备去建造机场和摩天大楼的大型实践中。他们对大型模型得心应手，但我感觉这件事对他们来说也是个不错的节奏变化。他们在喜鹊酒店的房间里忙进忙出，默默地彼此商量、协作，围绕着音乐室的旋梯重新组装着翁布里奇这座城市。第一层支架搭好后，我叫卡斯帕送上来一些比萨，我们就坐在支柱间吃了起来。

"一年前，我们给中国北方一座完全规划好的城市做了一个模型。一万个住宅楼、活动场所、购物中心、桥梁。整个模型也装了灯通了电，晚上能亮。比这个大多了，但是远远没有这个有意思。"

说话的好像是他们的头儿，但也可能只是他们当中话最多的。他靠着一个胶合板的基座，那是他们刚为普斯马鬼宫做好的。他们重新配置了休斯令新城的大片土地，大多数翁布里奇居民曾住在那里，如

---

[1] 原文为 model，兼具"模特"和"模型"之意。——译者注

今它被改造成一个逗号形状的斜坡,沿着旋梯的雕花柱子蜿蜒而上。达纳昂城的大部分区域,那些神圣的区域,则被重新组装单独安置到了阳台上。整个白天,花窗玻璃将不同地方映照成了富有宗教气息的琥珀色和紫色。

他们干活儿时,我又在那个大扬声器上外放起了《初雪中的第一串脚印》。我没事干时就一遍地听,让它渗进房间的每道墙里。我还是不太能听出布兰登和瑞从这首歌里发现的美,但我渐渐喜欢上它了。一个学生,一个穿着连体裤的光头男孩,停下来听了片刻。

"好听。是你的曲子吗?"

我差点脱口而出"不是",好在及时刹住了,我想了想说:"对,不过还只是个小样。"

他听着,两只眼睛在一对儿扬声器上来回扫视。"音效很棒。是声云吗?"

我记起了谷歌搜索引擎里的名字。"没错。"

他看向笔记本电脑。"我能要一下链接吗?"他指着电脑问。

我点点头,他打开网页,在一个本子上记了些什么。"只有一条评论?简直罪恶。等下,我来加几句。"他在键盘上敲起来,然后不好意思地冲我笑了笑。"好了,又回到了梦想世界,不是吗?"

他回到客厅后,我立刻去看他说了些什么。我花了好一阵儿才弄明白它的设置。那首歌的波形图下面有两个方形图标。我点了一下左边那个。是那个学生的照片,黑白的,光线特别好,有一个时间标记和他的评论——歌美人帅,还有一个抛媚眼的表情符号。

我回头看向客厅,他蹲在最东边的一座护城塔楼前,一只氧焊炬在他手里喷着火花。我点了第二个图标。图片是一个黑方块,评论是一句话:"不是吧?为这玩意儿死值吗?"日期大约是一周前。

我给瑞发短信："你能来屏幕前吗？"过了几秒她就上线了。我给她看了那条评论，她沉默了一下。她那漂亮的额头上阴云笼罩。她打字了。

"谁留的言？他们在别的歌下面也留言了，你看，你点进去。不同的歌，同样的评论。天哪，还有更多文字。"

我照她说的做了。又一个页面被打开了，里面有另一首歌，另一个波形图。艺术家的名字是马尔维奇，音乐名为《神兽》。乐曲描述里有一个链接。当音乐开始播放，我打开一个新的标签页，那个链接打开后是一页又一页的原始文本。

神兽

以下是摘自布兰登的文章。它的开头和结尾都是半句话，好像是从一篇更长的文章中截取出来的。中间有一段是重复的……我把它们删除了。

……我被星星点点的建筑噪声和雨声吵醒。我的脚伸出了床尾，家具看上去就像小孩子的。在浴室里，我壮着胆子朝镜子里看了一眼。我和我的镜像：现在我们关系破裂了，不可挽回的破裂（我们在关系咨询里学会了永远不要这么说）。在我小的时候，我和镜子起码还有一些欢笑时刻。有时我们会争吵，尤其是在漫长的黑夜之后，但最后总能破镜重圆。它会送我入美梦，梦中的我脚步欢快，心里有歌。

但是如今我们受不了彼此了：看看你都对自己做了些什么吧，你难道就不顾及我的感受吗？

"我们重新开始吧。"这是我想说的，我接受了这一切。受伤的眼睛下方两个鸡蛋大的眼袋，满是斑点和擦伤。不断地下坠。沙坑和荒草。

"我们重新开始吧，亲爱的。"在所有生命的嘲弄中，变老的过程无疑是最令人生厌的。应该反过来。人在年轻时拥有一切——这时候哪怕你看起来像个被炸毁的城市也能承受。这就意味着，当生命开始崩溃时，起码还有一副好皮囊可以依靠。

昨天晚上和吉米的对话还在我耳畔回响。我仔细思考了我提出的建议，就好像整件事的核心所涉及的根本就不是我的生命一样。这么做还是合情合理的。在那场演出之前，除了一些对封山之作的盘算，我并不知道到底要对她说什么。但是那场演出令我感到无聊。更糟的是，它让我觉得自己像个该死的乐评人。四星好评。凯旋之作。她的音乐被无情的商业逻辑拽着往前走：春天是兜售夏季音乐节的最佳时机。所以，一切的新素材都必须在3月就准备好，不管是好是坏。演唱会曲目从来不会让你在一张热卖专辑里停留超过两首歌。这笔买卖是跟克里斯托弗·凯恩的一次高品位的合作，庆祝酒席是一场纯素宴。我想做的和她做的恰好相反。我想要一些狂野、纯粹而复杂的东西，这些跟贪婪或自私都不沾边，因为那时候我就不在了，也看不到了。在我被谋杀这件事的谋划中，我想了几首我最近的歌。怎样才能让它们听起来像是从坟墓里传出来的信息？一些歌无法应对逐渐增加的重力，于是崩溃了。这样也好，足以证明它们是脆弱的。但有些却恰恰相反，它们在重压下绽放，甚至承载着两三倍的重力自由徜徉。煤炭变成了钻石。

一个音调在我头顶上盘旋。那些梦里偶得的旋律很容易消失，隔壁收音机里的一首流浪歌曲或者稍一分神计划一下第二天的事情，就会让它们一扫而光；那就像在屋子里养了一头难以驯服的动物。我轻声哼唱着，在笔记本电脑上挑选出音符。首先是旋律，然后是和弦，我试图抓住那种悲喜交加的感觉。

当我完成一版后——不是我梦寐以求的，但我已经学会了不强求，我试着给它配上最简单的四四拍节奏。太迫切了。我把高音部调低，直到在很远的地方、隔着厚厚的墙壁都可以听到。到它基本成型时，我唱起了之前在笔记本上记下的一些句子。爆头。一代表悲伤。筋疲力尽。歌词随着某个节奏奔涌而出，破碎、变换的和弦使语言有了颜色，故事不知从何处突然冒出来。我边唱边改，剪掉不好听的部分。我歇了歇，又写出一句，喝了一杯，然后彻底把它放下。明天再来好好听听。

楼下。大堂空荡荡的，只有一个戴着头戴式耳机的清洁工推着吸尘器满屋打扫。在接待处等候的时候，旋律一直在我的脑子里盘旋，直到我引起了某人的注意——一个平头的印度人，穿了一件过紧的马甲。

"你能推荐一家附近好点儿的酒吧吗？"

他看了看手表："这里的酒吧半小时以后才开。"

我们同时望向大堂里标着"酒吧"的死气沉沉的角落。四个凳子放在一个长条橱柜前，橱柜由一个带锁的卷帘盖着。三台显示器播放着白天的电视节目。

"我觉得不会开，你呢？"

他噘了噘嘴。"这附近挺多酒吧的，"他似乎在大脑中把这些酒吧想了个遍，"但全部一个样。"

尽管我只是打电话给卡斯帕问他附近有没有一个适合喝一杯的地方，但我的这通电话仿佛让他格外开心，这倒让我一下子灵感闪现。

"库斯加藤先生，昨晚与您相伴真好。我一整个早上都在回味您昨晚说霍克尼和沃霍尔的那些话。"

一个好的看门人就像一个好的妓女——技巧胜过真心，而卡斯帕似乎两者兼有。不过我昨晚肯定是喝大了才会谈论艺术。

"您还好吧？"他问道。

"嗯，挺好的。我想问问，吉米的房间在她离开后是不是空着？"

我能听到背景里有音乐声。

"是空着的，她还要在这边待一上午，您要来找我们吗？"这家伙真是太好了。他声音里期盼的语调听起来几乎是真的。

"我正打算过去，那地方很美。"

"那您想要待多久呢？"

我需要见索尔和巴克斯特，那得好几天。还有一件事。我需要一把手枪，一些观察的时间，见某个人。"两周吧，我想。"

他想都没想。"应该没问题，您希望我帮您预留一下吗？"他听上去欣喜若狂。

"那麻烦了，一晚上多少钱啊？"

"两周一共一万一千英镑。"

该死的伦敦。设想一个数字，然后乘以二。我极力用毫不在意的语气说："好，没问题。"

"您需要我派辆车去接您还有您的行李吗？"

我还有太多事情要办。"我不太确定我有没有时间搬家。"我告诉他。

"搬运大件时您不用跟着。"

我笑了。"那就是我的人生故事，卡斯帕。"

我很想继续往下推进——坠落，坠落。我给索尔的邮件都石沉大海了，他也没有留下手机号。我给吉米发消息，看看她有没有办法联系上他，可是她从来不需要急着找到他。不过也并非一无所获。当我告诉她我订了她住过的房间，她说我可以继续使用她装在屋子里的录音设备。

"我今天本来要派人过去收起来的,但我们不在时它也是在储藏室里待着。你可以用它录你的'回归专辑'。"

让一个软件制作出来的声音充满讽刺感本来是不可能的,但她却完美地做到了。

于是我就去购物了。在加利福尼亚二十年的时间让我的衣品有些下滑了。我给遥/控乐队定的规矩写在每一份乐队公报里:坚决杜绝运动服。看到那些穿耐克运动鞋的矮胖子满头大汗地在场地里走来走去就令我感到不适,仿佛是衣服在替你干活似的。我曾经告诉过巴克斯特,他那时候净喜欢穿一些贝壳鞋还有那些三道杠的什么玩意儿,我告诉他:"要是让我看见你穿着那种衣服干跑步以外的任何事,你就给我滚出乐队(停顿)。还有,要是让我看见你跑步,你也给我滚出乐队。"

我赶往梅费尔[1],去挑选一些衣物,好让我那被美国污染了的衣柜重新焕发荣光。人们都说英国没有服务文化,只有在美国,才能真正体会到零食商店里那种熙来攘往的热乎劲儿。那种情形在优衣库可能是真的,但如果你是那种愿意砸好几千元买一双鞋的人,那么你可以得到任何你想要的前呼后拥。我去了圣詹姆斯街的服装店定制衣服。他们的大门上方有沉稳的徽章,进门需要拉响门铃,司机把迈巴赫挂空挡停在双黄线上,小孩在车子后座玩《愤怒的小鸟》。一下午我都在被测量、被标记,最后带着一个在本周末就会有一个全新衣柜的承诺回到了家(那些动不动就要等上三四个月的东西,和所有东西一样,都是看你愿不愿意花那个冤枉钱)。我不管买什么都是付现金。你无法抗拒把钱递出去的动作——看着它消耗掉,确凿无疑地知道自己的钱

---

1 梅费尔(Mayfair),位于英国伦敦威斯敏斯特市内,属于伦敦最中心的一个城区,是世界上生活成本最高的地区之一。

将去往何方。太浩下个月的房贷连洛伯家的一只鞋都买不起。瑞和我攒下的最终用来安家的那笔钱勉强够买一件定制夹克。当世界末日来临时，你必须得分清轻重缓急。

卡斯帕发来消息：房间准备好了。出租车司机走错两次才找到喜鹊酒店，看起来它似乎并没有在卫星导航上注册。我到酒店时卡斯帕在大堂。"我已经把您房间的洗澡水放好了，温度应该还合适。要是凉了的话，我叫托尼上去。没有您的留言，我们通常立刻就会去调节房间适应性，不过要是您希望的话，也可以等到明天。"

这听起来简直是狗屁乱放。"房间适应性？"

"是的。数字化准入信息。空气密度、气味还有声音。隐私梯度。听起来很像胡扯我知道，但是我保证，绝对值得。"

"听你的。过一小时来敲门吧。"

浴室很不错：一个有游泳池那么大的下沉浴缸，头顶的天窗发出伦敦最擅长的蓝黑混合照明。我从吧台拿了一杯苏格兰威士忌，抽了几根烟。我刚换好浴衣不到一分钟，就听见有人敲门。我湿答答地踏过镶木地板然后让人进来。

"好，首先是吧台。您想要什么牌子的？"

林立的酒瓶构成的调色板让酒精爱好者的心都飘起来了：烟熏绿和琥珀色交相辉映，稀有的宝石红或祖母绿镶嵌其间。

"怎么都行，卡斯。我很愿意试试你的选择。"

"好的。送餐服务是定制的，所以您还不能完全脱离菜单。如果您觉得有什么需要准备几个小时的，尽量白天告诉我们。您有什么特别爱好吗？"

他有一种英国人独有的说话艺术，不管说什么都透着一股猥琐劲儿。

"我大概二十年没吃过地道的咖喱了？今晚我能吃到一份美味的家常扁豆咖喱鸡吗？"

"当然。咖喱薄饼呢？眼镜蛇？"

"好，来者不拒。我想在里面闻到绒面墙纸的味道。"

"我知道哪里正宗。"

他等着。他知道还没结束。

"有其他消遣吗？"我想知道我的名声有没有比我先到。

"我们有一个私人医生，可以帮您开任何处方药，但是再烈一点儿的就越界了。"他笑着说道，"说句题外话，一个叫杰的先生稍后可能会过来。他绝对值得您认识一下。至于陪伴，我们内部当然什么都做不了，但是房间电话是通过外部算法运行的。在那儿您可能会发现一些有趣的事。现在说一下私事。对谁可以称您是在家的？"

"如果有人打电话过来？"

"对，谁打来您接听，谁可以得到您的手机号，谁会被告知我们从来没有听说过您？"

"二十年了，卡斯，不管谁想和我说话，都可以。过几天再看吧，我相信会改变的。"有的是大把时间树立新的敌人。

"那环境控制呢？"

"比如？空调？"

"不是，那个您可以自己调，不过默认的设置是加利福尼亚民居。环境控制是一些更具体的听觉环境，这个设计是为了优化您的个人空间。"他说了一长串话。

"雨林、海滩这些玩意儿？"如果这就是新时代的伦敦最流行的东西，那我待在加利福尼亚也行。

"它们确实可以那么设置，如果您喜欢的话。但是总体而言，那些东西都太……太扰人了。试试这个。"他按动一个按钮,输入了一些什么。

没有反应。或者说看不出有什么反应。然后我听到了低沉的嗡嗡声,应该是一股风在吹。

"这就是加利福尼亚吗?"我问。

"这是……"他读着控制面板上的字,"东京的苔藓花园,从早上八点开始的录音。"

"它会变得更刺激吗?"

"不太会。"他滚动浏览着,"不过它很受欢迎。具体来说是声音有意思,因为苔藓会发出一种独特的腐烂的声音,就像是置身于公园,而公园里铺了毛绒地毯。有时你还能听到水声,我想是鲤鱼游向船夫的声音,还有和尚诵经的声音,不过那得过八个小时以后了。"

"所以不是循环的喽?"

"不是,嗯,它过二十四小时会自动重复。如果您愿意,可以调成和格林尼治标准时间同步。"

我听不到扬声器里有任何声音传出来,但是屋子里有一种不一样的宁静。

"还有什么?"

"它们可不都是这么安静,"他一边说一边转动着轮子,"我喜欢这个。"

我们立刻确凿无疑地到了一个火车站。广播里的通知、轮子滚过鹅卵石地面的声音、低声的喧嚣。我感到心跳加快了一点儿。"这可能有点儿过了,卡斯。"

他点点头,"你也许会喜欢这个。"

屋子里的空气仿佛紧张起来了。一个既熟悉又陌生的声音响起。"好,就这个,这是什么?"

"《银翼杀手》里戴卡德[1]的房间。"

他一走,我就在吉米的录音设备上工作起来。我尝试着给《初雪中的第一串脚印》加上一些人声,但是整个听上去头重脚轻。去他的吧。我愿称之为一个情绪的表达,把它加在录音的开头。因为现在我有计划了。我心中有目标了,有计划了。我要做一张唱片,有人将会死去。

电话是那种老式的,有个拨号盘,本该是数字的地方写了一些文字。声音是旧式的喜鹊叫的韵律:拨号盘的小洞里,号码1的位置写着"悲",下一个"喜",以此类推。

我拨了1号键,是天气预报,提前录好的。听到"琥珀色天气预警"几个字后,我关掉了它。该死的伦敦现在是春天。

我又拨了3号键,是一个女声,没有感情色彩的国际化语调。"您好,先生,有什么可以帮您的?"

"你知道吗,我也不太确定,你有什么推荐吗?"

"嗯,泰勒非常受欢迎,如果您这几年都不在伦敦的话,她有着非常可爱的英国口音。"

我笑了。卡斯帕非常敏锐。

"你看着办吧。"我想了想,"不要金发的。"

"听您的。两小时后到。"

杰到来时,我正在音乐室的地板上作画。他有着一张城市人的脸,无法分辨出他来自哪儿。他两侧的头发很短,整体梳成硬朗的背

---

[1] 科幻电影《银翼杀手》(*Blade Runner*)中的男主角。

头，但仍然保留了一种卡通的卷曲。绿色的眼睛鼓鼓的，在他粗糙的皮肤上分外显眼。一大片雀斑让他看起来很年轻——一个四处钻营的毒贩。他的口音是一种直率的伦敦混混儿的腔调：那种懒洋洋的、市郊独有的口音是他职业的象征，就像飞行员惯用的长音一样具有标志性特征。我给他拿了一杯无糖可乐，他掏出了手机。

"喏，你要的东西——褐色的、白色的、药丸——一小时后就能到。跟任何一种烟都差不多。还有，我们搞的那些'三字诀'没事儿了。"

我总是对药理学的新进展很感兴趣。"三字诀？头一次听。"

他咧嘴笑了，"有点儿像是化学家和警察之间的一种军备竞赛。我们的人调整药丸的成分。要是被警察发现了，检查一番，认定它们是非法的，我们就再做更多的调整。重点是，他们都能记住这些三个字的缩写：AAX、AAY、ADJ，我从来记不住这些。"他充满期待地看了我一眼。

"然后呢？"

"没然后，三字诀——三个字的缩写。"他神气活现地打了个响指。

我礼貌地笑了笑。"是啊，不这么做实在是说不过去。我能问一下他们实际是做什么的吗？"

"各不相同。主要是让人立马兴奋起来，再有就是给那些老脑筋上点儿油。不过这批特别有趣。"他拿出一个塑料盒子，弄得咔咔响。

"新货。很难拿到，你知道的。有个客户曾经花了两个小时只是盯着同一朵花看。别去画廊，你会昏倒的。"

在过度吹嘘他们的产品方面，这些人远比房地产商要在行，不过管他们呢。我接过盒子。要找到索尔，我还有一堆侦查工作要做呢。

"那个能'提神'的小药丸有吗？"

"当然，不过也得几个小时，可以吗？"

"可以，我暂时还不需要集中精力。"

他笑着走进另一间屋子，打了几个电话。

生意做完了，他稍微放松了点，开始欣赏起周围的环境。"真不错，老兄，我第一次穿这种西服。吉米以前说过这种衣服很不错，但它比我想象的还要好。你是做什么的？"他看着一摞摞的书和画，"作家，对吗？"

"我是个搞音乐的。好吧，曾经是。音乐家兼演员兼废物，眼下正在向我职业生涯中废物的那部分靠近。"

"我听说了。什么类型的音乐，我听过吗？"

就算再老二十岁，再白四个度，他也不可能听说过遥/控乐队。

"爵士。"我说。这通常会终结类似的对话。

"伙——计！"他拖长语调说道，轻轻给了我一拳，"这正是我的音乐啊，老兄。什么类型的？比波普、迷幻，还是迈尔斯？"

我真是搬石头砸自己的脚。该结束这个话题了。

"极简氛围。"

他很懂似的点了点头。"听起来很严肃。谁给你做经纪人？"

我看了他一眼。

"之所以这么问，"他继续说，"是因为我就是干这个的。搜索引擎优化、社交方面的工作、发挥你的价值，你懂的，自动声云播放。这是我的名片。"

一个毒贩子还有名片——伦敦，你可真不一般。我接过来：花体字设计的杰·斯卡利特,约有四十种不同的渠道可以联系到他。他又环顾了一下四周。"我想给你放一段我的音乐,有空给我提提意见。"

我尽量不带倾向性地点了点头。他站起来,欣赏着唱片机转盘。

"SRM 科技的雅典娜,正宗。"

他在唱片集里快速浏览着,拿出一张夏奇·奥迪斯(Shuggie Otis)的唱片。"讲究。"他用两个手指转动着那张唱片,"都不是新版。我喜欢你的品味,老兄,我能放一下这个吗?"

"下次吧,杰,我约了人过来。"

"啊,早说啊。"他心照不宣地看了我一眼,"想要点儿什么助助兴吗?"

我怀疑在他眼里我到底有多老。

"不用了,我还行,杰,多谢关心。"

"随时,随时。"他打着哈欠说,"总——而言之,"就好像是我把他留下来似的,"一切顺利。回见。"他本想和我撞一下拳头,但临时换成了握手,大概是出于对我的高龄的尊重,然后就没精打采地走了。或许我应该跟他说说各种枪:有毒品的地方必然离不开枪,不过这应该是第二次见面才谈到的话题。

我在主卧里四肢大张地睡着了,但是时差让我凌晨五点就醒了,于是我换到另一间小点儿的卧室,好透过天窗观察外面的云彩。伦敦的各种灰,是这座城市不断变化的调色板。清晨的灰,像鸽子的翅膀般轻柔,一抹粉红藏在低调的底色中;夜晚的灰,灰里透着白,白里透着灰,像洗得泛白的工装衬衫;脏兮兮的正午灰,伦敦与东京平分秋色。伦敦有无数形容灰的字眼,像因纽特人有无数形容雪的词一样。锡钉灰、脏水灰、老狗毛灰,失去光泽的勺子灰,20世纪70年代的捷豹灰,生料水泥灰。要不是还有事做,我能这样看一个上午。

首先，在阳台用个早餐，尽情享受极尽奢华的酒店食物：放在保温的玻璃罩子里的煮得恰到好处的鸡蛋、戴着纸帽子的荧光色的果汁、独立包装的果酱。这里没有那些应季的、当地的、可长时间放置的东西，有的是来自世界各地、用肾脏移植时装器官的箱子保温储存、空运过来的顶级食材。

英国的报纸令人费解。随着几个国家整体走向破产，众多银行也开始衰败，变得病态。冰岛，这个在公元纪年还没进入四位数时就建立了议会的国家，后来被证实是一个由开着法拉利的渔夫们精心布置的庞氏骗局。希腊，20世纪两大飞速发展的事物——民主和同性恋——的滥觞之地，欠下的债比整个欧洲的储备还要多。

而在洛杉矶，瑞已经在亚马逊打了一段日子的零工了。计算价格的各种算法和程序混在一起，处于新老交替的过渡期。可追溯至线上零售界侏罗纪时期的遗留系统经过升级，被迫与更为灵敏的新的"巨兽"并存。这个行业赖以运行的大量准则如今都发生了翻天覆地的变化，让每个在这里工作的人都很难理解。她说那就像神话里一头由九部分组成的巨兽。她总是会在早上的销售会上发现某些商品的价格在剧烈地上下波动。二手平装书的价格可能飙升至七万一千美元，随后又降至四十美分。停印已久的教科书可能会位列"最畅销"榜首。这些令人眩晕的涨涨跌跌就像天气：你只有忍受的份儿，而休想控制它。想想那有多可恶吧，再想想金融市场巨大的数字生态系统，里面是于人类而言无边无际的黑洞，大鱼吃小鱼，小鱼吃虾米，你追我赶的丛林。根本无法捉摸。

有一天晚上，瑞说："我总是在想，假如某个巨大的电脑系统，比如'天网'吧，控制了世界，那起码也是智能的。尽管邪恶，但也是智能的邪恶。它会像蹒跚学步的婴儿一样笨手笨脚，但也具有相当的毁灭性。"后来我一听到"市场波动"就会想到瑞说的这番话。

吉米在这时打来电话。我告诉了她亚马逊的事,我知道她爱听这种事。

她说:"但这正是世间万物诞生的方式。复杂的系统相互交替运行,产生能自我复制的子系统。亚马逊很可能成为第一家有自我意识的公司。"

我的时间不多,所以我尽量把话题朝不那么科幻的方向引去。

"你这时候不是应该在上海吗?"

她的亚洲巡回演唱会原定于明天开始。

"成都,"她纠正道,"没错,我这会儿本来应该在那儿,但我没有。因为这该死的火山。"

"冰岛那个?"我在电视里看到过一些消息,但风声又下去了。那画面看起来像是慢放的核爆炸,"我印象中你不是这么容易紧张的人啊,这离你要去的地方远着呢。"

"你都不看新闻的吗?所有航班都取消了,就像在拍灾难片一样。所有人都被困在地上了。有些心急如焚的银行家都在买欧洲之星的高铁票,出价四位数。"

"那怎么办?你自己租个喷气式飞机,正好也享受一下。"

"首先,布兰登,它们都租出去了。那些早起的鸟儿和住在机场的人已经把它们都租走了。再说了,还有那些设备,还有整个乐队呢。我们哪儿都去不了。今晚我得回去一趟,跟卡斯帕说点儿事——要一起吃晚饭吗?"

我到底在多大程度上需要她?又能多大程度上跟她保持适当距离?

"今晚我要去见索尔。我能改约明天吗?从北部回来后,我还得歇歇。"

过了好一阵儿我才又习惯左侧行驶，不过因为伦敦的交通流动太慢了，所以我有足够的时间调整适应。天气晴朗，有风，很冷：办葬礼的天气。脱脂牛奶般的天空中点缀着快速移动的碎片云和临时起意的几场雨。汽车的收音机调到了第四频道，驶出伦敦时，我感觉自己像在开车回到20世纪50年代。记忆的传送带上充满了板球、园艺、《阿彻一家》（The Archers），还有财政紧缩。难听的广播剧，天哪，还有新闻！我停下来两次，在泥泞的土地上抽烟，看着肥胖的孩子满载一包包零食从服务站出来。我本来暗自下决心不会使用导航的，结果在布莱克本的环路上绕着立交桥兜了三圈后，眼看着我的酒店就在眼前我却下不去时，我把导航打开了。

索尔没有手机——我回来后遇到的唯一这么离经叛道的人，但是网络的触须自然找到了一条路。我给索尔亮相演出的一个叫《重返一九八九》（Back to '89）的狂欢晚会的经纪人发邮件，说我手上有个活儿想给索尔介绍。那个经纪人听到这个事就很不耐烦。他说索尔"不大可能回电"，不过我可以"来看演出"。我提出后台通行证，他就笑了。

我又从酒店给他打过去了。他听上去对我这一路赶来很感兴趣。

"我想问一下，我能在演出前见见索尔吗？"

"我怀疑不能，就算他愿意，我也拿不准你怎么联系上他。我猜他今晚会从赫布登开车过来。"

"也许我可以去那儿堵他，你知道地址吗？"

他终于不笑了。"不知道，我们其实没有那些台下交流的环节。"

他让我觉得有点儿烦了。

"好吧,他什么时间上台?"

"他们想什么时候就什么时候,不过我保证不会早于四点。"

见鬼。我想当天晚上开车返回呢。

"好吧,那好吧,门上会有宾客名单吗?"

他扑哧一笑,喷出的气让我的听筒沙沙作响。

"没有通行证。像其他人一样买张票吧,你这人太烦了。"

"当然要买,我怎么到后台呢?"

"问保安就行,我跟他说了你要来,但我不会过多强调。后台不会比前台好到哪儿去,我怀疑谁会挤破脑袋到那儿去。"

见鬼!凌晨四点的演出,现在才下午四点。我还得在布莱克本打发十二个小时。就像那种考验生存能力的测验,把学员扔到野外,只给他们一盒火柴,背几件衣服。即便如此,这也比想要在布莱克本的轻工业区找点儿有趣的事情做来得容易。

索尔可能比另外几个人难对付。我曾经睡过(不论多么短暂吧)巴克斯特的女朋友,还欠着吉米一大笔钱,但是索尔在加入乐队前就一直和我是朋友。我一消失,被我搞砸了的公众形象就落到了他的肩上。"可是谁偷去了我的名誉,那他虽然并不因此而富足,我却因为失去它而成为赤贫了。"[1] 其实也算是让我变富有了一点点。我试图回想上一次和他说话的场景。那是 1991 年 1 月,高居榜首的是《歌颂你》(Praise You)。遥/控乐队已是行尸走肉、名存实亡,仅仅在我们债主们那冷冰冰的心里尚存一席之地。

洛杉矶出现了一种趋势,保安越来越没有威慑力——有时甚至是女保安,不靠肌肉,靠的更多的是一种"我们谈谈这件事吧"的态度,

---

[1] 此句出自莎士比亚的四大悲剧之一《奥赛罗》。

但这种观念显然还没有渗透到布莱克本。门口的两个保安都像拳击手一样斜着脸，身上的肌肉不听使唤似地抽动着。他们一人用皮带牵着一条杜宾犬，于是就有了四张脸责难地看着我，只等我有所动作。

稍微高大点儿、明显也更丑的那个用手电筒照着我的脸："票呢？"

面对着我的恭敬，他的肌肉抽动着向我发出警告。他的脸一看就是嗑嗨了，药物甚至让他本就精瘦的肌肉纤维更加紧绷。他面无表情地看着我。简直就是那种活生生的"失踪人口"。

我迎着光，用了我最不具威胁性的口吻说："我是索尔的一个朋友，他今晚在这里演出。"没有回应。我又说了一遍，只得到又一声"票"的低吼。我在口袋里摸索着："多少钱？"

"二十。"一只手从光源处伸过来，我把二十递上去。他关了手电筒。

"他再过十分钟左右上台，你也许能在他候场时堵到他。"

我不知道没有演出时这个地方用来做什么。它的屋顶高高的，鼓声在波纹铁皮屋顶上反弹回来，像是枪响。四周的出入口各自通往独立的空间：橄榄绿色的走廊、满是白板的没有窗户的房间、残疾人卫生间。当我从喧嚣中走过，这屋子里的一切也并没有变得更清晰。水泥地面倾斜的角落里是有一个牛栅栏吗？那些装饰着镭射灯和扬声器的通向天花板的柱子又是什么？音乐声巨大无比、如此空洞，我只听到一个尖厉刺耳的尾音，还有噩梦般的卡通人声。舞者胡乱摇摆着，闭着眼睛，一排烟雾机并没能给大厅里带来一种气氛。跟我记忆中实实在在发生在1989年的那些聚会比起来，这里到底少了点儿什么呢？年轻人、人与人的互动、那种汗津津的贴身热舞，这些才是能吸引像我这样的独立音乐人的主要元素。在这里，舞者都彼此孤立，每个人都迷失在各自的小小磁场里。

主持人，一个穿着一件切尔西外套和破牛仔裤的圆滚滚的秃子，拿起话筒上台了。音乐声消退不少，只听到他拍着话筒说话的声音："喂喂喂，喂喂喂喂！"

我周围每个人都继续跳着，哪怕他们意识到音乐停了，也没有任何反应。

主持人像马戏团班主似的开讲："女士们先生们！昔日的风采，荣光闪耀；倏忽一瞬，布莱克本的骄傲。劲歌热舞起，民间永流传。请允许我向你们介绍，康特拉乐队（Kontra Band）和'危险'电音乐队（Risk E Bizznis）！"可他们上台时，底下没有一个人抬头看。

电音喇叭声、气喇叭声和嘈杂的人声充斥在空气中。我感觉都是放的磁带。是那种早期的实地录音带，当时制作这盘磁带的人，只要看到《冬日遗恨》（Winter of Hate）可以火个几十年，就能断定《夏日之恋》（Summer of Love）值得马上录下来。

干冰的烟雾也没能给奋力爬上舞台的索尔和他的搭档增添一丝神秘的气氛。他看起来还不错，还是那么瘦高、棱角分明，不过如今又多了几分健美：二头肌像是解剖图里的，血管有电线那么粗。一个奇怪的图案遍布他的胳膊和脖颈，他披着一件闪闪发亮的头饰，长度几乎及腰。他在一架旧的科音电钢琴上循环演奏着一些丧气的和弦。

我往舞台走近了些。在他旁边，一个戴眼镜的黑人哥们儿，留着那种我在威尔·史密斯"新鲜王子"时期之后就再没见过的渐变式发型，随着他脑海里的音乐节奏缓慢地摇摆着，全身的重心在两只脚之间来回变换。他双手握着麦克风，像搓雪茄那样搓动着，祈求似的抬头仰望着天。

索尔也不甘示弱，用密集的音符把像恐怖片一样的间奏填满，扬声器里发出尖厉的声音，沙沙作响，听上去就像同时在磨很多把刀。这声音严格来讲都算不上是音乐了，仅仅是一种具有强烈攻击性的声音，如此尖锐刺耳，就连最远处角落里的人们也把双臂举到了空中，接着，猝不及防的，他启动了一系列碎拍，手里像比画着一把折叠刀，以一种让人不安的希特勒敬礼似的方式来回舞动抬手，再抬手，甩刀，回来——然后不可避免的，低音降落，填满了深渊。歌手开始吟唱一曲优美的旋律，他的声音像少年一般柔和，滑过噪声的粗糙表面。人们在我前面上下跳跃着，肥胖的、戴着戒指的手指在空中比画着各种手势。一个赤裸着上身、穿着一条运动裤的哥们儿吞下几颗药丸，随即弓下身子呕吐起来。舞台上，军鼓奏出一串十六拍的音。那哥们儿看都不看，径直从他的呕吐物里摸出那些还未消化的药丸，又吞了下去。这次这些药丸消停了。我把目光移回到前面，看到有人打了起来。简直太让人倒胃口了。

更衣室是楼里唯一关着门的房间。那个经纪人没说错，这里并没有比外面强到哪里去，只是一个没有那些面目狰狞的人的地方。一个一个堆叠起来的文件柜之间有个瑜伽垫，索尔趴在瑜伽垫上。他的肩胛骨随着某种呼吸练习上下起伏，整个屋子被外面的音乐震得有些微微颤动。每一块天花板和每一件灯具都承受着每分钟一百四十下的暴击，为"808底鼓"混音的轰鸣平添了一分脆响的回声。歌手坐在角落里，一边点着一炷香，烟在他两侧升腾而起。音乐声太吵，就连升到空中的烟都随着震动的节奏舞动着。我走进去时，他抬头看了一眼，用光着的一只脚踢了踢索尔的肚子。

"现在不行。"他的声音在垫子捂着，含混不清。

"你朋友来了。"我从他声音里听出一丝西南部的口音。

索尔翻了个身，侧卧着，用一只枯瘦的手肘支撑着。

"啧啧，瞧瞧谁来了。"

真是恼火，岁月对他如此宽容。他有一张光滑而棱角分明的脸，让人想起鲨鱼或是那种尖嘴的斗牛犬，短发理得像机动人一样整洁。在过去二十年的某一刻，他把鼻子弄断了，或者更有可能是鼻子为了他而断。鼻子没有正常接好，结果反倒给那张本来过于冷酷的脸平添了几分奇趣。他身姿灵巧，一骨碌爬起来蹲在那儿。显然，这孙子没少做瑜伽：这是他这代人爱做的，他们对哲学没什么兴趣。那破破烂烂的手链和东方风情的文身，比任何传记都更忠实地述说着他这二十年来的故事。

"现场还喜欢吧？"他看上去像鸟一样栖息在那边，头朝向一边。

最保险的回答是什么呢？"喜欢。你引起了神奇的反应，简直活力四射。"

他同伴的注意力又回到了书上，但也不时地抬起头来，从眼镜上方冲这边看一眼。

索尔抬起下巴。"那群人？你要是在一辆车底下弄个每分钟一百三十八拍的节奏，他们都能为汽车警报欢呼。你管他们叫什么来着，安德烈？"

歌手在他的书里折了一页。"生化电子人，"他说，"给他们上发条就行，一次可以撑八九个小时。他们就是能纯粹地毁掉任何能让这个景象变得美好的事物。"

这样站着低头看他真是别扭，但是屋里又没有椅子，我只好也蹲了下来。安德烈又从眼镜上方向我投来一瞥。很明显，索尔准没说我什么好话。

索尔把重心从一只脚倒到另一只脚。"说说吧，到底是什么让你回到布莱克本的，布兰登？乡愁？"

时间回到1988年，我们俩就是在跟现在差不多的一个地方遇见的。那时候我长住在威利区一幢旧学生公寓的阁楼里，那是一座尖顶的维多利亚式的房子，里面住满了护士，她们轮流倒班，所以八个人只要五间卧室就够了。每次我下楼，楼下的空间看上去都不太一样；房间被钉挂起来的床单分隔开，床铺被搬到了走廊上。唯一不变的是晾在暖气片上烘干的尼龙护士服，还有滚滚的浓烟。除了拉斯维加斯，我从没见过哪个地方可以如此彻头彻尾地与外界时间隔绝。凌晨四点，就能看见女孩儿们熨内衣、吃麦片、煲电话粥。才下午一点，我就得在满是敷着面膜的脸和掺了伏特加的热巧克力的睡衣派对中小心翼翼地穿行。

那时我已经不是学生了。我从曼彻斯特一路搭车，亲身体验着音乐杂志里的场景：星期一乐队（the Mondays）、玫瑰乐队（the Roses），还有其后那些被遗忘已久的失意音乐人，比如"猪笔"（Pig-Pen）。在那些廉价的清晨，我跟节奏劫匪（The Groove Robbers）和个人恶魔（Personal Devils）这样的乐队在草莓录音室排练，然后下午睡觉。到了晚上，我挨个儿去见各种各样的乐队，试图跟一些志同道合的人建立联系。那阵子的关键词就是山顶上的聚会。狂欢、绕城高速，诸如此类。我在阿弗莱克斯宫被一个家伙塞了一张传单，他给每个经过的、裤子宽度符合要求的人都发了传单。

我是跟着楼下的三个女孩一起去的。这几个女孩，怀着护士对生命、舞蹈还有不知名药丸的热爱。堵车了，我们困在了一辆暖风失灵的嘉年华里，车窗上布满了冷凝的水珠，空气里满是身体喷雾和酒精作用下出汗的气味。我回头看，仿佛看到了电影里的一幕。一幅俯瞰图，下面是令人眩晕的荒野，A666号公路（是真的，原来的"地狱之路"，不信去查查）穿越其中。我们向下俯冲，穿过层层薄云，开往一条停满车的小路,那些车看起来就像是被遗弃在了那里,几个孩子朝发出声响的方向走去。我是在外面一个被露水浸润的河岸上见到的索尔,这个河岸非常隐蔽。他当时很友好,愣头愣脑的,对什么都很乐观,手和脚总是随着心里的节奏打着拍子。他负责弹吉他和键盘,我负责唱,那时候组乐队这样就够了。

"乡愁?不,不是。这一切都比我记忆中的要硬核一些。"1989年那时候,我觉得开上八十公里的车来到一个地方,仰脖吞下不知名的药丸,是再成熟不过的事了,但跟这场恐怖的演出比起来,那倒成了一个难以名状的纯真年代了。

安德烈接过话头:"揭开音乐圈的表象,下面净是犯罪、犯罪、犯罪。那些大品牌本质上都是如此——试图让我们和恶棍扯上点儿关系。"

到我了。"嗯,那你打算怎么回击他们?"

索尔前脚掌撑地跳了起来。"我们回屋说,这里不适合谈心。"

他俩骑了一辆乌黑的旧凯旋牌摩托,我只好打了一辆车。我没开车过来,因为我觉得这一晚可能会很沉重,不过索尔和安德烈显然正过着健康正派的生活。

出租车里的一切都那么让人昏昏欲睡:暖烘烘的热风、香得发腻的空气清新剂、前置扬声器里的《魔法》电台。窗外的一切看上去比加利福尼亚倒退了二十年。单调乏味的绿色中点缀着灰色的岩石和鳞片状干裂的石墙。行驶几公里后,坑坑洼洼的地方开始出现光亮的池塘。道路笔直向前,路面微微抬起,抬起的幅度恰好让我的耳朵嗡嗡作响,让我对飞在我头顶上空飞机上的每一个人都产生了强烈的嫉妒。

一——路——向——前。

终于，我们驶上了一条长长的逆时针环路，低处的地面在我们眼前开阔起来。远处的核电厂将一朵朵烟雾喷向灰茫茫的早晨。

"到了。"司机说，冲着核电厂点了点头。

一开始我还以为他说索尔住在那里，后来我沿着路走到入口，看见路边有一块彩色，仿佛绳子上的一个结。那是一条木头做的帆船，饱经风霜，形状像孩童画出来的一般，停在一个蓝色的正方形场地中央。我们跟跟跄跄地走过一小段泥泞的路段，来到船身周围的砾石地上。

那些蓝铃花颜色的砾石像厚毯子似的整齐地铺在船的四周，准是精心打理过。船尾陷进被海浪冲积的泥里，船头则挺立起来，仿佛在跃过一个看不见的浪头。船体被刷成白色和海军蓝相间的颜色。桅杆与船头呼应，也挺立着，指向空中破烂的帆。船头一个没精打采的骷髅加两根交叉骨头的图案，船尾一个笑脸图。我弯下腰抓起一把沙砾：被压碎的细软的贝壳。索尔和安德烈一定是看到车停下了，一个舷梯从船的一侧放了下来。他俩手臂挽着站在门口，像未成年的皇室成员从私人飞机上走下来一样。

"你找到了。"索尔听起来对这件事情并不开心。

"是啊。这个地方——"我挥动手臂示意眼前的一切：河床里干枯的仙人掌，浮木雕塑，跟周遭格格不入的"菜地"，"看起来棒极了！"

船里太小了，就算只有他们两人都嫌挤。再加上我，每个动作都仿佛是"你先请"或"小心窗户"的舞蹈编排。我在一条低矮的长椅上坐下，膝盖跟耳朵一边高。索尔在泡茶。（"花草茶？薄荷茶？还是南非红叶茶？"他问。"你就没点儿正经茶吗？"我反问他。）这是我跨越大西洋以来第一次希望瑞跟我一起。她一定会喜欢附着在船外壁上的那些富有东方特色的植物,它们一定会被她养得很好。这些东西对我来说几乎都一样,我一直都害怕他俩其中一个会提出要给我看手相。

"这真是太美了,"我说道,提高声音,盖过开水壶的哨声,"就像方舟一样。"

他俩相视一笑。

"我们在廷塔杰尔找到的这只船,你知道亚瑟王在那个地方待过吧?当时我们在那里的悬崖边的一场聚会上演出。聚会持续到将近早晨六点结束,老板清点账目时,我跟索尔出去散步了。"

"他还欠我们两百呢。"索尔说。

"它就那么赫然地出现在沙滩上,甲板没了,船身侧面有个洞,人可以直接穿过洞口。我们坐在船舱里看着太阳升起。但我们不是最先发现这里的人。"他的手在身边的墙上摸索着,木头墙面上刻满了名字。"MO,凌晨四点""皮肤",还刻了一些心形和十字架。

"我们坐下来等着水开,听着海的声音。我觉得索尔大概回去争论讨费用。"他微笑着,显然沉浸在一个他经常讲述的故事的哀伤情绪里,"但是过了两周,我们骑车去看反应堆时,两个木匠已经在那儿修建它了。占地面积四十乘四十英尺,位置处在距离核电站的最小安全半径上。"

"你们为什么买得这么近啊?"

"因为整个这块地方,有一种鲜明的对比。它们很大,我们很小;它们很丑,我们很美;它们污染,我们种植。每个到那儿去参观的人都得先经过这里,起码可以看到另外一种生活方式。

阳光如杂草般从木板之间的缝隙照射进来,照得灰尘翩翩舞动。我感觉此处常年有风,即便是今天这样风平浪静的天气,还是能听到外面船帆被风吹动的声音。

"说说吧,"索尔两手紧握着一个小小的茶杯,仿佛要试图把它暖过来似的,"你到底来这里干什么?"

看来我费尽口舌并没有奏效。我还以为我的计划天衣无缝呢。以前我给迪伦·马克斯曼做过混音,混得简直太棒了:一是听上去完美无缺,二是一点儿也听不出迪伦和他那臃肿的冒牌货乐队的痕迹。但我们当时的经纪人疏忽了,发行时没有署我的名,所以当这张唱片成了最稀有的野兽,在美国真正一炮打响时,赚来的钱都进了迪伦的腰包(更气人的是,还有名誉)。我抗议过,但是律师们都说他的律师团队也不是吃素的,于是最终我只能接受五千美元的赔偿了结此事。但是现在风向变了。美国有几起类似案件又让我觉得要是我现在试试没准儿能胜诉。对我来说是太晚了,但我做那首歌时索尔是跟我在一起的。我当时本来以为他的舞曲创作背景能帮上忙,但他既迟钝又颓废,所以最后都是我独自完成的。不过这都不重要。他可以以他的那"一半"为名起诉。我可以承诺他当时参与了创作(四分之一)。他要是肯告,迪伦输定了,到时候我们俩就连睡觉的枕头里都会塞满了钱。这种事情谁还能说个"不"字呢?

可是索尔就能。他拒绝任何签字,并宣称他连钱都不想要。他轻而易举地就放出这种厥词,我真是拼命忍住才没有抽他。

"你不可能'占有'音乐,布兰登。这就是一开始我们就搞错了的点。我们总是追求交易,要是买卖没做成,我们就完完全全放弃了,仅仅因为我们没有办法把自己变成商品兜售出去。我们应该以此自豪才对。真正的财富始终都在我们眼前:音乐。如今我和安德烈都把我们的音乐免费放送,只有现场演出时才收费,那是为了我们拥有共同体验而支付的一笔小小的场地费。"

安德烈满意地微笑着,像一个骄傲的母亲欣赏女儿的诗朗诵一样。

索尔素来有神圣的一面,但是在遥/控乐队时期我们一直成功地压制着他这股气质。可如今他那股傲慢劲儿又显现出来了,只有生活在一个听不到反对意见的二人世界里才能培养出这股气势。我想告诉他一个令人不快的事实:他是否觉得没有人能"拥有"音乐,这一点儿都不重要,因为迪伦显然能够拥有并且已经拥有了。如果他觉得遥/控乐队的音乐还是"财富"的话,那说明他的准则和记忆力都在下降。还有,如果昨晚的演出是一个共同体验的话,那么任何呆傻人群聚在某个地方的集会——可能是领取救济金的队伍或聚众淫乱——同样也算。

我改换了策略:他们可以把钱捐掉,也可以用那笔钱来买更多的地。得到的回答都是"不""不"。我试图唤起他的虚荣心:全世界都以为那首宝藏音乐是迪伦创作的,只有我们两个知道我们才是应该享有那些无上荣耀的人。没用。

每个人都有个机关,只需某个动作、某个字眼,或某种方式,就能让他们的机关开启,咔嗒,就位。早些年里,索尔的这个机关是嫉妒。但如今这个机关再也不灵了。也许现在应该是纯净,也许是爱。在那个满屋子小摆件和小挂件的地方,我试尽了各种方法。我想激起他的贪欲,却被他的高风亮节挡了回来。我软磨硬泡,一会儿恭维他,一会儿哄骗他,甚至有那么一瞬间我觉得都要试试调情了。但都没用。

后来已经过去很久了,我才反应过来,他应该只是喜欢说"不"。对曾经的瘾君子,你得找到他的瘾转移到哪里去了。通常都是一些无害的事情——瑜伽或健身,但是这位,是爱上了拒绝,我深恨自己没能早点儿看出来。他说出每一个"不"都斩钉截铁。

不含小麦的面包配红茶。"不,不。"

未漂白的棉花。光着脚。

"不、不、不、不、不、不、不。"

不管什么事都是"不"。我一天得到了二十个"不"。太多的"不"蒙蔽了我的思想。

该死的！我就应该给他一个他不能拒绝的方案。

我得重整旗鼓，另找一天再试试。就算我不能说服他上法庭，我可能还得找他录歌呢。我又试着联系了他一次。他脖子和手腕上有一些文身图案——实际是露在外面的皮肤上都有那种图案，我想从那些文身入手。

"那是什么啊？那些文身？"我问他。

他立刻把背心脱掉了（怪不得——我要是体脂只有百分之七，有像盔甲似的胸大肌，我想我也不会再穿衬衫了）。他的左臂、胸口的大部分，以及整个后背，都布满了蓝黑色水滴形状的小点，有规律地斜斜地分布着。我走近些看，是泪滴。大滴大滴清晰可辨的泪滴落下，像被风吹着的雨滴一样。

人们告诉你关于他们文身的事，就离告诉你他们的梦想不远了。但是，得有个由头，我还得往索尔好的一面去靠。

"非常美。眼泪，这莫非和监狱有关？"我十分相信索尔从来没有干过任何足以把他送进监狱的有趣的事。

倒是安德烈开口回答我了。"这原本是拉丁裔的一个传统，一滴泪代表监狱里的五年。不过后来变成了任何一种监禁的象征。"

索尔接过话头："我就是受到了毒品的监禁。"他又补充道，"毒品也可能是一座监狱。"（估计是怕我听不懂他蹩脚的类比。）

"每在毒品的魔咒下被控制一个月,就刻下一滴泪,"他继续说道,这让他的比喻更难懂了,"一个月清清白白,一个月赎罪,一滴新眼泪。我还得再刻五十滴。"

那将会是一大堆泪滴。没等他完成,他的脸和手就都会被泪滴占满,在我看来,这足以引起旧疾复发了。他在等我回答。再明显不过了:在哪个垃圾的世界里,一个可怜的拉美裔小子被关在世界上种族歧视最严重的监狱里五年,能和在卡姆登的夜店里吸一个月毒画等号?我想不出该说什么,就发出一个含混不清的声音表示同意,然后问起他们关于他在台上戴的那个头饰的事。这个问题似乎惹恼了他。

"那叫羽冠,其实是一种战帽。"他说道,"印第安人戴的战帽。我用了附近公路上被汽车撞死的鸟类的羽毛,借鉴了克里克人的设计。你知道的吧?向当地民间关于乌鸦和喜鹊的传说致敬。"

我知道如果我再不小心一点儿,就要了解当地关于乌鸦和喜鹊的民间传说了,这正是我极力想避免的。不过我对那个头饰确实挺感兴趣的。

"你能做一个跟它类似,但装的是个鸟嘴的吗?"我问他。

他没把握地看着我:"也许吧,多大?"

我拿出笔记本,快速画了下来。直到那一刻之前,我一直都在考虑让杀手打扮成开膛手杰克的样子,但是头饰要和整体服装有所区分。它们更多代表的是一种元素而非文化,我想这部分我应该自己设计。

回去的路上简直令人难以忍受。车子每跑上二十几公里,交通就乱成一锅粥,而且完全看不出是什么原因引起的。我极力在意念中把自己变成另外一个人,一个不介意时间耽搁和不适的人。这个重塑自我的过程正是作为演员为数不多的几个优点之一,是我比较喜欢的。

在我作为居家男人的那段最低谷的日子里,每当我比瑞和孩子早几个小时醒来,僵硬地躺在松软的枕头和柔软的玩具中间,想着"我他妈的该怎么做才能挺过这狗屎样的又一天"时,我只能靠着假装自己正在准备扮演一个角色才能活下来。作为一个正常人,我到底能有几分令人信服?作为唯一一个曾经在校门口抽烟的人,我是多么为自己骄傲;可如今,我变成了一个四处问别的爸爸是不是帮孩子做了科学作业,并问他们是否有兴趣上咖啡馆去探讨一番的人。我通过帮邻居铲雪、收集超市优惠券这样的琐事赋予那些死气沉沉、庸庸碌碌的日子一丝意义。我想看西恩·潘[1]这家伙沉浸在这样一个角色中。让我们看看他在操场铁栅栏边等待时上演的一场奥斯卡奖表演——他的脑子因为宿醉而昏昏沉沉的,天空仿佛在震动;他的后背因他自己都不记得怎么弄的抓痕而阵阵作痛;他跟穿着羊毛衫的、叽叽喳喳的家长谈论学校作业和面包房促销。

六个小时空旷的公路和空旷的天空。我进来时卡斯帕站在门口,正指挥着几个严肃的东欧人接过我的包,帮我脱掉外套……

---

[1] 西恩·潘(Sean Penn),美国著名演员,于2004年凭借在《神秘河》中的出色表演赢得奥斯卡最佳男主角奖。

第四章

第二天就要去见巴克斯特了,这带给我的紧张感是实实在在的,更像是饥饿,而不像一种精神状态,再加上我周围的陌生环境,哪怕最细微的动静都会令我心神不宁。我睡不着,索性起来上网搜索我哥哥的影像资料。

有一些演唱会现场的视频,我快进着看他和观众的互动(但是太短了,回声很大,基本没什么实际意义)。还有几个 20 世纪 90 年代音乐节目的采访,它们一直跳帧,搞得我偏头痛都要犯了。最大的"宝藏"是 21 世纪初期的一系列访谈视频,内容是布兰登独自坐在空空的舞台上,一个看不见的访谈者在问他关于他职业生涯的一些问题——音乐和戏剧方面都有涉及。这是一个更早时候的布兰登,还是那么咄咄逼人、不可一世,但现在的他更愿意就一些"宏大的主题"发表看法。他果断有力地高谈着他的各种观点:艺术的真谛、音乐产业已死、中国作为世界大国的崛起。我不知道这些视频是拍给谁看的,但是能看得出,这些视频制作娴熟,而且有让人印象深刻的观看量。

我一遍遍反复观看,练习他遣词造句的方式。他特别喜欢说"你可能会那样想,那你可就大错特错了",还有"艺术家的角色是……"这些视频还是肢体语言的"宝库"。面对不符合他的准则的问题,他会像是掸掉什么东西一样粗鲁地摆摆手,吊儿郎当地跷着二郎腿。要是他非常喜欢一个问题（或者，更准确地说，非常喜欢他打算给出的答案），他会蜷起手指。他还会像女孩子那样把玩头发。这些我都可以利用起来。我对着镜子试了几个动作。蜷起手指，看向一边。他最好看的角度；我们最好看的角度。

"互联社会中艺术家的角色？"

将头发捋到耳后，微微叹一口气，以表达这个问题已经是陈词滥调了。

"混乱。流动的干扰。支离破碎。"

换腿。让镜子照出袜子上的钻石，还有布洛克鞋的鞋底。

"还有就是，传统角色的叙事意义和可能性？"

手扒拉着头发，眼睛望向天花板。几个戒指闪闪发亮。

"嘿！"

另一个屏幕里，瑞在她的厨房里忙碌着，所以我只能看到她半张脸。她转过来看着我："嘿，你看起来很疲惫。没睡好？"

"睡不着。不过这也许正好有利于去见巴克斯特。精力充沛反而不太好。"

"明智。紧张吗？"

"紧张死了。我能先给你预演一遍吗？"

"当然。"

我吸了一口气，把头发往后拢了拢。我向后靠着，跷起二郎腿。

"关键问题是，巴克斯特，"我故意拖长腔调说这个名字，然后停下来，看着镜头外，"你可能会那么想，那你可就大错特错了。我们来这儿是要摧毁音乐产业的，不是用它来赚钱的。所以，小宝贝儿，我们要快进快出，去他的结果吧。还有什么问题吗？"我做了一个掸灰的动作。

"靠，"瑞小声说道，"这也太恐怖了。我是说，他跟我和罗宾在一起时不这样,但是如果我们是在一个聚会或是什么上呢?没错,他就是这副派头。"

她看着我的眼神并不是最友好的,所以我收回了最灿烂的笑容。"我一整晚都在研究他的视频来着。我以为怎么也能学到一点儿精髓。"

"可不止一点儿,非常棒。什么视频啊?"

"某个在礼堂里录的东西,只有他一个人坐在一把椅子上。非常严肃。"

瑞不屑地哼了一声。"哦,那个东西啊,真是不怎么样。那是他在洛杉矶没活儿的时候录的。他想着要是那些选角的人看见他在一些大型的英国艺术项目中被当作艺术家认真对待,没准儿就会多找他试试镜。那套玩意儿都是他瞎编的。他的朋友尚普做的摄制人员名单那些东西,他自己编的问题,提问的访谈者也是一个被演员梦蛊惑的酒鬼,他用几克可卡因雇来的。要是他能把花在这上头的一半时间拿去找试镜,估计他还能经常有点儿活儿干。"

"他这么做我还挺高兴的。这堪称是他公共形象的滑铁卢。"我蜷起手指,向上望着,"你称之为'形象',亲爱的,就好像这是一件坏事,但是你大错特错了。每一个自我认知是一名演员都应该知道的,那个词的意思是……"

瑞咯咯地笑着,这个真实不做作的声音,在被布兰登的夸夸其谈污染数小时后,简直是一股清流。"太蠢了。"她做了一个"嘘"的动作,我才看见罗宾手里端着一碗汤从背景里走过。他探过头来,整张脸占满了屏幕。"早啊爸爸,你看上去很累。"

"嗯,谢谢你,罗宾。"

"爸爸,"他说道,"我会像你一样头发全白吗?"

我用手捋了捋头发,是有点儿长了。"可能会吧。我的爸爸妈妈没有白,但是我有一个叔叔,他也是头发全白了。你想变成这样吗?"

他有点儿拿不准了,猛地躲开往后撤。

"你一直都是这样的吗?"他问道。

"不是啊,我像你这么大时,我的头发也跟你的一样,简直一模一样,后来突然有一天它就变了。"

他的脑袋左右晃了晃,然后嗖地冲到另一间屋子里去了。

瑞哈哈大笑。"他以前可没这么关注过这个事儿。"她仔细盯着屏幕看,"天哪,我都想上床睡觉了,看着好舒服。"

我四处旋转着电脑镜头。"特大号的床,埃及纯棉四百针高档床单,卡斯帕说的。给我用浪费了,我不管在哪儿都很能睡。"

"要我说呢……"她开口了,"要不,你先跟我说说你的头发是怎么变白的吧?我记得布兰登从来没出现过这种情况。"

我找了个舒服的姿势。

"那时我们大概十一岁。一天早上,我醒来去刷牙,就从镜子里看到了,一小撮纯白。"

我记得我尝试性地用手去搓那一撮头发。

"不是满头吗?"

"不是,没超过一个巴掌大小。布兰登进来了,一阵爆笑,笑了有十秒钟,才发现他也有。相同的一撮,不同的部位。"

"他活该。同一天吗?"

"是啊。一开始,他悲痛欲绝。我后来再也没见过一个孩子像他那么绝望的,十岁的孩子没见过。刚发现那天,他用我们父亲的'男士专属'染发剂遮住了,但是第二天,白头发更多了。"

"更多了?"

"嗯,那一撮扩大了,后来又一撮。最初那一周,我看上去可笑极了，像头奶牛。不过，布兰登情况更糟。染发剂根本盖不住，还不断有新的白发长出来。他成了花奶牛。到了一周结束时，我全白了，除了眉毛，而布兰登索性剃秃了。"

"不是吧！"瑞用手紧紧捂住嘴巴。

"他没告诉过你吗？他找了个朋友帮他剃光了。父母那时候气炸了，那年月，光头更多的是政治意味，而不是时不时髦的事儿。我记得我妈妈抓着他的肩膀晃着，对他吼着：'你！给我！留起来！立刻！马上！'"我学着我妈妈当时的样子，电脑在我面前跟着剧烈地抖动起来。

罗宾回来了，伏在了桌子上。

"你们在笑什么啊？"他也想知道。

"你爸爸头发刚白时，他剃了个光头。"

"真的吗？有照片吗？"

"对不起啊罗宾，"我告诉他，"没有照片。"

他似懂非懂的，然后又消失了。

"那你现在不介意了吗？"瑞问道。

"天哪，不。我的那些老同学，他们要么秃了，要么头发花白，不管怎么样吧，看上去都变老了。只有我一直没什么变化。布兰登不介意吗？"

"不介意，我觉得他还有点儿小得意呢。他染过一段时间，在洛杉矶当演员那阵儿，但我没想到那么严重。"

"是啊，那时候比利·伊多尔[1]的出现对他来说是个转折点。他也把头发弄得竖起来，假装他的头发变成了淡金黄色。"我打了个哈欠。

1　比利·伊多尔（Billy Idol），1955年出生于英国的摇滚歌手，以其标志性的发型和朋克音乐俘获了大批追随者。

"别打哈欠,"她说,"会传染的,天哪,我要困死了。"

我又临阵磨枪了一会儿。再观察布兰登,我开始发现了他的弱点。他有一点儿结巴,要不是特意找的话还真不易察觉。我小时候有严重的口吃,以至于要去看言语矫治专家,唯独在这件事上,布兰登从来没有取笑过我。现在我终于知道为什么了。他的口吃很轻微。我更多的是从他的回避话术里意识到这个问题的,而不是他实际说了什么。他总是在刚开始说话时就夸张地跷起二郎腿,做一些手势,然后戛然而止。这样做使他看似是在对说出口的话深思熟虑,但其实我知道那是他在被一个词堵住了思绪后赶紧停下来,逃向另一条表达同样意思的路径。"在这件事上,英……格兰"(到了嘴边的"英国"被他吞掉了)。或是"这简直就是扬起……扬汤止沸"。我感觉到那些被吞掉的字眼在我的嘴巴里化为灰烬:"英国……扬起水……"这一点我不得不服,他找替代词可比我快多了。

然而我还不满足于此,把这个技巧收入囊中后,我又开始重看视频。他在舞台上的笨拙,虽然被他掩饰得像是一种漫不经心的懒散,但在这一轮全新视角的审视下原形毕露:就只是笨拙而已。一个思绪开始扩散开来。那里面的人是我。那个在视频里结结巴巴、不停地用脚打着拍子的人,是我;那个在错误的节拍进入一首歌,让乐队其他人面面相觑的人;那个面对困难问题时紧张地大笑的人;那个沉默的、面部抽搐的人——是我,是我,都是我。我一直都在,是他基因里一个沉睡的细胞。是被放弃的那条路。在我生命中也有过那么几次,每当一阵狂怒向我袭来时,我便感到自责,因为我认为那是布兰登才会干的事。想到他可能存在于我身体的某处,我就不寒而栗,但是我却从来没有想过,同样的情绪也可能在我哥哥体内作祟。

紧接着,一个念头猛地出现在我脑海中,把我惊醒了。那正是瑞从他身上看出的。他们第一次见面时。她看到的不是他的神气活现、泰然自若,也不是他的尖酸刻薄、牙尖嘴利,而是他人性边缘的一个影子般的存在。我深藏在他的骨髓里,只在必要的时候才会渗出。那是我。我像一股涌动的暗流,一首无声的歌曲,在血液里流淌。我是他张牙舞爪的逞强表面下潜藏的意识;是他歌声里的卡顿,是居住在他大脑中的灵魂。不管我跟瑞之间建立起的这种关系是什么关系,总之,它越发让我觉得美妙。

当然,还有罗宾。每次我跟瑞聊天时,我都想问问她关于罗宾的事,但是整个话题都显得太脆弱了。翁布里奇有一片比较老的区域叫格拉斯沃玻璃森林:那源自我在上学路上得到的一些石化的小树枝,我给它们涂上重铬酸钾,又给它们浇水,直到那些树枝被亮绿色的晶体所缠绕。我总是不能很好地掌握平衡。那些木头一旦被涂得有一点儿树的模样时,晶体枝丫就开始卷曲、疯长,最终坍塌,碎落一地。它们似乎一般都在夜里垮塌,轻柔地发出一阵碎玻璃撒落的声音——每当我想到罗宾,这个声音就会在脑海中响起。我使劲摆脱掉这种感觉。先是瑞,再是罗宾。

煮咖啡的时候,她眼睛盯着屏幕,思绪却不知道飘向了哪里。我敲了敲屏幕。

"巴克斯特还有半小时打过来,我在想你能不能监听一下?"

她打了个哈欠。"好啊,我可以试试。"

"要是你听见我遇到困难了,可以给我响个电话,这样我就能找个借口长话短说了。"

"像相亲那样吗?"

我看上去一定很迷茫,因为她大笑起来。"很显然,你没有相过亲。这几乎是标准做法了——你让朋友相亲开始后十分钟给你打电话。要是对方还好,你就说没事,要是他不咋地,那就正好!就说家里有急事。"

"十分钟你就能判断出吗?"我想如果换作是我,十分钟我可能刚要开口说出第一句话。

她又打了个哈欠。"就我相亲过的那些,亚当?我还没坐下呢就见分晓了。"

巴克斯特发来短信:十分钟后到。

"你觉得他会用电脑吗?"瑞坐在厨房的餐桌上。

"不知道,我都不知道我们到底要干吗。"我看着桌上整齐的包装,"你说我要不要再吸一点儿?"

她微笑着。"你说得怎么那么像劝孩子不要吸毒的视频。试试这么说:我再走一溜儿?"

我试了一下。"我再走一溜儿?"

"好点儿了。"

"那我到底吸不吸啊?我确实觉得这么做更布兰登一些。"

"嗯,不出所料,对吗?也许确实应该吸一点儿。你有一种沉稳劲儿,站在女性的角度看,这很有魅力,但要是从常年研究布兰登·库斯加藤的角度来看,就太不对劲儿了。"

"你就不怕我学坏吗?变成他那样?"

"只是抽几口而已。反倒是那些经常把'毒品把我变成魔鬼'或者'名气让我疯狂'挂在嘴边的人,十有八九是因为他们骨子里本来就是那样的人。他们只不过是要找一个借口放纵自己而已。你哥哥完全就是借着可卡因说出他内心深处的真实想法,但是他很清楚,就算是正常状态下他也会那么说的。"

她学着他的口音。"瑞你知道那只是可卡因在作怪,你知道我是什么人。"

她脸红了。"那玩意儿不会让你变坏的,亚当,你知道为什么吗?因为你就不是个坏人。"

我不禁笑起来。"这是这么多年别人对我说过最动听的话了。"我放松地向后仰了仰头,门铃蜂鸣器在这时突然响了,吓了我一跳。

巴克斯特一进来,所有关于他会看穿我的疑虑都烟消云散了。他是个活力满满的小胖子,话很稠,上蹿下跳的,一刻也不得闲。

"你这浑蛋死哪儿去了?别告诉我我不会想知道的。肯定是让我嫉妒或生气,又或者让我又嫉妒又生气。我还以为你再也不回来了,把活儿甩给我了呢。"

他戴上眼镜,端详着我。我屏住呼吸。

"天哪!一个星期的狂饮滥食你还这么容光焕发。太不公平了!我这五年来天天晚上十点上床睡觉、光吃菜花还是让我看起来像坨屎。"

他又把眼镜摘了。"这时候你应该说'不不,你气色很好,巴克斯特'。"

我一直没吭声。这好像也不会对我产生什么不利。

他又坐了下来,这不是第三次就是第四次了。

"言归正传。你收到我的消息了吗？弗兰克·伊萨克斯。你记得他吗？那个老油条。我觉得有好有坏吧。好的是，说到威尔逊，他绝对是不二人选。如果他点头了，那就是绝对百分百的合法、合适，下金蛋的鹅。坏处是他真的是个行家里手，要是我们搞砸了，他会察觉的。我是说我应该可以办到，装作我也是上当受骗的，但是……"

他又站起来了，半个身子探进冰箱里。"没有香槟吗？你堕落了，布布。"

我拿出一副最尖酸刻薄的语气来。

"在右边的香槟冰箱里。我又不是乡巴佬，巴克斯特。"

他举起手表示投降。"我错了，我错了。嗯，音乐还不赖我觉得。"

他机警地盯着我。"音乐还不赖吧，是不是？"

我点点头，砰的一声，他把香槟的软木塞打开了。

"这就是重点。唱片套和标签我这里有。"他打开挎包，掏出一块硬纸板，一叠标签纸。"唱片套是我在长滩买的詹和迪恩（Jan and Dean）的黑胶上的，完全是同时代的，找不到更合适的词来形容了，标签纸是20世纪70年代的，但我觉得这没关系吧。那就……？"

我不太拿得准他到底要什么。

"压片公司？黑胶。你的人好了吗？"

布兰登的笔记本里有一页上记了一个名字还有电话，下面写着"压片"一词，我一直想问瑞她知不知道那是什么意思来着。我极力压制住声音里的不安。

"他出城好几天了，抱歉。我来弄吧。"

巴克斯特倒了两杯香槟。"来吧，最后一块拼图，哥们儿。"

他是个看上去充满好奇的小矮个儿。只有不到一米七的样子，但是他身上的衣服看上去却都有点儿小。他白色的、毛茸茸的脚踝和手腕随着他在房间里走动露了出来。格子衬衫紧紧地绷在他身上,恰好露出纽扣间半月形的肉。他的头发剃成了一种古怪的和尚一样的光头,脸部松弛下垂,胡子拉碴的,络腮胡长得都快跟眼袋连起来了。他全身上下唯一整洁的部分就是脚上穿的那双酸橙绿色的运动鞋,簇新的一双鞋。

我保持沉默,一只脚搭在另一条腿的膝盖上,直直地看着他。这样仿佛让他更来劲了。他一会儿站起一会儿坐下,以极大的热情放上唱片,在它们快要放完时拿下来。

我中间去了趟卫生间给瑞发短信。

她来信息写道:"笔记本里的'压片'应该是压制唱片的人,下面的数字可能是唱片的重量?你表现很好,就是注意不要总是说抱歉。"

我出来时,他也在打电话。他举起胖乎乎的手说:"该走了。亨顿有个哥们儿说他那儿有约翰的孩子们[1]乐队的一些珍贵资料。想来看看吗?"

我想他赶快离开。一直保持面无表情,我脸都酸了。"谢谢,不了,我要处理一下压片的事儿。"

他刚出门不到一秒钟,门铃的蜂鸣器就响了。我是不是做了什么事露了马脚?我本来有一百万种方法搞砸这件事的。我点上一支烟,停了一下,才打开门。

他表情困惑地站在门口。他把一张CD硬塞到我手里。"我听过了。还行,反正也听不到样带了。如果你想,也可以把它拿掉。"

我尽量不露声色地应了一声,直到他消失在大厅里,我才把气喘

---

[1] 约翰的孩子们(John's Children),20世纪60年代的摇滚乐队,以华丽的舞台形象和夸张的表演风格著称,尽管活跃时间很短,但他们的部分单曲已成为英国20世纪60年代最受欢迎的摇滚收藏品之一。

匀。我花了十分钟才在一堆设备里找到一台CD播放机，又花了三分钟才找到扩音器上对应的按钮把机器打开。这首歌似乎和前两首都不一样。这首歌有一种连绵感而且很大声，即使把音量调低我也听不太清布兰登究竟在唱什么，而瑞很明显地在集中精力关注着我拿过来的电脑。

"绝对是他，虽然我还不能听清唱的是什么。听着还不错，不是吗？"

我看了她一眼。

"你能把它下载下来发给我吗？"

我把它滑到电脑里，但是当我点击了文件夹图标，两个文件弹了出来。其中一个是MP3文件，命名为"世界末日之后"；另一个是文本文档，标题是"不要读我"。我打开文档，读了几行。然后把两个文件给瑞看，对她说："我觉得你肯定想看看这个。"

世界末日之后

以下文字源于题为"不要读我"的文本文档。文档格式正确，而且明显做过拼写检查。

巴克斯特。胖乎乎、滑稽可笑、蹦蹦跳跳的巴克斯特。

我提出顺路到布赖顿去见他。他表示反对：克拉里奇酒店吧，周四，他正好有个会。

"你确定你希望我跟你一起吗？"我问道。他对自己是如何谋生的守口如瓶。听上去他似乎在倒腾旧唱片，我想象不到我对他会有什么用处。又加上想到巴克斯特这样一个天生的邋遢鬼居然要去适应克拉里奇酒店那种环境，这听起来也不像是个见面的好日子。

"确定，过来吧，"他说，"我要去见一些人，有个帮手我更自在。"

这个帮手可以解读为社交秘书。他向来不擅长与人打交道，还有一种总是说错话的诡异能力。他的行为没有一点儿恶意，在今天，你可能会乐于把他描述成是"自闭"。

我从伦敦广场一路走到金钱的世界。一辆辆船那么大的轿车停在古驰和尚美巴黎的店铺外，看到俄罗斯阔太太和她们的保镖从商店里涌出，这些车辆的光头司机匆忙熄灭手里的香烟。越深入梅费尔，越是看不出来店铺是卖什么的。那一家只有几个保安而令它区别于其他商户的店是卖什么的？画廊？鞋店？妓院？克拉里奇酒店看起来还是别无二致：为了看上去没怎么下功夫而下了大功夫。我二十来岁时出现在这里的那些阿拉伯人，如今已经被穿着莫斯奇诺的中国小孩取代，他们低头专注于手机，酒上来了也没空抬眼看一下。

巴克斯特坐在角落里用着笔记本电脑，桌上放着一杯茶。他留着那种发型——零碎羽毛似的短刘海，英国的音乐人都留着这种发型，像传家的发型一样。我都不用看他就知道他一定穿了格子衬衫、深蓝色牛仔裤和运动鞋，这是干他们这行的标配服饰。他身上唯一的配饰是一副环绕在他脖子上的巨大耳机，就像南非的轮胎刑一样。

他正陷入沉思，看着他电脑上的什么东西。我拍拍他的肩，他半天才回过神来。

"嘿，布兰登，小可爱。"他站起来，掸掉身上的食物碎屑，跟我握手，"来，坐，还好吧你？"

"我挺好的，刚刚重新适应了伦敦。我还能有时间喝一杯吗？"我指指他的茶杯。

"一会儿，一会儿。我们赶紧把这个搞定，然后就能去泡吧了。"他看上去很紧张，"应该不会太久。"

"咱们去见谁啊？"

"暴发户，还有他找的一个制作人。叫什么什么格洛克？"

"好吧，我们要跟大佬们混了，是吗？"

就连我这个对嘻哈世界丝毫不感兴趣的人，也知道那两个人：亚特兰大说唱歌手，用了不到三年，从小混混儿变身为首席执行官。

我看了他一眼。他的刘海儿已经被汗水打湿了，一条玛莎百货的皮带深陷在肚子的肥肉里。"你在替他们做什么啊？"

他把电脑转过来，屏幕上被波形图占满了："节奏。"

"节奏?"

"节奏。你知道我以前是捣腾旧唱片的:慈善商店啊,义卖市场啊什么的。遥/控解散后,我就开始囤一些东西,好上别的地方去卖。主要是一些灵歌和放克音乐的旧唱片,你记得吧,我一直喜欢那些玩意儿!"我记得,要是哪个厢式货车司机车里放这种音乐,巴克斯特一定会跟一路。即便到了今天,还有那么几张专辑——特别是北方某些灵歌——能瞬间把我带回伦敦外环高速公路。

"总之,后来有几个黑人哥们儿开始从我这儿买东西。都是一些很珍稀的东西。我卖的几张唱片后来还真作为碎拍出现在了英国的一些说唱歌曲里。确实也不是什么大制作,但还是能在广播里听到。所以他们再找上我时,我会问起他们那些唱片。就像某些领域的货币一样——人人都想要别人没有的节奏。于是我把那些制作人都吃透了,开始给他们发邮件出点子。以前那还是个副业,可现如今它给我赚的反而比卖唱片还要多。"

想到巴克斯特是个钻营的人,让我感到些许不适。我不会从这个人手里买用过的伴奏。

"带你去看看就好了。闭上嘴巴,高冷一些,明白吗?"

音乐产业对黑人音乐家很不友好。由于它幕后的业务都以白人为主,因此就衬托得国际银行业成了包容性的典范。但是……这确实意味着像格洛克和暴发户这种人只要冲破这道无形的障碍,他们就能跻身上层,乘坐头等舱飞到克拉里奇酒店待上一个周末,并且仍然能让这个事看起来像一个高雅的反叛行为。赤裸的手臂搭在路易十四时期的沙发扶手上,电视里放着篮球视频游戏。烟卷儿放在亮晶晶的玻璃烟灰缸里。这些幸运的浑蛋。

看上去,他们还是比巴克斯特在这个地方更放松自在。他在电脑里播放着一段段的音乐，在我听来，这些没一个像是能大火的。我渐渐走神，看着视频游戏人物在他们的数字篮球场上耐心等候。

"等一下。"格洛克举起一只手。前面两首曲子放的时候他一直眼神呆滞。

"往回倒倒，吉他那段。"他说"吉他"二字的腔调，就好像那是个外国乐器似的。

巴克斯特又放了一遍。一串密集的吉他琶音，做了过多的电子化处理，我第一遍听还以为是合成音乐。

"再一遍。"

巴克斯特又点了播放键。

"我拿不准，老兄。你能蓝牙分享给我吗？"

现在，靠墙的巨大扬声器开始播放连复段。格洛克将音乐调成循环播放模式，让它一直放着。他把速度稍微调慢了些。音乐在那个速度下听起来更具威胁性。一种富有威胁气息的冷峻感。他剪了两处，节奏变成了三连音，然后又在主旋律下加了一个四四拍的循环。强拍节奏变了，新的节奏呈现出来。暴发户点了点头。"重复第一段，重复个三遍吧，然后进第二段。"

"这样？"

"对。"

格洛克还没改动时，他们就能听出些什么了，两个人疯狂点头。现在，第一个三连音不断重复，坚定而有力；第二个三连音只是第一部分卷土重来前的片刻喘息。格洛克去掉所有的踩镲部分，把鼓的部分调至最低：808底鼓、掌声、磁带回声。这下就连巴克斯特都点头了。他看上去就像汽车玻璃上挂的那种斗牛犬摆件一样。

暴发户抄起一个无线话筒，开始夸张的饶舌表演。歌词把潜藏在节奏间隙的另一个韵律发掘了出来。他的演绎使强拍又变了。他无视和弦的变化,加剧了紧张感。两个人都站了起来,我的鸡皮疙瘩都起来了。然后咔嗒一声,停了。两个人大笑着相互击掌庆贺,然后瘫倒在沙发里。

暴发户转向巴克斯特。"太棒了!这个我们要了。不错啊小矮个儿。"

有那么一瞬,我还以为巴克斯要跟他们击掌呢,结果他只是伸手去拿笔记本。

"好好好。南方灵歌一首一千五,最后那首,三千。"

"行,打办公室电话找马特吧,我会告诉他这没问题。你想留下来吗?待一会儿?"

就连巴克斯特都能听出他们语气中并不热情。他们在打发我们走。

"感谢邀请,不过阿克顿那边正在拍卖一个 BBC 的古旧音乐资料库,我得去看看。"

"好吧。"他们看上去很不耐烦。格洛克去够游戏机手柄。"那回见吧。"

坐电梯下去时,巴克斯特把电脑紧紧抱在胸前。

"卖了个好价钱?"我问他。看起来像是卖了个好价钱:五千美元没白花,找到两首歌。

"还成,凑合吧。我出过更大的单。你还记得 Jay-Z 的那首唱洛杉矶暴乱的歌吗?"

这问题根本就不用问。就算你去年整个夏天都在重症监护室不省人事,也不可能错过这首歌。

"样带吗?那哥们儿还有他那句'我说让这城市在风中燃烧和扭曲'?"

"那是我找到的呀。"

"现在还有什么能阻止他们自己找到那些歌而不是付钱让你去找呢?"

"他们不是因为我找到那些歌而付我钱。他们付我钱是为了不让别人得到那些歌。"

直到我们找到一家脏兮兮的小馆子——那里有着雾蒙蒙的窗和泡茶至少要用一个小时的孤独老男人,我才看到巴克斯特终于放松下来。他明显泄了气,一个啤酒肚也不知道从哪儿冒了出来,双下巴也出来了。他双手捋了捋头发,头发乱糟糟地支棱着。我意识到刚才在那儿审片时他有多紧绷。

他四下里看看,搓了搓手,点了单,然后便开始说话。他说的什么我没听全。他的语调有一种顽固的单调感,我曾经在那些用长时间的独处来演练争论,并且一遍遍地在脑海中重复演练的人那里听到过这种语调。他话语急促、含混不清,就好像急于结束一场糟糕的伴郎发言一样。说完之后,他把那已经凉了的茶一饮而尽。

"这就是我的生活。你呢?结婚了?有孩子吗?"

不要回头,永远不要回头。

"没有。好几次我差点儿结了,不过我不确定我能强行让自己跟另一个人在一起待那么长的时间。当我说'不是你的问题,是我的问题'时,我是认真的。"

"所以你回去过一段时间喽?"

我耸耸肩。

"那我可能会给你一些忠告。"他的语调里透着一股自命不凡,但隐约还有一丝别的。也许是兴奋?

他说:"你知道那场在纽约车库里举行的拍卖会上发现的那张地下丝绒乐队的醋酸酯唱片吧?"

"《地下丝绒与尼可》?"我太熟悉那个故事了。一张花了几毛钱在一个在车库里举行的拍卖会上淘来的唱片,后来卖了六位数。这是为我在废弃唱片箱里翻了好几个小时的事后正当理由。

"你觉得那个怎么样?"我能看出他对我的回答非常感兴趣。

"我觉得很棒。那是20世纪一件伟大的艺术品。那就仿佛是从废纸篓里发现了《格尔尼卡》的初步草图一样。"

他的双眼闪闪发亮。"对极了。"我误打误撞竟然答对了。"要是他们真的发现了那什么,废纸篓里的《格尔尼卡》什么的,你打算怎么处置?"

"和丝绒乐队一样,拍卖,惊艳不死这帮孙子的。"

"是吗,前提是?"

"前提?"

"前提是,他们得验过是真品不是吗?"他招手又叫了一杯茶。

"对啊,当然了。"

"所以地下丝绒那张唱片是真的?"

"我猜是的。"我尽力回想以前读过的报道。

"你猜错了。人人都希望它是真的,所以我们认为它就是真的。甚至连查都不查一下。"他靠坐着,扬扬自得。

"嗯,那好吧,可谁做得那么以假乱真呢?"

他顿了顿。浑身上下洋溢着自满。

"你啊？"我问道。

"不，不是我。我倒希望是我。平心而论，我没有丝毫证据能证明那是假的，但要证明也很容易。那场拍卖中再没有任何其他有意思的东西了，没有别的唱片，录了唱片的那个人也已经死了。那些拍卖会几乎成了臭名昭著的瘾君子集会。"

这会儿他自顾自地说着，越说越激动。

"根本没有其他随心所欲就能卖的艺术品可以用来赚那种钱。一幅画可能会在苏富比上引起轰动，也有专门鉴定这些东西的人，但这个嘛，只是个录音……"他摇摇头，注意力又回来了。

"要想仿造一件那样的艺术品，真正要做的只是找一个知道老唱片长什么样儿的人，"——他指指他自己，"还有一个毫无道德底线的模仿天才，还要有钱付给他们。"

我不确定这是恭维还是侮辱。

"那……我们现在到底在说什么？"

"好吧。"他咧嘴一笑，像柴郡猫[1]一样。"从钱的角度来讲，是采矿人乐队[2]在布特尔举行的那场演出。"

披头士乐队成员初次见面那一天。约翰和保罗[3]第一次一起出现。有照片留了下来——约翰冷酷得像钉子，保罗嫩得像婴儿——但是没留下音频。

"我还以为当时没有录下来？"我已经开始在脑海中规划这个点子了。你上哪儿找那些早期爵士乐的噪声，谁有那些古旧的吉他。

---

[1] 英国小说《爱丽丝漫游奇境记》中的一只猫，咧嘴微笑是它的经典表情。
[2] 采矿人乐队（The Quarrymen），约翰·列侬于1956年在英国利物浦成立的摇滚乐队，后来在1960年更名为披头士（The Beatles）。
[3] 指约翰·列侬（John Lennon）和保罗·麦卡特尼（Paul McCartney），两人是披头士乐队的创始成员。

"有人可能把它录成磁带了。我得在利物浦找几间空房子，找一个那个时代的人，编一整个故事背景，但是，"他歪了歪头，"确实有一些困难，麦卡特尼非常精明，记忆力超群，还爱打官司。"

"所以不搞采矿人了？"

"不搞采矿人了。确实需要录音棚里做出来的、传说中的那种，但最好是所有的主创人员都死了，或者……"他笑得更灿烂了，"比死还好的是，疯了。"

咔嗒，锁芯转动就位。"《微笑》（*Smile*）？"

他跟我碰了一下杯："《微笑》。"

第五章

"《微笑》?"

布兰登的笔迹到此戛然而止,正好到了页面的最后一行。我读得嗓子都哑了。

瑞不住点头。"对,《微笑》……你不知道那是什么吗?"

"我不知道。"

她撇了撇嘴。"是布赖恩·威尔逊的一张专辑,或者应该说,即将要造出来的这张布赖恩·威尔逊的专辑,海滩男孩的成员?据说这件大作是他嗑完药从上帝那里得来的。但是他刚一完成创作,就得到了上天的启示,于是毁掉了所有的磁带。他觉得那个音乐里的力量会给整个洛杉矶带来灭顶之灾。"

她的表情没有任何感情色彩。"就像是收藏家和音乐家试图用圣杯残存的碎片重新做一个圣杯出来一样。"她又变得伤感起来,"天知道有多少次汽车旅行我都在听那些东西。前些时候曾经发行过一个官方版本,但那看上去只是让网上的人更抓狂了。"

"为什么呢?"

"都是因为那家伙,布赖恩,"她说起这个名字,仿佛那是一个她的熟人,"这家伙最近有点儿头脑不清,20世纪60年代时药嗑太多了,所以据布兰登那帮人说,那首歌他只是勉强装模作样做出来的。看上去就像给《蒙娜丽莎》画了胡子一样。布兰登就听了那么一次，然后就翻回头去找那些被弃用的音乐片段了，就好像它根本不存在一样。"

她的思绪又飘忽了，我任由她思考着。"我想要是他们能仿造出来，那还真是一大笔财富。"

"那真的可能实现吗？"

"我不知道。布兰登对那些录音了如指掌，而且他学布赖恩也挺像那么回事儿。他还有很多从原版带子里剪下来的弃用片段。"我看着她用手指拨弄着毛衣磨损的袖口上的一根线。"关键是我不确定它实现与否会有什么影响，可不管怎样他都会做。光这个想法就够了，这会让那些海滩男孩的狂热拥趸沸腾。确认。他能从中狠赚一笔。确认。这首歌原本就非常难演奏。确认。还有……就算以后发现它其实是仿造的，也许这样更好。"

那个噪声又在房间里传开了：一种嗡嗡声，更像是昆虫发出来的，而不是机器的声音，从一个房间到另一个房间。

"更好？怎么说？"

"一方面，说明他有才华，能做出以假乱真的布赖恩的歌来；另一方面，这会愚弄任何一个热情谈论这张专辑的人。双赢。"

我仔细查看了那些乐器和另一间屋子的录音设备。它们散发着代代相传几十年的老物件的温度。那东西有多少年头了？海滩男孩时代的？这就能解释得通了，为什么所有东西看上去都没有新的。

"你觉得他录了吗？"

他耸耸肩。"巴克斯特好像觉得他录了。你什么都没看到吗？"

"我不知道我要找的是什么。一段录音？一些磁带？一个 U 盘？"

"磁带。"瑞很笃定。"录音没有经过剪辑，如果那是巴克斯特想要的东西的话。那不可能是数码的，因为那样的话听起来就太现代了。所以就只能是磁带了。那种大的。"她双手分开,比画出有半米那么长。

我端着电脑走进录音室。这里在黄昏中有一种教堂的感觉,吉他都是宗教绘画的颜色:干了的血迹那种红色、烟草的棕色,还有失去光泽的金色。在远处的墙上,我能看出一张阴郁的脸:机器上的磁带卷轴是两只眼睛,磁带下部的长条是嘴巴。我把电脑对着它。

"就是这个,里面也有一盘磁带。"

我找到开关。机器叹息了一声,微弱的绿光挣扎着恢复了生机。我等着机器阀门热起来,发出嗡嗡声,然后按了播放键。房间立刻充斥着一股如浓汤般的声音,时而俯冲,时而升腾,紧紧交织在一起。就连我都能听出来它非常美妙动听。我在一把椅子里坐下靠着,听着它有序的变奏小心翼翼地流过,屋子里的宗教气息更浓了。

"这首歌叫《我们的祈祷》(*Our Prayer*),"瑞说着,带着一种严肃的满足感,"放到 A 面第一首,让它继续播吧。"

我们坐了一个小时,音乐一直放着,天色渐渐晚了。她聊着一些鸡毛蒜皮的小事:罗宾的校服啦;齐肩深的雪地里开辟出来的路,让她的小镇变成了闪闪发亮的白墙组成的迷宫啦;她要不要剪头发啦。我感觉受到了格外的尊宠,仿佛是她的世界里一个全新的移民。某一刻,音乐停了,磁带拍打着带轮。

"从下面找找 B 面,我希望他完成了。"有另一盘磁带,我研究明白如何把它镶嵌进两个带轮上。又闻到了阀门燃烧的味道,古老的金色光芒,歌声从神圣渐渐变得愚蠢。我不想让这一切停下来。

"简直是疯了,布兰登居然把那些都存进了磁带里,他明知道巴克斯特会拿到。如果巴克斯特放了磁带,听到这些,就足够让巴克斯特不跟他合作了。"

瑞恍恍惚惚地看着屏幕。"哦对，他会喜欢那样的。他就是沉迷于冒险。"

她停了几秒钟。"上个月我带他去了里诺一个戒毒互助会。我们之间的关系变得很僵，我以为他提出这个是个好兆头。他向来瞧不上那些地方——'不是自己一个人戒，就不是真的在戒'，他总说类似的话。所以我什么都没问他，只是开车送他往返，因为他有酒驾记录。我自己在车里等了一个小时，放着老歌。他出来时看上去备受打击，我想可能起了点作用。他看起来非常谦卑，你知道吗？这可不是一个我会经常用在他身上的词。"

一首歌放完了，响起一阵噪声，瑞向外望着，眼睛圆睁着。

"所以他消失后，我开车到那儿去看看能不能跟他的导师谈谈。我知道这都是保密的，但是没准儿我就能观察出那家伙对布兰登的离开是不是感到惊讶。在太浩没有他真正意义上来往的人。于是，我上了三楼，看到我见所未见的一个场面：金属大门用插销插着，没有一个人想让我进去。后来我总算是拦下一个从里面出来的人，看到他的眼睛，还有他胳膊上的印记，我才意识到那是什么地方：一个过瘾场。"

她看看屏幕，好确保我听懂了。

"我在那儿待了一个小时，看着他们哆哆嗦嗦地进去，萎靡不振地出来。"她慢慢摇着头，感慨多过恶心。

"如果他老干那种事，就会影响到你身边的一切。如果一个女的来家里——任何女的：罗宾的老师、一个邻居、一个家长——我都担心，担心布兰登睡过人家，而他可以从这女的和我见面的这件事上寻求刺激。假如他送给我衣服，我不敢穿出去，生怕误打误撞走到他偷来这些衣服的地方。这真的太累人了。"

我不知道该说什么。我们各自坐着沉默了一分钟，磁带一直播着。

171

然后整张专辑平淡无奇地结束了。一个颤颤巍巍的杂音在巨大的振动膜上逐渐变弱,一阵静默,然后一个舞台下的声音响起。

"布赖恩?"

"对,就是这个。"

瑞摆脱掉刚刚过去的半小时的魔力。"嗯,这个在我听起来是非常真实的,但是我知道什么呢?"

我笑了。"你知道的比我多二十多倍。那么,你打算怎么处置它呢?"

"你想怎么处置?"

音乐播完后有一种特别的安静。我们坐着,透过屏幕看着彼此。

"我们不会真的做什么错事,对吗?如果我们卖掉它,我们也只是让它流传下去。"她的声音里充满希望,但由于她的脸侧对着屏幕,所以她并没有跟我对视。

"还是冒牌货,我们知道这不是真东西。"我立刻感到无可救药的不知所措,像是另一个时代的人,"我是说……"

她点点头。"我知道。我也希望我不知道,但我还是知道了。"她长出了一口气,然后一个诡异的笑容掠过她的脸庞。

"你知道如果他们打算卖掉那张唱片的话,咱俩刚才读的那些会把巴克斯特送进监狱吗?"

是真的。已经有足够充分的细节构成犯罪事实了,而且布兰登把这些东西存在了一盘磁带里,还打算把它给巴克斯特。

瑞侧面冲我坐着,像是硬币里的人像一样。有件事我想问问她,但又担心这样不太妥。

"你想他吗?"

她没有犹豫。"嗯,有点儿。有时候。布兰登的魂还在这儿,告诉我不要听邦乔维,抱怨饮料柜看起来有点儿寒酸,没有这个魂我倒是还可以忍受。但是真实存在的布兰登，是我怀念的那另一个连接点，你知道吗？"她凝视着屏幕。"我小的时候，愿意做任何事，就为了跟我爸多待一会儿——他总是在工作，所以只要他在家，我就黏着他，他走哪儿我跟到哪儿。他以前很喜欢攀岩，连这个我都跟他去过几次。我们真真正正绑在一起，一个掉下来，也会拽着另一个一起。我在高处，平贴着一块堪萨斯岩石的立面，非常吓人。我最担心的是我的指甲。他会抬头冲我喊：'永远要保持两个连接点，瑞瑞！'这是他的原则：必须一直保持两个连接点在岩壁上。不管是手指还是脚趾，两个点。一个点在世界上太难立足了。"

我极力不发出半点儿声音。

"我在他的葬礼上就不断想着那番话。我的手指从岩石的一块凸起上松开，一个点没了。"

我的手机在桌上振动起来，我关掉了。

"男的就没有那种感觉，对吗？那种渐渐消失的感觉。他葬礼后一周，我搬去了洛杉矶，开始参加模特选拔。我在韩国城一家干洗店楼上找了个住处。整个三楼就我自己，邻居们看上去也从来不出门。我经常好几天连一句自言自语的话都没有。我开始慢慢'消失'。我感觉自己一天比一天透明。好几天我都不跟别人说话。我甚至买东西都一样一样地买，就为了跟人说说话。有一次……"她颤抖着，"我躺在梅尔罗斯的人行道上。就躺在那儿，每个人就那么从我身边走过，我等着，等着有人问我'没事吧'。这样我才能知道他们能看见我。"

她没再说什么，径直走向冰箱，回来时拿了一听可乐。

"后来布兰登出现了，那感觉就好像……"她模仿着爆炸声，"一切都变得立体起来。当你再去观察这个世界时，一切又都变得真实起来。但是过了一段时间，他就退回到另一个世界了，我的世界又变成扁平的了。后来就有了罗宾。天哪，罗宾。"她双手做了一个模糊不清的手势。"就是那一刻，从小到大，第一次，我一天二十四小时都在被看见。要是我没有直接进入他的视线，我也会在他脑海里。突然，我又变成实体的了。虽然破碎不堪，但也是实心的。这就是要永远保持两个连接点。所以，我怀念布兰登，但我说不好，也许并没有那么怀念吧。"

一声开门声打破了宁静。我看到瑞用抻长的毛衣袖擦了擦眼睛，才知道原来她哭了。

罗宾冲进屋子，冲到屏幕前突然停住了，"嘿，爸爸。"他探过身子亲了瑞一下，然后蹲坐下来。

"你为什么不开灯啊？"

我四下里看看。"我还不知道天黑了。我们刚才说话来着。"

"我能看看翁布里奇吗？"

我看了他一眼。"你不用写作业吗？"

他看向瑞。"妈妈——？"

他能看出她刚刚哭过吗？她用袖子擦了擦鼻涕。

"一小时，就看一小时。"她拿出手机，"我来定个闹铃。"

"爸爸？来嘛。"

我一边装好内窥镜，一边听他叽叽喳喳地说着学校里的事情。我让内窥镜运行起来，听他继续说着，看着长满青草的山坡在屏幕上舒展开来。他以一个孩子天生的敏锐认知，知道你最不想让他看到什么，他等着，等到大墓地映入眼帘，才开始说话。

"那是什么？倒回去，倒回去。"他用手肘撑着脸，离屏幕特别近。大墓地是一个个呈螺旋式排布的碗状玻璃容器，它们绕着一座孤山延伸开，每个都只在顶部留有一条冲向天空的窄缝。每个"玻璃碗"里都长着一株植物：有的是一些细长纤弱的小木苗，有的是极小的宝石般的花朵。山顶的那几只碗,已经变暗,满是裂缝,植物灰白的根须从缝隙间缓缓伸出。越往低处的碗则更新一些,闪烁着嫩芽的新绿。底层的碗现在开始蔓延到平地了,它们还是崭新的,里面除了薄薄的一层土,什么都没有。

"这是什么?"罗宾全神贯注地问道。他对死了解多少?我像他这么大时又了解多少?养死了的宠物的残酷数字是我唯一的经验。

"在翁布里奇,当人们去世的时候,有一些会被埋起来,像我们一样。"我说。

"或者烧掉。"罗宾欢快地说。

"没错,或者火化。但是这里的人做法不太一样。我从书里读给你听,好吗?"

我看看屏幕,看到他点了点头。

在一座俯瞰着内陆海的山脊上,有一片叫作科尔曼普塔拉的区域,矗立着一棵盘根错节、发育不良的树。它从树根到树梢都是黑色的,挂满了乌黑的果实,散发着甲壳虫尸体般的光泽。这种果实具有致命的剧毒,树干底部的一两米被成堆的鸟儿的白骨吞没。暗夜摩城一位写歌的人最早开发了这个绝好的葬身之处。他滚着一个玻璃碗一路到了山顶,吞下一把闪亮的果实,从碗口爬进去,躺下。就是那个在科尔曼普塔拉顶端的玻璃碗,已经发黑、布满裂缝,但仍然滋养着这株从他尸体里长出的带刺的黑色植物。在大多数事物上,翁布里奇人是追逐潮流的,死这件事也不例外,所以在这里结束生命迅速成为一种时尚。那些前来求死的人再也不需要把玻璃碗滚到山上,也不用再爬树摘果子了。如今,他们坐缆车到达山顶,花钱请园艺师用最肥沃的土壤在玻璃里培土,然后从那边种子摊位上出售的成千上万种搭配里挑选几样。翁布里奇四面八方的植物种子都在此处有售:十年一开花的百合、野蛮生长的攀援植物、馥郁芬芳的薰衣草、随风飘摇的蓟类植物。不过每包中还包含着一颗乌黑发亮的子弹形种子。它们一起向下扎根,死亡和美丽并存。当黑色的种子释放出毒素,生命进程减缓,生机慢慢消逝,其他种子也开始膨胀,在肚子里生根发芽。人从哪一刻起不再是人,又从哪一刻起变成了一座花园,已经很难衡量了。翁布里奇一些伟大的、高尚的人都埋葬于此。梦想家果洛罗——其作品使整个议会陷入一整周纹丝不动的沉睡——成了一丛茂密虬结的藤蔓;威斯蒂,在翁布里奇做了六十年的船夫,变成了一片厚厚的地毯似的雏菊⋯⋯

读到这里,我停了下来。

"所以他们其实没死?"罗宾问道。

这也是我想到这个主意时问过自己的问题。植物没有死,不是吗?这个变化的过程也不像毛毛虫变成蝴蝶那么富有戏剧性。这只是生命的一种不同形态:一个令我得到安慰的观念,但我不知道对一个孩子来说这听起来怎么样。

"对,我觉得他们没死。以一种不同的方式存活着,也许。"

"弗雷迪葬在后花园。"

"弗雷迪?"

他生气地噘起嘴巴。"我们的猫啊,你不记得了吗?"

"哦,当然记得,对不起。"

他很烦躁但很安静,瑞不知道去了哪里。我等了一会儿。

"嘿，罗宾，我走后，妈妈是更开心了呢，还是更伤心了？"

"我不知道。"他用手扯着下嘴唇。

"没关系。没有正确答案，我只是想知道你是怎么想的。"

"更伤心了。我不知道。都有。先是更伤心了，然后更开心了。"他恳求地看着我，仿佛在说"别问我这种问题了"。

"最近更开心了？"我问道。

"是，有点儿。过去那一周。"

我感到一阵喜悦。是因为我吗？

我看看表。"一个小时了，该做作业啦。"

他猛地站起来，瘦长的双腿充满屏幕。

"好吧，谢谢爸爸，爱你！"说完他就走了。

翁布里奇还有一些事情需要处理，但我的眼睛怎么都无法从屏幕上移开。长方形的窗户透着一片空洞的白色，不知道是雪还是阳光。一个皱巴巴的果汁盒。水龙头在滴水。脚步声在楼梯上来来回回。微弱的鸟鸣声。翁布里奇在我身后苍茫的暮色中打着瞌睡，但它现在就像是躺在停尸床上的尸体。我想把双手伸进屏幕，收拾一下太浩那边乱糟糟的屋子，从柜台上的一堆衣服里把袜子挑出来，团成球。一团模糊的影子闪过屏幕：瑞，光着腿。我咳嗽了一声，她把脸凑过来。

"天哪！我还以为你下线了呢。"她坐下来，一条胳膊挡在裸露的胸前。先前她在我没有问及的情况下跟我说了她生活中的一些事，如今我感到我们的关系有些不对等。翁布里奇从我脑海里闪过——我讲给罗宾的那些故事，但是它们跟听她说话比起来显得微不足道。许久，她只是看着我，隔着屏幕，有一种奇怪的疏离感。然后她开口了："等一下。"过了一会儿她回来了，穿了一件T恤，拿着一瓶指甲油。

"所以巴克斯特需要布兰登活着？"她问的同时在涂着指甲，它们在我对面的显示器里格外显眼。

"那是为什么呢?"

"巴克斯特。他需要布兰登来完成《微笑》这张唱片。"

"对,是啊,但我还是不太明白为什么布兰登要做这些花钱的营生。如果那是他的遗产,倒还可以理解为他在专注于他自己的唱片。"

她仔细看着她的指甲。"谁知道他为什么做那些事呢?也许他只是想把大家都重新聚起来。当然如果这张专辑真的做出来了,会让那几个人不情愿地又重新回到聚光灯下。我们试探试探索尔?"

一个小时前我就开始思索,想找个方法联系他,但几乎一无所获。"我有布兰登提到的那个赞助人的电话。我给他发了个消息,但他好像跟他绝交了。吉米怎么样?"

"你能面对她吗?"

"我不太确定……"

音乐室传来一阵噪声,仿佛有人在房间里走动的声音,然后是说话声,是我的声音——布兰登的声音。

"你一直让磁带播着?"瑞问道。

"嗯,我还以为你说那就是结尾。"

"是《微笑》的结尾,没错。我怀疑他还在那盘磁带里录了别的。"

我带着电脑走过去。布兰登的声音在巨大的扬声器上听起来显得表演意味十足。他正说着一些蒸汽和窗户的事。

"要不要倒回去?"

"嗯,倒回去吧。这也刚开始不久。"

我们找了几分钟才找到开头,不过刚找到,他的独白就毫无征兆地开始了。

光之女之女

我尽量清晰地把它听写下来。出人意料的是，居然很顺畅——我感觉布兰登是照着某个写好的东西读的。他几乎没有停顿，只是不时地在某些地方能听到翻页的声音。从背景音可以清晰地听出，录音就是在这里录的，在这个叫作"喜鹊寻踪"的地方。至于是什么时间录的，就无从分辨了。

我和巴克斯特喝了几大杯啤酒后才走回家。我穿过模糊的、记忆中的街道，乐得品味着伦敦模糊不清的感觉。这座城市对初来乍到的异乡人太不友好了——不管你是年轻还是年迈，什么肤色，贫穷还是富有，都能感受到那种奇怪的民主。必须花上些时间才能适应。在芒特街，三个戴着镜面太阳镜的阿拉伯小青年一人开着一辆超级跑车，速度和步行一样慢。早先我曾在克拉里奇的门口见过它们：像三块擦得锃光瓦亮的玻璃，刚到我的腰那么高，每一辆都是夺人眼球的口红色。这几个年轻人百无聊赖，猛地发动汽车，让引擎在伦敦咆哮中保持转动，遇到红灯，就抽出摄像手机，盯着车外。我漫不经心地胡思乱想着：用我的手帕塞住一瓶伏特加的瓶口，打火机的盖儿一下打开一下又关上。

这整片街区是殖民地俱乐部曾经的所在地——我在这儿第一次花

钱爽了一把，现在成了残垣断壁，被起重机吊起，被临时围板包围。它们是"高雅城市生活"的保证，印着古老的索霍人的照片——培根、奥图尔、梅里、伯纳德，看上去都仿佛只是在伤口上撒盐。推土机铲平的正是他们不散的阴魂。每走几条街，就开始重复这样的场景：一些记忆被拆掉，到处是用围板围起来的建筑工地废墟。这座城市如今是由一块块屏幕构成的，就像吉米的演唱会上所有重要的、有生命的东西都被关在屏幕里。一步之遥的生命。

我能看到一幅幻象：城市被撕成碎片，挖掘机和拾荒者在灰烬中漫游。随着风钻的剧烈震动，鸟儿从光秃秃的树上惊起四散。所有这一切都发生在由一个个广告牌构成的迷宫之后，这些广告牌展示着此地曾经的辉煌。白金汉宫的废墟被描绘着华丽皇家风景的展牌包围。卡通形象的评委对着遮住了律师学院残垣的卡布奇诺咖啡馆大笑。狄更斯笔下的流浪儿充斥着肖迪奇的街头。每块广告牌的底部都写着：豪华楼盘即将问世——五十万英镑起价。

穿过丹麦街，我从十三岁起就泡在这条街上的唱片铺子里。店里东西的价格已经从高得离谱到了投机的地步——一把1953年的芬达（Stratocaster）吉他能卖到一万八千英镑，以至于那些曾经供音乐人交易的店铺，如今成了专门的古董市场。在七面钟地区，我尾随了一个紧张地对着隐藏话筒说话的女孩。我追上去，碰了碰她的胳膊。

"瑞秋？瑞秋！是你，我的天哪！"

我以前从来没有见过她，很显然。她睁大眼睛，把包攥得更紧，但是什么也没有说。我追随着她的脚步。

"多久了？十年？不，十一年了。"

她摇摇头，但还是没说话。

"这么多年了，你一直活着呢。他说你死了，他说那样你活不下去,可我知道你远比他说的要坚强。"

"我不认识你。"她的声音很轻但很坚定。

"当然,当然——我理解。你一定会这么说。但我认识你。我认识你。"

我冲她眨了一下眼睛,然后就走开了。

一旦街上的孩子看起来像难民一样,我就知道我回到伦敦东区了。他们穿着别人给的或者从垃圾桶里捡来的旧衣服,大一点儿的孩子则穿着从旧衣篮里找来的。他们留胡子装大人的样子格外惹人心碎。他们令我想起那些"二战"后在炸弹袭击现场玩耍的孩子的照片——虚无之王,荒原的主宰。他们穿过我们文化的瓦砾,披着破布斗篷,剥除了所有定义。我看到霹雳猫的 T 恤,青绿色和酒红色的皮夹克,挽起的裤脚、簇新的运动服,塑料太阳镜,腋窝发黄发硬的长袖运动衫,滑雪靴,背带,晚礼服。

我坐在一家咖啡馆里,打开布赖恩·威尔逊的留言板,看看都有谁在说什么。没有什么惊天大发现。整件事都会让巴克斯特欠我的,这正是我期望人们能成为的样子。掌控了他,再加上吉米对音乐有如竞赛般的热衷,我差不多就能组一个完整的乐队了。没有索尔我倒是可以应付得来,但是如果他也加入的话,整件事情就更像那么回事了。从专业角度讲,我并不需要他们,但是最好的唱片都是由乐队完成的,终究还是有一定的原因。

音乐,只要你做对了,可以化腐朽为神奇,把不可能变成可能。日常生活中常见的感情都有一个词来形容——嫉妒、生气、狂喜,任何一个词。但是对于那些更复杂的交织在一起的感情,"冷酷的阴柔""绝望的厌倦",诸如此类,你需要一种更古老、更陌生的语言来表达。两个人,甚至四个人,很容易就可以把这些相互矛盾的感情抓在身边且安排得井井有条。一个四人组合可以同时有各种相互矛盾的感情表达:建立、毁灭、哭泣、大笑、放弃、坚持。一个乐队可以在早饭前就对六件不可能实现的事深信不疑。我需要刺激、需要催化剂,我需要柴火。

我回到喜鹊酒店时,卡斯帕正站在门口。他正盯着天空看,就好像天空怎么伤害了他似的。我掏出烟,看见他戴着一个徽章,上面写着"我减了十磅,问问我怎么减的"。

"你怎么减掉十磅的,卡斯帕?"我问他。

他不知道从哪里拿出一个打火机,帮我点上烟。"我在称体重前留了脏辫,然后把它们剃掉了。"

如今的巴克斯特比他当初在舞台上时更充满活力。录音设备是第二天早上到的。两个穿着背心的人大汗淋漓地在旋梯上上上下下,搬着布赖恩·威尔逊日落录音工作室里几乎原封不动的陈设,时间仿佛回到了 1965 年的夏天。我和巴克斯特久久注视着那个年代留传下来的仅有的几张照片。布赖恩已经变得有些痴呆,因为生病,腿脚都不利索了,他周围环绕着各种不可思议的乐器。照片里,他戴着一顶消防员帽,咧嘴笑着,拨弄着一把破旧的尤克里里。还有范·戴克·帕克斯,他身材颀长,像个种植园主,在奋力吹着一把大号。清一色的留着八字胡的那个年代的人,吹拉弹唱着各式各样的乐器,这些乐器品类之丰富,足以叫一个大型管弦乐队眼红。

设备来自一个叫托尼·哈里森的,是我从 20 世纪 90 年代起就雇过的人。那时候，如果你想要博兰（Bolan）[1]在《滑轮》(The Slider)里用过的那种电吉他，或者从约翰尼·马尔（Johnny Marr）[2]手上传下来的吉布森ES-335吉他，都可以去寻求他的帮助。那时候他要价就很高，但现在是天文数字。

我跟他询了三次价，最后一次他的语气强硬起来了。

"这就是行情。懂吗？我现在几乎从来不外借，我只找东西卖给银行家。"

"银行家？"

"银行家。做对冲基金的、做不动产的。艺术市场对他们来说可是块肥肉，红酒市场也是这个原理。所以接下来的一个大市场是古董乐器。记得那把'黑色金面'吧？吉米·佩奇（Jimmy Page）[3]在《歌声依旧》(The Song Remains the Same) 中用过的那把？"

我记得。我斥巨资租用过这把琴，用在我们最后一次巡演中，然而它并没有让我听起来像吉米·佩奇。

"猜猜这把琴我卖了多少钱？"没等我回答，他接着说道，"十五万。韦斯特伯恩的一个法国佬买走的。据我所知，那琴已经奏不出音符了。我怀疑他压根都不知道吉米·佩奇是谁。所以，想想吧。你不停砍价的那把斯特拉吉他很可能值两台法拉利。而你，五百一天都不愿意出。"

我还真把价钱给砍下来了。千错万错，要怪那家伙太爱他的那些

---

[1] 暴龙乐队（T. Rex）的主唱兼吉他手，1977年死于一场车祸。
[2] 最广为人知的身份是活跃于1982—1987年的史密斯乐队（The Smiths）的吉他手。
[3] 著名英国摇滚乐队齐柏林飞艇（Led Zeppelin）的创始人、吉他手和乐队领导者，被公认为历史上最伟大、最有影响力的吉他手之一。

吉他了，我只是花了几分钟深情赞美他拿下米克、基思[1]、范和埃里克[2]的卓著功勋，就拿到了折扣，还包邮。

日落录音工作室照片里那些乐器我不是每个都会玩儿。能看得出，有外人来，巴克斯特很紧张，不过几乎所有东西我们都有样带。此外，据巴克斯特说，这些录音可能并不会被全面地检查。

他不停地把眼镜推上鼻梁，这表明他很兴奋。"最伟大的事就是每一次弹奏都会让它贬值。所以不管是谁买了它，如果要弹也只会弹一次。如果他第一次弹的时候要把它数字化，那我们可以把任何人工的破坏都归咎到这个过程上。"

"你这话什么意思，'如果要弹'？"

"我不会弹它的。我会把它放在温控的保险库里，让每一个人都知道我拥有它，然后等着。"

把一件热爱的东西拆开，这感觉很奇怪。我与《微笑》共同生活了三十年——这也许是我最长的一段有意义的关系。这是一张奇怪的专辑，以其"不存在"而著称。你可以在布赖恩的其他唱片中看到它的影子，它是一个鬼魂，在后来海滩男孩的哥特式厅堂里游荡。在别的地方也可以看到它的影子。有的被写成了歌，保存完好，还有的只是几个标题，还有几张时间表，上面写着：丹尼·麦卡雷，沃立舍，九十分钟，每小时三十美元。

一开始，我们轮流试了已有的部分。像《英雄与恶棍》(*Heroes*

---

[1] 指滚石乐队（The Rolling Stones）的主唱米克·贾格尔（Mick Jagge）和吉他手基思·理查兹（Keith Richards）。
[2] 前者指范·莫里森（Van Morrison），后者指埃里克·克莱普顿（Eric Clapton）。

and Villains）和《木屋精髓》（Cabin Essence）这样的主打歌是一场暴风雪中的碎片般的存在。有几段在家里录制的样带，到联合西部录音室后变成了流畅的声音，然后就是差异巨大的变体版本，来源不是很确定。在那些居家创作《微笑》的网上行家里流传着这么一个理论：布赖恩为下一张专辑重新录制的那首《美好感受》（Good Vibrations）的版本，是两段旧音频的拼凑，前半段明显更胜一筹。所以我们基于开头的那黄金几分钟，重新创作了整首歌。演奏倒不是那么困难。布赖恩是个天才，但并不等于他是个技艺精湛的人。真正比较困难的是如何让在录音室里做出来的声音听起来有真实感——布赖恩的游泳池（用来放吉他）和麦克风随意的摆放位置形成的那种独特的混响特征。我们不厌其烦地一遍遍试着，终于找到一个合适的布置方式，能复制他那奇特的脆响和拖长音符的混音效果。我弹奏吉他（一把华丽的半空心吉他，破旧不堪，得把它翻过来才能看出它本来的颜色）、尤克里里、贝斯，还有一台管风琴。巴克斯特则负责钢琴的部分还有一些低音号的颤音。他悠闲地在乐器间穿梭，像一个老人侍弄着他的田地。他总是衣衫不整：标签翻在外面，裤腿掖在袜子里。今天，他的衬衫又扣错了扣子，格子领的一边突兀地翻在毛衣外头。即便如此，没有人比他更懂《微笑》了。他坐在钢琴凳的边缘，被烛光照着，看上去像肥胖版的"歌剧魅影"，一首接一首的曲子从他落在键盘上的指尖倾泻而出。他一度大汗淋漓、目光蒙眬，于是用大扬声器给我回放了一首歌。那是一首洛可可式的羽管键琴曲，像破茧的蝴蝶般缓缓舒展开来，弹到一半时，他弹错了一个下行的音——弹某个音时手指滑了一下，他得意扬扬地望着我。"听到了吧？听到了吧？"

我不确定他什么意思。

"那个错误。正是他几年后在《小房子》（Little Pad）里弹错的那个音。很不错吧？通过你的错误，人们才能认识你。"

我们演奏了几个小时，安安稳稳地沉浸在《微笑》的世界里，这个世界像太阳系一样无穷无尽，同时又像监狱一样逼仄局促。当我们最终在晚上结束时，屋子里弥漫着浑浊的气息。我们重重地瘫坐在沙发里，抽着烟，避免眼神交流。

"有点儿像角色扮演，不是吗？"巴克斯特躺在沙发上，把脑袋藏在阴影之中，"起初你觉得很蠢，后来就能从中有一些收获。"

我才不想听巴克斯特·莫雷斯要做什么样的角色扮演，但我知道他的意思。我当年也是个不错的演员。我喜欢成为别人，感受自己的脸以我不适应的方式做出各种表情。我喜欢哭，我喜欢不用挂彩的打架，但我从来没有像录《微笑》这样沉迷。我们录了两三曲后，布赖恩饱含浓厚情谊的旋律开始从心底呐喊出来，然后你就放手任其流淌就行。你的双手像水一样，你的声音追随着他的，就像在那个游戏里——用一个小铁环沿着一根通电的金属丝走，只要靠近金属丝不超过一厘米，警报器就会响。你必须保持冷静和真诚，直到通过中心区时触到电线，游戏结束，然后你才能回到家，温馨的家。

"你说得没错。"

我卷了一支烟。外面的街道是个死胡同，间或有一对车头灯把窗框照亮。光照进来，又出去。

"布兰登，你为什么在这儿？"他的脚停止了抖动。

"我要做一张唱片。"

他的沉默比他可能说的任何话都更具指责性。

"我要做一张唱片，然后离开一阵子。"我盘算着。"嗯……可能比一阵子久一点儿。我还想向吉米、索尔还有你赔个罪。除此之外我真的不知道还有什么别的方式能做到这一点。"我在昏暗的音乐室中伸出一只手。我看不见他的脸,不过这样倒轻松些。

"我知道我的话无足轻重。"这话我以前也说过,但此时此地,对一个在乐队解散的晚上被我睡了女朋友的人说出这句话,我知道它有多么真诚。"而且我知道没有任何方式可以改变这个情况。是豹子,就有斑点,秉性难移,你懂的。"

沙发上传出的咕哝声可能包含任何意味。

"我仅存的一点儿善念都在我的歌里了。如果我不能把我的生命投入现实世界,"——我张开双臂——"那么起码我可以在这里实现它,我知道这很微不足道,但我希望它能起点儿作用。"

人们以为我们写歌是为了表达情感,谁知道呢,也许对某些情绪稳定的人来说是真的。但我觉得大多数歌手,至少是那些有趣的,他们写歌是为了创造情感。这是炼金术,是给机器人赋予生命的火花。你能在一首歌里找到那个完美的感觉,而那是现实生活很难给予的。我不想像凯特·布什[1]那样写《冲上山巅》(Running Up That Hill),我希望我自己"冲上山巅"。

今天一整天,他第一次沉默。咕哝了一声后,他那一根肥硕的手指又落在了播放键上。

"那些还必须得回去巧妙地修饰一下。"他说道,又倒回去听了大约一百遍,在他的 iPod 和我们的磁带间来回切换。"我们得仿造一些麦克风摔倒的声音,再加点儿环境音作背景。《金星》(Gold Star)那张唱片里有一首歌就能听到火车驶过的声音,"他更像是在自言自语,"我要去搞清楚那是怎么弄的。"

他弹了几个音,然后不由自主地打起了哈欠。清晨第一缕亮光透

---

[1] 凯特·布什(Kate Bush),第一位以自创歌曲获得英国单曲排行榜第一名的女音乐人。

过窗帘缝照射进来。

"还不错。完成四首了。虽然三首都是比较简单的,不过是个很好的开头了。"他打着哈欠,搓着脖子。"明天还是老时间?"

我可以一直干下去。"好啊,"我说道,"你来布置乐器,我来看看我们先前随便做的那些东西。"

他一边收拾东西准备走,一边像抽搐似的点着头。"还有一件事。《美好感受》里的特雷门琴[1],并不是真正的特雷门。"

我盯着他看。就算是对《微笑》的入门级歌迷都知道这件事。他们可以告诉你关于保罗·坦内为布赖恩打造这个设备的所有事情,这是介于踏板电吉他和特雷门琴之间的一种奇异乐器,这台设备曾经演奏出了 20 世纪最具辨识度的声音之一。

巴克斯特伸了个懒腰。"我知道那个乐器在谁手上。"

"他们在巡演上用的那个?"这已经是旧闻了。

"不是,是《美好感受》里的那个。那简直就是个梦想,哥们儿。坦内把它卖给一家医院了,因为他觉得它已经过时了,该被取代了,而那家医院正巧想要一台有振荡器的设备。"他摇了摇头,觉得很不可思议。"他们本来要用它来治疗那些心脏病患者,不过最后没用上,最终它流落到帕萨迪纳的一家电子设备商店里。猜猜是谁找到它的?海德。"

"杰奎尔和海德的那个海德?"这就说得通了。他是个伟大的收藏家,收集一切模型或和音乐有关的东西。"嗯,我明白了。所以,得去找那老怪物借用一下。他不就住在你家附近吗?"巴克斯特在克拉里奇提到过他。

"他俩都是。不过他们不会见我的。"我这才开始看懂他的手势了。

---

[1] 特雷门琴诞生于 1919 年,是世界上第一件电子乐器。由苏联物理学家利夫·特尔门发明,是一种不需要接触就能演奏的乐器。

一只手捂住嘴，像个日本的小女生一样——非常尴尬。

我当然知道他们不愿见他，他也说起过，但你不能放弃任何一个可以使老朋友感觉不自在的机会。"是啊，因为什么来着？他们这一对儿明明那么和善。"

他盯着我，像便秘一样。"因为他们那些该死的唱片啊，哥们儿。"他看上去很虔敬。"你应该看看他们的收藏。1926年的《兔脚布鲁斯》（Rabbit Foot Blues）；一张本尼·克里夫三重唱（Benny Cliff Trio）的单曲，薄荷绿色的唱片套；甚至还有《肯尼和学员》（Kenny and the Cadets）。我真是忍不住靠近。我曾经过去，听他们无休止地讲着奇闻逸事，喝着营地咖啡。杰奎尔会播放那些该死的唱片，那感觉就是，他们就是传奇。不，不是传奇。他们比传奇还要稀有，他们是神话。他们甚至都有罗伯特·约翰逊[1]的蜡筒唱片，布兰登。"

我从他脸上看出了在戒毒互助会上的那种神情——纯粹、狂热的饥渴。"所以，问题出在哪儿了呢？"

"我只是想拍几张照片，你知道的，既是鉴定，也是为了我自己的……爱好。"

我有那么一瞬仿佛看到他的丑态：跪在地上，手放在腿上，对着手机里20世纪50年代美国山区乡村摇滚乐的唱片套咕哝着。

"他们气疯了。要不是他俩像麻雀一样瘦弱，一定会把我给扔出去的。我后来又回去了，但是怎么叫门他们都不应。"

那足以杀了他了。一个世界级的唱片藏品就在门口。且不提它们有多值钱，光是吹嘘的资本就够点亮他的个人主页了。

"你为什么会觉得我去就有什么不同？都过去好多年了。"

---

[1] 罗伯特·约翰逊（Robert Johnson），1911年生于美国的布鲁斯吉他手、音乐家。虽然只活到二十七岁，但对其之后的蓝调和摇滚乐影响至深。

"他们喜欢你，布兰登，她喜欢你。总是问起你。"他学着她那伪得州的不耐烦腔调，"'那个迷人的家伙去哪儿了？'关键是，布兰登，我觉得这才是这张唱片的关键。没人能比你更接近于捕捉到那个声音了，没有合适的人。如果有人来跟我说他们找到《微笑》的原声了，这个乐器是我第一个要检查的。"

他说得对。那个乐器的尖音和颤音都和人声一样具有辨识度。如果用得好，它会把我们所有的生涩和不和谐都吞没，掩藏起来。

"好吧，给我地址，我可以呼吸点儿海边的空气。现在，你还不快滚，让我继续工作？"我感到灵感在暗暗涌动，巴克斯特开始令我厌烦了。

他一走，屋子里只剩了嗡嗡的电流声。老扬声器振动着噼啪作响，显得暴躁易怒，不过不可否认，这些声音的确令空气中充溢着鼓舞人心的气氛。音乐室的中央是一大块烟草色光秃秃的拼木地板。我找到一包粉笔，想重新画一幅神之封印图。我把一个图钉钉在中间的两块地板之间，画了一条线。我画好外围的一个大圆，然后在里面画了一个七边形，七个角的顶点和外围的圆相接。这里应该是七个光明天使的名字，我知道，但我只能记起两个。霍伦和盖勒索格分别代表太阳和月亮，我不知道从哪儿记起了这两个名字，但是剩下的怎么也想不起来了。于是我用人名来替代，布兰登、吉米、索尔、巴克斯特、迪伦、海德。我漫不经心地思考着最后一个名字，"卡斯帕"这个名字倒颇有几分令人刺激的哥特风味，但是他这个人却不太像天使。算了，我知道谁适合加入了，虽然他很粗心大意。我在顶角上写下了"亚当"。

随着这最后的一笔落下，刚画好的七个顶角，圆满地构成了一个锯齿形的七角星。这一圈叫作"光之子",中间的五角星叫作"光之女之女"。然后就是那个最古老的经典图案,那个五边形,得意扬扬地坐在中间。

这个图案和房间里过度紧张的气氛相得益彰,房间里有各种烛台架和钟形罐、肖像画和金属制品。我从桌上拿了一个镇纸,把它当作和天使交流的"圆石",漫不经心地在那些充满魔力的线条间投掷着,一如年少时千百个午后做的那样,蹲在一堆图表和书本上方。这简直毫无意义。这只是人类妄图把某种秩序强加于宇宙的又一个微不足道的尝试,万丈深渊上多加的一层薄冰。

这些年来,我对这些玩意儿的态度发生了一百八十度大转变。我在自命不凡的年少时期曾经非常热爱这些东西。我总是在聚会上给胆小的姑娘们预言她们令人毛骨悚然的未来。成年后,我像道金斯[1]一样持怀疑态度,能花上几个小时滔滔不绝地讲述那些阻止人们掌控自己生命的构想。那个阶段远比第一个阶段更令人难以忍受。我花了好几年想要搞清楚这些让人眼花缭乱的东西:塔罗牌、罗夏墨迹测验[2]、OK丘比特[3]。它们并没有发掘出宇宙隐藏的结构,而是自己创造了一套宇宙结构。而且,不管这个构想有多站不住脚——像秋季黑水上结的冰、摩天大楼间架起的绳索一样,它总能给你一个抓手,让你起码能面对日常生活的深渊。

我掷了三次"圆石"。巴克斯特,6,光之子。我赋予它我想让它具有的意义。我坐在巴克斯特的沃立舍旁,钢琴凳太矮了,我感觉自己就像《史努比》里的史洛德在弹玩具钢琴一样,轻轻弹了一下第六

---

1 理查德·道金斯(Richard Dawkins),英国著名演化生物学家和科普作家,是无神论者和演化论拥护者。著有《自私的基因》。
2 在世界各国被广泛应用的人格测验。
3 一款通过提供性格测试为用户匹配交友对象的社交应用程序。

个预设。一阵空空的声音。我努力想象自己是巴克斯特,驼着背、近视眼,随意地玩着键盘,小心翼翼地踩着脚下的踏板。

"光之子忘掉了他们的名字……"我继续往下弹。我录得很快。鼓、贝斯、吉他、人声,我仿佛沉浸在布赖恩的空间里,我的手指学着他那时好时坏的精准度移动着,扯着嗓子发出伤痕累累的声音。我跟随那块石头掷出来的方向行动着。它挑选出打击乐器,轻推着歌词,剪掉效果欠佳的尾声。

早餐时我又翻回去听那些音乐。卡斯帕端着鸡蛋葱豆饭上来了,这道菜我经常点,然而后来想起我也不是很喜欢它。他跟我坐在阳台上,录音播放着。

"不错,"他说,"比我能想象的要平静。"

"你要在歌里加入现实生活中缺失的东西,"我说道,然后,我感觉像是那些年接受采访一样,又加了一句,"谢谢。"

他走后,我躺在阳台,躺在伦敦虚弱的清晨中,望着飞机飞过后留下的尾迹。一群长尾鹦鹉叽叽喳喳地一闪而过,它们肚皮的绿色茸毛仿佛被热带的艳阳点亮了似的,像宝石般闪闪发光。

到这里,布兰登停止了讲话。二十秒的背景噪声过后,一段音乐开始播放起来。

第六章

我时常梦到翁布里奇的日常生活。在梦里，我会变成一个唱着摇篮曲的小贩，跪在商人正处在长乳牙阶段的儿子的床边，唱着世世代代传给我的神秘歌谣（同时为了以防万一，谨慎地将一块布的一角蘸进罂粟精油中）；或者河流环绕着我，船工隔着波浪相互高喊着聊天，我光着脚，河泥在脚趾间吮吸着，手掌中老旧的绳子真实可感；又或者我在酒吧喝醉了酒，流连辗转于啤酒和谎言的旋涡中，坠入梦中之梦。

但是在此地，在喜鹊酒店，连续两天我都梦到太浩那边。昨天晚上，我直接梦到夜里我在那边的屋子里走动，朦胧的月光和积雪反射出的白光把屋内照亮。我的手掠过墙壁、窗台、扶手、餐台，像碰碰车上的售票员一样。我什么都能看见：厨灶上的表设置得慢了一小时，垃圾桶满得要冒出来了，束发带上一团团金色的发丝打着结。踏足此处，给我一种在翁布里奇从未有过的奇异感，宛如仙境。我梦到罗宾在他的房间。毯子凸显出脚踝的形状，虽然不是我的骨肉，但是在某个更深处，像化学反应一般，基因的钥匙正在打开一把基因的锁。他穿着一件橄榄球球衣，腋下皱皱地堆了起来。屋子里的一切在朦胧的月光下显得灰扑扑的。他那满是恐惧的、脆弱的肋骨，他那星星点点的痣。一个完成了一半的东西立在工作台中央。这是一座由白色方块组成的塔，上面都有盖子，间或翻开一个，会露出里面的各种吊钩、水利系统、滑轮组，还有发动机。这些是用只有我和罗宾才懂的语言写成的：这个移到那儿，那个滑开，然后那部分才能下降。

外面是一条走廊，墙上挂满了照片，远处的车灯透过一扇面向霜冻树枝的窗户照了进来。

瑞的门打开了。她四肢舒展地趴在床上，像是从很高的地方掉下来似的。窗户开着，能看到窗外的湖水。因为脸压在床上，她的嘴噘着，歪向一边。像我妈妈总说的那样，"笑纹多，愁纹少"。几本书放在床头柜上，上面有一副眼镜。一本《傻瓜财务规划》，看起来像是每三页就有一个折角。

我坐在床沿，但是没有任何动作。我是没有重量的。她每呼吸一下，都会有轻微的动静，颈动脉微微搏动，向我表明她活着。

我醒来后还能感觉到那种引力。哪怕这个房间里充满了艺术品、书籍、声控电视和六种瓶装水，也都不及梦境里的一切来得真实。和太浩连线的视频窗口还开着，但那边是夜里，屏幕里是一面灰色的墙。我又开始播放布兰登的录音，看看还能从里面榨出些什么。

"光之子"这个题目，从它入手看起来似乎是再好不过的。我在网上搜了一下，费力地浏览了好几个神秘网站。这些网站设计拙劣，全是从旧书里影印下来的图片。评论区空空如也，十分悲凉。每个网站都不一样，每个网站又都一样。我在这里看出了困扰和绝望。我能感受到屏幕的灼热。"光之子"一无所获，但是我从"光之女之女"那里却发现了"金矿"。

那是一个百度网页。我不得不专门先搜了一下"百度"是什么，看来好像是中国版的谷歌。页面本身都是一些汉字、卡通动图还有好友推荐，不过中间的波形图标看起来像是一个音频链接。下面的评论区，有个叫"CC"的人上传了歌词的英文和中文版本，还写了"献给我的中国朋友们"。

我正要给瑞打视频，电脑里就响起那个熟悉的提示音。

我点击"接受"。"嘿，瑞！你猜我发……"

"浑蛋！该死的玩意儿！"瑞离电脑只有几厘米，她朝我看了一眼，把一个东西猛地举到摄像头前，我的屏幕里只看到一片白色。

"那个该死的魔鬼！"那页白色的纸翻动着，"我要杀了他。要不是他已经死了，我会杀了他的。"

我试图让她平静下来。她把那页纸拿走，开始来回踱步，只是偶尔猛地出现在镜头中几秒。她在不停地自言自语。"该死的……蠢货。"她使劲拍着脑门儿，刚坐下来又立刻跳起来。"我都不能……"

我放慢了呼吸，可怜巴巴地努力想要发挥一点儿镇定作用。

"他在我们眼皮子底下把房子给卖了。"她侧着身，气得浑身发抖，"什么都没有说，就卖了。"她又读了一遍纸上的内容。

"为什么啊？"

"为什么？因为我就是个傻瓜！这就是为什么。因为我两年前把他的名字加在了抵押贷款里，好让他不用缴他那压根儿就不存在的税单！这就是为什么。因为我短短的一秒钟，就，愚蠢地，放下了设防。"

"他会那么做吗？"

她摇着头。"他已经那么做了。"

"你就不能做点儿什么来补救吗？"

她恶狠狠地瞪了我一眼。

"你能不能把属于你的那部分钱先拿到手？"她的颤抖这会儿几乎看不太出来了。

"多久?"

她把信弄平展了。"六个星期,也许。他把它卖给银行了,银行。天哪,真是太蠢了!他们可能得花些日子找到买主,但是……"

她四处看看。"来不及了。这里的房租高得离谱。房东一个月从湾区的滑雪者身上赚到的比我一年能担负起的房租还要多。"她的声音提高了,"罗宾刚刚开始喜欢这所学校,我不能让他又搬一次。"她开始有些语无伦次了。"还有该死的搬迁、押金,还有爱管闲事的邻居。"

她抬起头,眼睛和鼻子红红的,像一只动物幼崽。"这会儿我不能看到你。我知道不是你干的,但是……"

屏幕黑了下去,扬声器寂静无声。我盘算着这边的账单:我点的那些吃吃喝喝、卡斯帕的小费。

安静了一会儿后,一个微弱的声音响起。"我还在。"

我试着插嘴。"《微笑》赚来的钱。"

沉默。

"巴克斯特说过,那是一大笔钱,对吗?"

"那又怎样?能有多少?五万?我的部分是两万五。我想那应该够定金和几个月的租金。"

"你都拿着吧。那不是我的钱。布兰登什么都不欠我的。"

"我不能。我不会拿的。况且,巴克斯特得先把它卖掉才行。"不过她的语气中充满了希望。

"那我们来把它卖掉吧。我现在就打给他。再就是索尔那件事,那份合约。"

我听到她抽了一下鼻子。"你不觉得布兰登已经搞砸了吗?"

"我知道他搞砸了。但我可以不搞砸。我不是他,瑞。我可能不像他那么有魅力,但我自认不会像他那样总是把别人激怒。"

屏幕那头又恢复了生机。她在画面底端，素面朝天，头发乱糟糟的。

"你不像他，你很好相处，但是这个太沉重了，所有这一切。你不是他，你不用收拾这个烂摊子。"

我能感受到我们之间的距离。黑茫茫的大洋和高山，还有一场场的雨。

"我想去做。"我说这话时，我知道我是认真的。让她需要我，让我自己被需要，让我自己被看到。

"真的吗？"她用针织衫的袖子擦了擦鼻涕，全然不顾自己正面对着镜头。

"真的。罗宾呢？"

她往镜头外瞥了一眼。"楼上，在捣鼓一些东西，说是给你的。"她不易察觉地轻笑着。我想起他那些堆得高高的白色方块，刚刚在梦境里见到的。

"太好了，告诉他我过一个小时打来。"

我有事情要做。

过了一个小时，我给瑞打回去。她和罗宾正在厨房的餐桌上吃饭。他看起来有些担惊受怕，我估计今天早上他听到瑞的情绪爆发了。我跟她说话时，他小心翼翼地望着我们俩。

"我跟巴克斯特说了。只需完成一件小事。没什么好担心的。"

我不应该那么说的。我从来搞不清为什么我说一件事，人们却理所当然地往相反的方向去想，不过她的表情很烦躁。

"罗宾，你妈妈说你给我做了个东西？"

"对啊。"他纠结着到底是带我去看还是陪着瑞,我能看出来。他摆弄着他的几支笔。

"去组装吧。我有话跟你妈妈说。"他的表情里有着某种凶狠,我以前从来没见他这样过。"都是好事,我保证。不打架。"

他点点头,走开了。瑞推动椅子,正对着屏幕。"没什么好担心的?听起来很令人担心啊。"

我保持轻松的语气。"真的挺好的。只是一些实际录制过程中的问题。巴克斯特在做他的收尾工作,不过他说布兰登答应去安排压制的事。我打了他笔记本里记的那个电话,写了'压制'的那个,其实是一个录音棚。我回头会跟他们联系。但重点是,比今天早上更早些时候,你知道,我那会儿正想告诉你我找到了另一段音频。"

"太好了。我正说要去搜呢。在哪儿?"

我把链接发给她。她不必告诉我我们要一起听,她只是用手指倒数了"3、2、1"。这又是一首不一样的曲子:悠长的吉他音回旋在厚重的鼓声之上,一切都莫名其妙地成了碎片,动荡不安。布兰登的声音遥远又冷酷,尾音都伴随着几秒钟的尖叫。这叫声听起来像是动物的嚎叫,我一点儿都不喜欢。

"哇,这个很棒。"瑞摇着头,"很像1983年的东西,不过完全不是他的品位。"她又点了一次"播放"。她随着节拍点着头,对着口型跟着唱了几句歌词。

唱了一会儿后,她看着屏幕中的我。"你喜欢什么?我从来没听到过你那边有音乐声。"

"我其实只听听广播。和布兰登一起长大,根本不可能喜欢音乐。我不管喜欢什么都是错的,于是我就干脆不去尝试了。而现在我感觉别人能从音乐里听出我听不到的东西。"

她点点头。"太可惜了，不过我懂。当着布兰登的面放音乐有点儿像上法庭。"她咧嘴一笑，"我说不出可以在家里放亚祖[1]（Yaz）的歌而不让布兰登崩溃会是什么样子。"

罗宾在楼上喊道："我准备好啦——！"

"抱歉提醒，他念叨这个念叨了好几个小时，说你必须去看看。对他好一点儿，好吗？"

其实我满心期待，但我没有承认。我说道："当然。"

罗宾手里拿着电脑。"我没有内窥镜，不过妈妈给了我一个更酷的东西，等一下。"

屏幕上的画面摇摇晃晃的，然后黑屏了。罗宾嘟囔着。然后一个画面突然出现在屏幕上。那是他的房间：家具都被堆到了一边，屋子中央是一张方桌，不知道是有水还是有玻璃，闪闪发亮的。屏幕的视野来回调整，最终稳定下来。现在我能更清楚地看到桌子。桌子很矮很宽，四边有一部分遮上了。桌面被分成一系列精准的正方形，像个镜像的棋盘。视野不断变换着，直到我能从正上方俯视桌子。

"你是怎么做到的？"我问道。这个视角比他高得多。

"用超轻型无人机，加上手机支架和稳定器，妈妈给弄的，看。"

桌子拉近着，直到它的表面占满了屏幕，然后又拉远了。罗宾操作着无人机，自己咯咯地笑着。"这还不是最好的。"

我听到卷帘合上的声音，桌子旋即变成了一个黑色的小水塘。他弯下腰，自己对着镜头调试了一下，然后摆弄着桌边的什么东西。桌子边缘的灯亮了起来，明亮的白色灯泡像机场跑道上的着陆灯一样。起初什么都没有发生，只有无人机旋翼的嗡嗡声和他的呼吸声。然后

---

[1] 亚祖（Yazoo），在北美被称为 Yaz，是在 20 世纪 80 年代短暂活跃过但取得了很大成功的英国流行音乐二人组。

一排方块向上倾斜，跟着四边的所有方块都齐刷刷地升起，每个方块在不同的时刻捕捉到了灯光，沿着它们的边缘发出一束束光。此刻它们变成了一个镜面的城墙，把拱门从一片废墟变成了一个门廊。

"人从这里进，看，"罗宾把一个塑料模型士兵放到门里，"然后就走到中间了。"他把士兵向前滑动了一个方块的距离，然后又在桌沿摆弄着。桌沿有个小手柄，像翁布里奇音乐盒上的那个一样小巧。他转动手柄，一圈镜子组成的方块升起并拼合成了一体。镜面反射着桌边照射过来的光，光线被反射到墙上，舞动了起来。罗宾兴高采烈地绕着桌子走，几道光柱在他走过时被遮挡住。

"还有这里。"他把那个士兵又往中间挪了一步，又转动手柄。此时中间的方块立了起来，倾斜成一座闪亮的尖塔。

整个装置做得非常漂亮。透过桌面的缝隙，我能看到里面的一些工程原理：麦卡诺模型和线绳。光线跳动着，从灯到斜坡，再到方块，再到墙上，界限清晰，在空气中构建了另一座虚幻的城市。

"还有呢。"罗宾在模型士兵的底部挂了一个重物，把他往前推了一格，然后他就掉进城市中央的一个洞里消失不见了。看到那个小人儿被黑暗吞没，我吓了一跳，强忍着才没有发出惊叹。不过他掉下去后，有个东西升了起来：一个像一把裸伞似的细长装置在光柱中展开。每个尖齿的顶端都有一小片银色的纸，在无人机下降的气流冲击下飘摇不定。当城市——整座桌面城市——开始转动时，这些小纸片也被城市发出的光束照亮。一束束光像脚手架一样，在屋子里旋转、交织。每一片银色的纸上都用极其稚嫩的笔体写满了：回家、回家、回家、回家、回家、回家、回家、回家。

我听到门关上的声音。"罗宾？"我叫道，但是他离开了，于是我坐了下来，一会儿觉得信心倍增，转而又觉得信心仿佛被抽走了一半，心碎地看着一座光之城在我屏幕里旋转。

过了一个小时,瑞才进来取回电脑。无人机在多次撞墙磨损后也啪的一声停止了运行,城市也安静下来。她的脸赫然出现在视线中,交织的光线在她脸上斑斑驳驳。

"很棒,对吗?"她把电脑对着城市。已经看不到那些银色的纸带了。它们在微弱的光线里变得黑乎乎、脏兮兮的。我在想,上面传递的信息是要给谁看的,给我还是给布兰登?

"他花了好几个小时在油管上看那些工程课程的视频,那些可能是给大学生看的。我本来以为他做不成呢。"她把电脑转过来对着自己。

"你,你是个好人,亚当·库斯加藤。"然后她长久而郑重地直视着我的眼睛。"这对他来说非常重要,对我来说非常重要。"

我不太习惯被这么近距离地端详。我逼迫自己与她对视。灰色的眼睛、灰色的毛衫、苍白的皮肤。

"我感觉我们正在从你身上索取,却没有给你任何回报。"

我想大喊"不"。我得到的回报太多了。这些令布兰登痛苦不堪的束缚,我都想要。"来束缚我吧!"我在想,"绑紧我!"对她那充满吸引力的双眼说,"注视我吧!"

但我无法说出口。我们彼此看了一秒钟,然后她的眼神转向我身后的房间。"这么多美好的东西,"她感叹道,"那些钢琴、油画、花。数不清的美酒,美女随时待命,侍从随时听你使唤。你要养成奢侈的品位了,亚当。"

我环顾四周。除了在这里的头几天,我几乎就没再注意这儿的陈设,但是的确,目之所及,没有一个物件是丑的。

"我不知道。我觉得很悲哀。有钱人奋不顾身地花钱追求这些东西,里面有一种急切的渴望。这个地方总让我感觉它好像在试图弥补什么。"

我红了脸：我不习惯用这样的方式讲话。

瑞叹气道。"你说得对，我知道。我想，这就是你用爱换来的吧。"

这句话不停地在我脑海里回响，突然，手机在我的口袋里振动起来。通知轰炸着手机屏幕，看起来是每隔几秒就有一条短信。

"是巴克斯特。"

信息还在增加。

"他说他把《微笑》里面的一些MP3片段发给了弗兰克·伊萨克。伊萨克说那是'这个世纪最重要的音乐发现'。他现在有个买主，所以要是我这周不搞定压制的事，他会发疯的。他的原话。"

她自言自语道："那岂不是太好了？我们能实实在在用这个赚点儿钱了。"

"你赚。我跟你说过，我不想要钱，我不需要钱，而且我也不该要这些钱。这是给你的，还有罗宾。应该说是弥补。"

她笑了。"其实罗宾是个地地道道的美国土著。说来话长，我以后找机会再给你讲。"

我继续读着信息。"他说迪伦网站上那个东西确实挺有趣的，但你能看懂'我现在就这么冒险真的明智吗？'这话什么意思吗？"

"你说的迪伦就是我跟你提过的混音那件事那个人？我估计布兰登之前一直在研究。他喝得烂醉时，会到网上假装是迪伦的粉丝并且捉弄他。真是可悲。我看一眼。"

她的双手敲击着键盘，一丝笑容浮现在她的脸上。"你看看这个网站，dillonmarksman.com。"

我点开她说的那个网站——非常华而不实，分为几个版块，有他的音乐成就、慈善事业，还有他那"革命性的手机软件"以及教学辅导。一组滚屏照片墙展示着迪伦和一系列名人的合影。他在一艘游艇的甲板上正和史蒂文·泰勒[1]碰杯;他还是穿着那套蓝绿色的努迪套装(Nudie suit),将一个托灰板放在正笑容满面地挖着坑的史蒂夫·乔布斯的头顶上,而斯汀则一脸严肃地在旁边看着。

我浏览了一遍论坛。找到巴克斯特说的线索并不难——大多数话题下面只有不超过五条评论,但是其中有一条,在页面顶端,题为"《美式生活》那场破坏中我起到的作用",累积了上千次的浏览量。

"你看到了吗?"我问瑞。

"不好意思,没呢,我还在首页。你看到迪伦和金属乐队[2]为一只海鸟清洗身上的石油那张照片了吗?老天爷,太伟大了!"

她来回浏览了一会儿照片,然后说:"好了,看到了。最上头那个吗?数到3,我们一起打开?"她在屏幕前满面笑容,"1、2、3。"

---

[1] 史蒂文·泰勒(Steven Tyler),1948年出生于美国,著名摇滚乐队空中铁匠(Aerosmith)的主唱。
[2] 金属乐队(Metallica),1981年成立于美国的殿堂级重金属乐队,鞭挞金属的重要开创者之一。

某个神教

这是 dillonmarksman.com 网站上众多线索中的一条，由一个没发布过其他消息的游客用户所写。

我和拂晓一同醒来。在这个玻璃盒子一样的卧室里，天花板和地板间是一个巨大的落地窗，洛杉矶狂野的光透过窗户上密密麻麻的涂鸦照射进来。阳光被这些涂鸦染上了一层文艺复兴时期的色彩——朱砂、焦土色、祖母绿，投影在我的床单上。窗户上的涂鸦是从里面画上去的：一只邪恶米老鼠戴着白手套的手被钉在了十字架上，它恶狠狠地瞪着在十字架底部旋转又摆姿势的卡通版的海滩男孩。唐老鸭拖着一支冲锋枪，泪滴从一只锐利的眼睛中滚落而出。老实讲，在经历了那样一个夜晚后，这一切都让我有点儿吃不消。

有一种沙沙的声音持续不断地从屋子深处的某个地方传出，于是我过去一探究竟。碎玻璃碴散落在地毯上，所以我在昏暗中摸索着拖鞋。拖鞋配浴袍，是在度蜜月；拖鞋配浴袍，再加上最后一支本森免税香烟，就是一个名副其实的英国人在海外了。

走廊上的油画粗制滥造，许多窗户上布满了枪眼，地上的枪眼则糊上了油漆胶。透过随处可见的破烂的窗玻璃，可以瞥见外面的世界。消防喷水器喷洒出一道弧线，50号公路上有来往的车辆。这里的响声更大些,像是人工心脏的声音。

第一间卧室的门突然开了。白色、棕色、黄色的交缠在一起的四肢,比外面的艺术品要美得多。第二间房里,四个黑人穿着连体工装服,在一面空白的墙上用铅笔划分着结构,以便于在上面作画。那些线就像屠夫切肉前画好的线一样。四个人都严肃地冲我点点头。"真好看,伙计们。"我对他们说。

沿着走廊往前走。地毯宛如一个垃圾堆,喷漆罐子和瓶子散落一地。整个走廊充斥着一股不新鲜的酒还有烧焦羽毛的味道。最后一间卧室的窗户被对折后的床单遮得严严实实,不让一丝迷途的阳光溜进来。一张床垫、一台摄像机,还有一身废弃的蜘蛛侠服装。不要问我为什么。

派对第一天,尚普在主卧搭了一个DJ台。电线从楼梯上蜿蜒向下,接通了楼下每个房间的扬声器,甚至连到了外面的游泳池。我探头进去。有人昨天晚上忘关唱片了,唱片还在锁定的凹槽里转着,静电的声音全数传到我们的睡梦中。这就是那个噪声。

我把唱臂轻轻抬起,挑选了一天中的第一张唱片。要有个能够提神的,能边听着它边游泳的,还要能配得起这永无止境的派对的第五天。我把唱针放在沃伦·泽冯(Warren Zevon)的《感情洁癖》(*Sentimental Hygiene*)上,感受着墙壁随着节奏的颤动。

出去走上铺了玻璃粉和沙砾的楼梯。你会情不自禁停在楼梯顶端欣赏脚下这曾经出现在《建筑文摘》和《中世纪大师》封面里的景致——我唯一知道的两个封面。楼梯看起来像是悬浮在半空中,从长滩到山区,各个极简派抽象艺术风格的建筑都大力追捧和效仿着它。

楼下是开放式的空间,同样奢华不凡,但是接连不断的派对破坏了它现代主义的氛围。这里约莫睡了三十个人,他们有的躺在沙滩椅上，有的躺在沙发上，还有的瘫坐在扶手椅里，还有一些干脆蜷缩着躺在地上。通往外面泳池的玻璃门已经从合页上被生生拽了下来。枝形吊灯端坐在地板中央，彩色的小灯点缀其间。它那水晶般的小灯珠舒展开来，像穿了衬裙一样。

他们把棕榈树搬进来时我在别处，如今，它们的枝叶已经长到天花板那么高了，叶子干枯发黑。音乐轰鸣，震耳欲聋，把屋里所有平放着的东西都震倒了，但是没有一个人醒来。我小心翼翼地从废墟间穿过，跨过各种人体和物体，走到外面的泳池。

才早上七点，就已经热得像是在微波炉里了。一股股强劲的热浪从每一块瓷砖上散发出来。昨晚一定是有人带了食用颜料过来，因为池子里红色的水颜色更深了：血红、果冻红、口红颜色的红。在微风的吹拂下，满池子的暗红被银色的光镶嵌上了一条条银色的丝带。我丢掉了香烟和长袍。因为有人在跳水板上睡着了，所以我站到游泳池边，弯曲脚趾抓着边沿——1、2、3。这样做是为了尽可能少打扰别人，这不是我的一贯行事风格，但随机应变是有必要的。

踮起脚尖，弯下身子，然后跃入水中。继续往下深入，感受到一股凛冽的寒冷后，睁开双眼。只需忍住短短一秒的疼痛，池底就会透过不同层次的红色映入眼帘，就像闭着眼睛"仰望"太阳一样。沉没水底的宝藏：硬币、玻璃、一只孤单的高跟鞋。深吸一口气，使劲一蹬泳池壁，穿过满池子红色的水，当你伸手去触碰另一边时，肺部发出抗议，把你拉到池底，让你的肚子贴地。直到你终于游到对岸，如重获新生一般冲出水面，呼吸到空气，融入大量的空气、被晒得枯萎的棕榈树、篝火、音乐、艺术品之中。银湖。1999年。圣诞节。

然而我也在超越自我。我长期在这个论坛里潜水,这是我第一次发言。和你们中的很多人一样,我也一直在关注《美式生活》即将重新发布的动态,而且期待值越来越高。我确信它肯定是怀着最纯粹的音乐动机被做出来的 —— 评论里那个说"迪伦是个见利忘义的吸血蚂蟥,只要能带来可观的收入,不惜把他奶奶从坟里挖出来"的人,太粗鲁无礼了。还有,不管是谁,把他描述成"资质平庸的小矮子"都太残酷了。我们应该把他想得好一些。一旦专辑重新录制完成,我相信它会把原版的《美式生活》衬托得荒芜、廉价、俗气。我现在就正在听,完全就是这个感觉。期盼是一件滑稽的事情。

我之所以在这里发言,是因为我看到有一本四十八页的书,《美式生活全记录》,这是一本庆祝专辑诞生的书。因为我十分确信我自己对专辑诞生的贡献会被忽视,所以我想此处可能是个好地方,我可以在这儿说清楚我是如何偶然得来灵感并做出了这部不朽之作的。请往下读……

那是在1999年,那时候我马上就不再是"编辑乐队"的主唱了。在一场以指责和伤痛告终的演出之后,我在老友兼乐队吉他手和键盘手"编辑"的家里舔舐伤口。那个地方对决裂场景来说,美得有些不合时宜。他的父母在诺福克有一座改造过的牧师住宅:宅子周围开满了忍冬,野鸽从林间飞来飞去,小鹿偷偷嚼着你种的牵牛花。好吧,你们一定在想这和迪伦有什么关系。我那时刚在诺维奇度过了你能想到的20世纪90年代最疯狂的一夜,几乎是回到牧师住宅的同时,邮件也来了。我去查看邮箱,希望是他父母最近是不是申请了信用卡。没有信用卡,却找到一张明信片。正面是洛杉矶拉布雷亚沥青坑,背面写着:

"嘿!编辑,行程真是太满了。11月要回英国老家拍一个东西。

想来看看是怎么拍的吗？我记得你说过你喜欢我这边房子的样式，想来坐坐吗？那得是乐队没忙着在巡演才行哈哈。感兴趣的话就给我的经纪人打电话吧。迪伦。"

我至今仍然记得当时那个感觉。走廊里静悄悄的，血液涌上我的耳朵。逃离这该死的环境，逃离英国，逃离它的善妒、它的BBC二台，逃离所有那些看到我失败的人。我搜遍了编辑的外套口袋——找到了，他爸爸的凯旋雄鹿的车钥匙。没有包，没有行程，没有忧愁。我唯一能买起的一张票是从马德里到德里的。二十四小时的行程，没有书，也没有随身听。在洛杉矶国际机场，我把身上最后的二十五英镑兑换成美元，转乘了三辆公共汽车，才到了银湖。到那儿时，我筋疲力尽，晕晕乎乎，直接在迪伦的房产经纪人门口睡着了。

经纪人到时，我的狼狈并没有让她担心。"迪伦说他有个访客可能会过来。说真的，很感激你能过来——我的助理之前在喂猫，但她过敏了。"

这个论坛的读者应该对那幢房子非常了解。那是理查德·诺伊特拉[1]的VDL工作室，迪伦多年来都把那儿当成家和办公室，甚至当他像许多野心勃勃的音乐人那样在好莱坞的大生意上铩羽而归之后，他把这里当成了录音棚（哦对了，我觉得迪伦在不动产方面的头脑并没有给他带来他应得的声望。他在马里布开发的公寓，在南法翻修的毕加索工作室，在都柏林的网络酒店，谁能说这些东西不是和他的音乐作品一样富有创造力？反正肯定不是我）。随随便便一个迪伦的路人粉也知道那个房子的一景。《美式生活》的专辑封面，是20世纪中叶的经典已经破败不堪的标志性镜头：每一块窗玻璃都是破碎的，泳池里是

---

[1] 理查德·诺伊特拉（Richard Neutra），世界著名建筑师。

像血一样的暗红色，窗户下面是成堆的家具，焦枯的棕榈树像燃尽的火柴头，身上涂满颜料、内穿比基尼、外穿机车夹克、头戴棒球帽的天真的加利福尼亚人，在瓦砾间晕晕乎乎、无所事事。照片就是在那儿拍的。这张照片给迪伦带来了很高的声誉，但其实这张照片拍下来时他甚至不在国内。这张照片是尚普·洛德的作品，他是个搭讪高手、满嘴跑火车的骗子，也是我那时候在都柏林西部唯一的朋友。谁搞的破坏？那都是我的杰作。

我到那儿的第一天，花了一整天的时间在各个房间里来回溜达，享受着加利福尼亚的滚滚热浪还有每个角落里的那一小块儿阴凉。房间的角度锐利、清晰，风格转变得几乎不着痕迹。楼梯是木板条构成的，一道道光线透过百叶窗在铺了地毯的地板上缓缓穿行。一尊由七个钢铁小球组成的雕塑，每个都映照出起居室的鱼眼图景，在微风的吹拂下摇摆。一切都散发着画廊般的宁谧气氛。

我不确定迪伦是否真的搬进来了。每个房间里都摆满了一箱箱没拆开的东西：CD、视频设备、衣服、一台室内健身脚踏车、一件件艺术品靠墙放着。我在它们中间穿行，不知道自己在寻找什么，天都已经黑了，我还是没找到什么宝藏。前厅安装家用电话的墙上贴着一串电话号码：吃饭的地方、一家药店、音像店，还有一些我不认识的人名。也到了该验证一下迪伦都在哪里有信誉的时候了。这哥们儿自己规划得还挺好。距离《美式生活》发行还有一年，他正在国外拍一部关于英国流行乐的电影，但那时候好莱坞应该已经给他注入一部分资本了，因为他到处都有账户。

待了将近一周，我养成了固定的作息习惯。我睡在外面的泳池旁边，大雾像穹顶般笼罩着我。每天早晨，我都被洒水器弄醒，我翻个身滚出它的喷射范围，看着千千万万颗小水滴形成一道完美的、独一无二的彩虹。洒水器和警报器，壁虎和跑步的人。一支队伍缓缓走过，他们中有女佣、园丁、厨子，没有一张面孔是白的。他们沿着通往水池的近路边走边叽叽喳喳地聊着。洛杉矶的清晨。我拿起电话。我在所有迪伦有信用的店铺旁边都画了一个红色五角星。我从那个电话号码单里点早饭，挨家点过去，完全不考虑自己喜欢吃什么。周一韩国泡菜，周二墨西哥卷饼，周三日本寿司。然后去一家店员一直误以为对酒颇有研究的酒铺。我们会聊上一阵子，从葡萄酒、葡萄园，聊到口感、酸度，然后他会送过来一箱。如今，距离那时已经过去几年了，我也在不断成长，通过一些不用动脑筋的方式积累了一些葡萄酒的基本常识，我总会想到他卖给我的那些东西。把20世纪60年代的蒙特拉谢倒入几大罐的水果沙拉来做桑格利亚汽酒，而一瓶1983年的晚收葡萄酒，我会用来烹饪。

一旦基本的需求（住房、餐饮）被满足，我便开始转向挣钱。那些电话号码里有两家是唱片店。我在日落大道的高塔唱片店订购了一大堆我并不怎么了解的洛杉矶特色的东西，比如约翰·菲利普斯（John Phillips）、切特·贝克（Chet Baker）、老黑白电影和一些建筑方面的书，还有一些当地的说唱歌手的合辑和一些Lowrider乐队的录像带，以及奥兰治县一些朋克的东西，然后让这些东西流通起来，好让这座城市在我的掌控之下。后来，为了现金，我转向那些大价钱的东西——盒式合辑套装、重发版还有典藏版。这些东西我一小时后就会拿到"变形虫"唱片店去卖，仅仅能挣上大约三十美分，但这也够带在身上零花了。迪伦自己的东西也筹来一些现金。他的唱片集卖了三百五十美金，确实是太少太少了，但我一想到那个助手以为这张记录了糟糕透顶的英式摇滚的稀世珍品合辑是我的，我就不由得感到尴尬。最后，我干脆求他把钱退给我。那个音乐设备倒是卖得多一点儿。

这是一种生活。我每天晚上都出去,到不同的地方,提前编了不同的幕后故事以备别人问起来好随机选一个。我跟每一个看上去地地道道的洛杉矶人搭讪——姑且称之为研究吧,接着我就听见自己解释自己是个高尔夫球童,或者是个设计假肢的,又或者在帕萨迪纳一个公路收费站工作,滔滔不绝的谎言,让我在现实和谎言、欲望和恐惧之中舒展开来。有时候早上醒来,我会忘记我在扮演什么角色,整件事看起来是那么愚蠢而廉价,还有一个女孩在找她的内衣,然后一边对着迪伦墙上挨着的数面镜子中的一面化妆,一边向我咨询一笔少得可怜的钱该怎么投资,或者上哪里买宠物保险最好,再或者从我昨晚脱口而出的谎言中生发出来的任何一个话题。

很显然,这是不会长久的。我在《名利场》杂志里搜寻着,想要找到任何一个说迪伦的电影拍摄延期的字眼,但是它却进展顺利。我看到他在 MTV 里,主持人问他是否有可能成为雷德利·斯科特[1]的接班人。他对着镜头眨眼时表情里的那种不羁,让我格外想用他的账户点上八大瓶香槟然后分发给街上的流浪汉。我正要走时,房产经纪人来电话了,说迪伦过一周就回来,节礼日那天。都不需要她说,我也知道得给自己另找个饭碗了。

让我难过的是,最后的那一周可能是我最杰出的作品。那时我欠了一屁股债,累死累活也没多少成就。还记得编辑乐队的人本就少,而觉得编辑乐队的音乐还具有一定意义的人更是寥寥无几。我扮演的都是一些微不足道的小角色:用来填补镜头空白的、打发时间的。我此刻在酝酿什么专辑?谁知道呢?但是仍然有一大批人,听你提起诺

---

[1] 雷德利·斯科特(Ridley Scott),英国电影导演,曾执导《银翼杀手》《末路狂花》《角斗士》《异形:契约》等影片。

伊特拉那所宅子里的派对时，眼睛会发亮。

举办一场派对，彻彻底底地毁掉一座 20 世纪中叶的现代建筑典范和它里面的一切，这本来没什么大不了的，我相信你也同意，但是要让这个毁灭的过程慢下来，拖长为一件需要用七天来完成的事，还要有情节的转折、人物的复现，还要扣人心弦，既要有毁灭的时间，又要有拯救的过程，所有这一切都发生在一座你一无所知的城市，除了几张刚刚送过来的信用卡以外，什么能用上的都没有，伙计，这就是艺术。火焰必须被点燃、引导，任其怒吼咆哮，最后化为灰烬。新鲜的燃料必须缓缓地添加。酒是天然的催化剂，但鸡尾酒的量必须要精确。请来大量自带音响系统、水培草，还有木吉他的嬉皮士，整件事就万无一失了。再请来一些山谷里的瘾君子来开大火力，他们那偏执的气质和一心要搞破坏的决心，都加大了胜算。不过我一直都很担心，万一还不到一星期他们就把这个地方一块砖一块砖地给拆了怎么办。警察的突击行动起到一些清场的作用，一切从头再来，让我有机会补补觉，调整来宾名单，散布一些谣言。我买了一部便宜的手机，给迪伦的经纪人打电话。我对迪伦经纪人的印象好极了：她那拖长语调的伦敦东区口音，对我这样一个逃离了伦敦郊区的人来说如沐春风。每次她叫我"孩子"，我都十分抗拒。我会先听着她在电话里说那件事"马上处理"，团队"正在路上"，她应该"把那个东西留给我"，然后轮到我说话的时候，我承诺自己会坚守阵地，将暴力、酗酒、血红的泳池，还有室内火灾轻描淡写。

是尚普储存了满满一屋子备受洛杉矶东区涂鸦创作者们喜爱的喷漆，并在那几面干干净净、亟待被乱写乱涂的墙上喷满了文字。也是尚普，说动了那些好莱坞年轻的一线明星，告诉他们这是 20 世纪 60

年代丹尼斯·霍珀[1]和杰克·尼科尔森[2]都会深度参与的那种活动。我带来一些可怕的奥兰治县学生妹,对她们来说,小鸡舞不过是一个寻常的周五之夜会做的事,还有一些学电影的学生,他们已经厌倦了20世纪90年代票房轰动的大片。我发现,在洛杉矶,只要你把它拍成电影,想做什么都是允许的:淫欲变成了成人影片,破坏变成了壮观景象。

尚普还为这整个事件加了一味作料:一群纽约的俱乐部里的孩子,被活动筹办方安插在这里,想要给洛杉矶搞笑的俱乐部文化注入一丝酷酷的元素。当他们听说到时候银杉湖那边会有一个持续两天的狂欢,有个英国佬快死了还是什么的,而且要把那个地方毁掉,他们就答应加入了。这种高度刺激、品位低俗的派对太对这些孩子的胃口了,于是他们搬了进来,后面跟着长长的一队经销商、造型师、搞恶作剧的,然后驻扎到了楼上宽敞空旷的大卧室里。他们像老鼠一样挤作一团,哼哼唧唧,言语刻薄,对每一个太靠近他们的看起来很健康的人发出"嘘"声。就是他们把泳池染红了。

但是,就像我说的,这件事得精心安排布置。白天搞艺术,晚上搞破坏。我给房间的音响系统配了一个麦克风,用假日露营时介绍即将要展开的活动的方式开启每一天,而无论哪种游艇摇滚[3]怪物的巨大音响似乎都是最合适不过的。肯尼·罗根斯和杜比兄弟[4]是标配,不过

---

1 丹尼斯·霍珀(Dennis Hopper),好莱坞著名电影演员,曾参演《现代启示录》《蓝丝绒》。
2 杰克·尼科尔森(Jack Nicholson),奥斯卡奖历史上获提名最多的男演员,作品有《闪灵》《飞越疯人院》等。
3 游艇摇滚(yacht-rock),产生于20世纪70年代美国的一种能让人放松又能跟着跳动的软摇滚音乐风格。
4 肯尼·罗根斯(Kenny Loggins),1948年出生于美国,创作型歌手和吉他手,获得过一连串的电影配乐奖项。杜比兄弟(The Doobie Brothers),成立于美国加利福尼亚、以和声著称的摇滚团体。

真正获得最大欢呼声的还是斯蒂利·丹[1]的《娱乐圈的孩子》。然后，我在仅有的几家还不知道这些账单永远都不会再兑现的店里用掉了迪伦的信用。我们给驻守在门外的警察送去甜甜圈和香烟，于是他们在新闻发布会里说"那个派对"看起来马上就要结束了。餐饮服务者在成堆的趴着的身体上架起一张张长桌，尚普用一架精美的徕卡大画幅相机记录着一切——这是房子里仅存的没被我卖掉的物件之一了。在迪伦回来之前，我们小心翼翼地奔走于警察突袭、酒水短缺和房子的结构性破坏之间。

那个封面图片——血红的泳池、烧成焦炭的棕榈树、像战场一样的房子，还有那个一直撑到圣诞节的强大阵容——是尚普眯着眼睛，在清晨的阳光里拍下来的。我认出他们中的几个，有几个后来成了家喻户晓的人物。当然那里没有我。我被严厉地否定了。就把我想成风暴眼吧：安静、稳定、无形。

圣诞节当天，一洗掉满身的食物污渍、烟味儿还有喷溅的油漆，伴着派对开始的声音穿好衣服，我就打了辆出租车到格里菲斯公园。在那儿能看到袅袅的黑烟从那幢房子上升起。太远了，看不见迪伦到达时的情景，也看不见二十分钟后警察出现的样子，不过还是能听到警笛响了好几个小时。我真的很佩服迪伦。他可能并没有多少优秀品质，但从废墟里挣钱的能力却刻在了他的基因里。只过了几个星期，我就看到了他在《滚石》杂志上的封面访谈文章（题为《最后的狂欢——马克斯曼瞄准了美国梦的逝去》），文章阐述了他如何举办了一场为期一周的派对，用来毁掉他的"安全的美国式生活"，并以此契机酝酿和创作了新专辑。不用说，尚普拍的照片做了封面，学生们在那

---

[1] 斯蒂利·丹（Steely Dan），1971 年成立的美国摇滚乐团，《娱乐圈的孩子》（*Showbiz Kids*）是他们在 2000 年发行的专辑。

儿拍的超八毫米胶片电影被一致奉为难能可贵（又物美价廉）的音乐视频。

好了，现在你们知道了。《美式生活》的概念、外观还有创意都是我的。但是就像矿泉水这种的东西存在，你不得不佩服那个敢于用它收费的人。那么音乐呢？我不能，也不想把那个功劳揽过来。但是作为临别赠礼，我想把圣诞那天早上留给迪伦的东西也同样留给你们。那是一张印有塔桥的明信片，上面写着："我知道我走之前应该打扫一下，但是在屋子里留一些事情在节礼日那天做不是挺好吗？"好了，还有一盘磁带，里面是我写给他的一首歌，这个举动我也不知道算什么。有没有一种感情叫"懊悔地骂娘"？我怀疑它被改头换面收录进专辑了，所以我把它留给这个论坛里尊敬的诸位网友，你们来评说一下这首歌（录制于《美式生活》发行前整整一年）和迪伦专辑里的第十二首——《某个神教》有何相似之处吧。

第七章

文章下面有许多跟帖，其中起码一半都是提醒别人来关注这件事的，就这样，议论延续了下去。人们猜测着帖子的作者，布兰登被提到过，但也有其他一些人被提到了。要说两个音频间的相似之处，几乎没有什么异议——它们基本上是同一个曲调，但不时可以看到一个最常见的回答"那又怎样？"这也是瑞的反应。

"他只是在耍弄网上那些人而已——我敢说他完全是在那儿吹牛皮。如果他有任何能从迪伦那里赚到钱的方法，我早就知道了。那只不过是给他在做的那张唱片先抛一个小手榴弹造个势。越多推广，越可悲。"

"其余的呢？那场派对？也是他编的吗？"

"不是。我当时在那儿，待了一会儿。很疯狂。"

"你们就是在那儿认识的吗？"

"不是。嗯，也是，也不是。简单地说，我看到他了，但是我们没怎么说话。我是跟经纪人找来的一群女孩从马里布的一个派对过去的。你懂的，去那种派对，打扮得漂漂亮亮的，假如有个老男人过来跟你谈论电影行业的事，装出很感兴趣的样子就行。我们是奔着免费的吃的过去的。"她朝房间里四下里望了望，"我那时太穷了。我们会去参加这种活动，轮流去把我们的包里装满小点心。这次的是小肉饼和那种小饭团，还有半瓶香槟酒，还有一些别的东西。我当时在想'我唯一想做的就是回家换上睡衣,边看电视边吃肉饼',但是那些女孩都要去这个由一个疯狂英国佬举办的派对,他在毁掉那个地方,而且前一天'跳蚤'[1]和约翰尼·德普还去过了。反正它就在回家的路上,算了,还是去吧。"

她跳起来,打开冰箱。"现在我还真想来上一个饭团。"她回来了,拿了一塑料袋胡萝卜条。

"一个街区以外都能听见派对的声音。警察不断过来把音乐关停,但布兰登会再次把门打开、放上唱片,接着这个过程又会重复上演。我们几个四处溜达,想见到约翰尼·德普,想看人们像魔女嘉莉一样从泳池里出来(因为他们把水染成了某种红色)。我饿坏了,所以就到楼上去,想找个地方安安静静地吃东西。我进了一间屋子,布兰登正在那里望着楼下的派对,不过那时候我不知道那是他。我尴尬极了,因为我手里拎着一袋子炸鱼柳还有别的吃的,我打了个招呼,他也冲我打了个招呼,然后我就去坐在马桶上吃起了寿司。"

她小口地啃着一根萝卜条,一边说着话,一边循环播放那两首歌。"如果布兰登的确仿造了这首歌,那他仿得很好了,你能从他的版本里听出最终完成版的雏形。"

"我们把它利用起来吧。"我说道。

她抬起头来,嘴里还嚼着一口萝卜:"啊?"

"我们用这个音频吧。他录的这首。我知道他没想把这首歌当作告别歌坛之作,可是谁在乎呢?我们已经有多少首了?四首歌了吧,加上这首是五首。我们要是能凑一张专辑出来,把这个和他被杀的事联系在一起,像他希望的那样,谁会得到版权呢?他的近亲:你。"

---

1 迈克尔·彼得·巴尔扎里(Michael Peter Balzary),外号"跳蚤"(Flea),另类摇滚乐队"红辣椒"(Red Hot Chili Peppers)的创始成员和贝斯手。

瑞搓了搓脸。"也许。我猜。那接下来怎么办？"

我在脑海里盘算着接下来的步骤。把《微笑》这张专辑做完。说服索尔去起诉。让吉米发行布兰登的专辑。

"首先我们把《微笑》剪出来。"这句话从我嘴里说出来很陌生。我翻开他的笔记本，翻到写有压制人的电话号码那一页。"我来打电话安排一下。你有什么建议就随时给我发信息。"

她交叉食指和中指，祈祷着。

我拨了电话。铃声响了大约有十下，一个声音出现了：伦敦口音，很不耐烦。

"热辣动作。约翰。"

"你好，我布兰登。"

"哦。"停顿。一阵急促的呼吸声，很可能是抽了一口烟。

"布兰登·库斯加藤。"

"我知道。"对方又抽了一口。

我扮演布兰登唯一实在的计策一直都是尽量少说话，企图让对方打破沉默，不过这招在这儿却不奏效了。我逼迫自己放松下来，告诉自己每件事都会令人厌烦。"那这事儿我们还做吗？"

"我还以为这事儿翻篇了呢。我以为你上周会来。"

我记起录像里看来的一句话。"有点儿事耽搁了。"我掸了掸袖子上假想出来的灰。

又一口烟深吸入肺。他说："迪伦今晚要去处理诺维洛的事。"

始料不及的名字像炸弹一样炸开：迪伦，诺维洛。

"嗯……所以呢？"我迫使自己机灵起来。干脆利落。我刚才应该先喝点儿。

"所以？你自己看着办。"

我透过屏幕看着瑞。她耸耸肩。"那就今晚吧。"我强迫自己把句子结尾的问号拿掉。

"好吧,终于。我们有个会,开到十点。他们本来不应该超时,但是肯定会超时。大概十一点吧,怎么也避开他们了。我希望彻底离开那儿了,你再过来。就定夜里十二点吧,那样我也到家了,到时候能说得过去,凌晨一点更好。你检查好,确保托尼睡着了,从我给你指过的窗户进来。你会用那台设备对吧?"

"当然会。再告诉我一下是哪扇窗户?"

"我告诉过你是后边浴室的那扇。好了,我已经做得够多的了——你错过第一次机会可怪不得我。要是你今晚又没来,钱我留着,而且再也不会有第三次机会了。再见布兰登·库斯加藤。"

啪的一下,电话挂了。然后什么也没了。我的双手在颤抖。瑞凑到屏幕前。

"你太棒了!我是真心的。"她在太浩那边都站起来了。

"你真这么觉得?我也搞不清我答应了啥。"

"我想应该是偷偷溜进什么地方然后剪唱片。你太牛了!"她绕着桌子跳了一小会儿舞,然后坐回来了,"不过,在哪儿来着?他接电话时怎么说的?硬核动作?"

"我记的是'热辣'。"

她手指飞快地敲着键盘。"热辣动作,伦敦。好吧,肯定不是这个。呃……天哪!"

"怎么了?"

她照着屏幕读着。"热辣动作是一家总部位于伦敦的录音棚,由迪伦·马克斯曼经营。它引以为傲的是提供全欧洲最好的前期数码录音设备。它原本是一家影院,马克斯曼保留了很多原来的特色。"

迪伦。迪伦要去处理诺维洛的事。

"等等,就是我们刚才读到的文章里的那个人吗?那个房子的主人?"

"房子和混音。这对布兰登的幽默感来说太有吸引力了。用迪伦的设备剪他自己的录音。"

"我在想刚才接电话的是谁。"

"嗯,听起来好像是录音棚里有个压制间。所以可能是个工程师?"

"但是如果他不过去,谁来操作机器?"

"嗯,可能布兰登操作吧,我猜。这种事情他比较懂。"她同情地看了我一眼,"我不确定这是不是你能从视频网站上学会的事。"

我感觉到希望从她脸上褪去。她的钱。罗宾的钱。

"等我一小时。"我告诉她。

她说得没错。视频网站上只是偶尔有几个视频展示了录音的录制过程,但是没有一个视频有一步步的指导。机器本身看起来倒没有那么复杂,但是那些行话太高深莫测了。

我给巴克斯特打电话。"巴克斯特。一个好消息,一个坏消息。"

"我想这比你一贯的概率高不少啊。说吧。"

"剪辑的事儿都联系好了。晚上一点钟,在迪伦那儿。"布兰登以前可能跟他说过,不过我不敢确定。

"迪伦?迪伦·马克斯曼?我天!别让他掺和。他会想从中插一杠子的。那家伙是个精明的吸血鬼。"

"严格来讲,他并不知道。我能想办法进入录音棚,这件事私下里做。"

我能听出他放松下来了。"他不知道?太棒了吧!我一直想着从那个嘚瑟的老浑蛋那儿扳回一城。你知道吧,他那个巡演雇了索尔和吉米,却连个电话都没给我打过……"

我打断他。"不过操作机器的不在,这事儿我干不了。得多辛苦你一下了。"

"要我剪?不行。我把这事儿留给你就是因为这种两面三刀的事情我根本不擅长。过海关时包里多上一条万宝路我都怕得发抖。"

我感到门向我关上了,黑暗袭来。我鼓足勇气继续说道:"这和我半毛钱关系没有,亲爱的巴克斯特,我可没把我的名誉押在这上头。反正我有点儿意外之财——钱现在对我来说也不是那么迫切需要了。"

他沉默了好一阵儿,然后开始抱怨。我搞定他了。

我跟他在地铁站见面。他穿着一件巨大的连帽派克大衣,那让他的脸看起来像是放在一个大平盘里端上来似的。他一边从台阶底下往上走,一边开始冲着远处的我发起牢骚。

"我的意思是我得找个买家,把东西卖掉,要是哪儿出了问题,留的可是我的名字,对他有影响吗?没有,他完全把我拖下水了。"

我都不用费力去深挖布兰登的性格来让自己假装鄙夷眼前的人:这人身上有一种极其不招人待见的特质。

"巴克斯特,别来无恙啊。"我点头打了个招呼,"我们走?"

我们穿过哈格斯顿空空荡荡的街道。刚刚下过雨,所以伦敦看起来湿漉漉的,纤尘不染,每条街都被蒙蒙细雨笼上了一层光晕。

巴克斯特一刻不停地说着话,一会儿抱怨自己如何遭到不公的对待,转而又立刻因为我们马上要大赚一笔而兴奋不已。我们在城市的街道七拐八绕,路过一个个窗口花坛、一辆辆四驱轿车,一座座只亮着一两盏灯的阴郁低矮房屋。我们穿过一座医院的院落,几个穿着一身绿的护士和绑着绷带的患者在一小片霓虹灯下静静地抽着烟。我把磁带都放在从布兰登的衣柜里找出来的一个皮质背包里了,它们责备似的猛拽我的肩膀。

布鲁顿街几乎一片漆黑。街道的一侧是一个建筑工地,黑洞洞的施工现场前立着的广告牌上贴着年轻夫妇拿着健身器材的照片。唯一的灯光从路的尽头照过来,那是一块在我看来甚至有些复古的霓虹灯牌,悬在一个凹进去的门口上方,上面写着"热辣动作"。光线透过大门下面的缝隙钻出来。

"所以具体计划是什么?"巴克斯特问道。

这栋建筑的其余部分矗立在黑暗中。这里的地势低平、地形复杂,入口设在角落里——当我的眼睛逐渐适应了光线,能看到它覆盖了好几个区域。我看不到有显眼的窗户。我打开手机手电筒,沿着街上的砖墙走。

"布兰登?你知道咱们要去哪儿吧?"

我举起一只手。将近十米远的地方有两扇大门,门原本的颜色已经被涂鸦和贴纸覆盖了。我试着拽了一把。

"布兰登。我记得你说过都打好招呼了。"巴克斯特的抱怨牵动着我的神经。

"是打好招呼了,闭嘴,我们要找的是一个窗户。"

手机发出的一小片光亮映照出更多的墙面,然后出现了一片空地。一个小巷子?我示意巴克斯特跟过来,然后看清了一切。这是一堵比其他地方颜色要浅一些的墙面。

"过来。"我四处摸了摸,想找个东西踩着上去,但是巷子里空荡荡的,什么都没有,"搭把手,扶我上去。"

巴克斯特跟过来。他靠着墙站定,双手捧出一个半圆。我把背包拉紧,踩着他的手上了墙。我推开窗户,刚伸进去个肩膀,就发现背包进不去。

我把包扔给他。"你拿着磁带,我再试试。"

这次我挤进去了。半个身子探在里面,我伸出了胳膊。左右都是墙,前面和下方什么都没有。一片黑暗。刺鼻的氨气味儿,逼仄的空间，这很可能是个卫生间，但是我无法判断从这里下去离地多远。我摆动双臂，想摸到个什么东西好让我能感知一下距离。有那么几秒，我悬在那儿——身子在里面，腿在外面，皮带扣咬着我肚子上的肉，然后我继续往下爬。

我没注意到马桶座，就在我双手触到地板的时候，胳膊和头磕在了马桶沿儿上。我挣扎着不让脸对着马桶，身子扭曲着，双腿在空中乱踢。有那么一刻，我保持着完美的倒立姿势，在那之后我双腿向后一倾，踢开了卫生间的门。

巴克斯特在下面跳着，他的半张脸在窗户上闪了一下又下去了。我把手机放在门板上方，踩着马桶座又爬了上去。他站在小巷里仰着脖子往上看。

"来吧，没事儿。"

我试了好几次才成功把他拽了进来。我的额头在马桶沿儿上磕破了，一使劲儿，伤口就一抽一抽地疼。我们出了卫生间左转，沿着一条铺了地毯的走廊走着，走廊两旁挂满了照片。

巴克斯特拿出手机照明，边走边给我解说。"迪伦和杰克·怀特[1]，迪伦和罗宾[2]，迪伦和波诺[3]。天哪，这个交际花！那是温妮·曼德拉[4]吗？"他停下来仔细看着。

"巴克斯特。我们还有要紧事，拜托。"我轻推了他一把。我们走到一个丁字口，眼前有两条走廊延伸开去。"哪边？"巴克斯特问道。

"右边。"我答道，我不太知道，只是相信自己认出了一些瑞曾经

1　杰克·怀特（Jack White），美国摇滚巨星。
2　罗宾·希区柯克（Robyn Hitchcock），英国创作歌手和吉他手，曾组建另类摇滚乐团柔软男孩（The Soft Boys）。
3　波诺（Bono），本名保罗·大卫·休森（Paul David Hewson），爱尔兰摇滚乐队 U2 的主唱和主要作词人。
4　温妮·曼德拉（Winnie Mandela），1936—2018，南非反种族隔离活动家和政治家。

发给我的照片里的东西。曲折的走廊里，左手边是一些壁龛，我望进去，看到里面有一个更大的空间。那里几乎和喜鹊酒店的音乐室一模一样：乐器放在乐器架上，光滑的键盘擦得闪闪发亮。

巴克斯特往里瞧了瞧。"肯定是窥视秀的场地。他真以为有人会对着他的乐队欲火中烧吗？你听过那个该死的鼓手吗？天哪。"

我认出来了，这就是网站上那间屋子。"是了。剪辑室就在那边。"

灯亮着：一盏蓝色的灯在曲折的墙面上投下长长的阴影。

"那儿。"巴克斯特发现了什么，"机器开着，一切就绪。"

他在这里还是挺得心应手的。屋子很小，沐浴在冷光中。巴克斯特穿过去调整磁带，用他随身带着的耳机用心听着。他小心翼翼地对着机器碎碎念——"乖宝贝儿，那道光是从哪儿来的？它要干什么？不，你不能这样丫头"，直到调好才闭上嘴。然后他从他的包里拿出一张纯黑的光盘。那张光盘光滑如镜，在剪辑室的一小块光亮中闪闪发亮。

"可真美，对吗？"

他用两个手指转着光盘，看着它反射出一道道蓝光，然后他叹了口气，把它放在剪辑的机器上卡好。我们背对着机器坐着。它散发出的热气和微微的震颤，让我想起童年时坐汽车的感觉。我现在已经习惯了巴克斯特的讲话方式。只要你偶尔给他一个信号表明你在听，他能兴致勃勃地讲上几个小时。

事情办完后，他坚持要跟我回喜鹊酒店庆祝——布赖顿的火车早上六点才发车。我们喝了香槟，吃了卡斯帕送上来的小零食。趁他去洗澡时，我给瑞发了条信息：一切顺利，巴克斯特在，回头说。她立刻就回复了：干得好！把麦克风打开。

知道瑞在听着，让我不那么局促不安了。巴克斯特出来了，情绪极度亢奋，张口闭口都是"你还记得吗？""你见过……吗？"我已经不知道怎么应对了。他说的那些名字我一无所知，他却说得津津有味。

我去换唱片时，手机响了。是瑞，她对情势做出了判断：他想要什么东西，但我说不好是什么。

回到音乐室，巴克斯特还在继续讲着刚才的故事，仿佛我并不曾离开过，他边说边拨着吉他。

"嘿，巴克斯特。还有别的事儿吗？"

他手指紧张地在膝盖上弹着。"嗯，咱们不是在庆祝吗？我想我们应该再把那个西斯廷约过来。当然了，也给你约一个。"

我十分想此刻能跟瑞说句话，不过什么都无法掩盖这个事实：这看起来的的确确像是布兰登会做出来的事。"西斯廷。好啊。可以，可以。我想不起来把她的号码塞哪儿了。"

"用座机打就行，"他笑着说，"需要我来打吗？"

我指指电话。"请便。"

我走进厨房，迅速拿出手机，想看看瑞有没有什么想法。我能听到巴克斯特声音里的兴奋。"嘿，我是巴克斯特，我又来库斯加藤先生的套房了。你好啊，安娜贝儿。太棒了，谢谢你。我们在开一个小小的庆祝会，不知道西斯廷方便过来跟我们一起吗？好极了。我问问。"

他冲着厨房门探过头来："你有特别想约的人吗？"

我愣住了。"没有，谢谢，巴克斯特。"

过了半小时，两个女孩突然出现了，我这才意识到巴克斯特把我的"没有"理解成了"没有特别的人"，而不是"没有，天哪，求求你，千万别把我卷进这种事里"。

见到其中一个矮矮的黑头发女孩，巴克斯特嘴里亲热地喊着："西斯廷，你太可爱了。"这时，另一个女孩微笑着挽住了我的胳膊。她身材苗条，梳着非洲人的发型，穿着平底鞋都跟我一样高。当她轻声说着"又见面了，亲爱的"，我这才意识到——肯定是啊——她以前来这儿找过布兰登。

我提出要去弄一些喝的，好给自己争取一些思考的时间，但是巴克斯特拽了拽西斯廷的衣袖，还没等我把冰放进杯子，两个人就跟我挥手告别上楼去了。

那个女孩坐在厨房案台上，看着我弄饮料。我听到客房传来一声尖笑，然后是音乐声。她终于开口了，嗓音很低沉，这倒让我有些惊讶。

"嗯，演员先生，接下来做点儿什么？老规矩？"

更糟的是，答应吧，不知道会被布兰登的口味带到哪儿去，不答应吧，难道我来掌握主动？她很高，很苗条，看上去很专业的样子。她让我感到有点儿害怕。

"好的，老规矩。"

这似乎挺让她高兴的。"好啊，好啊。未竟的事业，对吗？"她的语气有些放松了，脸上浮现出一丝真诚的微笑，"我可以上去了吗？"

"你记得路吗？"

她欢快地点点头："上去见。"

她一上楼梯，我赶紧解锁电脑屏幕。瑞喜气洋洋地对我说："你好呀，花花公子。"

"不是我的主意，我发誓。"

"听见了，听见了。但是她很可爱啊，你打算就这么把她晾在上面吗？"

"要是可以，我真想呢。这样很无礼，是吗？"

她笑得更灿烂了。"无礼，对。而且那样也不是办法。"她把头歪向一边,"你看,你单身,那又是布兰登的钱,而且她很性感。"

我上楼时在想,这事还有没有积极的一面。或许我能从她身上发现点儿什么。布兰登这个话痨——也许他跟她说了些什么也未可知。卧室里灯火通明,所有的灯都开着。那女孩坐在床上,穿戴整齐,跷着二郎腿,面前摆好了一个双陆棋棋盘。她捕捉到了我脸上惊讶的神色。"这不是你想要的吗?"她像个孩子一样双腿盘坐,骰子被她捏在手里。我看到她重新调整了一下预期。

"哦,当然,抱歉,有点儿走神了。"

我在她对面坐下,棋盘往我这边滑了一下。

她脸上又浮现出傻傻的表情。"你知道我最近都在练习吗?"

我学着她的样子掷了一下骰子,努力回想着游戏规则。"真的吗?"

"是啊。我小时候玩得超超超超级好。"她有一点儿欧洲味道的口音让我想起了马提尼克岛或关岛。"好几年我都没输得那么惨过。"她做了个鬼脸,"那我们就开始啦!"

我们玩了大约半小时,每一局都是她赢。开头几局她还有胜利的喜悦,每次赢了都会像打赢比赛的拳击手那样高举起双手。"蓝角[1]永远不败的冠军,安妮可。"

但是玩到第四局时,她有点儿起疑了。"今天不在状态吗?"

"对不起,"我告诉她,"心里有事儿。"

她正要掷骰子的手举着,在半空中停下来,"你想……?"她整个

---

[1] 蓝角是科罗尔东南部帕劳堡礁的一部分,是久负盛名的潜水地。

人透着一丝转瞬即逝的小心翼翼。

"不,你很好。"

"好吧,你想停下来是吗?做点儿别的?"她看上去由衷的失望。

"不用,继续玩吧,只是别指望我能赢了。"

"这我可以接受。"她摇了摇头,继续掷骰子。她掷出两个"三",愉快地数着她的步数。"三……"她把我的一个棋子退回到了起点。

"那你是要一会儿继续看着我赢啰?"

"抱歉,你说什么?"

"摄像头。"她指了指头顶上,"你要看自己怎么被打败的吗?"她从棋盘上方探过身子,"这就是让你分心的事吗?"

她手指的位置,床头上方,有一幅长长的画,画着正在蜕变过程中的毛毛虫。布兰登的笔记本里没有提到摄像头,不过那也说明不了什么。我回想着自从他搬进来后,在这间屋子里所有说过的话和发生过的事。

"哦,我把它们都关了。"我告诉她。

她接着掷起骰子,然后开心地说:"可怜啊,你又要输个精光喽。"

我没听到巴克斯特早上什么时候离开的。直到下午了,打开的窗帘和一阵剧烈的头痛才把我从床上弄起来。我检查了一下门锁、温控、环境状况、"请勿打扰"的牌子,还有底部一排灯,每个上面都标有一些小字。一号卧室、二号卧室、厨房、一号休息室、二号休息室、无线电频率,每一个都有红色的 LED 灯。我回到卧室。画框上方有一个黑色的小条,大约有半根筷子那么长,粘在墙上。

我接通前台。"早上好,卡斯帕。"我自己纠正道,"下午好,可能是。我想要房间里上周所有的监控录像。我需要看个东西。"

"没问题。都在喜鹊的软件上。您以前登录过吗？"

我登录过吗？"没有，一直没用得着。"

"那得需要几分钟先来设置一下。我派个人过去帮您弄一下吧？"

"不用了，我想我自己能搞定。还有谁能看来着——也许我根本不用自己弄了。"

"没别人了。"他立刻回道，"只有房间的住客能看，而且您一走，所有录像就自动清除了。"

"哦，好吧。很好，谢谢你，卡斯帕。"

他说得对，设置很简单。我新建了一个账号。第一天晚上和吉米的记录全都没有了，不过我估计那时候布兰登还不算真正意义上的住客，从那以后，屏幕上出现了九个监控窗口，每一刻都被记录了下来。

我断断续续地看着。大段大段的时间里，他都一动不动。要么在读书，要么在听音乐（很难辨别是不是在听音乐，因为录像没有声音），更多的时候只是对着空气发呆。你就算快进一个小时，也很难发现他的动作有哪怕一丁点儿的变化。我看了头四天的录像，包括杰还有那个吉他手的来访。也有一些外送：主要是衣服，也有其他一些小包的东西，不过布兰登立马就把它们揣兜里了，开都没开。我尝试定格他跟别人接触时的动作，好看看我之前有没有抓住他动作的精髓。屏幕里的布兰登比我记忆中的要安静，也没那么浮夸。

到了西斯廷和安妮可的部分，大约是她们第一次来时，他把他房间里的摄像头盖上了，画面消失了，变成了灰色，只有右手边的一角能看到巴克斯特和那个女孩。后来，他们都走了，他又恢复到自己一个人一动不动的状态。第二天，他几个小时都在一台笨重的老式打印机旁，用两根手指敲打着键盘，一卷纸在他面前慢慢缩短。

过了一会儿,我在阳台上吃午饭,看着蒙蒙细雨把摩天大厦的天际线冲得模糊不清时,我才意识到我没看到的那些东西。没有毒品,没有酒精,连烟都没有。我回到屋里,又查看了那些录像中的某些片段。他和杰吸了一溜儿,而且那两个女孩在的时候,他确认无误地递了什么东西出去,但是当他独自待着时,他过着近乎严苛的健康正派生活。有几次,卡斯帕送上来的食物,布兰登立刻就把它们倒进厨房水槽下的废物处理器了。他没吃东西,而是一杯接一杯地喝着自制的菜糊——把蔬菜塞进食物搅拌器做成的,做完直接就着搅拌器的杯子喝掉。

我倒回杰过来时的录像。只看到他们嘴巴在动,却听不到声音,可真是干着急。最后,在一套极其复杂的握手动作后(我知道我永远也做不来),他把门关上,把桌上所有的东西——包装盒、药瓶、透明包装——都扫到一个抽屉里。我暂停视频,跑去查看。没错,那些东西都还在。只有其中一个外包装被弄乱了,我猜那是杰来的那天弄乱的。其他的都没动过。

我又回去继续看起了录像。他偶尔出去,但是只要在家,不是在做音乐,就是在听音乐。每隔几个小时,他就起身去再喝一点儿蔬菜糊,要么就做一些俯卧撑,但是其余时间,他都像一个小学生那样勤奋好学。不出去过夜,也没有人来。每天晚上都在家。录几个小时音,读一会儿书,十点左右就上床睡觉了。

我看着屏幕里我身后的场景。我感觉他比我要整洁,而且出人意料地比我健康,起码比现在这个我假扮的他要整洁健康。我用最快的速度快进着视频,光线明明灭灭,布兰登飞快地在各个屋子间移动,无比虚幻,像个幽灵。突然,房间里挤满了人。我直起身子。布兰登在慢慢地穿衣,长久地对着镜子。一分钟,两分钟。只有我哥哥,我的双胞胎兄弟，对着镜子，一副难以捉摸的神色挂在他脸上。

然后，他开始有条不紊地在公寓里搞起了破坏。他点上一支又一支的烟，任它们燃尽，大多数都放在烟灰缸里，但也有的放在椅子扶手和茶托上。他从饮料柜里抱出一捧酒瓶，把里面的酒在洗脸池上倒掉一半。他用新鲜的烟蒂吸了一些酒，之后把瓶子放得到处都是：音乐室、起居室、还有几个放在床边。然后他开始整理唱片——把它们一张张地转移，全部藏到屋里的各个角落。他拿出一张我不认识的唱片，把它钉在墙上，然后看上去很不耐烦地随意把餐刀投向那张唱片，直到它在不同位置被穿了四个洞。他从一个房间走到另一个房间，在身后留下一片狼藉。他搞乱闲置的床，跟着又到他的房间去取被他丢在地上的脏衣服。他花了一分钟看那些衣服在地上的样子，用脚尖重新调整了一下，点了一根烟放在床头的烟灰缸里。

接着他就离开了。他坐在起居室里等着，唯独此刻，唱片机里没有唱片在旋转。我点了快进，直到他的客人们到来。是他的乐队。巴克斯特先来了，大包小包的，还有乐器。一个拥抱，真诚的眼神，巴克斯特给他倒了一杯喝的。然后是索尔。布兰登跟他握了握手，接着和他俩在走廊上进行了一番严肃的长谈。他们三个还在走廊上时，吉米到了，踩着那双很天高。她看起来神经紧绷，但跟每个人都抱了一下。似乎她来了索尔才肯进屋。

然后他们就开始了。大多数录像内容都被我快进过去。他们很明显是在录制——相当长的时间里，他们都是各自戴着耳机坐着，除了手和脚，哪儿都没动。然后他们靠拢、争吵、大笑，笑声比我想象的多。这样的情形持续了好久，不过没有声音，显得寡淡无味。过了几个小时，他们一个个离开了。索尔先走的，然后是巴克斯特，最后是吉米，她留下来喝了一杯。不过看起来她和布兰登也没多说。她走后，布兰登又继续待在音乐室了。

我查看了一下时间轴。凌晨两点，凌晨三点，凌晨四点。他以自己的方式工作着，围着乐器走来走去，不时拨弄一下那个大卷轴录音机。六点的时候他停了一会儿，然后进了浴室。早上六点半，七点。然后他快速穿戴齐备，看都没看镜子一眼就出门了。我认出了那身装束。一件带着灰色小斑点的黑西装，一条宽松厚重的西裤。那是安保录像里的那身衣服：他将会穿着这身衣服死去。

他的脸赫然出现在屏幕的左侧。他在关掉卧室镜子上方的摄像头。一只戴着袖扣的手从屏幕前一闪而过，屏幕随即黑了。他走到起居室。又一次，他的脸在屏幕里，屏幕随即又暗下去。从音乐房到休息室，我哥哥的脸始终很严肃，然后是一片黑暗。最后一个摄像头在门边。我看着八块屏幕逐一变成黑屏，除了左下角那个。他拉了把椅子放好，爬上去，然后直视着那个镜头。我能感到每次别人盯着我看时那个熟悉的令我不舒服的刺痒感，我迫使自己迎着他的目光。他深呼吸了一下——像是终于做了决定，终于有了了断，对着镜头调皮地眨了一下眼，然后屏幕暗了下去。

从那以后就什么都没有了。时间轴一直走到第二天，但是屏幕上仍然空空如也。甚至到了我进来那天，仍然是一片黑暗。我倒回到最后的画面。上午七点十一分。他的脸填满了左下角的屏幕，在镜头下显得疲倦、肿胀，但是……这怎么看也不像是一个知道自己再过十几个小时就会死去的人。他从一个房间走到另一个房间时，脚步是轻快的，仿佛踩了弹簧，最后那下可怕的眨眼，看上去也是俏皮的，而不是悲伤的。

还有一件事，我始终无法摆脱这样一个想法：那个眨眼的动作是给我看的。他把我引到这里来，给我提供线索让我回来。我在他的世界里，行走在他的轨道上。他的公寓、他的家庭，还有他的游戏。他对我了解多少？他能对我有多少掌控？（我研究过的那些访谈里的一句话浮现在我耳畔："布兰登，你为什么取了遥/控这个名字呢？"他跷着二郎腿，似笑非笑地答道："嗯，我在遥远的地方，控制着。"）

我从没有感到像过去的这一周那么自由。不再随波逐流，而是奋力迎着水流向前游，只有这样才能感到水从你的皮肤上滑过。不过那个眨眼表明我在布兰登想让我出现的时间和地点恰到好处地出现了。他在眨眼和黑屏前停顿的那一秒，好像他的牵引光束被锁定了似的，我知道那个眼神是给我看的，无比清晰准确，仿佛他直接说出了我的名字一样。我还在他的轨道上。

关于这样一个布兰登，我该怎么跟瑞说呢，这个过着清修生活的书呆子一样的隐者？我不想告诉她。更糟糕的是，他无比冷静地干了这一切。表面上看，布兰登起码是在毒瘾和魔法的指使下随风飘荡，因此她尚且可以把她的被抛弃归咎于外力使然；而眼前这个人，分明无比清醒。

他的残忍令我感到一阵厌恶。我不会告诉瑞，但我也不会撒谎。我倒回录像开头，想从录像带里找一些能给她的东西。可是什么都没有。他的日常生活跟我在特雷利克塔时一样纯洁：做的一切事都是为了工作。

我换了个思路。我倒回他们录制的那部分。接近一半时他们讨论了一次，四个人挤在一起，围着一张纸。最后布兰登在地上用粉笔草草写下很多和弦。从摄像头的角度看不清写的是什么，所以我回到音乐房去看看有没有什么痕迹留下来。在迪伊图表的右侧，一张边桌的下面，那些字迹还留着，有些模糊了，但还能认出来。是一段和弦：Am、G7大和弦、D和弦、D小和弦，和这些和弦并排写着一行字"清除历史"。在谷歌里搜索这句话，什么都搜不出来，只有一些网站教你如何覆盖上网的浏览痕迹。我把这句话放在引号里，加上"音乐"，这组关键词搜出来一个可供乐队上传歌曲的网站页面，这一页的艺术家叫"灰烬"。页面上有段时长三分钟的音乐，我在页面其他地方寻找附带的文字。什么都没找到：没有链接，没有评论，只有音乐。

我坐在桌前，望着肖迪奇满是灰尘的烟囱，拿筷子夹起泡姜片吃了起来。皮质的桌面上有四处凹陷：这是那个打字机曾经摆放的位置，我在录像里看到他用过的那个打字机。我打开抽屉，发现古老的樱桃木底下还藏着一个文件柜。顶层是几支钢笔和铅笔，底层抽屉大而空，放着那个打字机，里面还有一卷纸，有我胳膊那么粗。我把打字机连同纸卷和别的东西拿出来。它很沉，一股油墨和胶皮味儿。纸卷是一张纸，好几米都布满了工整的文字段落。我把它展开，铺在音乐室的地板上，找到了开头，上面用大写字母写着：巫女瑞。

B 面

清除历史

巫女瑞——第一幕

  对在酒吧里勾三搭四的绝佳时机，尚普拥有一套精准的行动方案：义无反顾的欢愉烈焰、费洛蒙，还有上涨的出租车费。这是构成他整个游戏人格的一部分：一个脏兮兮的破袋子，里面装满了在酒吧勾引女人的法宝，追求她们仿佛是他毫无乐趣的职业素养。他有一整套的时间表、策略、流程图，用于排列组合成各种包含不同勾搭话术和对话主题的方案。

  我无法理解他的投入。他长得英俊帅气，风度翩翩，脸皮很厚，这些品质加起来本来还不错，但是他偏偏不去把这些品质当成自己的竞争优势。就好像他唯一的真正目的是赢得搭讪艺术留言板上那些大师的尊敬一样，他经常大声读出那些留言。那些留言板跟任何一个人们聚集在一起的网上空间一样，充斥着各种数据、缩写、琐屑的争吵，还有一批固定的人像体育专家似的讨论着他们的各项衡量标准。

  我们在德累斯顿屋，一家洛杉矶的酒吧，在那儿，一对戴着配套假发的苍老枯瘦二人组拙劣地演奏着爵士经典曲目，观众是一些嬉皮士、曾经的泡吧常客和一些当地人。这个地方是那种要么会让人觉得太棒了、太时髦了，要么干脆差到被这座城市放弃评分的无数地方中的一个。如今它已经成为肌肉记忆了——某个奇妙的时刻，酒醉的步伐自动把你带到这儿来。这里又暗又吵，气氛也足够诡异，你可以平平淡淡地走进去，而不至于看起来很饥渴。

在酒吧里，尚普把注意力分散开，盯着两拨女孩子，而我则竭力不做他的"僚机"。我听一耳朵乐队唱歌，听一耳朵他说话，来回切换着。深情缠绵的爵士经典曲和他那尖刻挑刺儿的搭讪语言交织在一起，让我的欢乐慢慢下沉，变成了酩酊大醉。

香烟上的口红印

"穿这样一件外套，你很勇敢啊！"

买飞机票到浪漫的远方

"不过你这小体格真是棒极了。你很贪吃吗？"

我的心啊又插上了翅膀

"她那样对你们大家伙儿说话，你们不生气吗？"

所有这些蠢事都让你来到我心上

"是啊，你绝对应该搞个文身，你需要一些东西让自己变得有趣些。"

随着一股寒气侵袭酒吧，两个女孩走了进来，她们把夹克顶在头上遮雨。她俩一个金发，一个黑发，两人就像彼此的两极一样，如此互补，不像是偶然的巧合。左边那个是金发，懒洋洋地斜着嘴巴，有点儿婴儿肥，像刚来洛杉矶定居不久。可以看出她曾经尝试过把她那两道浓眉修成弯弯的形状。她朋友的衣着打扮是典型的加州哥特风，身高和她一样，长头发、短刘海儿、一身黑衣。她穿了一件 Clan of Xymox[1] 乐队的 T 恤，这个乐队即使在伦敦都鲜有人知。

---

[1] 组建于 1981 年的荷兰另类摇滚乐队。

我注意到金发女孩闪现出认出我的神色。不是那种一见钟情式的动物性化学反应，更像是从内部数据库里识别出了我——似乎她知道我的一些事，而我不知道她知道我什么事。

她们在酒吧最里边的座位坐了下来，为了不引起别人的注意，非常夸张地朝向里坐。尚普的头仿佛被一根线牵着似的，啪地转向她们。

他给我使了个眼色，就走过去站在她们中间了。我等着。在这样的夜晚，我离开他越远，待会儿打起来就越不容易被误伤。他坐在那个金发女孩旁边，问她叫什么名字。那就是瑞。

他的语气很盛气凌人。"雷[1]啊，像个男生一样，真是个大胆的选择。"

这就是他的"明褒实贬"：贬低的评论包裹在恭维的外衣下。他给我解释过很多次这里面的心理学原理。先贬低你，让你产生不安的感觉，进而极度需要被赞赏。我看到过这招奏效，但仅限于极其愚笨和颓废的女孩，而瑞脸上那一丝幽默的轻蔑，让我觉得尚普凶多吉少。

他又挥手示意我过去，我不情不愿地向她的朋友做了自我介绍，极力掩饰着自己的英国口音。很快我们就聊了起来——音乐、文身、电影，我同时还费劲地偷听尚普那边的对话。

如果不看讲话内容，我能听出他们谈话的节奏。尚普抛出一个尖刻的问题，瑞对上一个好笑的回答。他又试了一遍，她又把他顶回去了。一个出招，一个闪避。他们把约会变成了一项接触式运动。与此同时，我这边的女孩完全迷恋上了英国，对一些久已失传的、连英国哥特摇滚都已经放弃了的乐队赞不绝口：斯德哥尔摩怪兽（Stockholm

---

[1] 原文此处是 Ray，实际的名字是 Rae。

Monsters)、死罐舞（Dead Can Dance）、三月紫罗兰（March Violets）。另一边的尚普变本加厉，声音听上去更加刺耳，瑞的声音听起来也并不好笑。

黑发女孩又问我蝙蝠洞俱乐部开张的时候我有没有去。瑞则终于受够了。我不确定是尚普哪句包裹着恭维外衣的侮辱打破了平衡，她脸上的笑容消失了。她走到尚普跟前，仰视着他，抓起了他的手。

用大到足以让整个酒吧的人都听到的声音说："我现在就可以跟你回家，让你做一切你想做的肮脏的小动作，除非你能灵对灵、肉对肉地对我说一句简简单单、发自内心的话。"

她把手掌贴在他的胸脯上，长睫毛的眼睛忽闪着。

尚普惊呆了。她开始用手指倒数："3、2……"

"我……我爱你？"

就连黑发女孩都笑了。

尚普离开时头也没回，这在我看来意味着他不希望我跟过去。无论如何，我的名声现在可能已经无可挽回地被他的失败给败坏了；我对这两个人来说已经是无害的了。我跟黑发女孩聊天时，瑞一直看着我。

"我们以前见过。"她看着你的样子就好像她正透过一副眼镜审视着你。

"我也觉得你很眼熟。"其实并没有。她长得足够标致，我知道如果我们见过的话，我会把她藏在记忆中的某个地方。

"以前，在银湖举办的一场派对上。"

这种事时常发生。那场派对，毁了迪伦房子的那场派对，派对上有消防车、血红色泳池还有外地来的电视台工作人员——全洛杉矶有一半的人都参加了那场派对。就像性手枪乐队在自由贸易厅的那场演出一样：要是每个人都说自己"当时在那儿，千真万确"这样的话，那场派对可能得是在好莱坞露天剧场举办的才行。

"哦，那个派对啊。"我还是不记得她，"我做了什么不该做的，要向你道歉吗？"

"没有，你当时很贴心。有一点儿心不在焉。你看起来好像是专注着要把那个地方弄乱。我想你现在应该不在那儿了吧？"

"嗯，你知道的，混口饭吃而已。"我观察她的表情，确保她知道我在开玩笑；在美国的酒吧里聊天，刚认识就用讽刺的口吻是冒险之举。

"是啊，谁想惹麻烦呢，对吗？"

"没错。"

瑞有辆车，是一辆旧捷达，里面一股大麻和发胶的味道，后座堆满了吃剩的外带食物垃圾。我蜷着腿坐在后面，头发拂过车顶，从后视镜里看着她俩，像往常一样为女孩子们在一起时的那种愉快自在感到惊叹。这也给了我好好观察瑞的机会，侧面零星的霓虹灯光，照在她那指甲被咬得参差不齐的忙碌的双手上。她身上洋溢着健康的气息。再过一年，洛杉矶就会在她身上留下痕迹。她会瘦个几斤，头发会再亮一些，不会再毫无保留地放声大笑。但是现在，她活力四射。

她的朋友不断地挑起话头，维系着长久而无聊的对话——更像一种无意识的胡扯。瑞两次回头望着我，仿佛在说"很抱歉她这样"。

如今过了二十年，我还是不能叫出黑发女孩的真名，也不能说出当时我们的聊天内容,或者是路过了哪些地标性建筑,但我仍记得当时的音乐。瑞放了一张混合唱片,不论何时,不论我听到那张唱片里的哪首歌,我的记忆都会立刻闪回到那辆捷达车的后座。那张盘里有《盗窃被抓现场》,瑞和她的朋友嘶吼时,她美丽的脖颈在交通灯的映照下露了出来;还有《模仿天使》,是现在已经被遗忘了的某个洛杉矶的乐队演唱的,当时听来,那简直是人类有史以来录的最生机勃勃的歌曲(那以后我也听过,但没那么充满活力了——青年人的爱情对人判断力的摧残,比什么都厉害)。

后来我们驾上 110 公路的高架路段,整洁的住宅区在我们下方展开,等待降落在洛杉矶机场的飞机在空中闪着灯,破烂的空调让我们浸泡在灰尘和烟雾里,我的头发在每经过一个坑洼时都会蹭到车顶,《巫毒射线》[1]就在那时响起。瑞和黑发女孩在前面互相击了个掌,异口同声地喊出"主打歌",她们的肩膀耸起、落下,跳着某种只有她们两个才懂的车座舞蹈。直到如今,我每年都能听到那首歌三四回,每次听,当时的画面还是会立刻浮现在我的脑海中。洛杉矶郊外如水的灯光穿过昏暗的车窗,像拉斯维加斯一样俗艳,像伯纳格一样无聊。黑发女孩学着某种样子唱着,甩着刘海;瑞等待着"巫毒射线"的出现,带着害羞的笑容,伴着踩镲的节奏和公路的引力唱着。

我们把车停在黑发女孩替人照看的房子外面,等了几分钟,让那首歌放完。

房子很大,空荡荡的。一个泳池在户外灯光的照射下懒洋洋地散发着蒸汽,家具新得像是展厅里展示的那种。这里有一种奇怪的熟悉

---

[1] 《巫毒射线》(*Voodoo Ray*)是音乐人"一个叫杰拉德的家伙"(A Guy Called Gerald)在 1988 年录制的一首电音(house)单曲,曾火爆一时。因 Ray 与 Rae 发音相同,且这首歌在小说情节上与瑞有很大关联,故翻译为"巫女瑞"。

感：那是一种格外寡淡无味的加利福尼亚风格，虽然说不上来在哪儿见过，但是我已经见过上百次了。就像连锁酒店，地址不重要，理念才重要。仿古的假灯笼、烟熏色的玻璃、艺术类书籍。

夜幕降临，把我们紧紧包裹了起来。我把注意力转向了瑞。（主要是因为我对她感兴趣，还因为另一个女孩太让我受不了了。中间有一刻她特别严肃地说："你知道吗？非裔美国演员在扮演白人角色时必须全副武装，但是电视剧里那些吸血鬼角色都不是真的吸血的人演的啊。我还想说如果你不是真的喝血，就不应该被允许去演吸血鬼呢。我太适合去演《吸血鬼猎人巴菲》了！"）

她之后在卫生间里待的时间开始变长了，而且每次出来，都越发摇摇晃晃、神志不清。通常我都会很鄙视这种失礼行为——要是她能撑住，我们也许还可以聊聊，但我觉得实在太费劲了。我和瑞蜷缩在沙发里，鼻子对着鼻子，到了一种"没错，该发生的就要发生了"的阶段。

她有着一张随时要绽放微笑的脸，仿佛在祈求你向前一小步。我讲着故事，看看她的脸色如何变化。我正要提议我们换个地方，突然浴室里传出砰的一声闷响，一声清晰的"嗷"，然后是一片沉寂。

"你最好去看看，"我说道，"她可能没干好事。"

"她确实没干好事。"瑞大笑着，不过她还是过去看发生了什么情况，"哪儿也别去。"

她去了大概二十秒，然后从浴室里向我喊道："布兰登，能来搭把手吗？"

那个女孩坐在马桶上，闭着眼睛，穿戴整齐，不过身子歪向一边，额角磕在浴盆的水龙头上，一片血迹。这场面看上去让人很不舒服。

"我——天，"我小声说着，仿佛大声说话会吵醒她似的，"她吃什么了？"

"不知道，她只是稍微嗑了一点儿。"她翻着女孩的衣兜，"亲爱的？亲爱的？"

她试着晃了晃她。她头上的红色血迹和她脸上的白色化妆品形成了鲜明对比。

我费了一番功夫才把她拽到背上，瑞在她的手机里找着电话号码，想要找一个对这一带熟悉的人。

"该死！我不能在这个州开车，"她说，"你开得了美国车吗？"

我自打到洛杉矶就没开过车，不过当地的街道安静得骇人："应该能，我想。"

我想把女孩放到后座上，但是安全加高座椅再加上这个乱糟糟的场面根本不允许。"她得跟我坐前排了，骑着坐吧。"我说道。

瑞忍不住咯咯地笑起来："真是太狼狈了。"她把女孩绑到前面的座位上，把她的两条胳膊塞到安全带底下，然后自己吃力地爬到后面。她哭笑不得："我们要是现在被警察拦下，这可真是……"

我只敢慢慢开，要多慢有多慢。瑞在后面指路。我们转弯太快的话，那个女孩就会向我这边倒过来，所以瑞得向前探出身子把她摁在窗户上。光线从后面旋转着照进来，霓虹灯光这会儿冷了下来。我把音乐关掉，只剩下呼呼的风声，还有瑞急促的指挥。"到头左转。没有路口了，抱歉！"

一公里以外就可以看到医院了。炫目的白光点亮了城市的整个街区，停车场里一辆辆救护车挂着空挡。我正在纠结是把车停好还是就把她往医院门口一扔的时候，那姑娘有动静了。她发出像牛叫似的一声闷响,然后深深吐了口气,自己抵着窗户坐直了。窗玻璃上留下一块血污。她看了看我,又看了看瑞,然后下了车。

"我们这是在哪儿啊?"

我把车停进一个车位。

"在医院,你嗑嗨了。"

她看起来迷惑不解。她居然完全醒了而且也清醒了,简直不可思议。

"什么?!我没有嗑嗨,谁说我嗑嗨了?"她头发乱糟糟的,打了个巨大的哈欠,趔趄了一下。她用手在鼻子底下抹了一把,手上全是血。

瑞的声音从后座传来。"你在浴室晕倒了,我们还以为……"

"我这是发作性睡病,我告诉过你一百万次了。要是每次晕倒都去医院,那我永远都没法待在家里了。"

她摇摇头。"傻妞儿,你是电影看多了。"

我们把她送回了那座她替人照看的房子,让她躺在泳池边,帮她止住了鼻血。我们没有讨论接下来要干吗。瑞的房子在洛杉矶的另一端,一个小时的车程,途经关了门的商场,抽着薄荷香烟,听着赶时髦乐队[1]的歌。她住在润宁峡谷一条弯弯曲曲的街上,黑蒙蒙的,感觉像在战争时期一样。车子从洼地爬坡上去时,她关掉了音乐好听到郊狼的嚎叫。我们看到长着翅膀的生物轻快地掠过车灯的两道光柱。

---

[1] 赶时髦乐队(Depeche Mode),1980 年成立于英国的电子音乐乐队。

瑞承认那个女孩在她们第一次见面时提过发作性睡病的事,但是,"我觉得那只是她瞎编出来吸引别人注意力的,比如乳糖不耐受什么的——只不过是洛杉矶专属的胡扯出来的一件事。这里的人怎么就不能得一种他们没编进过电影里的病呢?"

我们坐在她家的门廊上,望着远处一小块亮光拍打着群山和海滩。起居室里放着快乐小分队[1]的歌,我神思恍惚:一个个骷髅在海浪里翻滚,着火的棕榈树。瑞站起身,一只手伸入沉沉的黑夜。她的手收回来时,手里攥着一个橘子,亮如炬火,她漫不经心地剥着橘子皮。橘子的气味在寂静中甜腻腻的。我到屋里去多拿一些烟,回来时她已经睡着了,像小猫一样蜷缩在木头台子上,一绺头发随着她的呼吸微微颤动,她嘴巴上还有未干的橘子汁水。

我让唱片一直放着,直到远处隆起的山脊在日出前变得灰白。空气中闪烁着微光,一个动着的东西吸引了我的目光:一只蜂鸟,时而直冲,时而盘旋。它在盆栽植物上方挨个盘旋,因为没找到任何感兴趣的东西,它最终盘旋在瑞脸上方的一小块"领空"上。它扇动翅膀发出的那种声音是你能想象到的最微小的声音:雪花飘落在地面上的声音,或是头发从胳膊上掠过的声音。它在半空中完美地保持着平衡,除了因扇动过快而变得模糊的翅膀,它身体的其他部位一动不动。它伸着脖子,好去够到瑞嘴角的一小滴橘子汁。这几个声音仿佛在比赛谁最小似的:瑞的呼吸声、翅膀的扇动声、远处的海浪声、远处的车声。

我屏住呼吸。蜂鸟的眼珠如钉头般大,它快速振动的翅膀仿佛是不存在的。

---

[1] 快乐小分队(Joy Division),1976 年于英国成立的摇滚乐队,虽然仅存在四年,但对后朋克运动影响巨大。

在那天之后,我再也没有真正回自己的家。

页面的空白处有四幅简洁的素描:一只飞动的蜂鸟,翅膀在不同弧度下被捕捉到的画面。翅膀的一部分被擦掉又重新画上,所以在清晰的身体线条的对比下,显得有些朦胧。

巫女瑞——第二幕

我一点点搬了过去,对瑞房间的缓慢攻占和渗透逐渐推进着我们的关系。我的书和她的书在书架上友好地会晤。某个夜晚她给我剪短头发后,我的头发出现在她的垃圾箱里。我的伏特加把她的冻豆子从冰箱里挤出来。我的变成了我们的。她的变成了我们的。

我的唱片在她的立体环绕音响里听着不太一样,因为有一边扬声器是坏的,这使得一些唱片的声音变得又干又柴,变成了一个我永远不会想跟着舞动起来的古怪版本。我的手指穿过她浓密的头发。她的香水蹭到我的领口。她团成一个小球的口香糖包装纸过了几天出现在我的牛仔裤口袋里。而那座房子,最终成了我们的房子,木质的墙壁、敞开的窗户,还有和大自然融合的方方面面,弄得好像是我们在峡谷里露营似的。鸡蛋花和蓝花楹的香味、橘树浓郁的香气、郊狼粪便发出的麝香苦味,还有鳄梨在树上烂掉的味道,所有这些味道与咖啡和烟草的味道混合叠加,营造出一个既不是室内也不是户外的环境。房子离香烟铺三公里,离加油站十几公里。到了晚上,比巴掌还大的蝴蝶趴在电视的荧光屏上。几根鳄梨树枝悠闲地垂在木台子上,我们把扬声器吊在上面，放着各种歌，从琼妮到朱迪，再从格拉姆到塔米[1]。早餐也在门廊上吃：卷饼配鲜榨橙汁。漫天的蓝色和橙色，鲜亮得像食物色素一样。除了这些，最最重要的是乍爱初欢那无止境的魔力，想要知晓对方的一切，想要触碰对方的过去，并扎根在那里。

一个接一个的夜晚，月华照耀，直到只剩下声音，讲述着过去的故事，向彼此倾诉着我们是谁，从哪里来。蝉、风铃、汽车轮胎轧过路面的声音：当我听到瑞的声音时，以上就是我脑海中出现的背景音。她那圆润的中西部口音，如凝脂一般，娓娓道来，她总是自顾自地大笑起来，深深地沉浸在一个愉快的旋涡里。每一个故事都催发了下一个故事，所有故事像连绵起伏的山脉一样，诉说着欢愉，直到我也进入到她的世界，迷失在她的树林里。我最喜欢她的那些小故事：她高中里寻常的一天，她父母看过的节目，她剪过的每个发型。

自那以后，外面的世界变得稀薄。然后就是接连几个月的试镜：瑞是模特，我是演员。我们开车走了好久，离开城市，走入大山，路过曼森的庄园和那些简陋的小房子，只为到达那座能看到马里布的海滩和太平洋在你眼前铺展开来的山顶。通常到了这种时候，收音机就会重新焕发生机。K歌日的时候，说唱电台会为一座卡通恐怖城市放卡通恐怖歌曲。瑞把脚跷在仪表板上给脚趾涂着指甲油，停车场里满是香烟和薄荷的味道。

能去的地方我们都去过了，大多数地方都拒绝了我们。表演起码是一门阐释的艺术。我可以——并且也一直是这么干的——辩称我之所以被拒绝是因为选角导演压根儿不懂我的表演张力。瑞的模特事业倒是更简单粗暴一些。驱车几十公里，站在一位导演面前，他不情

---

[1] 分别指的是歌手琼妮·米切尔（Joni Mitchell）、朱迪·希尔（Judee Sill）、格拉姆·帕森斯（Gram Parsons）、塔米·威内特（Tammy Wynette）。

不愿地从黑莓手机上抬起头来,直勾勾地盯着你,只看一眼,惊人短暂的一眼,绝对比你在餐馆剥一个龙虾的时间还要短,然后摇摇头,意思是"不行,你肯定不是一个大家都愿意花钱来看的人",于是你又开车二十多公里,穿越各种咆哮和嘲讽,回到洋溢着温情的峡谷,努力做到不把它放在心上。

回到峡谷的世界,那里有我们的二人军团。还有军团的战歌和标志,有神圣的经书还有圣地。两个人相拥着蜷缩在吊床里,我听着"瑞的一千零一夜"逐渐展开,最小的时间单位就是唱片的一面。我不看报纸也不看新闻,所以我不能告诉你外面的世界正在发生着什么,但我确切地知道瑞在她父亲发现之前往他的伏特加里兑了几次水(答案是"八次"),还有她和卡莉·詹姆森的"你最想和他上床的人"绝密名单上谁位列第三,这个名单她们本应该早就烧掉的,但是卡莉却把它拿到班上传给每个人看(答案是"亨利·温克勒[1]")。

那是一种不断的小挫败和偶尔的大收获组成的生活。找到工作了,我们用香槟来庆祝,其余时间是香烟和咖啡。当我从《洛杉矶周报》里读到我的同胞们参演了《脱衣舞俱乐部》这部戏时,嫉妒刺痛了我。他们中有几个已经达到了"逃逸速度":果浆乐队[2]在罗克西剧院演出了,Lush 乐队[3]也在洛拉帕卢扎摇滚音乐节上出尽风头,迪伦则上了《今夜秀》。

---

1 亨利·温克勒(Henry Winkler),1945 年出生于美国,演员、制片人,曾两获金球奖最佳男主角的奖项。
2 果浆乐队(Pulp),1978 年成立的英国摇滚乐队。
3 Lush,1987 年成立的摇滚乐队,来自英国著名的独立唱片公司 4AD。

我的陋习是酗酒、玩女人、嗑药；瑞是在商场里行窃还有参加房屋开放日。她太热衷于房屋开放日了。周末，我们会躺着不起床，听歌、吃东西；听歌、做爱；听歌、读书……直到她实在抵抗不了房屋开放日对她的强烈吸引力。她会变得焦躁不安，穿上周日的专属装束：20世纪50年代的背心太阳裙、二手店淘来的太阳镜、高跟鞋、塑料做的首饰，然后我们钻进那辆捷达，她把脚搭在仪表板上，一只手拿着一份折叠起来的《洛杉矶时报》，另一只手拿着用来圈圈画画的铅笔。

我们会开好几个小时的车，她那双机敏的眼睛盯上哪儿了我们就到哪儿。我们看到棕榈泉市错落有致的房屋，人们一直猜测弗兰克·辛纳屈[1]在里面住过。我们去了四十层的韩国城肮脏小地方，也去了长滩小小的船屋里（小到屋主只能等在外面）。我们总是把捷达车停在一个街区以外，好掩藏它窗户上挂着的垃圾袋还有磨损的保险杠。瑞对着车侧面的后视镜涂口红，准备摆出她最高傲的脸。整个访问过程中她都保持高度紧张，仔细查看每个地方的每个角落，仿佛她是个摄像头。凭着她那女性特有的敏感雷达，从浴室柜子里的物品或者冰箱上的字条，她就能推知房主的全部生活。我会被留下和经纪人闲聊，趁着他们试图要搞清楚我们脏兮兮、破破烂烂的旧行头是真的穷还是某种新型的高科技玩意儿，瑞睁着她那机警的灰眼睛，把每张桌上的所有东西扫荡一空。我把这个差事当成磨炼演技，每次旅途都换一个新的角色，关于我们的经济状况，我编了很多自相矛盾的提示，只是为了找点儿事做。

于是，在我们同居一年半以后，我们深入到拉斯维加斯南部的沙

---

[1] 弗兰克·辛纳屈（Frank Sinatra, 1915—1998），美国歌手、演员。他在音乐方面创造了无数的畅销单曲、专辑，得奖记录不胜枚举。

漠,我想那里能有一个人买走我从迪伦家里拿出来的保留到现在的最后一件东西,一把严重损毁的1966年产的芬达P贝斯,还有原装琴盒。瑞也跟我一起,所以当我看到一个牌子上写着"富丽宫房地产——房屋开放日"时,我没作声。我还以为她没看见,只见她探过身子,打开转向信号灯。

"别开这么快啊。往返十小时?我得去看看。"

那是一条僻静的蜿蜒小路,两旁热烘烘的地上长满了灌木丛,只是不时出现一个满是枪眼的路牌,或是被撞死的已经分辨不出是什么动物的尸体。车里断电了,所以我们开着窗户,任由外面尘土飞扬的沙漠空气飘进来。仙人掌在岩石表面投下阴影,这里是走鹃的领地。

山谷里的风景异常美丽,大片平坦开阔的空地深深镶嵌进山间,看起来就像干枯的稻田。这是大自然粗犷的鬼斧神工,以它的贫瘠让一切变得异常陌生。

"他们貌似要在这里建更多的房子,对吗?"瑞边化妆——20世纪60年代的黑眼影、红嘴唇——边说,"这是一座现代荒城。"

道路穿过一片片平地,就像在勾勒一幅地图的轮廓:一条条小路和交通系统只是土地里的线条。只有一块平地被占用。一条漫天灰尘的小巷里,几座仿西班牙式的低矮平房,干涸的泳池里长满了干枯的蒿类灌木,敞开的窗户暴露在风吹日晒雨淋中。

丝毫没有住人的迹象。一切都死气沉沉的。我们关车门的声音就像枪响一样。

瑞喊了一声:"您好,有人吗?"声音回荡在半空中,突然,里面不知道哪儿有一扇门开了。

守门人是个瘦瘦高高、四肢细长的孩子,行动迟缓,略显木讷。他中分的八字胡完完全全是 1973 年旧金山嬉皮区的样式，他的 AJ 鞋子和耐克无边帽都是即将过时的 20 世纪 90 年代的东西，而他的格子衬衫则是经典的颓废风；他整个人看起来就像个废旧衣物回收站。

他用脚把门踢上时，我们看到了他屋里的样子。全部的家具就是一张充气床和一座钟。他一边说话，一边捻着胡子。

"你们没看出那个标牌破破烂烂的吗？我们已经好几个月没办开放日了。我该把那个牌子摘了。"

他说话节奏很慢，像是神志恍惚或者有一段时间没听过自己的说话声似的，也可能两者都有。

"好几年前就停建了。本来计划开五百家。有大型健身房、小超市，可能还会有加油站呢。"他漫不经心地朝着仿佛被削平的山顶那边挥了挥手，"高端社区。"

他上下打量了我们一番。"就算建成了，也不能保证这里就适合你们。无意冒犯。"

尽管如此，他似乎觉得还是应该让我们去转一圈。我们默不作声地沿着主路走着，碎石柏油路面反射着滚滚热浪。整栋房子看起来像一副被剔得干干净净的骨架，没有玻璃的窗户是它空洞的眼窝，敞开的车库大门是对着荒漠大张着的嘴。

我们随机走进一间屋子，那孩子在外面等着，弄得像我们要说一些悄悄话似的。那些被泥土覆盖着的硬邦邦的陶土瓦片把我的思绪带回迪伦的房子。我们在房子内走动的过程中一直没有说话，只有不停呼啸的风发出唯一的响动。窗框和外面的峡谷构成了一幅西部电影里的画面。一公里又一公里不断升高的地面，像一座带有道路和花园轮廓的如今已不复存在的金字形神塔。这个中心地带非常高，高到向下望能俯视远处的小鸟乘着上升的热气流飞翔。瑞感到厌烦了。没有人，这个地方对她来说就是死的。她推开厨房门，立刻向后退。有一道白光闪过，瑞的手放在嘴上。是一只黑尾鹿，受到惊吓后迅速从开着的窗户跳出去逃走了。我们看着它蹿出老远，然后沿着山路轻盈地走着，啃着灌木丛。

后来我们正准备开车离开的时候——在太阳底下暴晒了半小时，车里简直就是一个干燥箱——那孩子又跑了回来。他对着车窗开始说唱，意识到窗户是开着的，他做了个鬼脸。

瑞把车熄了，他那张长脸慢慢地堵住了车窗："我想你们不会是在找工作吧？"

这个地方有一幅素描，画得很粗糙，黑色的铅笔笔迹被擦得有些模糊了。三个人戴着我第一天来到这里时见到的那种头饰。他们围着一个什么东西站着，那个东西用粗糙的交叉阴影线画成，画得很用力，几乎要把纸划烂了。看起来像是一堆破抹布，又或者是一个鸦巢。三个人都低着头，最右侧的人手上拎着一把猎枪，枪的线条被描得很重。

巫女瑞——第三幕

我们搬到那里之后，一切都变了。瑞一边在餐馆当服务生，一边在托尼·巴西尔职业发展学院的远程课堂攻读恐怖片和科幻片化妆专业学位。下夜班回到家，看到一群咯咯直乐的僵尸为了防止伤口脱落在用吸管喝着早餐果汁，这对我来说已经是家常便饭了。我在蓝调酒廊的星光车队里假扮了六星期约翰·列侬,那是一个假的披头士乐队;另外三个是嗑药成瘾的拉斯维加斯人,脸上敷了厚厚的粉,以掩饰他们的拉美面貌特征。他们在后台一集接一集地看着《托马斯和朋友》,练习着利物浦口音。摸清了拉斯维加斯的风向后,我和瑞在赌台管理员学校报了名,学习如何发牌,这样才能有可观的小费。那年冬天我们毕业了,在温彻斯特假日酒店专门腾出来的棋牌室里,我们拿到了复印版的毕业证书。全班只有一个学位帽,我们传来传去,轮流戴着它隆重拍照,然后得到我们的毕业奖励:价值一百美元的薯条和能够免费兑换三杯玛格丽特酒的代金券。

我们从在那些没什么名气的脱衣舞赌场上轮班开始。我很享受这件事。拉斯维加斯白噪声的刺激:投币机、东拉西扯的闲聊还有赌盘转动的声音,像一支永不谢幕的交响乐团。那是一种纯粹的期盼。人们像绷紧了的吉他弦,随着全场紧张的气氛颤动着。

真正的赌徒令我着迷。不是那些说着"下注永远不要超过你能输得起的范围"的人。那不是赌博。只投入你能担负得起的赌注那是投资,或者如果你非常有钱,那只是消磨时间。在我转动轮盘时,一个得州人在角落的数字上押了五万美元赌注,然后屋子那头什么东西吸引了他的眼球,他连指针都忘了看。指针指向了三十四号,我得找个人把他赶下去,连同他的四十万。像我说的,只是打发时间而已。我真是搞不懂那些人,在拉斯维加斯这样一座毫无道德准则的城市,五万美元可以做一些极其有趣的事情,所以为什么要浪费时间和这些乡巴佬待在一起?赌博,真正的赌博就意味着冒险。它意味着输掉一切的风险、倾家荡产的风险。这才是赌博让人着迷的原因,因为不论输赢,它都可能改变人的命运。

身处在这个地球上最易倏忽变化的城市里,在无数个炎热的清晨、冷冽的夜晚，在被百万只蝉和亿万点繁星的环绕之下，我感到无比的安适。时间仿佛静止，万物陷入虚空，躺在平坦的屋顶上，放慢呼吸，你会真实地看到漫天繁星笼罩着你，在你周身旋转。

每个周末，我和瑞都会从赌场酒店骗取或"借用"一些战利品：几乎全新的小冰箱、去年才生产的纯平电视机、色情的雕塑、烧木炭的火盆、价值一千美元的浴袍、高尔夫球车、监听设备、警棍、铂傲唱片架，还有卷寿司的帘子套装。捷达车的后备厢总是被塞得满满当当的，每周一早晨我们开车回家时，它在后轴上都会被压得发出可怕的异响。我们过得挥金如土，却像流浪者一样：要么极尽奢华，要么一贫如洗，从来没有中间状态。生活就应该是这样的。

就是在当时那样的一个世界，我儿子降生了。他出生证明里的出生地那一栏写着：内华达州沃克瓦保护区。严格来讲，整片区域地处美国原住民地区，它是20世纪40年代给予派尤特部落的众多土地中的一块，那些土地干旱贫瘠、寸草不生，在烈日的烧灼下干涸开裂。那时候，哪怕只是产生过想到那儿去生活的想法，都会让人笑掉大牙。后来拉斯维加斯繁荣发展起来了，房地产经纪人们又回来把派尤特人再一次从这片土地上清除出去：真正的印第安给予者。这一次，耗费了他们大量的慈善捐款，还有一个"遗产工程"，即这片土地上的一切都有一个印第安名字（入口处的地图上竟然还列出了一个温尼马卡高尔夫球场，甚至还有一个纽玛部落文化中心）。所以严格意义上讲，罗宾是一个派尤特部落人，我想不出还有哪个国籍能有更差的待遇了。

他出生在马德雷山脚下，沐浴在沉静的月光和漫天繁星里，比预产期早了一个星期，当时我正在古老的亚特兰蒂斯赌场忙着给一桌"二十一点"发牌。亚特兰蒂斯是挤在加州和内华达州之间众多原始赌场中的一家。脱衣舞赌场里的那些花里胡哨的东西，它一律没有：没有自助餐，没有女招待，没有靠大人物在大堂里赌博来揽客。如果你从南边来，它不过是你遇到的第一个能赌博的地方，所以它的客户群是整个州最令人沮丧的。如果你连四十分钟到真正的拉斯维加斯的车程都等不了，那就是你的问题了。

他们还有一个"不准带手机"的规定，所以那天晚上瑞的所有消息都只能在被我锁在储物柜里的夹克衫的口袋里焦躁不安。那些消息开始时还只是微微的担忧（"我感觉有点儿异样，但说不好是不是因为要生了"），后来担忧极速升级（"你能回来吗？我觉得我应该就是快生了"），到了最后干脆只能勉强读懂（"你丫快回"）。

后来我到外面休息，想在星空下跟那些公交司机抽根烟，赌场的同事才找到我——瑞绝望之下给他打了电话。

我到家时已经太迟了。瑞四仰八叉躺在儿童嬉水池里，她的身体在卤素灯刺眼的灯光下闪闪发亮，她的双手紧紧抓着泳池边缘的胶皮把手，双腿间一道红色蜿蜒开来。

她看起来疲惫不堪，仿佛溺水了。她对我说了她成为母亲后的第一句话："你上哪儿去了？我打了几个小时电话。"

她被汗水和池水弄得湿漉漉的，被水面放大的胸部随着水波浮动着。光线照在水面上，她的身体在光线折射下仿佛在游动。她的手很小很烫。

"入场不让带手机，记得吗？要不是加里看到五十个未接来电的提示，我现在还在那儿呢。"

我四处看看："我们没少什么人吧？"

"科莉抱着他呢。他有点儿脏兮兮的。"她拧干头发，"健康倒是健康，但是脏兮兮的。"

科莉此刻是她的"智囊团"。她是一个有着四分之一印第安血统的脱衣舞娘兼经纪人，是瑞在全食超市打工时交的朋友。她的名字，她俩都觉得没什么,只有我觉得很滑稽。

"科——莉?"她喊了一声,科莉从房子里出来了,怀里抱着一个极小极小的小包裹。

"我看看这是哪个贤惠的女子?"我说道。

一小时后,红色的血水汩汩流入下水道,科莉摩托车嗡嗡的轰鸣声在空气中回荡,我终于能好好看看他了。罗宾·阿图罗·库斯加藤。他被包裹着,瑞抱着他,仿佛恺撒在他的宫殿里一样,她的双腿盘着,在昏暗的星光下,疲惫的身躯裹在湿透了的酒店浴袍里。罗宾在她的怀抱里,小小的,缩成一团——他的头好像只有一个拳头或一颗核桃那么大。他们两个因为血缘与爱的滋润,脸上红扑扑的。他们的脸庞彼此相对,瑞一脸困倦但仍保持警惕,罗宾则双眼紧闭,抗拒着这个世界的凌辱。

罗宾·阿图罗·库斯加藤,一个既古老又新鲜的物种,像一个胖胖的逗号蜷缩在瑞的大腿上。瑞自己呢,满脸汗渍,蓬头垢面,本身就像一个孤儿抱着玩具一样,这令他怀里的罗宾·阿图罗·库斯加藤更小了:小成了一粒种子,一个意念。

我看着他们两张面孔间美好的、充满希望的感情牵绊,彼此相连,像地球和月亮,像海水和天空,又像圣母玛利亚和孩子。但是玛丽亚和她的孩子永远不可能出现在这样的背景中:荒凉的屋子,仅仅存在于地图上的城镇,灰扑扑的道路,笼罩在点点寒星闪烁的漆黑深夜里。

要不是灯光照得我不自在,我能一直这样盯着他们看下去——瑞眨着灰色眼睛的慢动作,罗宾的小拳头握紧又展开。直到你抬头仰望闪烁的银河,才发现夜色已经悄无声息地变得浓郁深沉,曙光在山间清新自然的空气中初现。然后在那无尽的远方,你能看到一轮黑色使月亮和星星暗淡下来。三个影子懒洋洋地扫过天空,轻轻一挥翅膀,让所有的星河、星云都黯然无光:三个投在天鹅绒上的影子,三只安安静静的秃鹫。

凌晨五点左右,瑞终于睡着了,罗宾缩在她怀抱里,皮肉挨着皮肉。他们的脸,尽管都各自沉入深深的睡眠,仍在彼此发射着信号,像两个卫星天线不断地联络着:我在这儿我在这儿我在这儿。我一边抽烟,一边看着那几只秃鹫盘旋着,这时太阳把大地从黑暗中解救了出来。

这里有一幅画,几乎占了纸上三十厘米的长度。他从纸底部剪了三张纸片,每一块都粗略剪成一只鸟伸展着翅膀的形状。然后他把这几张纸片放在纸上,把钢笔里的墨水甩在上面。纸面上布满了成百上千的墨水点儿,像血溅上去了一样。然后他把纸片拿开,密密麻麻的墨水点儿间出现了三个完美的空白剪影。

巫女瑞——第四幕

罗宾这孩子,打在娘胎里时就很幸运。众星捧月一般。秃鹫之子,印第安裔,沙漠王国的王子。他生来就自带扣人心弦的故事,因为他出生在一个价值百万美元的"电影布景"中。他得到了我的家庭从未给过我的祝福:糟糕的父母、糟糕的工作,还有处在一个糟糕世界边缘的糟糕的房子。还能有哪个孩子如此幸运呢？那些尚在人世的艺术家，哪个不是抽着烟，奋力从某种家庭废墟中爬出来的？

这种生活是一份源源不断的礼物。日常生活中的那些戏剧性的场面、冲突和异常塑造了他幼小的心灵。来带他的保姆和奶妈来来回回都是一些在拉斯维加斯暂时无家可归的人，他们是这座城市野蛮的零工经济下的难民，试图东山再起（或者破釜沉舟再拼一把）。有的人是往来于赌场间的赌台管理员，他们边吃早饭边无休止地练习着猜大小，就连坐在高高的儿童椅里的罗宾都学会了"三多二少"。我们雇来饱受重复性劳损困扰的脱衣舞娘，她们紧实的乳房吸不出乳汁，让罗宾沮丧地呜呜直哭。在车站被皮条客当诱饵的不谙世事的小姑娘，睁着无助的大眼睛，像小鸟一样，睡在我们的床尾，在噩梦中哭喊着，直到瑞把她们赶到罗宾的婴儿床旁去睡一切才好转。带着热带大蜥蜴的塔罗牌预言家、记牌员、耍蛇人。有哪个男孩不想在这些奇奇怪怪表演的陪伴下长大？

再说说沙漠吧。它古老且节奏缓慢。在一个仙人掌可能七年才开一次花、十年不下雨的地方，一个小时、一天、一星期算得了什么呢？我们白天待在屋顶上，在那儿起码能感受一下微风，用酒店偷来的床单在外面搭帐篷，看书，听着永远听不完的唱片。杂志、香烟、宝石镶嵌的天空，完美无瑕，平平淡淡。影子缩短、消失、拉长。罗宾就是我们唯一的时钟。

他刚一能站起来，就开始骑着一辆对他来说太大了的笨重金属三轮车探索外面的世界了。那辆车是瑞从亨德森市一个令人感到心酸的车库旧货摊买回来的，那里还卖结婚戒指、没拆包装的婴儿衣服，还有男式女式的高尔夫球袋。我们在屋顶上看着罗宾在下面猛踩脚踏车，他的消防员头盔随着他用力的频率起起伏伏。他会沿着主路骑行，路面滚烫，有时甚至能闻到三轮车车胎烤化的味道，一直骑到大门口，继续往前，一直骑到远处那个高尔夫球场假定的边缘。

只要从屋顶上看不到他了，瑞就变得很紧张，于是我给他赶制了一个小拖车。里面放了一瓶大约四升的水，一个无线电对讲机，还有一个音箱。一旦离开我们的视线，他就会按下音箱上的播放键，这样即使他骑到隐蔽的地方，我们也可以了解他的行踪。音乐从最西边传来，通过废弃的排水管，传到访客停车场。我给他做了一盘又一盘混合磁带，但唯一真正引起他的注意的是一张英格兰中部摇滚精选集，绝大多数都是黑色安息日和深紫[1]这两个乐队的歌。他频繁地播放这盘磁带，以至于我光听音乐就能精准定位出他到哪儿了。如果音乐放到奥兹[2]因为他女朋友不能帮助他思考而跟她分手了，那么这时罗宾正在穿过胡尼普舞厅；如果放的是黑色贝蒂有了一个无法无天的孩子[3]，那说明罗宾正在餐饮区附近。而且在罗宾头顶上方几公里的地方，总有三只秃鹫像一个私人的气象系统似的不停地盘旋，它们懒洋洋的但很警觉，似乎相信任何那么小的东西肯定很快就会死的。但是罗宾一直缓缓地往前骑着，它们也就一直那么耐心地在上空盘旋着。

罗宾从来不出汗，也不会晒黑，就好像他本来就属于外面的某个地方，也许是阴差阳错的原住民出身保护着他免遭环境的侵害吧。不过瑞还是很担心。他从外面疯跑回来，就会变得像有强迫症一样，而且精神恍惚、战战兢兢。他会在正做着什么事的中途突然停下来，陷入沉思，或者一句话说一半，另一半卡在嘴里出不来，手上无力地拿

---

[1] 黑色安息日（Sabbath）和深紫（Deep Purple）都是成立于1968年的英国重金属摇滚乐队。
[2] 奥兹·奥斯本（Ozzy Osbourne），黑色安息日乐队的主唱。
[3] 源自摇滚乐队 Ram Jam 创作的歌曲《黑色贝蒂》（*Black Betty*）中的一句歌词。

着一块三明治。但是如果她尝试让他待在家里,他会使劲闹脾气,愤怒地大吵大闹,毁坏家具,气得脸涨得通红、满脸泪痕、气喘吁吁,直到瑞先软下来。

我开始把更多的时间投入工作。扑克热潮已经到达了顶峰,如今得州扑克牌的发牌员已经供过于求了。瑞也开始恢复工作。有时候我们会在同一间屋子里工作,把罗宾丢给数不清的各色糖果、玩具和动画片去照料。他出去骑车的时间也变长了,在家时他变得越发安静。你要是问他一个问题,他会转头茫然地看看你,然后过了几个小时才回答,有时甚至要上床睡觉了才回答。他会穿着睡衣,踮着脚走过来说"是齐柏林飞艇,爸爸"或者"有四十二个"。

从哪天开始,我们的关系——这头之前一直勇往直前的鲨鱼——开始打转、放慢了速度?毫无疑问,一定是在沙漠里的某一天。到拉斯维加斯之前,和瑞度过的每一天都是独一无二的。就算是那些躺在床上听着音乐的日子,于我也像每一个独立的人一样,每一天都不一样。但是在沙漠里,时间如影子般被拖长了。你的生物钟慢下来了。在正午的热浪中,说一个词语都要一小时,把椅子搬到阴凉处仿佛都要花上一天的工夫似的。

我想对瑞来说,在那里的每一天都被罗宾的生命点亮了;他身上任何一点儿细微的变化都会令她感慨万分。记得罗宾第一次磨破了膝盖,她足足哭了一个小时,但对我来说,这些变化都太慢、太按部就班了,不足以打破这岁月的因笼。朋友的朋友来借宿,然后没打招呼就消失不见了,漏气的充气床垫上留下各种莫名其妙的废弃物品:保龄球奖杯、情趣玩具、乳牙。一天晚上,我工作的牌桌来了一个大赌客,在等待席琳·迪翁表演的时间里豪掷了一百万。第二天,一个大学生因为输了五十美元而在座位上抹眼泪。瑞的时尚杂志,只在屋顶晒了一天就变黄了——简直是当代的遗迹。这些杂志每期封面上的篇章标题看起来都一模一样：《如何获得欲仙欲死的快感》《时下什么发型最性感》《爱自己吧，这样他也会爱你的》。

瑞提议搬到一个更有利于罗宾成长的地方去，比如山区：亚伯达、丹佛。而我想留下来。我们的二人小世界至此有了一道最细小的裂痕。

周末越来越长，越来越糟糕的周末。尚普在墨西哥经历了一些没具体透露的问题后回来了，所以我陪着他在他无序的规则下度过了漫长的几天。没有计划，没有行李，只是找了个地方见面，在旧金山的艾迪和拉金家道路的拐角，刷着尚普偷来的一张信用卡。我们随便走进一家酒吧，随便走进一家商店，只是聊天。假定每一个人——不管多么前途暗淡——都是接下来四十八小时的关键。多说一些"同意"。免费上西班牙语课，"同意"。说"同意"，你就会得到拯救，你就会见证国王的荣耀。去参加一场青少年家庭聚会，在那儿你得给四百个人买啤酒和香烟，"同意"。你是个出租车司机，载着四个穿西服的醉汉去奥克兰"见老乡"，"同意"。警察列队，"同意"。到一个三层的楼房里去腐败堕落，哪怕你邀请来的人衣服前面口袋里有一个枪形的凸起，一条胳膊上有轨道标记，"同意"。要让"同意"成为初衷，而不是妥协。这些不是丢失了的周末，它们只是隐藏起来的周末——甚至在发生时就被埋藏起来了。我们像是暴风雪之夜的扫雪机，我知道这些夜晚终将会以闪回的方式重现：镜子、文身、酒吧的灯光。每周工作日里和瑞还有罗宾待在一起，是把蓄水池填满，一吨又一吨黑色的死水。到了周五，这些水就涌到坝口，见到尚普的那一刹那，我就把堤坝上的砖块移走。

后来罗宾开始生病：发烧、出冷汗、梦游、打战。你会发现他做事做了一半突然僵住，就好像突然忘了怎么动似的，他的皮肤会变得湿漉漉的。我总是在一些稀奇古怪的地方找到他：屋顶、地下室，各种黑暗的角落。我们带他去拉斯维加斯看了三次医生，每次我们从车里稀少的空气中出来，他就立刻焕发生机——脸颊也红润了起来，眼睛炯炯有神，又喋喋不休起来。在候诊室时，他容光焕发、眼神机敏，欢蹦乱跳地冲向体检台，就好像那是一场生日的款待。做检查花的钱，比我买第一辆车时花的钱还要多，但所有这些检查，统统都写着：无异常、无异常、无异常。可回家的路上，他脸上的血色又仿佛被吸走了，蔫蔫地瘫在座位上。

沙漠里没有网络，所以瑞从典当铺里买来厚厚一大摞《医学百科》，这些书年代久远，里面甚至收有"歇斯底里症"这种词条。他的症状提示为水肿、忧郁，他可能得了疟疾，还有容易昏厥的病。科莉不断地焚烧着苞菊和滨藜，他的屋子里弥漫着生病的刺鼻味道。

我和瑞开始更频繁地倒班了，把罗宾扔到科莉家。他简直乐开了花，冰激凌吃个够，垃圾电视看个够，然后回家路上又蔫头耷脑的了。

如今瑞每天都在说我们该走了，得上洛杉矶或者山区找个地方，但那感觉像是在逃避。我喜欢我们过去的生活，那种生活很粗放，充满不确定性，而拉斯维加斯会撵走一拨又一拨永无止境的房客。每一个我遇到的人都深陷绝望，快被折磨疯了，同时易受操纵，伤心欲绝。

罗宾流鼻血了、罗宾偏头痛了。他的头发摸起来像漂白棉，眼睛总是红红的。有几天晚上情况很糟，他挣扎着，说着胡话，把床单抓出破洞来，那几只秃鹫绕着更大的圈子，低低地盘旋着，像洛杉矶机场上空的等待航线一样，在天空中自成一个交通系统。我跟瑞争吵不断,从为小事争吵演变为事事都要吵。

门厅开始放上了旅行箱。瑞的电话里开始出现新的联系人。车子总是加满了油。

罗宾,瑞:他们走出了那个地方。

第八章

我无法想象罗宾在沙漠里的情景，也根本无法想象他是美国原住民，就算只是程序意义上的。他的一切，从那苍白、极易脸红的皮肤，到那一刻都不得闲的灵巧双手，无不展现出一个典型的英国小孩的特征。他在学校里是那种滔滔不绝地讲述前一晚《神秘博士》和飞机模型的人。他长大会成为一个爱幻想、略显笨拙且有着古怪兴趣爱好的人。我知道他脑子里的想法。我能感受到哪些想法才能勾起他的兴趣。

我拿出《翁布里奇之书》写了起来。故事从笔尖流淌出来，文思泉涌付诸笔端。一切都写好后，我开始盼着他们俩醒来，但是屏幕里一动不动。我下楼去吃了个早饭，整理了房间。还是没动静。

我为那天读的东西而烦恼。我不想听到布兰登和瑞共度的好时光，即便那已经是多年以前的事了。我希望我的哥哥他是单一的、讨厌的、已经死掉了的存在。

一直到中午，我才看见那边有了点动静：瑞穿了一件长袍，头发湿漉漉地耷拉在脸上。她挥了下手，不出声地打了个招呼，一根手指放在嘴唇上，然后手指在键盘上噼里啪啦地敲了起来——她得出去一趟，但是罗宾马上就下来了。我想听一听她的声音，哪怕只是一小会儿。我发消息告诉她我有东西要给罗宾看。

她走后，我冲了杯咖啡。他们那边从厨房窗户外照进来的光在墙上一寸寸移动着，像日暮一样。我让自己看上去精神了一些，然后等着。在他们住处的某个角落，一个时钟在嘀嗒作响。终于，罗宾出现在了屏幕里，他的胳膊晃动得太快，以至于镜头都模糊了。

"早上好，爸爸。妈妈说你有东西要给我，是什么啊？是什么东西啊？"

我打开《翁布里奇之书》，罗宾盘腿坐好，双手放在膝盖上，离屏幕只有几厘米。他吃着麦片，发出很大的声响。

"有一个宝座，"我开始讲了，"由象牙雕刻而成，它位于山上的一座叫'弃园'的废弃建筑里。那里杂草丛生，有一年新年，山谷里的几个孩子彼此壮胆要上去探索一番。路上要好几个小时，但他们毫不在乎。那是成长过程中万千个无聊日子中的一天，反正回家路上也不会有好玩儿的事发生。"

内窥镜已经放好，在距离山顶几厘米的地方，我把它的开关打开。一条土路穿过布满了大石头的景观，唯一的植物也已经干枯发黑。我把内窥镜的线伸展开，沿着山路一路向上，直到一座破败不堪的高塔的塔顶映入眼帘。

"他们一到达山顶，立刻开始了探险活动。大自然充分地占据了这座建筑。藤蔓从岩石间的缝隙里拼命钻出，并开始向地面和墙面蔓延。"

我把镜头对准一个我一直很引以为傲的地方：我在一排巴尔沙木块上种下种子。如今，那些木块上长满了虬结交错的根系，这些根系让它们扭曲且脱离了地面。

"他们进去后，发现一只獾的小幼崽正在宝座上睡觉。他们走近前去瞧，看着它那小小的肋腔上下起伏，但是没有弄醒它。那天晚上，其中一个男孩把他们白天的所见告诉了他的父亲，一个牧师。嗯，我告诉过你吧，翁布里奇人有多么热衷于预言。"罗宾使劲儿点头，勺子塞在嘴里。"于是牧师当即宣布，接下来的这一年十二个月将会是獾年。人们做的每一件事，每一个决定，都应当先加上一层'獾滤镜'，如果有这么个词儿的话。"

"獾化。"罗宾轻声说道。

"獾化，没错。所以，每当他们不知道该怎么办时，他们就会援引獾的特质：坚韧、耐心、独立。此后每年他们都会派一个孩子上去看看宝座上有没有动物。"

"那有吗？"

"通常都有。如果有必要，那个孩子还会在上面扎营等个几天。哪怕一只蝴蝶落到宝座上，只停留了一瞬，这样也算。蝶年，确实是比较奇怪的年份。不过还有几年……"

我又把书翻开："大约二十年前，一只动物都没有，所以大家延续了蜥蜴年。最近这些年，我们已经度过了整整三年的乌鸦年。"

"乌鸦年是什么样的啊？"

我从书里读道："巧干胜于苦干，崇尚美好，憎恶浪费。"我知道不是所有那些话他都能理解，但是意义并不总是一个故事最重要的部分。

"那今年呢？"

"我也正琢磨呢。今天是翁布里奇的新年。我想着你应该去那儿看看有没有什么东西。"

他愣住了，勺子停在半空中。"真的吗？我去看宝座上有什么？就我自己？"

"当然了。"

他紧张地抽动了一下，从这个抽搐里，我看到了我自己的影子：睁大眼睛，连续三下，仿佛在努力保持清醒似的。

"那我是会真的看到，还是……嗯……编一个？"他小声说着后半句。这个问题问得好。

"嗯，你会看到，但又不是真的看到，你明白我的意思吗？"

他认真地点点头，只有孩子才有这份认真。

我把内窥镜沿着一条山路往上移动，从这座山上远眺，能看到奥哈维。我拿着内窥镜，蜿蜒曲折地穿过模型树林，越过铅笔般粗细的河流。"到了，这里就是弃园。"

不像它周围干燥的地方，整个山顶长满了厚厚的苔藓和霉菌，它们一直蔓延到山坡上，沿着山坡的千沟万壑伸开它细细的触手。在毛茸茸的植被下面的某处，有弯曲的尖顶和长方形底座构成的轮廓。苔藓被割开一道窄缝，通往一间暗绿色的屋子，屋子中央是一把用象牙雕刻而成的椅子。弃园周围枝繁叶茂，所以只有当内窥镜几乎正对着它的顶部时，罗宾才能看到这个建筑。然后它在镜头里逐渐放大，若隐若现、蜿蜒曲折、郁郁葱葱，填满了整个屏幕。

"好阴森恐怖啊！"他说道，听起来很高兴。

我顺着尖顶向上移动镜头。接近顶端时，几处原木的米黄色隐约显现，在屏幕里亮得刺眼。

"我知道。这可是真的植物，大部分都是，不是假的。"

"太酷了。就好像随时都能看到有鸟儿什么的，可是为什么这里没有像别的地方一样收拾得干干净净呢？"

"没人知道。"我有一种直觉，罗宾会喜欢这个故事。我小的时候就喜欢废弃的城市，或者像'玛丽·西莱斯特号'那样的神秘事件，感觉这是会遗传的。

"这是由一帮热爱户外开阔地的翁布里奇人建设的。他们来到这里,与世隔绝,自给自足。你知道什么是'自给自足'吧?"

罗宾在屏幕那头使劲儿点头。

"他们悠然自得地生活着。后来有一队徒步旅行的人从峡谷里的德拉科塞来到这里,他们根本无法判断这些人离家多久了。"

"一点儿线索都没有吗?"罗宾的脸离屏幕很近。

"嗯……"

这一上午的大部分时间都用来重写藏在弃园里的线索了,我想让它们对一个十岁的孩子来说更合情合理一些。我用了很多的道林纸,还把垂在屋子上的一些植物分开了。苍白如蛆虫蜕下来的皮一般的墙壁被潦草的图案和字迹覆盖,那是一些介于符号和图画之间的东西,布满了整面后墙。

"那是什么意思?"

"谁会知道呢?我倒有个主意,不如你去看看。"

我按动内窥镜上的按钮,截了屏,然后把图片拖入对话框。他打开图片,脸上的表情立刻松弛了。我知道那个表情:专注。

"嘿,那个是待会儿再看的。别忘了我们来这儿干吗,宝座上的动物。"

他捂住嘴。"我给忘了。"

"一般都得小孩子来看,所以我要先回避一下。要是看到什么了,记得叫我。"

我去了一趟厨房,回去时,他正盯着屏幕,眉头紧锁、神情紧绷。

"有什么发现吗?"

"我想是的。但是看不太清楚。"

我留给他时间思考。

"我是说我看到了,但是又不确定。"

"没关系。告诉我你看到了什么。"

"像是个兔子?但是要大一些。"

"是野兔吗?"

"我不确定。"

"上网查查'野兔',好好看看。"

他用一根手指点着键盘打字。"是它,完完全全就是。"

"有意思。我想美国人管它叫'北美长腿大野兔'。"我在书里查看着,"以前从来没有过野兔年。我们来看看网上关于野兔是怎么说的。"

我在维基百科里查询时,罗宾目不转睛地看着我。

"在英国神话里,野兔是很狡诈的,受到月亮的影响,狂野而难以捉摸。它们每个月都会改换性别。它们无比珍贵,是灵巧的食草动物。所以,它很安静但很狡猾。它动作敏捷,后腿强健有力,在月光下狂野地奔跑、蹦跳。"

罗宾看上去有点儿不太相信。"这让大家怎么学啊?要在月亮底下到处疯跑吗?"

"不用,不过他们可以学到野兔的精神。狂野但不凶残,敏捷而不固执,疯狂但不疯癫。"

罗宾跳到床上。"疯狂不疯癫,疯狂不疯癫。"他反复高喊着,在空中挥舞着拳头。这太有感染力了。我也开始拍桌子跟他一起喊了起来,直到我俩都对着屏幕,像对峙的拳击手那样面对面。

"疯狂不疯癫,疯狂不疯癫。"

他整个人结结实实地摔在了床上的一堆东西上,笑得发抖。瑞拎着大包小包进来时,他还在笑。

她看了一眼:屏幕里破败的高塔、维基百科页面,还有罗宾笑出来的泪花。"小伙子们啊!"她把罗宾领走时说道。

白天在我面前蔓延开来。我吃了东西,读了书,修好了翁布里奇西边的海堤步道。瑞回来时,天都黑了。她端了一杯咖啡坐在厨房里。

"不知道你早上跟他说了什么,他已经关在自己房间里鼓捣了好几个小时了。他还跟我说不要打扰他。"她愉快地摇摇头,"一整天他就下来两趟,一趟是问我一个关于长腿野兔的问题,这个我可是无论如何都答不上来,所以要谢谢你;另一次是下来拿了个三明治。"

"只是一个小小的智力游戏。不过我想他一定会感兴趣的。"

"因为你就对这个很感兴趣吗?"

"对。嗯,这绝对能吸引童年的我。"

"现在不吸引了?"她的声音里有一丝笑意。

"也许有一点儿吧。"

聊天结束后,我又坐了好久。阳台上的雨声,楼下街上车胎驶过湿漉漉路面的声音,还有翁布里奇咔嗒咔嗒的机械声和汩汩的水声构成的交响乐融为一体。对着罗宾卧室的镜头上有一块污渍,我尝试把它擦掉,但之后发现那好像是他那边的——他在电脑摄像头上不偏不倚地亲了一口。

我什么都不想干。我既不累,情绪也不高,也没有担心。我从布兰登那些装了半瓶酒的瓶子里倒了一杯,是一种褐色威士忌,我并不想知道它的价钱。我心满意足地等待着。

过了几个小时,屏幕晃了一下。瑞过来取走电脑。

"睡不着。"她轻声说。她沿着走廊走的时候,屏幕里只看到她的侧面。随后她进了卧室,在床上躺下,姿势和罗宾早前的一模一样。

"太蠢了。我真的很困,但是想到电脑还在罗宾屋里,就总感觉有一扇门没关似的。"她侧卧着,把头发往后拢了拢,"你怎么还不睡?那边很晚了吧。"

"你看起来很疲惫,"我说道,"闭上眼睛。"

那一刻,她看起来美极了。朦胧的夜色给她蒙上了一层天使般的晕影。每次她快要睡着时,总是眼睛猛地睁开,满脸惊恐。

我试图越过显示屏去品味着她那边的生活细节。床头柜上,几个小人儿在无声地"厮杀"着,家人的合影,还有被她踢掉的鞋子散乱地躺在地上。床上方的墙面上,贴着一张老式的地图,几条线忽隐忽现地穿过地图。

"那是什么,那幅地图?"我问道。

瑞转身看了一眼。"哦,那个啊。"

那些线条从英国连到美国,又深入美国腹地。我忽然明白那是什么了,可是为时已晚。

"布兰登画的,那是在我们见面后不久。红色那条线是他在世界上的行进轨迹;蓝色的是我的,堪萨斯到加利福尼亚,没怎么见过世面。"

她把电脑转了过来,好让我能看到地图,而不是她的脸。两条线在洛杉矶相交,上面钉了一个图钉,此后,两条线合成一条,蔓延到这座城市的不同地方,然后北上拉斯维加斯,又继续延伸到了太浩。我又凑近了一点儿去看,能看到还有第三条线,是黄色的,在拉斯维加斯与前两条线会合,一起到了太浩。

这东西太美好了。我觉得一阵恶心。

瑞叹了口气。"我得说你哥几句好话,他能让你感觉自己很特别。甚至有点儿'天选之女'的感觉。他总是让我觉得我自己能成事。别人都是傻瓜，都是钻空子而已，但我？我可是干大事的人。我们是干大事的人。"

她弯着小指，指着拉斯维加斯到太浩的那条线。"我是说，可能有一半的自我价值感都是他给我的：每个他选中的人都是独特的，不是吗？刚开始跟他在一起时，我从来没担心过未来。我确信我们会赢。"

我暗暗骂自己为什么要问。她望着屏幕，我读不懂她的眼神。我不想她睡前脑子里最后装着的是布兰登。

"跟着我，调整你的呼吸，慢慢地。"我把嘴巴凑近电脑的麦克风，对她说着。

我慢慢地深吸了一口气，她开始放松下来，她的眼睛闭上一半，然后闭上四分之三，最后全闭上了。

我尽量不出声。屏幕蓝色的光把她照得很抽象，仿佛是一幅雪景，睫毛是冬天的树木，头发是一条河流。她含混不清地说了句什么，然后翻了个身。我想伸手到屏幕里去，把她的头发从眼睛上拨开。我把电脑拿进卧室，放在床尾，让自己沐浴在她的光华里。

模模糊糊的声音响起。有一些动静，还有低低的说话声。这声音不像是从街上传来的，而是更近的地方。可能是屏幕那头的瑞或罗宾。

一想到他们舒适的房子就让我心里一阵疼。在喜鹊酒店，绘有错视画的天花板距离头顶有十米高，从卧室到浴室的距离比我以前住过的公寓都要远。

我往厨房走去想拿杯水，发现有两个人站在走廊里，用手机灯光照着在读着什么。两个白人，大块头，光头。他们看到我的一刹那，就像我看到他们一样惊讶。我都还没来得及做出一般面对这种情况的正常反应——尖叫、逃跑、藏起来,他们就已经到我面前了。一只手使劲捂住我的嘴,我的脚腕被猛地一拉。我整个人倒下去,紧接着头冲下被倒挂了起来,头发触到地板。我两手向下,想稳住自己,但是我的手被踢开了。我又试了一次。同样的结果。我猛烈地挣扎着,想要再看清一点儿。

一个人蹲在我面前,那只大手仍然死死钳着我的嘴。"把他抬高点儿。膝盖疼死了。"

我又被往高吊了吊,直到我的脸和他的脸在同一水平线上。倒着看很难看清他到底长什么样。一张干净红润的脸,皮肤像被拉紧了似的。头顶是短短的寸头,下巴上的胡茬儿也是类似,只是长一些。青色的静脉纵横交错。

他把手从我嘴上松开,用一根手指对着我晃动着:"嘘!"

他尝试性地把手拿开,在我胸口轻轻推了一把。我前后摆动着,他看着我。

"你知道吗,索尔跟我说你回来时,我多希望他搞错了。我本来不相信他。我跟罗尼说,'他会走远的,那家伙,他是个有脑子的人'。"

另外一个人点点头。他又推了我一把,让我一直摆动着。

"因为我们见到你的时候我就在想,'这个可不是个寻常的主儿,这人有点儿洞察力'。雇我们的人很少会为他们的所作所为感到骄傲。一般都是'到那儿,做掉他',像点比萨一样。好像我们没有任何想法,我们就不想发挥点儿创造力。但是你,你对整件事都有自己的看法。我喜欢这一点。后来,你消失了,我跟罗尼说,你一定是出事了,因为老实说,当你还欠着别人钱的时候就逃跑,实在是不懂规矩的人才会干的事。所以你,布兰登,别让我觉得你是个不懂规矩的人。"

我想说话,可是他把一根手指放在我嘴唇上。

"我想说你有明显的缺点,像嗑药、大嘴巴,还有,我不得不说,你那种在我看来很低级的'恐同',很可能来自你自己也无法克服的同性吸引。还有,创造力和过度矫饰之间还是有明显的界线,我不知道你是不是意识到有这条线了。但尽管如此,你也不是完全不懂规矩。你还是懂利害关系的,还有雇专业的人来做事时的那种复杂的利益纠葛,还有,你还背信弃义。"

他用一只手拍拍我的脸。

"但是如今我们来了,发现你又回到这个……甭管是什么地方吧,而且过得还挺奢侈,我发现自己对你很失望。"

他看上去确实很失望。

"至于那份失望到底会以什么形式体现……"说到这儿,他摊开双手,好像在准备接球,"别急,我们待会儿就知道了,是吧?先说说眼下吧。我,们,的,钱,在,哪儿?"

他一字一顿地说,每说出一个字就在我胸口推一下。

"我不知道。"我答道,由于头朝下,舌头的重力使我的话含混不清。

我根本没看见他手的动作,只是感到右耳朵吃了狠狠一巴掌,我整个脑袋里立刻嗡嗡的,一阵阵的疼痛。

他小声说了些什么,对着抓着我脚腕的人点了点头,我被放低了些。我的下巴一紧,听到一个低沉的轰隆隆的声音,以前没有听到过。

"好吧,先搜搜保险柜。我其实很不想到你口袋里搜。"

他们架着我走向客房,一只胳膊一个人,像扶老太太过马路一样。我把墙上的画拿下来时,牙齿都在咯咯作响。输入密码时,我浑身发抖。其中一个人把箱子里的文件和信封翻出来时,我偷偷瞥了一眼另外一个人。他更高一些,有着和他的同伴一样的秃头和胡茬儿的组合,皮肤也一样的润泽，但他们看起来不像哥儿俩，更像是两个刻意打扮得像哥儿俩的人。

"这里是两万五。"他说道，那语气仿佛在说一个悲惨的消息——比如孤儿院着火了。他的手掌根部沿着眉骨上方摩擦着，仿佛试图缓解头痛。

"这等于没有。其实比没有还要糟糕，这看起来简直是打发叫花子的。"他听起来很疲惫，但是他抽动了一下，让我不得不提高了警惕。

他拿手拍拍我左右两边脸，捏着我的脸颊："小子，我，们，的，钱，在，哪儿？"

我极力保持语调平静。"我不知道你们是谁。我猜啊，因为这种事以前发生过太多太多次，你们是不是跟我的同卵双胞胎哥哥布兰登有什么事儿。"

他俩相视而笑了一下。"你不就是布兰登吗？"

我摇摇头。

"你是弟弟，亚当。"

他们怎么知道我的名字？"正是。"我说道，但我有一种不祥的预感。

"真是可惜。你本来有一周的时间来编一个比这更有说服力的理由。"

"但是你们知道他有个双胞胎兄弟。你们知道我的名字。"

"对，当然，我们知道亚当。"他面色沉重哀伤，"我们知道，因为我们杀了他。"

十分钟后，我们坐在沙发上，重新捋了一遍。我们喝着花草茶（他们）和苏格兰威士忌（我），我把发生的一切和盘托出。那通电话，警察，我的欺瞒，我怎么来这儿的。他们听完后，两个人窃窃私语了起来。我不确定他们能信我几分。那个安静一些的好像叫雷吉,不过我不想问他们的名字。我想做的是问他们一个凝聚在我脑海里的问题。一旦他们确信我没有逃跑的风险,我赶紧趁机试着问了几个问题。

"所以杀死亚当这件事是按照计划进行的吗?"

两人交换了一个眼神。"不完全是。但最终的结果才是主要的。"

多米诺骨牌倒了。"不完全是?有没有什么你们原本计划要穿的?有没有什么东西应该留下的?"

罗尼摸摸后脖子。"是啊。是有点儿复杂,是精心策划过的。吸几溜之后你会变得有点儿浮夸。你,他,不管是谁吧。"

雷吉点点头。"是有该死的服装要求,我们也确实要留一张唱片在现场。"

罗尼又接过话头:"还有护照、钱包,记得吗?"

雷吉说:"一整套乱七八糟的玩意儿。"

我这才意识到他们的声音比长相要像多了。

"像我说的,非常精巧的布置。不过在规定日子的前一天,我们去踩点儿,去认个门,就正好看到他一个人走着。我们就临时起意。也没有该死的头饰还是啥。但结果一样。你得到了你想要的。"

我想让他们自己搞明白,而不是需要我去向他们解释。

"那你们是怎么知道那是亚当,而不是布兰登?"

一阵沉默。

"很合情合理啊,不是吗?在诺丁山他的公寓那边。穿着一件旧连帽风雨衣,怎么也不能是布兰登,那哥们儿虽然浑身缺点,但衣品还是不错的。也恰好在你说过的他会出现的地方。"

但是很快他的语气听上去就不太确定了:"我是说,你从来没离开过这个地方对吧?索尔说你就像个隐者。"

我尝试还原这一系列事情的经过。布兰登告诉吉米他的计划。但是后来他雇了这两个人来杀我。杀了我,把他的身份信息安在我身上;杀了我,把他的唱片放在我身上。媒体一拥而上。吉米说出她那部分。他上了新闻。但是布兰登上哪儿去了?

我感觉浑身上下都僵住了。

他就是我。他会回到我的公寓,等着警察到来。他会做我所做的这一切。他会去认尸。他等着,观察着。他是亚当·库斯加藤,伤心欲绝的弟弟。也许他还要安抚瑞呢。他会看着他最后的作品问世。更妙的是,他看着那个作品面世,同时,所有的所得都归布兰登的近亲所有,也就是我——他。

我被两种情感撕裂了,一方面,因为我的生命对他来说如此微不足道而感到悲哀;另一方面,又对这整个天衣无缝的计划佩服不已。不过后来罗尼和雷吉把一切都搞乱了。

我轻轻地讲了这个新版的故事,但是他们都不信。如果布兰登的计划那么精巧,这无疑太过了。听到谋杀现场被录下来时,他们看上去好像更感兴趣,丝毫没有担心。

"看起来怎么样?那该死的鸭子面具什么的,是不是棒极了?"高一些的那个,雷吉,模拟着当时杀人时的情景,快步走到房间另一端,伸出两根手指对准我的太阳穴。砰!砰!

他若有所思地看着我。"天哪,我希望我有一份视频。得好好捋捋,是吧?我们,可不可以……在这儿冥想一下?"

雷吉在我们周围点了三支熏香,摆成三角形。他俩两腿交叉坐着,抱着双臂,闭着眼睛。我一时有些不知所措。

仿佛读出了我的心思,罗尼小声说道:"你就乖乖坐那儿别动,好好看着,好吗?"

他们同时从牛仔裤兜里掏出一个小瓶子,在舌下滴了一种棕色的液体。雷吉舔舔嘴,像猫在吐毛球一样。我静静地坐着,企图掌控一下我命运的走向,搞清楚这些人是什么样的人。罗尼和雷吉。雷吉和罗尼。我不能完全区分他们两个。他们满身腱子肉:上半身大大的三角肌,把粗脖子包围起来,但他们的腿很细。他们穿着同样的紧身白衬衫,紧到我都能看见个别的青筋在下面跳动。

罗尼把头转了一圈。我也分不清是他们中的哪一个先开口说了话。

"我们确实是有些着急了,你可以说我们没有尽到应有的注意义务。"

"是啊,但是这次又全怪马库斯,太轻信不靠谱的人了。"

"从因果报应的角度来讲,实在是太乱了。世上哪有十全十美的事。"

"可实际上呢?实际上没改变什么。"

"可以实事求是地说,我们也是无辜的。"

他们窃窃私语时,屋子里的光线极细微地变化着,我猛地一惊,意识到那是什么:太浩那边有人走到屏幕前,这边的纯平电视亮了起来。我希望不管是谁,都能一直走动。屏幕的光一直亮着。我眼光紧盯着罗尼和雷吉。要是那头是瑞的话,我能想办法给她传个信儿吗?我正在构思问他们一个什么问题,好解释清楚这个情境,突然我听到罗宾的声音。

"爸爸?"

罗尼吓了一跳，转过身来。

"爸爸？你在做什么呀？"罗宾在大屏幕上显得比真人大一号，左右歪着头。

罗尼和雷吉对视了一眼，雷吉小声说："你去看看。"

罗尼蹲下来，平视着屏幕里的罗宾。

"嘿，小家伙，我们就是突然想过来看看你爸爸，喝喝茶，聊聊天。"

"罗宾，去睡觉，好吗？"我试图给我的表情里注入一丝别样的意味。

"好吧。"他点点头，但还不愿意走。

雷吉举起一只手。"等等，等一下再去。"

罗尼用口型跟他说了些什么，雷吉点点头。"你妈妈在跟前吗？"

罗宾看上去很神秘。"在的，不过她在睡觉。我其实不应该起来。"

"明白了，替你保密。但是她在跟前，对吗？"

"在。"他的目光锁定在我身上。

"那就好，就是问问，确保你没事儿。你爸爸说得对，你应该去睡觉了。"

他不易察觉地冲雷吉点了点头。我还没来得及反应，雷吉就用一只手紧紧捂住我的嘴。他抓着我的脚后跟，把我拖到门口。我面向着卧室，但仍然能听见他们的对话。

"你那边是深夜。你们在度假吗？"

罗宾很容易话痨，即使是对陌生人也不例外。"不是，我在家。"

"哦，对，你是在家，你爸爸说过。挺好。"

我能听出罗宾语气里的无聊。"还行吧。"

"你想来伦敦吗？"

"想。伦敦的大部分在 1666 年的一场大火中化为灰烬。"说出"大火"两个字时,他放慢了语速,我能想象到他在思考到底有多大。

"没错。你懂得挺多嘛。你知道伦敦离你有多远吗?"

"我可以上谷歌地图查一下。"我想大声喊,可都还没来得及做出尝试,就感觉嘴巴上的手捂得更严了,我也被拖到客房更里面的位置。

"没错,你能查。如果你知道那边的地址,简直就是门挨门那么近。"

罗宾一边在电脑上输入,一边小心翼翼地拼写出来,由于太过专注,他的舌头都伸出来了。

"15……号……熊园路……太浩……城……妈!咱家的邮编是多少来着?"

停顿片刻。微弱的脚步声。瑞的声音传来,可是太远了,听不清。

罗宾转过头去。"我们的邮编。"

然后又是瑞的声音,这次能听清了。"宝贝你要邮编做什么?你在干吗?"

停顿了一下,然后她取代了罗宾出现在屏幕里。她瞟了一圈,把一切尽收眼底。

"你们是谁?"

罗尼的声音很轻快。"只是你男朋友的一个朋友而已。孩子挺乖的啊。那就拜拜吧。"

"他人呢?"

罗尼蹲下来。"嗯,这确实是好几个问题。我们到底在跟谁说话?"

最短暂的停顿。不过已经足够。"我男朋友。"

"那这位放荡的公子哥儿可有名字,亲爱的?"

又停了一下。"布兰登,布兰登·库斯加藤。"

雷吉转动电脑对准我和罗尼。"是这哥们儿吗？"他又把电脑转过去了。

"是。"

"有意思，有意思。那你知道布兰登把钱藏在哪儿吗？你要是知道的话，真的会帮他避免很大的麻烦呢。"

又是一阵稍长一些的沉默。我还以为电脑卡了。然后，猝不及防地，瑞走出了我们的视线。

我隐约听到电话按键的声音，然后她的声音从扬声器里响起，充满自信，而且公事公办的口吻："你好，警察局吗？我要报一起绑架案。"

她的电话屏幕在黑暗中发出光亮。"实际上是在英国。"

"蠢娘们儿。"罗尼转向雷吉和我。他握紧拳头又松开，"该死的蠢娘们儿！"

"艾利沃斯东1路113号，6号房。对，是个酒店。"

雷吉抓着我的手更紧了。"你觉得她是认真的吗？"

罗尼点点头："听起来像是个国际电话。我们反正有他们的地址了，回头再回来也行。"

他转过身看着屏幕，"贱人。"他意味深长地补了一句。

然后他走到我跟前，离我非常近，近得我都能看见他眼睛在抽动，还能看到他漏刮的几根胡子。他看着我一只眼睛，又看看另外一只。

"现在我也不确定你到底是不是布兰登了，老实说，我现在已经不在乎了。但是你住着他的屋子，花着他的钱，他的老婆孩子半夜跟你视频。"

他大张开双臂，示意了一下布兰登的所有东西。"如果一个东西看起来像是鸭子，叫起来也像是鸭子的话……"

雷吉点点头，仿佛他兄弟说的话是不言自明的真理。

"所以不管你他妈的是谁，这钱你都得还。我们之前讲好的四万五，还有这些算不得小的麻烦，就算一万五吧。我们的名片。"

他把一张名片丢到地上，捏着我的下巴说："这周五，亲爱的，所有的钱，包括后来加的那些——没有如果，没有但是，否则……"他挑起一条眉毛。

"我们会让你再死一遍。"雷吉说。

我无法去掉罗尼留在我脸上的润肤液味道。我去卫生间清洗时把电脑也带进去了，这时瑞开始含混不清地说话了。

"我只是随便拨了一个电话，我敢肯定他们一定会听到那头录音电话的声音，不过还是奏效了。坏了，我得去看看罗宾。"说着，她走了。

我坐在马桶上，心怦怦直跳。

地址，瑞和罗宾的地址。他们现在有地址了。是我把它给他们的。就连布兰登都没有在如此之短的时间内就把他们置于这么大的险情——而且还是靠瑞才终于摆脱了他们。

我环视了一下卫生间。它的富丽堂皇显得极其荒谬。这段时间以来我都在干什么？我在这里没学到任何有真正用处的东西。我没有替他们拿回一分钱。相反，我寻欢作乐、狂喝滥饮，麻痹自己瑞和罗宾都是我的。在我介入之前，本来库斯加藤家的人对这娘儿俩做的一切不过只是让他们失望而已，而我，在短短十天内，就做到了让他们有性命之忧。

翁布里奇的灯光星星点点，它周围的地上是燃尽了的可卡因粉末和其他被碾碎的药丸。这就是当他们母子俩还在远隔万里之外的地狱里时,我所做的一切。

那两个人走后,公寓里一片安静,就像最后一列火车离开站台后的那种安静。所以,我是个死人——还有什么?我回顾我在特雷利克塔的生活,仿佛是把望远镜拿反了。我在那套公寓的房间里,匆匆忙忙地进进出出,凭着习惯做事,回复邮件,我的生命就这样一成不变。二十年了,这二十年里几乎没有一个瞬间让我印象深刻。但是自从瑞打来电话那一刻起,每一天都是丰富而新奇的,像小说一样精彩。每一秒都值得我永久珍藏。还有那么几个小时,直到死,它们在我心里的地位都不会改变:第一次和罗宾一起参观翁布里奇,透过电脑扬声器传来的瑞的笑声,我们一起吃比萨的那顿晚餐。

由于之前头被冲下吊着,我的脑袋里嗡嗡作响。那是我:吊在那儿,被人抓着。现在我感到大腿一阵疼痛,就像走了一整天路。但被吊着的时候恰恰相反,那是一种对跑、动、踢的渴望,是一种想使劲儿却使不上而产生的疼痛。

我静静地坐着,直到瑞回来。她盯着屏幕,用大拇指和食指揪着下嘴唇。然后她发出一声低低的哀叹。

"亚当亚当亚当亚当亚当亚当。该死,都是我不好。我都做了些什么啊?"她猛拽着嘴唇,"我不该找你。光是假扮他就给你带来太多的麻烦。"

我觉得很平静,像这间屋子里一样平静。我想告诉她她什么都没做错,告诉她她和罗宾的出现是我生命中发生过最美好的事,告诉她一切都是我的错,但是千言万语都堵在嘴边,没说出口。

她说道,更像是自言自语,而不是对我说:"你可以坐飞机过来。他们也许能找到我们,但是我们可以搬家,甚至搬到别的州去。他们对我们一无所知,连我们的真名都不知道……"

听到她说我们也许能在一起,我的心雀跃了——要是在平时,这都是我所能想象到的最大的好消息。但是此刻我不想逃避。我想试试让事情步入正轨。

我把它想象成是一个工程的问题。时间线、完工期限,还有需要施加的力。哪些弱项和裂缝可以突破,哪些恐惧可以利用?巴克斯特无疑是最容易的,因为他现在失去的最多。索尔需要一些手段。吉米呢?她对我来说是个黑匣子,琢磨不透。但是有一个密码能够开启他们所有人。这儿一下,那儿一下,直到它出现:一条穿过废墟的路。

我又开始结巴了,但是瑞非常耐心地等我说完。我给她解释了布兰登的真正计划,我是怎么理解的,以及我们到了哪一步。我告诉她,如果可能,她应该带着罗宾离开家一段时间。我告诉她一切都会好起来的。同时,我为自己的软弱和拖延感到胃里一阵恶心。我告诉她我的计划。

"他必须再死一次。"

我开始简要阐述:"他必须再死一次。简直完美,天衣无缝。我们要把他的录音整合起来,然后它会按照他编的故事里那样发挥作用。《微笑》专辑赚来的钱,索尔打官司要回的钱,如果真的能实现的话,都会到我这里,也就是说都会到你那儿。我会再扮演一次悲痛欲绝的弟弟,替哥哥那悲痛欲绝的遗孀处理他的遗产。"

她很小声地问:"那你去哪儿,完事儿后?"

"当然留下来,如果你们愿意接纳我。"

她一下线,我就着手办了起来。我必须体会布兰登的愤怒并把它发挥到极致。我在公寓里走来走去，打开窗户让黎明的曙光照进来，并且切断了和太浩的联系。今天不能分心。

衬衫撕成布条，在矿泉水里浸泡，就足以堵上火警警报器了。我把消防喷淋器也遮上了，虽然警报器堵上就意味着它们也不会启动。

我不忍心看翁布里奇。多年来我投入进去的心血像一股潮水在屋里涌动。我给杰打电话，要来一些所需的东西：打火机油、爆破雷管，还有一架无人机。我把毁灭这座城市的地点设在一座火山上。我准备了足够多的摄像头来捕捉毁坏过程：一个宽屏的静态画面，两个镜头对准主要建筑，一架手持摄像机，还有一架无人机载着镜头，但是我无法一个人完成这一切。卡斯帕的谨小慎微倒可以成为摄像师的不二之选，但是拍火灾这样的事情还是不应该找他。杰很忙。乔治，那个学建筑的学生，知道什么时候该拍哪儿，但是他可能会劝我不要搞如此彻底的破坏。乐队那几个人成事不足，败事有余。就在我破罐破摔，跟卡斯帕进行尴尬的交谈时，我想起一个人。

过了一个小时，对讲机响了。

"库斯加藤先生，西斯廷到了。"

尽管他向来谨慎，从他的声音里，我仍然能听出一丝不怀好意的神秘。就算是在布兰登的世界里，早上九点就约妞儿也很不寻常吧。

"不错，让她上来。"

她立刻就领会了，在我把小苏打、凡士林和打火机油混合起来时，她自如地操作着摄像机，检查它们的输出。我把一半混合液放在一边留作火山喷发用，其余的分散洒在翁布里奇周围，主要集中于地下室和顶楼。然后我把电动机安装好，把它们绑在每一根承重的柱子和每一个海底,然后把它们都跟一个开关串联起来。西斯廷在较大的建筑里塞满了 M80 燃料,又在田地里和草地上涂满了凡士林。这次见面和上次见面的巨大反差有没有让她感到不舒服,她并没有表现出来。事实上,她以极大的热情投入到这次的任务中。就是她塑造了主要的火山口,火山在低矮的地面矗立着,黑黝黝的,和翁布里奇热闹的都市风景比起来,它显得荒凉、平稳、格格不入。我把火山中间填充好:爆破雷管、混合液,还有铁屑。

我检查了每台摄像机的信息流,仔细查看了一些可能出现的高光时刻和壮观景象。西斯廷对此真的颇有眼光,听到我这样夸她,她笑了:"干我们这行,你得善于发现自己最好的一面是什么。"

我们坐在沙发里,靠着沙发背,看着这座城市。翁布里奇此时比以往任何时候都热闹。缆索道、风力发电机、帆船、锁链桥,都在运转着。

我们一起按下按钮。

开始还没什么。几台发动机以不同频率震动着,然后有那么一瞬间,看起来我们将得到的只是一个以各种有趣方式晃动着的翁布里奇。但是随后各种频率开始混合、叠加。先是在水里能看到变化了:各种波纹纵横交错、彼此重叠,在一片混乱中有序地循环着。

暗夜摩城是第一块塌陷的地方。那块高沼地像液体一样泛起涟漪,然后裂开,变成宽宽的明暗交织的带子。与此同时,那一排横跨暗夜摩城的电缆塔晃动着它们的双脚脱离了地面,又结结实实地倒在黑色大地上。星星点点的火花变成了一条火舌,在底层的裂缝里烧得最旺。我把无人机开近一些,好捕捉到电缆塔倾塌时那些流动的影子在崖壁间飞舞的瞬间。

有一个轻轻的、像是有人在别的房间挪家具似的撞击声,然后,火山的盖子裂开了。一阵震动让城里所有教堂的钟同时晃了起来，随后火山爆发了。瞬间被烤干的陶土碎片雨点般地洒向内陆海。一阵火花雨，像烟花一样嘶吼着，随风飘荡，被风裹挟着落到地面上，燃起一团团小小的火苗。然后，就在一瞬间，燃烧着的凝胶从火山口喷涌而出。开始时像一道橙色的喷泉逼近天花板，之后就变成一团巨大的火焰三角洲，沿着火山滚落。

"布兰登，这边。"西斯廷正将摄像机对准大墓地，在那儿，牢牢粘在山坡上的生态缸也随着山体的晃动开始碎裂。树根上还带着厚厚的土球的大树沿着山坡滚落而下，堵住了安斯蒂河。

然后一切同时发生了。随着一阵令人满足的剧烈震动，特雷布雷的高塔齐齐倒地，就好像一股火焰的巨浪急速穿过干得不能再干的、根本不需要任何助燃剂的芦苇地。我让无人机上下左右地飞了一遍，到处都是一片狼藉。烟雾探测器一直没有响，内陆海冲破海岸时，海水熄灭了大部分火苗，效果堪比任何喷淋系统。从这时起，就变成了一场消耗战，交战的几方分别是奔涌着流向大海的小溪、还在震动的几个剩余的发动机，还有西斯廷建造的没有防火系统的建筑。整个区域像濒死的动物，全身抖动着瘫倒在地，一点点化为废墟。一层烟雾笼罩着城市，无人机里拍到的画面更具有戏剧性，每一处超过一层楼高的地方都被夷平了。我默默操控着无人机在这片废墟的上空飞行，无人机的旋翼从这座城市烧黑的骨架中把烟雾驱散。唯一的声音就是旋翼嗡嗡的低响和水滴滴在地板上的滴答声。烧了将近一个小时，最后，翁布里奇变成了一片缓慢燃烧的、散发出刺鼻味道的荒原。在一些地方，城市的框架——它那久被遗忘了的支架和基座——在烧黑的地面上显现出来。

卡斯帕来过一次电话，问："我闻到烟味儿了，没什么事吧？"但我保证我不过是在处理一些纸质资料,这让他轻声地笑了起来。

西斯廷坐在扶手椅里正拿着一瓶香槟酒对瓶吹,手指和脸上满是烟灰。

"天哪,这太有意思了。是我在这儿玩得最开心的一次。"她愉快地说着,又立刻纠正自己,"我是说,巴克斯特也很棒……"

我摆摆手。那是别人了,下次再说。

"所以,"西斯廷望着烟雾扶摇升向天空,说道,"你要走了,是吗?"

我没有解释我们在做什么——这也是我这些日子以来假扮布兰登时最喜欢的一件事,那就是我从来不用解释自己的动机。

"为什么这么说?"

她看着一片废墟的翁布里奇,听着金属冷却的噼啪声。

"我不知道,这看起来像是结束。还记得第一次见面时你对我说过的话吗?"

我等着。

"关于烧掉你的旧生活,永远不会回头看?"

我点点头。布兰登什么时候跟她说的这个?

"这一切看起来都很像你当时说的那番话。"她抹掉眉毛上的烟灰,"不管怎样,这非常有趣。完事儿了吗?"

"我想是的。我去给你拿钱。"

保险柜空了,但我还有几包布兰登留下的美金。我冲着外面喊:"美金可以吗?"

她打开手机上的计算器。"当然可以。三小时,就一千吧。那是多少,一千五百美元?"

我数出一千五。她看上去很年轻,双腿蜷起来坐着,我又想起之前想出来的一个点子。"其实,还有一件事要麻烦你帮我做一下。拍一张照片。"

她挑起一条眉毛。

"不是那种东西,老实说。一张护照用的证件照。"我把剩下的美金都给了她,"楼下拐角处有个机器。"

她数了数那些钱。多了大约五百美元,她有些惊讶地看了我一眼,说:"我不确定,但是我想可能只要一英镑就够了。"

"就当是小费吧。我得给你稍微打扮一下。"

我把她的刘海儿梳好,把几绺有些乱的卷发抚平。这唤醒了我的一个记忆,一个真实可感的记忆,像我妈妈的双手在我脸上,抚平我桀骜不驯的头发。我看着她。

"你能卸一下妆吗?全部卸掉。"

"你说了算。"

她在卫生间时,我给杰发短信:"嘿,早些时候你说过一个护照的什么事?"

回到房间里的这个女孩完完全全是另外一个人。她恢复了自己的本来面目,走在大街上你绝对不会多看她一眼。直发,五官平淡朴素,一个乡下女孩子的样子。她看起来好多了,更像她自己了。

"这样吗?"连她的声音都更加朴素了。

"简直完美。"

她离开时,卡斯帕在门外溜达着。我把门开了一道缝——屋子里闻起来一定像战场一样,他竭力压制住自己的担忧。

"这是早些时候邮递员送来的,但我想您一直在忙。"

他递给我一本看起来很不专业的声音杂志,包在塑料包装里。我把他关在外面,撕开包装。《发现声音和实地录音》(第14期)。我认出来了——模型制作界有很多这种类型的杂志,充满了各种作品的影印版图片，刻意模仿学术期刊，但它实际只是创办者闷在家里生出的执念的一种释放。我随手翻阅了几篇文章，《水下录音和深海里的声音》《核掩体：让"收音机"回归录音活动》，还有一张小字条从书页里掉了出来。那是一张手写字条，署名已经看不清了。我把它举到灯光下，上面写着："谢谢你的投稿——请见第111页。希望你的文章下载量多一些！"

微型闪电

摘自《发现声音和实地录音》第 14 期

篇名：《雪花录制特辑：入门指南》，作者：布兰登·诺伊斯

实地录制：单片雪花，早上 5 点 45 分，1999 年 4 月 3 日，太浩市，加利福尼亚州。时长：12 分 34 秒。设备：CAD Equitek E 100 麦克风，索尼 TC-D 5 录音机，Logic Audio 数码音频软件。

  这段音频是在一个结冰的湖面上录制的，湖位于我曾经住过的一栋房子后面，房子在加利福尼亚的太浩。夏天，湖里泛起恶臭，湖面上散落着腐叶。秋天，整个湖面都开始结冰了，到了 11 月，冰硬得像铁一样。湖面变成了被冷杉树围绕着的一个白色圆盘，在当地人还没有醒来之前，只是偶尔有鸟的踪迹。到了 3 月，冰雪开始消融。人们多从湖畔绕着走，但是在一些清晨，如果起得早的话，我还是会冒险从湖面上走过，到太浩主街道的餐馆去喝一杯咖啡。

  每走一步，都能得到冰面的回应：耳下的呻吟或细碎的噼啪声，你得仔细听这些声音，好判断接下来的步伐该往哪儿迈。穿过结冰的湖面大约需要二十分钟，远比沿着湖畔耗时要久，但是每次我一到餐馆，大早上听到的第一句话就是餐馆的丹尼说"今天又没死？"我就

感觉这是个非常好的兆头。湖面上有一种声音也是我尤其喜欢的：那是在冰下很深处的战栗，伴着空空荡荡的回响，这种声音只有在这样的春日清晨才能听到。我决心要把它录下来，我的旧索尼 TC-D5 录音机充满了电，准备就绪，就挂在车库里。

4月的一个星期一，我刚从旧金山结束了一个不眠不休的四十八小时回来，各种化学物质打着架、争抢着要控制我的神经系统。咖啡对战干邑白兰地，狂喜对战痛苦。离家越来越近，我的房子看起来就像一座监狱。拉着窗帘的窗户就像是惩戒，预示着一周的指责。我需要来杯咖啡。

我抱起录音机，向冰面走去。我穿过积雪覆盖的草丛，从结满冰柱的树枝下走过，一路走到湖边。

太浩有一种虚幻感，它充满了有时你吃酸东西的那种极致体验。清新的空气让你能眺望到几公里之外，雪让所有的声音彼此隔绝，形成单一的音源。物体干净的边缘闪闪发亮。

我轻悄悄地踏上冰面，像一只小鹿一样，这对刚结束了那样一个周末的我来说并非易事。4月里，湖面上的冰白天融化，夜晚又冻上，所以冰面上布满了像鸟蛋上的那种斑点，冰面灰一片白一片的。冰层表面坑坑洼洼、四分五裂。我走了一步，感觉到了冰紧了一下，似乎被惊醒了。我滑到左侧，那里走起来脚步更坚实。每走一步都仿佛要踩雷。当我的体重让细小的裂纹快速向周围的冰面蔓延开去时，我不得不退回来重新找一条路。

走到半路，我抬眼向餐馆望去。灯还没亮。即使是在这种零摄氏度以下的天气里，我的前胸和后背的衣服也都被汗水湿透了，所以我在冰面上趴了一会儿，此刻这种状态下，贴在我脸上的冰就像浴室的地板一样平静。我点了根烟。在这样的寂静里，擦开打火机的声音立刻被烟草燃烧发出的咝咝声淹没了。我吸入一口冷气，它像瀑布一样冲进我的身体，这时，那些药物正在我体内进行胜利后的跑圈庆祝。寒气从我接触冰面的身体部位侵入我体内：肩膀、膝盖、头颅。

我翻了个身平躺着，冰在我身体下碎裂。那是一种将死之物发出的声音。我把录音机放好，刮掉耳机上的冰，调高灵敏度，听着。美妙极了。没有风，只有寂静，而后，水下冰块相撞发出的声音像鲸鱼在唱歌一样。如果我改变重心，就能让冰块移动。

我张开四肢躺在冰面上，用脚后跟磕着冰面，那感觉仿佛是我的身体在吱嘎作响。我的每一个动作都会向外扩散，我就像是蛛网上的一只苍蝇。我狠狠地在冰上磕了一下脚后跟，发出了像枪响一般的碎裂声，接着是清脆悦耳的碎冰起伏声。一条裂纹从我的脚下蔓延开来，延续数米。够了。以我目前的状态，此时的冰水几秒钟就能把我冻死。

我静静地躺着，让湖水平静下来。一个声音在耳机里响起：静电的啪啪声，像远处的雨声一样。开始下雪了。雪笔直地落下，一片片的雪花，像钻石一般晶莹剔透。一片雪花落在燃着的香烟上，咝咝吼着奔向死亡。我想象着单片雪花的形状，还有它们从空中下落的路线雕刻出它们形状的样子；温度的每一次变化和风的每一次拍打，都让它们那水晶的臂膀改换着生长的方向——那是一整部刻在冰雪肢体里的历史。

我把麦克风的灵敏度往高调了调。远处的啪嗒声和我的心跳声也能听到。我需要更孤立一些。我把麦克风拿远，尽量远离我的身体，静静躺着，竭力使呼吸变得微弱。

一种像划火柴似的声音，猛地划着，咝咝地燃烧。又一声。声音像雪花下落一样大了起来。咝——咝咝咝——咝——咝，我闭上眼睛，让冷空气把我的恶心感冻结。一声像气泡膜挤爆的声音。稍后我发现这是雪花的电荷在地面上触发的声音，百万个微型的闪电，每一个都像雪花本身一样独一无二。尽管麦克风上有保护罩，偶尔还是会听到雪花撞到麦克风的声音。那是一个轻柔的爆炸声，扫除了所有其他的声音，为寂静涌回扫清了道路。

雪下得更大了。落在我的眼皮上、胡子上。声音那么微小却又那么巨大，就像在地球上看超新星一样。我尝了尝融化在嘴唇上的雪，从余光里瞥见餐馆亮起一盏灯。我按下停止键，向岸边望去。冰面上均匀地撒了一层雪，我是这片雪白大地上唯一的黑色印记。一旦我站直了，我发现闭上眼睛变得容易了。我向前滑行着，直到身体重心倾斜，让冰产生变化但不致破裂。哪怕只是隐约感觉到有一丝要昏眩跌倒的迹象，就像在黑暗中要坐到椅子上结果却坐空了的感觉，我都会慢慢地退回来，大口呼吸。我会等一会儿，然后向左滑一下，向右滑一下，接着再试一次。直到沉迷在里面，变得有些雪盲，而且不住地颤抖时，我感觉碰到了草地。

我躺倒在地，回望着冰面。在我身后，雪已经把我来时的轨迹吞没了。

把原始的声源录下来，然后慢慢增大定量和音高矫正，直到每一片雪花落下时都对应到一个音并在节奏网格里找到相应的位置，录音就是这样录制而成的。八分四十五秒到九分三十秒之间有一个地方是我格外喜欢的——从那以后，就只剩下简单的循环，节奏加快，直到形成了一个基本的鼓点。请随意取用，任意一个片段你都可以用在你自己的唱片中——完整版请到"知识共享"获取授权。

第九章

去见巴克斯特之前,我给罗宾打了视频电话。他刚睡醒,用手揉着有些浮肿的眼皮,打了个大大的哈欠,我都能看见他每一颗又白又齐的牙齿。但是我知道,一旦我不再是布兰登,我和他之间的联系就切断了。理想状态是他有更多的时间来找出弃园里的线索;甚或,如果他有我的基因的话,这会儿可能已经解开谜团了。他把笔记本摊开放在床上,上面画满了各种图表,打了很多叉号,还有大段大段的文字。他的睡衣小了,露出细细的手腕,在屏幕里白得耀眼。

"我觉得这有点儿像地图。"他把一张写得非常潦草的纸推到摄像头前。

"这个,这里。"他指着一个复杂的符号,"我觉得这个是整个翁布里奇。这个圆圈表示湖,这个闪电形是峡谷,后面的方块是暗夜摩城。"

他把纸放下,恳切地看着我。

我尽力保持着不动声色。"有点儿意思,继续。"

"还有就是这个符号,像一个躺倒的'8'。我想这是一个类似于蜜蜂的舞蹈的东西。"

我是怎么知道他会认出来的?蜜蜂和蜂巢都是我童年时期深深着迷的东西。我知道什么样的"捕熊陷阱"会让他心甘情愿地踏进去。

"什么是蜜蜂的舞蹈啊？"

"就好比当一只蜜蜂找到了花蜜？或者花粉？它就会跳这种独特的舞蹈，好告诉同伴应该去哪儿。"他又张大了嘴巴，不像是打哈欠，倒更像是活动活动下巴颏。

"好吧，那这种舞蹈是怎么跳的呢？"

"它们到了'8'的中间时必须排成一行。"他翻着笔记本，找到他想要找的那一页，然后找到了一条贯穿整页的线。

"就在墙附近，穿过柱子，到这儿。但是一路上到处都是动物的图片。"他向我展示着用抖动的线条画成的各种蜜蜂、熊还有鸟，"我不知道它们代表着什么。"

我沉默了片刻，然后给了他一个不无赞赏的微笑，让他知道，那些都是有待解开的谜团。他惊讶地说："它们可能是年份。"

我扬起一条眉毛。

"它们可能是年份的名字。我怎么才能验证呢？"

我拿出《翁布里奇之书》。

"是按照獾、喜鹊、蚂蚁、獾这样排列的吗？"他找了一下规律。"没错，所以那就是年份。"他站起来，又马上坐下了。

"所以你找着方向了，还有时间，一共有多少年？"

他大声数着。"二十六、二十七。二十七年。然后就到了这个符号。"

他又把那张纸堵在屏幕上。有另外一个更小一些的符号，像是菱形顶端有一个轮子。

"那又是什么？"

"我不知道。在峡谷那间屋子里也有类似的东西，但你从来没告诉过我那是什么意思。"

他把那张纸放在面前,低头看着。"它有一些跟以前看到过的同样的内容。你能读懂吗?"

我没有解释过翁布里奇的任何图片语言。这一切都进展得太快了。

"嗯,第一个符号下面的两个标记分别是'翁布'和'里奇',所以我觉得你说得对,那就是翁布里奇的标志。第二个里面也有那些符号,但是还多了一个符号。"

"什么什么翁布里奇?翁布里奇什么什么?"

"那个符号代表着孩子,有思路吗?"

他嘟囔着:"翁布里奇的孩子、翁布里奇之子、少年翁布里奇。"他的眼睛一刻也没有离开屏幕里的我,等待着一丝确认的眼神。

有那么一瞬间他定住了。

"新翁布里奇?"

"有可能。他们要开始一段几百里路的旅程,花二十七年的时间来建造一座全新的城市。可能是新翁布里奇。"

"哪儿?"罗宾的眼睛闪现出期待的光芒。

"谁知道呢?希望有一天我们能找到。希望有一天你能找到,毕竟原来的翁布里奇就够我忙活的了。"他体内的系统开始运转了。"我确实知道蜜蜂舞蹈的角度是三十九度。"

我想让他晚些时候自己慢慢研究出来那其实是伦敦到太浩的路线。我走近摄像头,好让他能看见我的眼睛。

"我得去忙一会儿了,罗宾,可以吗?"

他小心地点点头。

"但是我保证我会回来的。我保证。"我试图把我在这件事里感受到的坚韧传递给他,"我得去给你妈妈做件事,好吗?你要照顾好她,等我回来。"

他微微点了点头，但很坚定。

我给瑞发了一条信息，里面有布兰登实地录音的链接，并且写上："我要失踪一阵子了，但是我会一直想着你们俩的。"

我开始了极其烦琐的穿戴。一件火药蓝色的古驰外套，袖口有细细的金链。一件象牙白色的衬衫，柔软得像液体而不是布料。领带是肉紫色的（卡斯帕赞赏地称其为"牛血色"），和鞋子同样的颜色。这次不穿洛伯的鞋了，而是换成了德国制造、闪闪发亮的、像豪华轿车的引擎盖一样的鞋。

我装扮完之后，立马感到浑身充满了力量。这样的衣着彰显了穿衣人的身份。某种混合了谨慎、傲气、权力，还有一丝对节俭不屑的气质——它们共同在你周身筑起了一道壁垒，让你觉得像穿了甲胄一样充满安全感。

在甲胄下面，仿佛有一条黑线贯穿我的全身，把我全身的每一个细胞都拉紧。这条黑线像一根燃尽的火柴，从我的颈椎蜿蜒而过，让我的脖子变得僵硬。我用了点儿兴奋剂，浑身上下从内而外都紧张了起来。

我沿着砖巷走到地铁站时，能感觉到一双双眼睛盯着我。扮成布兰登引起了路人极多的关注，这在我还不太能适应，好像你总是被当成某种物体来衡量。我一时心血来潮，走进街边的一家理发店。店里老式的陈设令人感到安心，空气里闻起来有一股皮革和柠檬的味道。镜子上都是水蒸气，雾蒙蒙的，里面传来厚重的剪刀咔嚓咔嚓的声音。只有理发师本人看起来还像是属于 21 世纪的存在：胳膊上的海妖文身、乱蓬蓬的爆炸头。我在手机里翻着，找到了我想要的照片——布兰登初到洛杉矶时的照片，照片里他的飞机头造型是一件复杂的雕塑作品，像一个刚刚打下来的浪头。

理发师疑惑不解地看看手机里的人。"这不就是你吗？是吧？"

"对，当然是我。"我跷起二郎腿，学着布兰登的样子，不耐烦地做了一个掸灰的动作。

"哦。大多数人都是带着名人的照片过来，演员啊什么的。"他又看了看那张照片，"像这样的还是头一遭。"

"怎么跟你说呢？我有自己的发型，"我说道，"快点儿，我赶时间呢。"

后来我又回到砖巷，那里伦敦人的压力最大，一个家伙打着电话撞到了我身上。撞得不重，只是让我重心不稳，身子往后移了一下，更没有跌倒。但是我立马冲过去，跟他面对面，平静地对他说了一句"去你妈的"，不知道哪儿来的一股决心。

他的反应很迅速。他立刻把脸凑到我面前，近得几乎要碰到一起了。路上的行人自动给我们让出一条路来，驻足观看着。

他比我矮，但没矮多少，他也实实在在地生气了，怒气冲冲地仰脸看着我。"去你妈的！"他每说一个字，都伴随着一口混合着唾沫星子的热气喷出。然后我们又向前一步，脚趾都碰在一起了。我体内有个声音在呐喊"跑啊！"但是那条绷紧的线，又把我往前推了一点儿。

我的额头贴在他的额头上，他的发际线蹭着我的眉毛，他的呼吸把我们之间的空气都喷热了。我感到一股力量——某种像无知一样的东西，又像是宿命，我非常清晰地说："滚开，小矮子。"我的声音不像是我的，但是很熟悉，就像听着录音里自己的声音。下一刻，我们四目相对，互相瞪着，我能看到他眼白上呈网状的红血丝和迅速变大的瞳孔，然后他走了，那一头卷卷的爆炸头迅速没入人潮。

我飞奔进了一家咖啡馆，两手发抖。要是真动起手来，一切都会土崩瓦解的，我知道。我会在地上缩成一团，双手护住头部，待着不动，等待一切过去。都还没到那份儿上呢，我现在都感觉自己是一把刀、一道闪电。身后的街道上，人潮如水般从我身边流过。我是一匹戴着眼罩的赛马，一只正在俯冲的雄鹰。我坐地铁到维多利亚，又坐火车到了布赖顿。

在火车上，我一遍遍地放着那些音乐，直到它们的节奏变成了我的节奏。我肯定还自言自语了，因为我发现在一辆满座的火车上我自己独占了一个一排四座的地方。我喝着小推车送过来的金酒，一口气喝了三杯，当服务员忧伤地看了我一眼时，我重复着多年以前听布兰登说过的一句话："别把它当成纯饮金酒，想象它是非常非常干的马丁尼。"我冲他眨眨眼，给了他一张十英镑的小费。

霍夫比伦敦感觉好多了，这里更纯净。你能看到海鸥在海平面上飞翔和空荡荡的街道。我喜欢海风吹拂皮肤的感觉，我的牙齿一张一合，像狗对着飞溅的海浪泡沫龇牙。去巴克斯特住处的路上，路面坚硬、苍白，路上十分安静，常常能看见一些家庭聚餐，还有在后花园烧烤的，但一走下主干道，立刻没有了生气。

摄政时期的一排排房子后面，藏着一处不甚美观的工业化建筑，被一些20世纪60年代的办公大楼包围着。这些大楼曾经一定也熠熠生辉、非常现代化，但这样的好景也许持续了一周吧，而后空气中的盐分就剥落了混凝土表面的油漆，海鸥的粪便把屋顶变成了波洛克的抽象画。巴克斯特的住处在一排车库间里，除了最后一间，每间都挂上了锁，波纹钢板上被挖出一个小门，像是通往《爱丽丝梦游仙境》里的仙境一样。门的上方，被人喷上了"破纪录"三个字。我按响门铃，听到狗叫声盖过了远远的音乐声，还有脚步声。

巴克斯特向外张望着，像一只乌龟把头探出壳一样。"天哪，布兰登，你居然这么准时？我还没穿衣服呢，我以为你还得过几个小时呢。"

他领我进去，走进一条走廊，一路上他都说着话。

"记得我们那次巡演吗？经纪人总是把集合时间定得比出发时间早一个小时，就因为他知道你会晚到什么程度。"

他似乎不需要我回答，继续说着。我们转了个弯，进入一间看起来出人意料舒适的房间，长是宽的三四倍，放着几台自动点唱机。

"于是你就开始迟到两小时来补偿自己，然后他开始把集合时间定得更早，到了巡回后期，如果我们需要中午出发，叫醒服务一般会在早上九点，然后你会在两点起床。"

我笑了笑。我想这就是他所追求的。药劲儿正在退去，我也没有喜鹊酒店的保护壳支持我扮演布兰登。

"我要做出改变了，那边厨房里有咖啡和茶。"他指着边上一扇小门，"所有的自动点唱机都能用，敞开玩儿吧。"

我想我应该玩儿点什么。最近处的一台点唱机装了绿松石色的双翼，还有一个像小轿车车头的金属格栅。我快速浏览了里面的歌，随机选了一首，想着任何我能认出来的歌都很可能是认错了。一阵刺耳的砰砰声从扬声器里迸发出来。

巴克斯特从门口伸过头来，头发湿答答的。"那是《除了心痛什么都没有》[1]吗？好眼光啊，哥们儿。"

我又放了两首歌，这时巴克斯特才穿上衬衫和牛仔裤出现了。我

---

[1] 《除了心痛什么都没有》(*Nothing but a Heartache*)，最初是由女性音乐团体 The Flirtations 在 1968 年发行的一首流行歌曲，在后来被多次翻唱。

想起布兰登对他的描述,看看他又哪里穿错了,果不其然,他又穿错了。他牛仔裤的一条裤腿被塞进了一只花格子袜子里。

"来,来看这个。"他带我穿过点唱机的迷宫,到了另一间改装的车库。天花板被放低了,四面墙上挖出了一个个储物的格子,每个格子里都有一双运动鞋,在屋顶上聚光灯的照射下就像一个价值连城的花瓶。这里充满高档珠宝店的气息。

"怎么样?"他歪着头,期待着我的回答。

我无法想象布兰登看到这番情景会作何感想。惊异于他对街头文化的执着?因他的穷困而感到恐惧?

"我都不知道你竟然这么爱运动呢,巴克斯特。"我终于开口了。

他大笑道:"对,没错。从来不在生气的时候穿。"

他抚摸着其中格外花哨的一双,抚平了它上面荧光色的花边。"说吧,什么风把你给吹来了,布兰登?"

"拿钱。"我说。

他扬起眉毛,脖子往后撤着,挤出了双下巴。"拿钱?现在?布兰登,我跟你说过,我们对这事儿必须小心谨慎。有几个人,我们得先把他们的钱付了。我还想着我们再缓一个月,万一伊萨克老老实实签字了呢。稳妥一点儿,对吧?"

我在脑海里演习了一下一百八十度大转弯——别怕起冲突,再添一把柴火。"不,巴克斯特,我现在就需要钱。我有开销。"

他仔细看着我,拿着毛巾擦头发的手停了下来。"花销?找个便宜地方住一阵子吧,没有管家——不管那个人算什么——你也能活。"他语气很直接,但神情很紧张。

"是其他的花销,巴克斯特。我有责任要承担。"

听了这话他又笑了。"不,布兰登,你那是习惯,这是完全不同的两件事。"

我感觉身体里腾起一股怒火。"我有什么没什么不用你告诉。当时我们说定时你可没这些废话。"

他的声音立刻烦躁起来。"我说了。我们坐在那家餐馆里，我告诉过你这会需要一段时间，但是它值得。这不是什么毒品交易，布兰登，这是严肃的事，该发生时自然会发生的。"

"现在就是该发生的时候。马上。"

他好像才看到我额头上的伤疤还有脖子上的划痕。

我很可能闻起来还有烟味儿。他把毛巾搭在脖子上，像一个拳击运动员。"你干什么了？"

"不关你的事。我给你录音，给你赚钱，现在随时还可能让你出名，可我得到什么了？什么都没有。"

我开始颤抖。"保持住布兰登的状态。"我告诉自己。

"好好好，我先给你预付一部分。"他拿出钱包，"要多少？"

数字在我脑海中飞速运转起来。五万给瑞还房子抵押款，三万五付给罗尼和雷吉。还要一千是我去太浩的路费。"八万六千英镑。"

他小心翼翼把钱包放下。"布兰登，"他说，那口吻就像在跟一个孩子说话，"我真没那么多。我能给你五万。"

我努力集中注意力，控制住手不要抖。"八万六千英镑，马上，否则我不干了。"

他看起来像是要哭了似的。"真的要这样吗？这就是整件事情的结局吗？"

他坐下来，肩膀耷拉着。"你知道吗？无数个夜晚我曾经跟吉米说过。在你们谋划完什么事回来的路上。'他变了，巴克斯特，'她不住地说，'他完全像换了一个人。他居然能听进去话，有时候甚至还表现出他很在意的样子。'但其实你没变,对吗?你只是需要暂时有几周成为别人,赚到大钱了就及时收手。如果这就是我们对你的全部意义,你怎么不早说呢?"

他开始从钱包里数出两万英镑。

"你只需要言语一声,'我要钱就行。我摊上麻烦了。'这是我们期望的。但是你得把它当成私人恩怨。"

他看了看那些钱。"一千零四十,拿着。滚。剩下的事成之后给你,一分都不欠你的。"

我从口袋里掏出护照。我突然有一股强烈的欲望,想拿把枪,一把冷冰冰、沉甸甸的枪,只是因为它的分量。

"巴克斯特,我也不想这样。"

这是一个谎言。我现在都能感觉到那种愤怒。我希望他拒绝这笔交易,希望他狠狠地羞辱我。我要想赢,则他必须输。他接过护照,打开了它。

"萨拉·沙佩尔。天哪,这是西斯廷吗?天哪,照得太奇怪了。"他翻动着簇新的护照页,"她几乎哪儿都没去过。"

我等待着一击。巴克斯特生来是个直肠子。"她没有多少机会,不是吗?因为她才十五岁。"

他像个窒息的青蛙一样鼓着两眼看着我。

"再好好看看。"

他又打开护照的背面,读着上面的字。"布兰登。"他声音很低,"该死,布兰登。你早知道了吗?"

"当然不知道。我不介意为它付出代价,但只是用钱,不是用我的自由。"

"但她从来没说过。"

"哦，好吧，那你是清白的。'她从来没说过，警察。'"

"但她看上去也太……"我能看到他的思想活动。想到一些记忆他脸都红了。

"她什么都不会说的，不是吗？"

我拿起护照，在他眼皮底下晃动着。"她可能不会……"我拿出平板电脑。里面有三个不同链接可以下载到他和西斯廷的视频片段，精心剪辑过，把最不容易定罪的内容剪掉了，那是一些讨论安全问题的字眼，还有在数码剪辑室的地板上吻别的片段。这里只留下了最精华的部分。我也说不好，在现代的道德准则下，这看起来到底是彼此心照不宣但有点儿狂野的性爱，还是可以解读为赤裸裸的虐待，再加上这本护照，情况就更糟了。我开始播放视频。我可以确信我们没有必要看到最后。

巴克斯特看着，好像那是别人一样。他也没有想试图关掉视频。

"你知道是怎么回事。这是剪辑过的，所以你肯定看到过全过程。你知道真相的。"他表情里的惊讶多于愤怒，"事情的真相不是看到的这样。"

我用胳膊搂住他湿漉漉的肩膀，感到他往后缩了一下。我用布兰登的口吻喋喋不休了一阵。

"巴克斯特，巴克斯特，巴克斯特，每件事都是它呈现出来的样子。我理解你，我相信你。任何人都不可能只有一面，或者起码应该说一个有趣的人不可能只有一面，我明白。有时候你是巴克斯特·莫雷斯——慈爱的父亲、忠贞的爱人、养家糊口的人；有时候你是音乐人巴克斯特，与各路明星为友；还有时候你是这个家伙。"

我按了暂停键。"大坏蛋巴克斯特。气喘吁吁，挥舞着鞭子抽打着。我明白。我们都是成千上万个不同的人，有的好，也有的坏，有些东西没尝试过就不算真的活过。你知道我当时也在那儿，巴克斯特。不过这哥们儿……"

我指指屏幕："这哥们儿，他得付出代价。不是那个好人，也不是那个居家男人，更不是那个乐队成员。那些人在葬礼上都能得到去往天堂的通行证，还有赞美的辞藻。但是这个人……他要付出代价。因为尽管我理解我们这个游戏里的微妙之处，而且我想连西斯廷都知道我们每个人必须扮演的角色，但是大众，他们恐怕没有这么善解人意。"

"布兰登，"他停下来，"这个过分了。"

我微笑着。

"说真的，布兰登，你的所作所为大部分都属于讨厌的范畴，但是这件事算是恶毒了。你知道它们的区别吧？你拿的这个东西，录像里的事，是我做错了，大错特错，毫无疑问，但是它不恶毒。而你现在的举动是恶毒的。我一直都在帮你争取你应得的钱，但是如果你现在要拿走，还是用这种方式？你走偏了。胳膊肘朝外拐了。"

我都不屑于答话。我本来就是外人，瑞那头的，我们才是一头的。至于说善恶之分，左右之分？我当时没时间细想这些。

他背过身去，挡住保险柜的密码锁，就好像此刻这么做还有意义似的。好像我想要的东西一样都拿不走似的。

"我是认真的，布兰登。这么做你就是离开了我们，抛弃了全世界。"他从一捆捆的钱上把橡皮筋取下来。

"反正这些钱下个月就是你的了。我拿着这些钱唯一的理由就是，我想着《微笑》赚来的钱，我们可以同时拿到。"

说到"微笑"这个词时，他摇了摇头，把钞票数出来。他满脸是泪，但是语气却比我到这儿以来任何时候都要平静。

"你一旦<u>踏出这一步，就再也回不去了。你以为自己是个坏人，但你不是，你还远远不是。"

他小心翼翼地把每一张钞票都摆好，就像它们有什么特殊价值一样。

我把视频倒回开头，找到我喜欢的片段。我把音量调大；那些小摄像头的麦克风效果太糟糕了。"那你呢？你从这里回来了吗，巴克斯特？"

我看着他面如死灰。

我找了将近半小时，才找到那辆从他床头柜上抓过来的钥匙能打开的车。我绕着他工作室附近那几条街溜达了好几圈，逐渐扩大搜索范围，走几步就按一下开锁键。找到了，他的车是一个大块头的美国车，漆成红、黄两色，轻而易举就成为整条街最惹眼的车。

车子一启动，出现一阵剧烈的震动和一声像喷气式发动机的声音，我真真切切以为是炸弹爆炸了。我把头埋到两腿间护住，过了足足五秒钟，我才反应过来那是音响。车的后座被整个扒掉了，换成了一整排巨型的扬声器。之前巴克斯特听的不知道什么歌响了起来，扬声器疯狂地振动着。

我把仪表盘上所有键都拍打了一遍才把这个声音关掉。这花了我好一阵儿工夫：它的硬件设施比空中交通管制的还要多，我不得不挨个研究一遍，以掌握它们的不同性能。它们之中至少有一半是管音响的，还有连着液压系统的。不知道怎么改装的，车里每个角落每个部件都可以根据心情随意起降，我又摆弄了五分钟才把一切又恢复到水平位置。

经历了这一切，实际开起来倒是轻松许多。我已经十年没开过车了,试了四五次,把这辆车弄得嗡嗡响,才重新掌握要领。我本来计划直接开到索尔那儿,不过要是巴克斯特报失的话,这车马上就会被追踪到。我给杰打了个电话。

"嘿,有兴趣买辆车吗?"我把视频聊天打开,好让他看到车子内部,"这车你给我多少我都卖,因为有点儿难言之隐。"

"我再看看音响?"他说道,我移动着镜头,展示着品牌名称还有电子设备。

他一眼发现了问题。"很棒。是你的吗?"

"不完全是。"我想了想说,"其实,无论怎么说都不是。"

他摇了摇头。"不行啊,兄弟,太可惜了,这车真的不错呢。"

不过,在伦敦外环高速上行驶了十多公里后,我收到一条短信,是一个我不认识的号码发的。我点开短信。

"22号公路,马伯里路21号。大众露营车可以吗?"

我到了马伯里路,原来他约见的地点是一个多层停车场,在伍德格林一条安静的街上。我把车停在顶层,这样就能看到下面的入口。

我的手机连着响了两下:杰来信说"十五分钟后到,顶层见";还有就是瑞的邮件。

"你似乎点燃了罗宾心里的火苗。他躲在自己房间,鼓捣着十二块模型锡和一个电烙铁。你确定他弄这些东西是安全的吗?他信誓旦旦地说你教过他怎么做。还有,那本实地录音杂志上有个网站,上面有布兰登的音乐,是一个视频,不是音频。你猜底下是什么?想你坚果花园 R x。"

我平躺在引擎盖上让暖烘烘的金属缓解背部的酸痛,然后点开了她发来的链接。

我们还会好起来吗？

那段油管上的视频是一段四分钟的降雪录像，页面顶端是我们听过的那段录音。下面是一连串的评论，所有的评论用户名都是"亲吻花园"，油管的文本长度限制意味着他只能自己回复自己，一条接一条，好把他所写的全部文字放进去。

亲吻花园——十五天前

我按动门铃，绿松石色的电木板门，响起轻快的墨西哥民歌《蟑螂》，过了至少一分钟，海德先生才来应门。他身后的房子黑乎乎的，他整个人在黑暗中像一条纤长的剪影。从前，遥/控乐队跟他们一起巡演时，他还比我高，可如今，算上那二十厘米摇摇晃晃的像鸡冠一样的飞机头，他还是比我低个那么两三厘米。他很吃力地拄着一根拐杖。

"有什么事吗，孩子？"

那个熟悉的声音，亲切的南方口音。录歌时，他嗓音浑厚，像个牧师，仿佛随时就要降下天谴的诅咒，但私下里，他的声音非常亲切。他有一种机长向乘客解释引擎故障时沉稳而又缓慢的语调。

我伸出一只手。"我是布兰登，布兰登·库斯加藤。我的乐队在

20世纪90年代时跟您一起巡演过。遥/控乐队,还记得吗?"

那张饱经风霜的脸从黑暗中显现出来,仔细看了看我的手,又看了看我。他的额发散了下来。

"你那个收唱片的小伙伴没跟你一起吗,孩子?"他说"收唱片"的语气仿佛在说恋童癖似的。

"他没来,先生。""先生"两个字自然而然脱口而出。

他在大楼的人行步道上左右看了看。

"好,那你就赶紧把你那小屁股挪进来吧。"

外面可能是纯正的20世纪70年代高楼大厦——那种每个大城市都有的匆匆忙忙胡乱建成的豆腐渣工程,最初被政客们用来给自己的追随者安排肥差,后来又被弃置不用,但是里面的陈设却是纯粹的20世纪50年代美国老古董。红色天鹅绒的窗帘,像脱衣舞服装一样满是流苏,拉得紧紧的;昏暗的灯在每个角落洒下一小束一小束的灯光;一块块厚厚的金色和红色的毯子;还有一个正面有蚀刻图案的酒柜,陈列着一些玻璃杯,用来储藏已经不复存在的鸡尾酒:高杯酒、罗伯罗伊、蛋奶酒。

我的眼睛渐渐适应了光线,映入眼帘的也更多了。壁炉在屋子里显得格外大,表面覆盖着仿造石头——看起来像是迪恩·马丁[1]会端着一杯马丁尼倚靠在上面的那种壁炉。我的视线越过海德,能看到他身后小厨房发出的微光。鳄梨色的烧水壶,三文鱼泥颜色的搅拌器,冰箱是那种无光泽的浅绿色,橱柜用褪色的苏格兰格子呢包了边。不过这一切并不显得俗气,我也不知道为什么。一定程度上可以说品位太高了。壁龛里放着一幅画,看起来像是德·库宁[2]的真迹。椅子是货真

---

[1] 迪恩·马丁(Dean Martin, 1917—1995),美国歌手、演员。
[2] 威廉·德·库宁(Willem de Kooning, 1904—1997),抽象表现主义大师。

价实的赫曼米勒[1]。但是房子里也有一丝严谨的标准：整个房子里没有一个物件不是六十年前的。没有一样东西可以衬托出女招待的手推车和斑马花纹的吧台椅显得过时。

"乐队的一个孩子过来了，"海德仿佛对着屋子里的黑暗宣布道，"是那家伙的朋友。那个收唱片的。"

沙发的一部分，看上去只是一个藏在堆成小山的沙发罩和毯子底下的凸起物，只见那个凸起物抖掉身上的东西，尖叫道："是布兰登吗？我的天哪！"

杰基看上去没有海德那么枯瘦苍老。从十四岁开始就涂抹像墙灰一样厚的化妆品，有一个好处就是，不管内里的损毁多么严重，表面上依然可以保持不变。但是那曾经勾魂摄魄的双腿如今就只剩了一副皮包骨头，套在一条豹纹睡裤里。她的双臂像蓝纹奶酪一样斑斑点点。我记起她有一次在卡姆登舞台上的样子，她用十几厘米的高跟鞋猛戳效果器，对着麦克风放声嘶吼时，那巨大的格雷奇白隼吉他让她看起来格外娇小。如今的她看上去就好像一口气就能把她吹回到床上去似的。

杰基，也就是"杰奎琳"，哦对了，她跟我一样，也是个归乡的游子。她就出生在这附近的那条街，待遍了霍舍姆的所有地方后，她早在1972年就跨越大西洋，逃离了这个地方。据她在自传里写的，在遇到海德之前，她的时间都是在旧金山湾区"脱衣服和摘水果"中度过的。那是在一次人体素描课上，她在当裸体模特，海德（本名莫里

---

[1] 赫曼米勒（Herman Miller），创始于1905年，从一家生产传统家具的公司演变成美国最主要的家具与室内设计厂商之一。

斯·穆索科维奇）偶然发现了她，然后连问都没问她一句，就直接解散了他的乐队——"沼泽之鳄"。第二天晚上他就拉着她上了台，都没怎么排练。他们的组合名为"杰奎尔和海德"，为观众创作了原汁原味的、摇摇欲坠的乡村摇滚唱片，这些观众的数量要翻上四倍才能勉强称得上是"狂热"。直到他们被卷入第一股令人喘不上气的洛杉矶朋克的浪潮，成了某种像黑旗乐队、蝈蝈乐队或是 Xs 乐队的吉祥物一样的东西，持续不断地给这些乐队助演，从奥兰治县到奥格里夫，把沼泽蓝调高音咆哮成朋克口水的海啸。

不过他们还是笑到了最后。凭着一份拒不妥协、毫不动摇的决心，在那些昔日长期占据头条的人如今被击打得无关紧要、赌毒成性，甚至已不在人世后，他们依然存在着。他们一路攀登，从一开始的局外人，到资深政治家，再到国宝级人物，从未停下脚步。我们曾在 1992 年给他们在英国的一次中型现场巡演中做过助演，这个组合太随意了，恰恰印证了他们对当时的音乐界丝毫不感兴趣。

尽管搭配不当，或许也正是因为这样的搭配不当，我们玩得很愉快。每一场杰奎尔和海德的现场，每一个瞬间都是永恒不变的。每次唱到第六首歌中间的那场"约会"（同一首歌，同一个场景，每天晚上如此），海德都会把瘦削的双膝跪在地上，把麦克风的线绕在脖子上，对着毫不在意的杰基急速输出相同的圣诗和廉价书刊里的词句。每天晚上都会有两首返场曲目，杰基会在第二首返场曲目结束时被一群打扮成精神病院护工的场务簇拥着下台。就连海德那模仿猫王的"多谢"，一晚上也可以有规律地出现好几次。这样的日常给了他们很充裕的时间外出闲逛。他们的巡演车（当然是一辆金属的清风房车）也是双人车，像一座移动的南方种植园房子。一把俄式茶炊的烧水壶，里面装了混合着波旁威士忌的冰茶，奶油小饼干和雪球小蛋糕。

我跟杰基一起待过很长时间。她曾经深深迷失过，但我很羡慕她完全重塑的能力。她会毁掉她身上所有伦敦郊区痕迹。如果非要说她有什么不及他之处，那就是她的口音比他要重一些，其余的，从头发到指甲、再到声音、再到她的名字，她身上没有一处是她本身的。她穿着紧身束腰内衣，实实在在改变了她的器官位置；脸上敷着厚厚的粉，像日本的歌舞伎一样。看到他们俩出现在公众面前是一件令人愉悦的事情。瘦削的他身穿黑色皮衣，看上去疲累不堪，像一根燃尽的火柴，挽着这个食欲过剩的贝蒂·佩吉[1]。就算你放出几头北极熊来，也不如他们吸引眼球。

她费了好大力气站起来。她依旧那么骨瘦如柴，依旧梳着一个蜂窝头，依旧化妆化得像个玩具娃娃；她踮着脚尖穿过屋子来拥抱我，她的双臂给我的感觉虚幻而空洞。

"啧啧，让我好好看看。"

我努力迎着她的目光。她的双眼布满血丝，和脸上白色的化妆品形成鲜明对比，眼睛和嘴巴周围的妆显得格外狂野。但她还是很精明有城府。小心啊，布兰登，小心。

"啧，你不会只是一张照片吧？到灯底下来。"

她用她那脆弱的手指紧紧抓着我的手，把我领进厨房，不过海德没有跟过来。他又蜷进了沙发里。电视机很笨重，屏幕很小，正放着一部黑白电影。

"说说吧。"她把水壶装满水，慢慢挪动到燃气灶，点着了燃气。我注意到，就连火柴都是复古的，是一个美国牌子，包装上有一张老虎的图片。从背后看，她已经成为一个老妇人了。

---

[1] 贝蒂·佩吉（Bettie Page, 1923—2008），20 世纪 50 年代因拍摄性感海报而闻名，常被称为"海报女王"，《花花公子》杂志最早的月度插页女郎之一。

"什么由头让你来看我们来了,亲爱的?"

我又一次感觉到她绵里藏针。我本来是打算先叙叙旧,然后走的时候再提起想要借用那台科伦坡式电特雷门琴。但是杰基的眼神太过坚定。

"布赖恩·威尔逊的特雷门琴。"

她吹着她杯子里的茶水。她那个杯子上印着1933年芝加哥世界博览会的广告;我的杯子上则是布鲁克林道奇队。

"当然没问题。亲爱的,不管你要什么都行。附近好多特雷门呢,比我们的新多了。"

"但是我想要那种昔日时光的感觉。"

她知道我要的不止于此。"不错。我们确实有能做出那种感觉的东西。"

"还有,如果有人问起来,我希望你不要提到我来过的事,非常感谢。"

"我就说嘛。"她盯着我的眼睛,"你那个收唱片的朋友也参与了这件事吗?"

我脑海中飞速算计起来。相信你的直觉。

"他参与了,不过你们不用跟他有任何直接接触。"

"那就行,他方方面面都惹海德生气。好吧,好吧,多少钱?"

我在脑子里盘算了一下。"一千。不是我觉得它只值这么多,而是因为我只有这么多。"

"那就够了。来吧,我们去看看。"

她又抓着我的手,我意识到这可能更多的是支持,而不是调情。她把我安顿在沙发上坐好,让我坐在她和海德中间。电视里的节目变成了新闻。布满雪花点的黑白屏幕里,一个像牛蛙一样的播报员穿着西服、打着领带。电视声音很低,但是在这寂静的屋子里听得很清楚。

"国务卿迪安·艾奇逊今日宣布分别与法国和越南政府签署协议,向其提供一千万美元的军事援助……"

我偷偷看了看杰基,她也给我使了个眼色。我小口喝着咖啡,新闻一直播着:一组不明飞行物在《时代》杂志上引发热烈讨论;尼诺·法里纳赢得银石赛道英国大奖赛冠军。我扭头看了一眼厨房门上挂着的手撕日历,我之前忽视了它,以为那只是又一个刻意做出来时光倒流样子的摆设。日历显示的日期是 1950 年 5 月 13 日。

新闻播完了。杰基翻阅着一本破旧的《电视指南》,封面上的乔治·伯恩斯叼着一根没点着的雪茄调皮地眨巴着眼睛。我看到一些节目被红笔圈了出来。

"这会儿只有《德士古明星剧场》,我们要不要小酌一杯?"

海德没吱声。只见他伸长骨瘦如柴的身子把电视关掉,然后指了指角落里的电唱机。

"去放张唱片吧,孩子,放点儿鸡尾酒会的音乐。"

电唱机底部摆放着一排五颜六色的黑胶唱片,都带着唱片套。这些唱片,十个里我只认识一个,不过我马上就开始在脑子里给它们分类,待会儿好出去惹恼巴克斯特。最后我选了一张,因为它的封面:一个穿着马球衫的大胡子意大利人,恶狠狠地盯着一个乡下女孩的相框照片。

时钟响起,两个木头小人儿推开他们面前不怎么结实的一扇门。两个小人儿身高不超过大拇指长,安安静静的,一下子就能看出来是杰基和海德。海德穿着闪闪发亮的黑衣服,飞机头尖尖的,像一把匕首;杰基则穿着红衣服和夸张的过膝长靴。

"粉丝做的,"海德不无挑衅地说,"不管怎样,到了鸡尾酒时间了。"

杰基已经先一步行动起来了。她打开饮品柜,从里面拿出瓶子,自顾自地唱着。她从一个看起来像是 20 世纪 50 年代原装的瓶子里汩汩地倒出几毫升浓稠的止咳糖浆,瓶颈上覆盖着紫红色糖浆液,几乎结成了黑色的硬壳。她在里面加了一杯"狂飙"牌柠檬水——我能看到罐子上的标语写着"极致清爽体验"——又抓了一把冰块进去。

柜子上还放着一个碗,盛满了上百种"快乐农场主"牌糖豆。"要什么口味的,亲爱的?"

海德的眼睛没有离开摇酒壶:"让我们的客人选吧。"杰基转向了我。

我想不出来加上其他那些配料会有什么区别。"红的?"

"红的来喽。"她用冰夹拣出八九颗红色的糖,把它们扔进摇酒壶。

"你来?"她问我。

混合液黏糊糊的,我操作时,摇酒壶发出吸吮的声音。海德专心致志地看着摇酒壶,就像一只猫专注地望着窗外。他开始说话了。

"很多人认为止咳糖浆是最近兴起的事物,是说唱歌手喝的。"他舔了舔嘴唇,"但是在休斯敦,它有着悠久的历史。人们曾经称它为倚靠,因为……"

他猛地坐到另一边,他的额发落到了前面。

我晃动摇酒壶的速度慢了下来,但还是能听出糖豆还没有完全融化。

"一开始主要是号手。止咳糖浆里的异丙嗪能让你吹上一整晚,而里面的可待因则让你沉迷于音乐无法自拔。"

317

"那那些水果糖呢？"我问道。

他又舔舔嘴唇。"你告诉我，有谁不喜欢'快乐农场主'呢？"

杰基充满敬意地从我手里拿走了摇酒壶，把里面的黏稠物质倒进马丁尼酒杯里。其实第一口味道还不错。只有美国饮料才会有的甜度，但是又有一股植物的暖流，尝起来就像是上学期间那些放学后的时光。不过，它会在你嘴里留下浓浓的余味。

海德迅速咕咚一口把他的那杯喝掉，紧接着又倒了一杯，我和杰基还在慢条斯理地各自品尝着。就算没在喝时，海德的嘴巴也在不停地咂摸着。他在屋子里环视了一圈，就好像一切对他来说都是新鲜的，然后把目光停留在我的脸上。

"我有个问题问你，孩子。你是自己生活的导演吗？"

他的手放到耳后，我看到他厚厚的头发底下露出一抹亮银色的助听器。他又该染头发了——整个发际线已经变成纯白。

"还是说你只是个龙套？"

我本以为这问题只是一种修辞、一种鸡汤，但他看着我，等着我回答。他的眼睛在绉纸一般的皮肤上，像两汪乳白色的液体。

"先生，我在尽力成为导演，但是世界自有其磨平你的方式。"

他郑重地点点头。

"你得始终保持警惕。你必须永远做导演。我们十年前……"他张开手臂，把拐杖伸长，"就决定要生活在一个不一样的年代。每个人都说这根本办不到，每个人都害怕如此。但它就是能行。"

他盯着我，仿佛在挑衅我，看我敢不敢提出异议。

"电视呢？"我问道。

"原来的带子，乔装改扮一下，从外部服务器输入信号。正好六十年前。报纸也是。"

他指着杂志架上一沓厚厚的《盖恩斯维尔日报》。上面的填字游戏都用墨水笔填满了。

"吃的呢?"

"大部分是新鲜的,不过网上能找到的令人叹为观止。有那种保质期永久的罐装食品。"他的眼睛闪闪发亮,"来点奶油饼干?"

我这才体会到这件事的分量。来自外部的压力,就像生活在潜水钟里一样。"为什么要这样呢?"

"因为我们属于那里。我一直都清楚。我生来就不怎么合时宜。"他嘴角下垂,把他脸上横向的深沟也向下拽着,"为什么人们要到处旅行?每到一座城市就认为'我属于这里'?"

我以前就是。曼哈顿、墨尔本、曼彻斯特,那些意味着风光或是出风头。

"没有人会嘲笑那些人,对吗?没有人会说'小子,你不属于这儿'。不再有人这么干了。相反,就好像他们发现了什么,好像他们坠入了爱河。嗯,我们是爱上了某个时期,不是一个地方。然后我们让现实和我们的意志相匹配。"

我听出他语气中那种准备了好久的辩论所特有的抑扬顿挫。我可以反驳说这样的生活是一种逃避,说它贬低了生命,但是这样做意义何在?就算布谷鸟时钟里那两个小人儿都改变了路线,也不可能把这两个人从他们的生活轨道上转移出来。

"我觉得你们所做的非常了不起。"

杰基捕捉到了我语气中的怀疑,我敢肯定。我想知道她忍受这种生活多久了。二人生活从来都是一支妥协之舞,但是你要怎么样才能做到向这种专制妥协?更糟的是,杰基早在比这更早以前,就已经把自己的生活变成了讽刺漫画。

"说说吧，我们为什么要让你用我们的乐器呢，孩子？"

我没想到他听到了我和杰基说话。他额发又散了下来，他把头发拨到一边。

我偷偷看了杰基一眼。她不易察觉地摇了摇头，仿佛在说：如果觉得勉强你就眨一下眼。

"我在做一张 20 世纪 60 年代的唱片。不是说这张唱片听起来像 60 年代的，而是这张唱片就诞生于 60 年代。你们的乐器是其中必不可少的一个要素。"

他点点头。"那你可以租一台 60 年代的特雷门啊，那就是那个时代的。为什么非要是布赖恩的那架呢？"

我又看了杰基一眼，一无所获。我本来可以说我想尝试让这张唱片像他们俩那样去活着——真得完全，假得彻底。但是……

"为了干翻某个人，为了赚钱，为了永生。"

他伸出一只瘦骨嶙峋的胳膊环住我的肩膀，那胳膊轻得仿若小鸟的翅膀。

"好小子，你怎么不早说？"

杰基在两间屋子之间踅来踅去，像个上了发条的稻草人。她可知道她的生命是多么大的一个悲剧？这个姑娘，曾经在四十八个国家现场演出过，令无数少男少女一见倾心，如今却被锁死在这个逼仄的囚笼里，受着这般的束缚，甚至从沙发到冰箱的地毯上都被她磨出一道沟来。她很可能不知道。我们也无从知晓，不是吗？我们一无所知，但仍然继续前行着。我们拉下卷帘，删除个人信息，让电话一直响着，直到世界小到足以令我们感到自己又一次变得重要。

海德把那架特雷门琴拉出来，它装在一个黑色的皮箱里。他面无表情地观察着我。

"正式开始前你想先试试吗?"

我正要说不用了,我已经占用了他们太多时间,但是一个想法突然刺激着我。有一首歌,是我在拉斯维加斯时写的,这些年我一直带在身上。那是一首类似于乡村音乐的歌,副歌部分像汉克·威廉姆斯一样矫揉造作,歌名叫《我们还会好起来吗?》

这个问题像一根黑色的针,每当我唱起这首歌时就猛刺着我,因为它是我所知道的最古老、最伤感的对话中的一句。这个问题是我曾经无数次问过和被问过的,通常是在床上,或者在午夜的厨房、在一堆破碎的瓶子间,又或者是有一次在飞机上,就在我们要起飞的前几秒,有人特别认真地问了我这个问题,就仿佛这个问题是针对本次航班的,但其实它当然不是。每次我问或被问这个问题,都标志着某件事情的结束,因为问出来时,你就已经有了答案。

作为一首歌,在我看来它非常完美 —— 渺小但义无反顾,但是每一次尝试要把它录下来时,都既摧毁了我也摧毁了歌。可是这座房子里的氛围,还有杰基和海德头顶上盘旋的秃鹫 —— 而他们却丝毫不以为意 —— 让我感觉这首歌也许能在这里录。

"那台泰斯康姆还能用吗?"我问道。我刚才进屋时就看到那台旧录音机了,那台机器和一台电影放映机差不多大小。

"这里的每一个物件都能用,孩子。"海德说道,每说一个字,都用拐杖在地上磕一下,"你有事情要找我们做?"

我们只录了两遍。海德把诗句用浑厚沙哑的男中音唱了出来,混合着歌词,又加了一些话语,不过他很快就掌握了精髓。杰基唱了副歌部分。第一遍,我给她唱了和声,但是出来的声音把歌里的苍凉感一扫而空。第二遍我让她独唱。她的所有特点都在歌声里发挥得淋漓尽致：现场歌手的纯净嗓音，龙钟老妪的脆弱不堪。萨塞克斯、加利福尼亚，或者哪里也不是。她拨弄着一把比她还高的格雷奇吉他，录下来的声音从磁带里听非常微弱，好像是一只猫在挠着木板要挣脱出来似的。他们不想再倒回去听了，所以我戴着耳机听了起来。这一切都那么恰到好处，我不由得浑身颤抖。没有一样东西是直接的，也没有一样东西是完整的。它是一个破碎的、折翼的东西。

巴克斯特正在街角的一家靠海的咖啡馆等着。布赖顿像黑白电影一样阴冷灰暗：灰暗的天空、灰暗的海水、灰暗的石头。

"怎么样？"你都能感觉到这第一个问题后头跟着一连串的问题。我把装着特雷门琴的盒子放在桌上。

"还行，一千。"

"一千？你肯定是对他们施了魔法，你干吗了？勾引她了？"

我不耐烦地挥挥手。"我们反正也得让他们投点东西在这件事里，不然他们可有话说了。还有，他们实在是不喜欢你。"

我身上还笼罩着他们房子里那股难闻的浊气。甜丝丝的咖啡、蜡烛、止咳糖浆饮料，还有保存了五十年的香烟。这味道有一种懒散的气息，不单跟喝了那个饮料有关。我躺坐在塑料椅子里，看着一只海鸥飞向高远而空旷的天空，迎着气流，像陀螺仪一样保持着平衡。它的头很稳，虽然风把它的翅膀吹得变了形，吹乱了它的羽毛，可头部依然岿然不动。我多希望能跟它换个位置，我可以乘风翱翔，身子在风中冲刷得干干净净，可我却只能在这儿，身陷于别人的困境，沉浸在别人的人生态度里。我又戴上耳机，继续望着那只海鸥。

第十章

我原计划把车停到离索尔家不远的地方等着,直到我确定他已经离开,但那是在我去索尔家之前的想法。正如布兰登所说,那个地方很容易找到。爬上 A666 号公路边的一座光秃秃的山头,它就尽收眼底了,是路边一个很显眼的小点,毗邻发电站,但是它的与世隔绝也意味着附近没有一个地方可以停车而不被发现。

我把车停在房子后几公里处的一个野餐区域,用望远镜望着。我无法安宁地坐着。我感到身后有一股巨浪正在蓄积,深蓝的海水里一股黑压压的巨浪。随着不断地蓄力,它向我扑来。一道水幕,裹挟着密密麻麻的垃圾和黏糊糊的东西,随时都会落地跌个粉碎。要是我安安静静地坐着,就能感觉到它膨胀着向我涌来。

"还不到时候,"我说道,"就让我把这事儿了了,我就是你的了。"

仅是透过望远镜看着,我都能感觉到船两侧的芦苇在挠着船身。我能感受到身后引擎里热乎乎的汽油在渐渐冷却。一阵雷达脉冲的躁动预示着一队椋鸟呼啸而过。我逼迫自己放慢呼吸。

右边有个什么东西突然吸引了我的注意力。沼泽地里,两只野兔后腿坐在地上,疯狂地攻击着对方,这场面在黄昏的映衬下显得格外壮观、生动。四下里如此安静,我仿佛都能听见它们爪子上肉垫相碰的声音。我耳畔回响着罗宾的声音:疯狂不疯癫。

我跳上露营车，发动引擎，掉转车头，朝着山下开去。在通往那条船的弯弯曲曲的长坡上，以接近一百二十公里的时速向下冲去，惊得两只兔子连滚带爬地奔逃开去。然后我熄了火，让车子自由滑行，最后在船外的石子路上停了下来。大自然曾经在这个笨重的大器械面前也敛气凝神，不过如今它又卷土重来了：蜂儿在此起舞，鸟儿在此鸣唱。

他们没在家。船的另一侧，是一个舷窗，上面的螺丝钉饱经风霜，已经锈蚀得不成样子，我都可以徒手把它们拧下来。

里面散发着霉味儿，堆满了各种物品，像是一个青少年的房间。每动一下，我都能无意中碰掉墙上的东西，或是被露出来的横梁剐到胳膊腿。这是个放火的绝佳场地，没有一寸地方是不含有易燃物的。羽毛、纤维、书籍，所有这一切都死死地锁在这个逼仄的木头箱子里。我把小一点儿的设备随意放在合适的位置，然后在一个破烂的地毯下面放了几条木板。大家伙放进了这里，我把它们扔进去时，轻轻溅起了一团锯末。然后我整理了一番，努力让一切恢复到我刚看到它们时的样子。最后我从前面出去，关上了舷窗。

我留了一个小一点儿的包装来"关照"电路。路上有一个美式风格的老式信箱，我把它放在那儿了。罗宾教过我如何通过无线网来用游戏手柄操控开关。我用操纵杆切换着，然后按下 X 键。砰的一声闷响，紧接着是一个像撕扯布料的声音，同时，信箱鼓膨胀了起来，蹿出了火苗。凝固汽油变成一个个小火球从底下冒出来，火舌舔舐着地上的草，滚滚浓烟飘向天际。

索尔和安德烈，他们俩看见了在船边木头台子上睡着的我。烧得只剩一副骨架的信箱残骸在我身上投下阴影。他们的声音惊醒了我。我睡了多久？

"发生了什么？瞧瞧那邮箱！"

"是布兰登。你觉得那是他的车吗？"

一阵沉默。"他是不是死了？"

"大事不妙。我们要不走吧？把他留在这儿？"

我打了个哈欠，学着布兰登的浮夸口吻。

"晚上好啊，女士们。"

我脑袋的涨痛好些了。他们待在车道尽头，仿佛我才是房子的主人，而他们是不速之客。

"布兰登，你还好吧？"索尔的眼神在我和信箱之间来回闪烁。

"完美无缺，"我告诉他，"我可能来的不是时候。"

我坐起来，双手放在膝盖上。一个犹如沙滩上的浪头退去的声音迅速穿过我的脑海，然后安静下来。

"你俩呢？旅途愉快吗？"他们穿着花里胡哨的莱卡衣服，"我们进去吧。"

安德烈打开前门的锁，我先走了进去。这里有一种家的感觉，非常惬意温馨，我不想失去这种感觉。

"来吧，别害羞啊，你妈妈都不害羞。"我扑通一声坐在了一个套了绣花沙发罩的沙发上，由于沙发的底座是塌的，我完全陷了进去。"请入座吧。安德烈，亲爱的，你能给我们弄杯喝的吗？"

他一直没动，索尔给他使了个眼色他才退回小厨房里。

"说正事，索尔。罗尼和雷吉，是吧？"

"哦，他们去找你了吗？"

游戏手柄在我口袋里热乎乎的，我按下 A 键。白色的光从垃圾桶右手边呼啸升腾，鸟形头饰被烈焰吞没。

场面非常壮观。

一道冷光从内部把头骨照亮：羽毛碰到火一阵战栗，眼珠被照得闪闪发亮。蓝色的火焰跳动着,刺鼻的浓烟翻滚着冲向天花板,索尔看得入了迷。

安德烈好一会儿才反应过来整个房子都要着火了。他用一个手持灭火器对着火苗喷着。我在心里想着漆黑的夜空下海浪加速奔腾的景象,好让这噪声安静下来。

"没错,罗尼和雷吉来见了我。猜猜看,是谁给的他们地址呢?"

索尔举起双手:"我不知道你的地址是保密的。"

"可以理解。不过难道他们看起来就没有一点儿,怎么说,对我有点儿不满?"

听了这话,他不说话了。他到底知道多少?其实无所谓了。

"你要是打个电话就好了。'不好意思,布兰登——我可能无意间把两个杀气腾腾的家伙指到你家去了。'这样我早知道他们要来,应该就能有时间拾掇一下,好让自己显得体面一些。可谁想到,他们就那样突然出现,不请自来……现在,他们满脑子里就只记得我欠他们一大笔钱,一笔我压根儿就没有的钱。于是我自己想着,谁有那笔钱呢?我终于想到了。亲爱的索尔啊,他只需要在一份小小的合同上签个字,我就可以有足够的钱来保住我的人头,而且不止于此,这笔钱他甚至都不想要,那这不就更好办了吗?对不对?"

索尔不住地摇头,眼睛紧闭着。"这完全和我的信仰、我为之奋斗的目标相悖。这样不对……"

我按下了 B 键。因为站得稳稳当当的,所以即使五颜六色的碎玻璃碴如雨点般落得船里到处都是,我也丝毫没有退缩。索尔双膝跪地,用手捂住耳朵。安德烈站着,把那个根本毫无用处的灭火器抱在身侧。

索尔在文件上签完字,我才告诉他们我的那份钱要全部给罗宾。事已至此,我本来没必要再作更多的恶,但我现在掌握了如何把布兰登的力量运用到极致。逻辑和威胁在此刻可能足够把巴克斯特和索尔压制住,但是我需要的是,我走出他们的生活后他们也能一直闭嘴。唯有残忍,还有能让他们变成疯子的威胁,才能让我达到那个程度的遥控。

我把他们留在黑暗中收拾残局,船里弥漫着汽油和烧羽毛的味道。我一上车,立刻按下最后一个爆破键。即使在引擎的响声中,也能听见远处传来嗡的一声,是船帆着火的声音。

我调整了后视镜的角度观看后面的景象:燃烧的彩虹、燃烧的船体骨架、燃烧的和平标志。一道椭圆形的火光映照着,索尔和安德烈出来查看发生了什么。三条火舌蹿向天空,两个人影手牵着手。这景象太壮美了。我的心脏突突直跳,不得不大口大口地吸入凛冽的空气才没昏倒。那熊熊的火焰是几公里内唯一的光,这幅场景被框在一个比黑还要更黑的背景之中:黑漆漆的夜。那船,在火光中颤动着,仿佛在海上漂荡,那是天空的海,是燃油的海,是夜的海。

快到托德莫登时,路上的猫眼反光导标开始变得像曳光弹一样,拖着长长的光。我停了下来,躺到车后座上。巴克斯特搞定了,我拿到了他的钱,也让他臣服了;索尔那个胆小鬼也签了协议,罗宾的将来有着落了;现在就剩下吉米还有那张唱片,怎么对付她,我还毫无头绪。

我把目标转向罗尼和雷吉。安德烈说他们那天晚上在罗奇代尔附近的一场狂欢派对上守门,所以我就往北开去。路灯让我眼花缭乱,等红灯时,我能清楚地听到停在我旁边的车里的对话。我开着车时无比想睡觉,但是停下车躺下时,心脏却不住地猛跳,直到又要上路了也没睡着。我在我的胆量允许的范围内尽量把车开到最快,窗户打开着,好让昏昏沉沉的头脑清醒一些。

开出城时,路上人少了许多,但是快到派对地点时,交通又拥堵起来。那些奔赴派对的人,四五个人一辆车,窗户被摇下来,放着音乐,把一条乡间小路变成了比拼音响系统的赛场。在车子堵得走不动的地方,只见一座被聚光灯照得灯火通明的独栋楼房坐落在半山腰上。人们纷纷下了车,就把车子停在路旁,然后开始步行过去。有人半个身子探进车里大笑着,灯光从开着的车门流溢出来。在汽车内饰光的映照下,我看到一些人在做着某种交易。

一个人拍打着我的车窗,把我吓了一跳。我把车窗摇下来几厘米。

"哥们儿,哥们儿,哥们儿我们能用用你的车后座吗?"他的脸重重地贴在窗玻璃上,指了指身后踌躇不决的女孩子。

"对不起,不能。"

他用力把脸贴在玻璃上,嘴巴都压平了,怒吼着:"好吧,那就——去你的!"然后骂骂咧咧地走开了。我听到他沿着停着的车队往后走了走:"哥们儿,哥们儿,哥们儿。别!等等!"

我把后窗的帘子拉上,数出一些钱。

我看到罗尼和雷吉在一个黑暗的小山坡上维持队形。气氛还算融洽友好。有那么一两次,罗尼双手按住队伍中一个焦躁不安的人的肩,好让雷吉去搜他们的口袋,不过他们似乎一心只想着怎么进去。人们睁大眼睛盯着双开门处的动静,光线从门里透出来,只看到他们的下巴默默地动着。我等着,直到队伍渐渐变短。马上就到我了。

雷吉先看见了我。他当时正在检查一个没收来的装满药丸的塑料瓶子。

"看哪，瞧瞧谁来了，那个死人。"

罗尼抬起头。先前在我的住处时，他们何等地盛气凌人，对喜鹊酒店的安保和我的存在置若罔闻、毫不在意。但是在这儿，身边又是狗，又是他们自己人，他们看起来却分明那么谨慎。罗尼紧了紧抓着杜宾犬项圈的手，由于过于使劲，指关节都发白了。

"真是惊喜啊，布兰登，我都不知道该怎么形容。"他们俩都显得犹豫不决。

我举起双手："我把你俩的钱带来了。"

他俩迅速对视了一眼，眼神里充满了渴望。"现在？这儿？"

我点点头。"在一辆面包车里，就停在那边路上。太堵了，我就把车停那儿了。"

"所有的钱吗？"

"一分不差。"

罗尼跟着我走向那条路，一路上是令人不舒服的沉默。几个掉队的人从另一条路走了过来。山谷里某个地方，几个小孩子正围着篝火跳舞：没有音乐，只有几个柴火棍儿一样的人影围着火光在转圈。我们走的这段路看起来比上山的路还要长，我正在想着是不是走过了，这时，突然看见那辆露营车。

罗尼在那辆大众车里就像坐在玩具座椅里一样格格不入。他坐在嵌入式沙发的边沿，我把钱从藏钱的地方拿出来。他的脸在灯管的照射下像蜡像一样，苍白的皮肤在头骨上紧紧绷着，他的胡茬儿比光秃秃的头发还长。他看待全世界的方式都像个机动人。我从他身上感到一种我之前没有料到的紧张感。我看上去肯定比我认为的还要坏。

我数出他们的钱。"拿着。这是全部的钱。"

他点点头，看起来很满意的样子，把钱放进衣服里。

"那么，我们两清了？你们不会骚扰我女朋友了吧？还有孩子？"

哪怕只是说出"我女朋友"这几个字，都让我感到一阵充满禁忌的快感。我的，我的，我的！

"当然。"他听起来像是受到了冒犯，"我们从来不会那么干。我不喜欢任何跟家人有关的东西。你的，我的，任何人的。太戏剧化了。"

他又往前坐了坐，透过头发，我能看到他头皮都是红的。"现在你能告诉我了。你到底是哪一个？"

我想了一秒。"我是弟弟，你们原本要杀死的那一个。不骗你。"

他仔细看着我。"该死，真是对不起。以前从来没错得那么离谱过。"

他看上去有些歉意，好像我们在讨论的只是一个小事故。"或许，我想，应该是对你哥哥说对不起。"他两手放在膝盖上。

"不过，那家伙，他可真是个冷酷的人。"

"什么意思？"

"嗯，杀死你哥哥，我的意思是，多少有点儿因果报应吧，你不觉得吗？某种程度上是。某种精神成本吧，就像希腊神话一样。"他抬起一只手在头上摸了一把，"而且对他来说，似乎根本不是事儿。根本不是事儿。我们阴差阳错搞砸了，我还挺开心的。"

"我也是。"

他尴尬地笑了一下。"是啊，我看也是。所以，那孩子跟那女人？"

"他的。"

"那他们知道了吗？"

"嗯，他们知道。"我不想解释罗宾的事。

他意味深长地舔舔嘴唇。"那么，你的事情都解决了吗？"

我环视了一下车里,翁布里奇和喜鹊酒店都不复存在了,这里现在对我来说就是最接近家的地方了。我感到手指上被火药灼伤的刺痛,仿佛又感受到了那道黑色的水幕,同时肾上腺素飙升。

"一切顺利。"

我开出十多公里后突然有一个想法涌上心头。我掉转车头,原路返回。我回到派对时,罗尼和雷吉正坐在入口处一个半圆形活动营房里,用瓷杯喝着茶。

"嘿,你们想赚点儿钱吗?"

罗尼用脚把门关上,音乐听起来仿佛被关在几公里以外。

"你指的是什么事?"

"都是你们再熟悉不过的。"

开车回伦敦的路上,我不停地忙着发着短信,在阴冷的北方天空下,在阴冷的北方停车道上,用一只手打字,呼啸而过的大卡车把我汽车的车身都震得发抖。我给杰发了条信息:嘿,能帮我搞一件防弹衣吗?给索尔发的是:过几天律师会找你调取一下证词。给瑞也发了,只发了一条:我就来,坚持住。

然后又回到了继续开车的状态。电台里放着谈话类的广播,没有音乐。透过反光镜看到光线倾泻在我脸上,像剥落了死皮。一直到伦敦郊区,交通才热闹起来,重力才重新恢复了作用。清晨第一缕微光勾勒出了天际线,在城市街道上开车让我觉得有压力。

我驶入一家服务站,把车停到停车场最远的角落里。有人在储物柜里落下一条薄薄的橘红色毯子,我把它紧紧裹在身上尝试入睡。手机在桌上不停地振,我没理它。只要睡几个小时就好了,但我一闭上眼，就听见巨大的拍打翅膀的声音，仿佛遥远的惊雷。我告诉自己不要害怕，想象那对翅膀包裹着我，把我带入一个柔软的栖身之处。我逼迫自己进入新翁布里奇的街道，那是我给罗宾的礼物。我感受着他的手——那小小的手骨——握在我的手里，我们一起走进他的模型世界，身边的景物不停地切换、重置。一股恐惧攥住我的心，为罗宾，还有我们在他周围建立起来的变化多端的世界而产生的恐惧，一种作为家人对他那一代人对恐惧完全没心没肺而产生的恐惧。我时梦时醒，伴随着机械声、翅膀扑棱声，发霉的毯子底下热乎乎的呼吸声，还有手机振动声、车胎声、大卡车倒车时的鸣笛声。罗宾和我手牵着手走在像液体一样流动着的石板路上，那路面只有当他的脚尖一触到地面时才会凝结。绘满彩画的天空，像液晶显示屏出现了坏点，还有舞台布景搭起来的店面。一切都无缝衔接。防弹衣、空空如也的停车场、回家。

"我们就快到了，爸爸，"罗宾说着加快了步伐，在每一块垫脚石上蹦蹦跳跳地走着，他都不看路，但是每一块石头都在他着地的一刹那变得有形，"不要停，一直走。"

一阵猛烈的敲车门声把我惊醒，我花了好一阵才记起我在哪儿。我全身汗津津的，透过窗帘看到的一小溜玻璃也充满了冷凝的水珠。我只把门开了个小缝，好掩藏起车上散乱的包装纸和药盒。一个穿着贴有闪光布料工作服的人正在用手机给我的车拍照。

看见我，他说："那么大的字写着'货车专用'，老兄。"

就这样，我不得不继续开车上路，到伦敦时已近中午。春雨把街道洗得滑溜溜的，太阳低低照着，给城市笼罩了一层朦胧的光晕。我眼瞅着加油站榨干了布兰登最后一张信用卡，只好从巴克斯特那儿拿来的现金里拿钱。

我的手机在仪表板上响着——杰的号码。"明早十点，自由大厦516。"还有十九个小时。我的头像一座黑塔，又像一口深井。

我停下车想要睡觉，但是血液在我心口剧烈涌动，四周稍微有点儿响动，眼睛一下就睁开。我得挺过去。我开着车四处跑，随便驶入一条看起来最空的街道，最后到了斯尼亚斯布罗克站附近一条环绕着一片小树林和水塘的回路上。我在那四条小路上不停地开车转着圈，左转、左转、左转，再左转，直到我能闭上眼睛不断左转。这样都不足以让我脑海中喋喋不休的声音停下来。加利福尼亚天色应该还早，但我实在需要听到一个认识我的人的声音。

电话只响了一声，瑞就接起来了。"亚当？是你吗？"

"嘿。"我把手机支在仪表板上，"没事，我只是在外面开车。我拿到巴克斯特那笔钱了。我还得到了索尔的承诺，他会在起诉书上签字。我们的计划正在进行。"

说完后，我觉得我的妄想症退散了。计划正在进行，我正在做这件事。

"太棒了！你怎么做到的？"

我笑了，这应该是这几天我第一次笑。"其实我也不确定。一半是布兰登，一半是我，无所谓了。我只是需要……跟我聊聊天好吗？告诉我一些你的过去。"

我能听到她翻身的声音。她应该是在床上，捂在床罩里。"我给你讲过我们怎么来这儿，来太浩的吗？"

我努力回想布兰登关于瑞的故事是到哪里结束的。"没有，我听过洛杉矶的事，不过是在峡谷里。"

"哦，是吗？那就是拉斯维加斯的事全部被漏掉了。准备好了吗？我要开始讲了。我们当时住在一个古怪的地方。原本是计划着建一处类似于内华达棕榈泉那样的房产，风景秀丽、华丽雅致，但是刚一开始建，钱就都花光了，于是那里就只剩了一间样品房、三十间毛坯空壳子房，还有连绵不绝、一望无际的平坦沙漠。一台台大型铲土机就那么被遗弃，卡死在黄沙里。严格来说，我们在那儿是负责照看房子的，但是看起来似乎也不会有人再回来了。"

"那儿有水电吗？"

"样品房里有。我们就住在那儿。但其余地方完全就是一座废城。其实这样也不错。从洛杉矶过来后正好悠闲自在，而且还很美，尤其是晚上，躺着就能看见宇宙在围着你转。"

我把车靠边停下，停在黄线上。瑞的声音使事物的界限变得模糊。我把座椅往后靠了靠，把电话拿到耳边。

"我们又重回校园了。赌台管理员班，去学习如何在赌场工作。那是一个正经八百的学校，有课程规划、有板书、有考试，什么都有。非常难，还有数学，有一串串长长的数字需要背，每场赌博都有一些不同的怪事发生。不断有人提醒你，如果你犯一个错误，都可能害得某个人损失几百甚至几千美元。为了那一个小时的十美元再加上些小费，这个压力实在是太大了。不过布兰登倒是很擅长。我是说他很讨厌别人告诉他该做什么，但是他很热爱这里的戏剧性。他以前总是说：'还有什么工作能让你手腕一抖就彻底毁掉一个生命呢？这感觉就像脑外科医生。'他喜欢那种大场子，喜欢看别人自我毁灭。"

我听到她在床上翻来覆去，努力要躺得舒服一点儿。

"不过一切都挺好。我们一毕业就轮流去工作了，也确实赚了些钱。没什么工作的日子里——一般是周一——我们会去参加一些很棒的聚会。那种自由，你知道吗？就好像又变回了孩子一样。除了读书和做爱以外，无所事事，又加上药店在三十多公里开外，布兰登又完全不会提前规划，我想，怀孕只是迟早的事。"

她停了好一阵儿。"我想说，千万别告诉罗宾。我现在无比感激那三十公里，要是没有它们，我恐怕永远都不会……但是他来到这个世界那一刹那，我突然从他眼睛里看到我们过去的生活。那个地方是真的……真的不行。我是说，对刚来的人来说，那股热劲儿太残酷了。我们刚到那儿时，一个邻镇的健壮的小伙子去徒步，遇到山体滑坡被石块给砸了，砸断了脚踝，没能挪到阴凉地。你能猜到他中暑后挺了多久就死了吗？"

"嗯……三天？"

"六小时。过了六小时，他就死了。那是一个切切实实要把一切都化为灰烬的地方。"

我听到她在屋子里走动，接着是窗帘拉上的声音。

"所以，我又回赌场发牌了。这就意味着要把罗宾留给一些奇奇怪怪的人，但我实在太想出去了，布兰登看起来倒是很乐意待在山里。一开始我在一些赌注比较小的赌局里工作，但是那里员工流动性特别大，长待的人几乎每星期晋升一次。问题来了，布兰登是个好发牌员，但他从来没拿过小费。通常要是给大赢家服务完，他们都起码能从那堆橙色的筹码里拿一个给你，他们一般叫那种筹码为'南瓜'。但是布兰登，我想他可能看起来就像是他不需要小费，因为他从来都是两手空空回到家。

"如果只有当地人在玩儿的话，我一晚上能拿到将近两百美元，但是后来那些中国玩家开始点名叫我过去。'巫女瑞'，他们听其他玩家那么叫我，而那些玩家又是听到布兰登那么叫我的。'来吧，瑞，施点儿你那法术。'我那时正在那些一比五的赌局上忙活着，然后赌台经理就过来把我拽走，拽到一间包间里，里面都是中国人，就连服务生都说的是中国话。但是我用英语发牌唱牌，大家看起来也都乐乐呵呵的。起初几次，我拿到像样的小费，回去时都会顺路去一家二十四小时烘焙坊买南瓜派。我回到家，喊着'南瓜派来喽！'罗宾会过来吃，而布兰登会拿起那个橙色的筹码。不过这样一阵子后我就不再买了，因为他从他服务的玩家身上得不到一个子儿，而我几个晚上就能挣一千，这把他逼疯了。于是我开始把它们藏起来。不论是南瓜派还是别的东西，不论是一千还是五百。你还没把它们兑换成现金时，它们还没那么诱人，但是每个周末我都会走到那些空房子里最远的那间，再去多藏几个筹码。我从来没数过，也没尝试计算一共有多少了。我就把它们扔进一个旧钱箱，再听听那哗啦哗啦的声音。

"后来有一天晚上，我们俩都去工作，我们一走进赌场，就感受到一种满怀期待的氛围，那个氛围如此浓烈如此真切，几乎可以触碰到。这种情况说明肯定是以下两件事中的一件：某个大佬在玩儿，要么就是有人情绪化了。"

我没有打断她。她的声音堕入一种可爱的低沉旋律，就像在读书给小孩子听。车里难闻的气味已经烟消云散，只剩下我，还有一个声音。

"情绪化？"我问道。

"对。像一个弹球机我觉得。呃，我以前从没想过它的意思。它是说当一个人失去理智时，就没有逻辑了，开始变得反复无常。他们开始疯狂下注。某种程度来说还是有点儿看头的。吓人，但是有看头。整个屋子都像触了电，因为那意味着一场凶残的捕猎就要开始了。那晚有三桌在玩，但焦点在哪儿很明显了。六个玩家在角落里那桌，死一般的寂静，每个人都在看着。赌台经理过来了——这个非常非常可爱的家伙，厄尼，一个老派的拉斯维加斯人，从那个地方只有匪徒和仙人掌时就在那儿了。就连他也是满头大汗，因为他急需一个懂牌九的人。"

"牌九？"我关掉床头上方的霓虹灯管，好让自己更深地沉浸在她的嗓音中。

"就是一种中国扑克，输赢特别快，通常赌注都很大，但当时只有少数赌场玩这个。情绪化的是一个长得很肥的玩家，他戴了一顶西部牛仔的'十加仑'大檐帽，嚷嚷着威胁说要到路对面的沙漠之家去玩，因为那家有专业的牌九。但是他面前还有一大摞筹码，每个人都想分一杯羹。幸运的是，因为我跟布兰登刚毕业不久，这种玩法我们学校都教过，所以上一个发牌员一走，布兰登就去牌九那桌了。我在他旁边的一桌。布兰登发牌，他们下注，十加仑输了。布兰登发牌，同样的事情再次发生。只见某一摞筹码减少了，其余的都增加了。赢得最多那个人戴着耳机，所以他没有被吓到，其他玩家都低着头，而布兰登死盯着十加仑，这场面就像那些大自然的纪录片里猎豹终于要对角马还是什么下手了。然后十加仑就开始跟布兰登说话了。

"'你也知道，完全是因为他没办法从在座其他人那里赢回筹码了，不过这是不能改变的了。'白痴发牌员发的烂牌，你在那儿笑什么呢你？你笑什么？对，说你呢，比利·伊多尔。你看什么呢？你觉得很好笑是吗？你这个蠢货，我告诉你什么才好笑，我刚才输的那一笔是你工资的十倍，就算输掉全部家底，我他妈的也不在乎。'

"然后他又输了。输得很惨，我一心只想着'布兰登，求求你，别笑了'，但是他收牌时转向那个赢家说，'赢得漂亮，先生'，我印象中从来没听布兰登叫过任何人'先生'，然后他开始发牌，还用口哨吹起了比利·伊多尔的《城里很热》(*Hot in the City*)。

"这把牌,那个人玩得像是把布兰登当成了对家一样。其他人都被他遗忘了,甚至是已经赢了他九成筹码的那个戴耳机的家伙。十加仑嘴里说着'该死的发牌的,我看你笑什么呢,你以为这是一大笔钱,区区一千对你来说就是一笔巨款了,你这该死的比利·伊多尔',而布兰登呢,一直在吹着《城里很热》,他那似笑非笑的表情,比大笑还要惹人生气一百倍。十加仑后来甚至开始乱下注,这让其他人分外紧张,因为每次他情绪化的时候,别人都在揣摩他,像读一本书一样,可现在,谁知道会发生什么,是吧?"

天色暗了下来,瑞的声音轻轻柔柔的,像蛾子的翅膀。

"虽则如此,没有一个人退出。他们都觊觎着他手里的筹码呢,这可能就是最后一把了。布兰登刚好唱到'祈祷吧'那句,这会儿就连耳机男也摘掉了耳机,好听清楚十加仑嘴里喋喋不休的'该死的比利·伊多尔死娘炮,你再笑一个我瞧瞧'。经理也在认真地看着,当时那种情况他根本不会插手。牌亮出来了,结果赢家是一个老太太,她一直都安安静静的,我都没怎么注意到她。这个老太太患有白内障,我以前就知道她,她是个不折不扣的老千。"

我听到瑞放下了电话。"我去穿件毛衣,有点儿冷。"

我闭上了眼睛,所以看不到露营车,也看不到昨晚弄得泥糊糊的衣服。我只等着那个声音再把我拉回现实。

"之后十加仑站了起来,伸了个懒腰,仿佛没什么大事儿,接着他仔细看着他所剩无几的筹码,把它们翻来覆去地把玩着。他往布兰登身上扔了一把。好像有五六个,朝布兰登飞过来,筹码从他身上弹开了,他没有动。这时每个人都安安静静的。我们那桌连假装玩儿的人都不装了。十加仑说:'你不要小费吗?比利·伊多尔?来捡啊。'我尝试算出他一共扔了多少，因为那可是不少的一把，而他玩的都是那种金色的筹码，我这桌几乎都没用过。我们在学校时，演示过这种场景，我希望布兰登脑子里的声音跟我想的一样：保持冷静，不要轻举妄动，等赌台经理过来。然后十加仑走过来，离布兰登非常近，他非常小声地对布兰登说：'捡起来，就是你的了，小子。'但仍然大到我们都听见了。好一会儿工夫，我以为布兰登会就这么算了。结果他凑上前去，好像要对那个人耳语一样，只见他抬起胳膊肘抡了上去。"

她语调中的兴奋把那整个场面都如画卷般呈现在我面前：胳膊肘抬起，像小鸡扇动翅膀一样，砰，仿佛一记重拳，我都能感受到那碎裂的声音，嘴唇磕到牙齿上，血肉模糊。我无声地对自己做了同样的动作。

"后来，还没等那人倒地，布兰登已经抽身了。他站起来走了。我现在才看到十加仑那手牌，十带七，其实不算一手坏牌，血滴在那几张十还有台面上。厄尼像踩了风火轮一样冲了进来，他仔细查看了一番十加仑，并承诺会给他的套间送去香槟和龙虾，房间可以免费住。然后服务员进来了，换了台面，换了新牌，给每个人上了饮料，不光是他们这一桌，而是房间里所有人。厄尼把我推上发牌座位，对我说'你上，巫女'，然后我们就继续往下，仿佛什么都没有发生一样。十加仑拿着带血的手帕，耳机男又回到他乒乒乓乓的声音世界里，那个老太太专注地清点着她的战利品。我其实不想问经理筹码的事，因为清场的人都知道不去动它们，所以我只管发牌，努力保持冷静，但同时我在桌子底下摸索着，用只穿了袜子的脚数出四五个筹码，猜测着它们的面额，猜测他们讲定的是五百还是五千。后来，后来——我得去一下卫生间，抱歉……"

每隔几秒就有一辆车驶过，我的车内部整个沐浴在灯光里，照得我眼睛刺痛。我觉得恶心、脖子疼。瑞回来时，她故事里催眠作用损失掉了一些。她告诉我她如何知道她当时应该跟布兰登团结一致，离开那个地方——他一定也是那么期望的，但她还是留下来继续发牌了。那场比赛最后有点儿陷入僵局了。那桌结束后过了两个小时，她才终于从地上把那些筹码捡起来。一共是六个筹码，每个两万五千美元。然后她遇到了那晚的第二个两难抉择：经理坚决认定那些筹码确实是小费，他不该拿，而瑞和布兰登想怎么处置那些钱，全凭她决定。她还跟我讲了经理如何用寥寥数语向她暗示了她最好把这笔钱花在她和布兰登身上而不是直接给布兰登。

我把电话从耳朵上拿开，切换到视频通话，好能看见她。卧室灯亮着，把她变成一个轮廓，她驼着背，好像拖着记忆的重量让她很疲惫。

"回家路上，我开车时腿都在抖。家里所有灯都开着，但是布兰登却不见了。我兜里揣着十五万，还有更多藏在这所房子附近。于是我把它们都拿回来，给罗宾穿好衣服，把他放到车里安顿好。我们开车走了，先回拉斯维加斯去兑换那些筹码，然后上了95号公路北上。我有点儿知道我要去哪儿，又有点儿不知道。"

她四下看看屋子里。"过了四个小时，我们停下来舒展舒展筋骨，我走了一条岔路，就走到这一带，几座房子围成一圈，然后就是这里，在出售，看起来就像是从迪士尼电影里出来的。真的很像。红衣凤头鸟和冠蓝鸦在这儿筑巢，人们在遛狗，你能闻到松树和新鲜空气的味道，天空中没有那些该死的乌鸦。"

她拿了条披肩裹在身上："我哭了，不过就哭了一会儿。人们不断地过来，看看我是不是还好，问我有什么需要。老年人都有那种眼神，好像他们学会了如何正确生活。我能感觉出来，这座房子很小、很友好。那一瞬间，我知道如果我去售房处，买下这地方所需要的钱肯定会比我的筹码少，我就是知道。"

她又在房子里四下看了看，抚摸着面前的桌子，仿佛她不相信似的。

"那布兰登怎么说？"

"他能怎么说？他什么也没说。'那是你的钱，瑞。'真的。起初他还待在拉斯维加斯，但是他那时被整个州所有赌场封杀了。你也知道，那是一座公司城。从那开始，预示着我跟他快要到头了。我知道肯定还有别的事儿。出轨、夜不归宿，还有他带来那些堕落的人。但是那个晚上、那些筹码、那所房子，让我有了一个想法：我能先于他办成一些事情了。我想那对他来说意味着某些事情的结束，对我来说也是。"

她把面前的床罩弄平整。"你知道强迫性赌徒和平常赌徒的区别吗？"

我摇摇头。

"我们在那儿工作时，有人做过一个研究，我们大多数人，如果与赢失之交臂时，就比如说'九、十、J、K、A'，或者乐透中了五位数——我们会觉得难过，甚至有些恶心。"

我暗自点了点头，她列的那副牌的不对称已经让我觉得稍微有点儿恶心了。

"但是有那么一小撮人，他们要是有一次离赢那么近，他们大脑中的快乐中枢就被点亮了，好像那就是赢了一样。这个国家就是建立在这些人的基础之上。"

我从来没听到她这么犀利过。"输就是赢，痛苦就是快乐，贫困只是暴富前的短暂等待。这是一个幻想的国度。而我只想套现。当黑方胜了时,我不会假装我们没有把身家性命都投到了红方。我特别想赢,哪怕只赢一次。"

一对情侣在外面的街上吵架,声音盖过了路上的车声。瑞走到客厅,向厨房走去。

"亚当,你仔细听过布兰登的歌词吗?"

"没怎么听。那些歌词里有一些对我来说只是左耳进右耳出。"偶尔几句能吸引我,不过我也不知道为什么。但是大多数都只是噪声。

"我觉得他留下线索表明是他们杀了他。乐队、吉米、巴克斯特和索尔。"

可怜的巴克斯特,可怜的索尔。不管怎样,在我印象里,他们俩都挺喜欢布兰登的。是有一些历史的恩怨,没错,但那些事情也不至于如此。

"他不是说了吗,这事一开始时,他就说过线索会埋藏在音乐里。从那以后我就没想过这个问题。"

"一些事情提醒了我。我突然意识到,这是布兰登最可能干的事,让他们三个人表演这首指认他们的歌。"她咬着一个指甲下面的手皮。

"你为什么觉得他是那样的?"

"哪样的?"

"要胜过每一个人。那张《微笑》的专辑,还有这个,都为了表明他比周围的人聪明。他如此迫切地需要证明这一点,你不觉得吗?某种不安全感。我是说,他很聪明,对吧?"

我想起布兰登在学校时,在课堂上,那时他们还没有把我们分开。他很擅长文字,但数学差点儿。考试也能考个不错的成绩。

"他是聪明,没错,不过作为双胞胎,有一件事是避不开的,那就是你们的不同之处被放大了。我是懂事的那个,所以他就是不懂事的。我是安静的,他就是吵闹的。而我是聪明的那一个。至于我究竟是不是安静或是懂事,都不重要了。我只要稍微比他安静一些,我们就被定性了。布兰登不笨,一点儿都不笨。但是他被定性为笨的那一个,这就会导致自证预言。"

我躺倒,看着车顶篷上的图案。

"我妈妈曾经跟我说过:想象有一滴雨滴,落在大陆分水岭上,不偏不倚,正好落在落基山脉的雪山上。它一接触到顶峰的一刹那就被分为两半——一半向左,一半向右。一半流入哥伦比亚河,汇入太平洋;另一半通过哈得逊湾,辗转流入大西洋。两个一模一样的分子,两条完全不同的道路。"

一句话在我脑海中回响:对初始条件的敏感性依赖。

"这是很难动摇的了。"

在车里的黑暗中,我仿佛看到一滴孤寂的雨点从黑夜的天空中落下,而山顶就像指南针的针一样。

"长大成人后也不行吗?"

"当然了,在某种程度上甚至更糟,因为那时候你已经定型了。从大西洋回到山顶可是一段长长的旅程。"

"什么山?"屏幕外传来一个声音。

罗宾蹦到床上,画面晃了一下。"在翁布里奇吗?"

瑞把一条毯子扔到他身上,他尖叫了一声。他在旁边扭来扭去,瑞把电话拿近自己。她的脸占满了整个屏幕。

"看见了吧?我可是赚大了。"

他们下线后,我身边的一切不快都退散了。那道黑黑的水幕不见了,取而代之的是一种无尽的充满暖意的安宁。我张开四肢躺在地上,想象自己安然置身于灰色的海水和灰色的天空相接的那条细线上。我睡着了，时梦时醒，直到手机铃声把我吵醒。杰发来一封邮件。

"我们共同的朋友说唱片套上放说明文字是个馊主意，特别是对一张据她所说你都没能完成的专辑来说。如果你执意要放，有几处她坚持要你修改。具体修改意见她在原文档里用修订格式改了，请见附件。明天见。"

我打开附件，是一个 Word 文档，我开始读起来。

光之减速

文档的空白处有一些批注，大概是吉米写的。我在这里也把它们包含在内，加了批注的地方用星号标示。

我又听了《我们还会好起来吗？》，听了十几遍，试图把它想象为整张专辑的压轴曲目。有时候它听起来很好。对"我们还会好起来吗？"这个问题，唯一的回答就是沉默，这个处理我还挺喜欢的。还有，最后还没结束时，我的声音就没了，这点也不错，就像《怀疑的心》（*Suspicious Minds*）最后五分钟，猫王在豪华轿车里吃着乳酪汉堡，喝着麦芽威士忌，而他的乐队还在卖力地蹦蹦跳跳。但大多数时候，它听起来就是不太对劲儿。我给吉米打了个电话。

"嘿，老鬼。"她说。

"嘿，机器人。"我回道。

她在出租车里。吉米永远在出租车里。上周她给我打了四五个电话，都是在路上，似乎只是为了聊聊。她知道倾听并不是我的强项，但我有一种感觉，她的生活中再没有一个人像我一样：如此颓废、如此无足轻重，让她可以卸下积极向上的伪装。跟我在一起时，她比在公共场合时更有趣，也更残酷，满腔的怨愤可以对着电话向我这样一个微不足道的人倾吐。至于我是怎么想的，无关紧要。

我告诉她:"听着,吉米,我需要一个结尾。"

她迅速反击道:"我以为这事儿我们已经讲好了。就快了,难道不是吗?不,别告诉我,我最好不要知道。或者我还是知道了比较好,这样我就可以离开这个国家?"这个问题更多的是她在问她自己,而不是问我。

"对,讲好了……"我说道,明白了她说的是什么。是另一件事:真正的了断。

"还是说你又有了别的想法?你在吞吞吐吐。"她听起来有点儿醉了。她的声音里有一种愉快的抑扬顿挫。

*(没错,我们应该去掉整个这一段:从"听着"到"抑扬顿挫"。我想原因很明显。)

"不是。能不能先闭会儿嘴,吉米?给唱片结个尾。我需要一个……"我不确定我需要什么,"我需要一个最终的东西。"

最后一首曲目。最后的最后的最后。我的《五年》,我的《伤痛》,我的《生命中的一天》。

我能听到来往车辆的白噪声。

"有一个东西,"她说,"一个很久很久以前的东西。我在遥/控解散时写的,但我怎么都无法完成它。我一直以来都把它带在身上。等会儿。"

车门关上的声音。她走到什么地方去了。环境音在变:在户外,进屋了,大房间,小房间。

"是一首歌。或者应该说是半首歌。我也不知道,但它的确有点儿意思。我用多宝箱传给你。"

我出去坐在阳台上,看着几只鸽子神气活现地走来走去,直到我的手机响了起来。我把那首歌用扬声器播了出来。那是一首舒缓的、平平无奇的民谣，旋律像月亮一样古老。它缓缓向前，每一步都如行云流水般自然。她的乐队就像一艘豪华游轮上的小型爵士乐队，在一场总时长六小时的演奏中已经演奏了五个小时那样。吉米在节奏中沉浸了大约有一分钟。这时候她还没有戴变声音箱，她的声音饱满而低沉，她吟诵了几个长长的句子，歌词内容像是介于购物清单和判决书之间。

迷失的男孩，空虚的男人，视频女郎，百无聊赖的人，旺兹沃思
苦艾，霍洛威，福特
衣服隐藏着瘀青，H、E还有X，肉毒杆菌，劳力士
过往的空头支票
利尔喷气式飞机，跑步机，追踪标记和眼泪
对笼中之鸟说着安全口令，萧邦手表还有戴比尔斯珠宝
水晶，水晶恋，危机和犯罪，浴盐
犹豫记号，我，我的，我的东西

然后，唱过了三个段落后，出现了一个转音，急转直上，飞入云霄，而后到达一个平稳期，像飞机起飞轮胎离地的一刹那，随后便又回到起初的段落。如此又往复了五次。五个新的清单，五次转调。我的鸡皮疙瘩起来了。

我又放了一遍。的确是个玩意儿，她没说错。它的走向恰恰是你期待中的音乐的样子：无法解释但无比熟悉，你知道那种感觉深深植根于你的血液，但叫不出名字。几乎不可能，但又无可避免。几段主歌紧紧地抓住你内心的情感，只等着副歌部分中的一条线把它们都串起来。只需一条短线，便会结束这件事。

我给她打回去，告诉她我喜欢这首歌。她也有好消息告诉我：她已经说服整个乐队来这儿录音，甚至包括索尔，尽管我很讨厌去想象她给他许了什么才让他放下那清高的姿态。我怀疑巴克斯特都不用怎么劝：他就是那种连同学聚会也会心甘情愿去参加的人。我们有两天时间来完成这张唱片，然后呢，一切就会结束了。我问她都告诉他们什么了。

"只说了一些他们需要的，能让他们来这儿的话。他们不知道你后续的任何计划。巴克斯特愿意做这件事是因为他有多愁善感的一面，他认为这将会是一个很好的'情感宣泄'。我想他还期待你哭一场呢。索尔愿意做这件事只是因为到时候你就欠他的了。我说是你让他变得完整。"音箱把她的笑声变成了一串干巴巴的、断断续续的声音。

"天哪吉米，你这么一弄，听起来我就像埃尔顿·约翰[1]一样。这可不是一首什么《生生不息》(Circle of Life)[2]那样的歌。"

不过我们四个人聚齐了，仍然觉得一切正合适。你会希望你的最后一次表演是一个完整的东西，不论多么破败。想想披头士在苹果唱片公司屋顶举行的那场最后的公开表演——"我希望我们通过了试镜。"——而不是石玫瑰乐队在雷丁那场灾难性的告别演出。

"嘿，"她说道，"该做的我都做了。你那迷人的人格魅力不会让我们所有人同时待在同一间屋子里的，对吗？"

我的背景音出现了新闻。只有两条新闻——火山和金融危机——它们势不可当地融为一体了。停飞的飞机，被摩达公司占领的天空，还有保安人员最后一次为百年银行上锁。雷曼、美林，倒闭，统统倒

---

1 埃尔顿·约翰（Elton John），1947 年出生，英国歌手。自 1967 年以来已售出超过三亿张唱片。
2 1994 年动画电影《狮子王》的主题曲，提名过奥斯卡最佳原创歌曲奖。

闭。这些你知道但不了解的名字,多如天上的星辰。一团灰烬一大团火山灰,形成一朵像被冻住了的喷发云,在下面阴影笼罩的深处,一股股琥珀色的岩浆如脉搏跳动般冒出。早餐前的新闻净是些不可思议的事。石块像水一样流动,银行欠的债比有史以来都多,一团如山一样的云悬在空中。我录的每一首歌都从我生命中夺走一年。这是一场慢动作的灾难,像是撞车瞬间被用每分钟一帧的画面拍下来,我喜欢它的每一秒。

吉米问道:"所以我们要把每一首都录一遍吗?"

我给她放过几首歌。她是一个好参谋,严厉、耳朵很敏锐,毫不在意她是否伤害了我的感情。音乐方面她给出很多建议,但是歌词上,她完全没有插手。我不确定到底是因为她觉得歌词已经无须改进,还是她根本不知道从哪儿下手。我选择相信前者。

"不用。有几首听起来已经挺好的了,所以我只需要处理一下那几首需要一些化学反应的。"

屏幕上,一架直升机正围着灰色的云层旋转,它离云那么近,都快要把烟雾抽打成液体景观了,就好像它下方的地面正在裂开一样。屏幕最下方的滚幅上,股市价格缓缓滚动而过:每一条前面都有减号,所有的股价都在下跌。

吉米在告诉司机一条近道。沉默是一种解脱。她回到电话上时,声音更大了。

"有题目了吗?"

还没有。没有压轴歌曲,没有题目。"还没有呢。麻烦就麻烦在要是取名为《轨道上的血》的话,其他的一切就会显得很平庸。"

她停了一下。"那个确实不错。我在想《自杀笔记》,但又有点儿太恰到好处了。"

"太恰到好处，而且恐怖。"

她哼了一声。"那《不知从何而来的笔记》怎么样？"

我反复品味半晌。"我很喜欢这个，有双重含义但又不是双关，听起来永不过时。"

我把它写在床边的便笺纸上。

"听上去有点儿耳熟。这是个什么吗？"我想到可能是一本书，古老的皮面精装本。

"当然是个什么……"我能听出她对所有反应迟钝的人的那种沮丧：出租车司机、我、全世界，"当然是个什么了，它很棒的。事已至此，只能矬子里头拔大个儿了。"

一个记者站在灰云下方湿润的土地上，在冷却的火山岩浆映照下只能看到他的轮廓。火星东倒西歪地围着他翻飞。滚动新闻屏里写着：希腊财政部部长表示已经到了最后的时刻。

第二天上午，我一边准备房间，一边一遍遍地播放吉米的曲子。我重新填了主歌部分的词，我们四个人每人一段，但是副歌部分我还没想好，可能是压力太大的缘故。那将会是我在这个世界上的最后一张专辑的最后一首歌的最后一句话，我会把它留到磁带开始时录制。

我能看到我们四个将会选择的路线。我能看到索尔和巴克斯特之间的干涉图，还有我要把控他们所需的距离：足够近可以摩擦到，但又不至于近到能擦出火花。我还能感受到吉米沉重的压力。她名誉的分量和它所带给她的观察事物的逻辑。如果完全用她自己的方式，她会把整个工程吸到她的轨道上，把它吸下去，挤压成某种沉重而又暗黑的东西。

＊（哦求你了！如果一定要成为你那痛苦的比喻中的一个天体，那我至少也应该是个超新星吧，给这个空洞的工程注入光和热的超新星。）

我坐在阳台上，朝着天上应该有星星的地方望去。在天上某个地方，有个"旅行者1号"，那个脆弱的东西有着锡制的表皮，还有面包棒一样的腿，以超过六万公里的时速进行着太空旅行，在太阳系以外一片死寂的未知世界中执着地穿行。不过，那个速度几乎不是由于搭载它的火箭造成的，它们只是在挣脱地球的引力。不，从那时起，它就在太阳系里像被弹弓发射出去似的在速度快得让人汗毛竖起的轨道上，绕着一个又一个行星不断加速，每一个行星又都给它借一把力，直到最后，它变成十几亿公里内运行速度最快的物体。

＊（没事吧你？啊？）

那就是我需要采取的策略。去围绕着他们的轨道运行：吉米的暗星、索尔的愤怒的类星体、巴克斯特的死亡系统，然后利用它们来驱动我向前。我能看到那条轨迹；我能品尝到它。

我在地上画下图表。鸟代表索尔；月牙代表巴克斯特；吉米，我用五角星来指代。它的意义根据它的方向而定，但如果没有上下起伏，意义将毫无变化。点上蜡烛，拉上卷帘，把吉他调好音，打开吉他扩音器，我陶醉在气阀在空气里增加重量的样子中。

我到阳台上抽了一支烟。微不足道的死，成就伟大的生。那只狐狸回来了——在仓库屋顶脏兮兮的玻璃上踮着脚，炭黑色的脚趾，黑亮的耳朵尖。我动了动烟灰缸，只挪了几厘米，它就转过头，把它那长着长长嘴巴的脸对着我。它哆嗦了一下，计算着危险系数，它那黑色的眼睛直直地盯着我。我朝它敬了个礼，它走开了。

白色的纯棉衬衫，黑色羊毛长裤，袖子卷起，就像我是地面指挥中心一样。喷一些帕尔玛之水在脉搏跳动的地方：颈静脉、尺骨、大腿骨。一个声音从另一个世界传来，瑞在她的梳妆台前忙乱着——"女孩们在她们想被亲吻的地方喷香水，布兰登"——颈静脉、尺骨、大腿骨。

对三个在过去二十年里起码保持着某种联系的人来说，他们看起来很像陌生人。从巴克斯特和索尔的开始时打算拥抱变成握手，后来又变成了不知什么乱七八糟的问候，到巴克斯特明显的对吉米是否说完一句话表示疑惑（由于她的语调很平，你必须仔细看着她的双眼来断句，而巴克斯特宁愿立马和一只老虎摔跤，也不愿直视别人的眼睛）。索尔和吉米，本来我以为他们会因为某种新世纪的谬论而联系更紧密，结果他们看起来只是很乏味地对彼此毕恭毕敬。整个房间感觉都在进行惰性化学的研究。

但不知怎么搞的，我们四个说话时那么不自在，一起演奏音乐时却那么自如。二十年来，我们都各自深入其他乐队和音乐人，可是一旦面对着我的和弦表，伴随着巴克斯特的"1、2、3、4"，我们立刻像正确的钥匙插进锁孔，咔嗒一下就开了。不倒翁倒了，每个人都落入昔日的旧角色。

我们先试了《清除历史》。起初我们慢慢地进行着，后来加快了节奏。我不在意节拍，我在等待某个东西开启。在尝试了三遍后，第四遍进行到一半时，这个东西终于开启了。吉米和巴克斯特之间的某个东西开启了——像脱臼的肩膀终于复位了一般如释重负，那首歌突然又成了一张白纸。我尽量不加任何雕饰地去演奏：都是一些食指和弦，没有色彩，但是在音符间，我们在旧时光里的某些化学反应的影子又开始回来了。索尔在开头部分加了一些巴洛克风格的演奏，听起来既坚定有力又从容不迫，不过你能听出他感觉到这个技巧起作用了。我第一次按下了录制键，说道："从头开始？"然后我们就往下进行了。

《光之女之女》我们只录了一遍。它里面有一种很笨拙的感觉。每个人都不情愿摒弃第一首歌里那种节奏，试图把它那独特的节奏覆盖在一首不同曲调的原材料上，但是出来的效果很奇怪。那首歌怎么也做不好，而且当它完成时，吉米说："听起来就像是鞋里进了一颗石子儿似的。"这个形容听起来很恰当。我们换了几首，当我们终于达到某种平衡时，我让他们翻回头又重录了一些东西。

又一次统领全局实在令人筋疲力尽。他们一个个都在抱怨，说我在"教他们怎么做事"。以前就是这样。并不是我对他们有什么实权——很不幸——所以我但凡有一点儿掌控能力，那也是因为我的劝服能力以及我通常都是对的这个事实。但是真的烦死了，要是我不这样做，什么都做不成。他们会挤成一团，聊天、八卦、聊会儿唱片，然后再多挤一会儿，抱怨一通，然后去吃午饭，然后接着录，录完了再删，这样一天就过去了，毫无进展。我逼迫他们做出选择，如果他们不选，那就听我的。我得让索尔对阵吉米，听她八卦；再去给巴克斯特宽宽心；然后再进入吉米假想的某个兔子洞中，你明知道这个洞不会通往任何地方，但是你还是得顺着她来，否则即使你已经把歌的问题解决了，她还是会想用她的方法再试一次。

*（你太能给自己脸上贴金了，布兰登，一如既往啊。所有的成功都归功于你的劝服能力，所有的失败都是因为我们。要不要我们再演奏一遍《数数白金唱片》，好让你看看是谁在推进着这部分啊？）

我把《神兽》留到当晚的最后，因为它是最需要乐队之间产生化学反应的一首歌。每个人都累了，每个人都不作声了，这样挺好的。这就意味着无须过多思考，一起拍就很顺利。

我当时在想……天哪，别让我错过此情此景。缓缓的旧日舞蹈。

巴克斯特向前推的鼓点，吉米往后拉的贝斯，永远都不能同时，但却又始终那么美妙，一种无须言语的对话发生在他们心跳的间隙，彼此责备着"随我来、随我来"，索尔则在其间找到合适的位置。

我当时在想……别让我错过索尔的演奏——一如既往的，比他的任何其他品质都要可爱，温柔但有力，像烟、像云般在节奏间摇曳。他们三个人之间那种美妙的数学运算，震动出来的几何图案，如三股浪潮集中到我这里，折叠成波形，让指纹跟它比起来都显得过于简单。

我当时在想……这一切太容易了。在这几股浪潮间编织一个吉他音符，然后闭上双眼，让你的声音在浪潮表面舞动，音乐是一个斜坡，曲调是滑雪者滑行的一条线。哦，天哪，别让我错过此刻的这一切，在我离终点那么近的时刻，神兽只是个故事，我都记不清我们在这个尾声附近兜了多少次圈子，但是我们都慢下来，合而为一，每个人的心跳都成了四倍的鼓点，每个鼓点都是一次集体的心跳，我们慢下来，音乐参差不齐，虽然不齐，但是我们同时停住，这是前所未有的。接着是那个声音，那个声音后的声音，是你把一个全新的事物带到这个世界上来以后，那几秒的静默，没有任何一个人感到残酷、迷茫、错误，或受到伤害。飞机轮子着地时，你们一起松了一口气，你们像同一个人一样呼着气，直到有一个人，可能是我吧，我猜，说了一句"好了，好了"。

我当时在想……为什么说别让我错过这一切，难道我不是已经拥有了它吗？它们为什么就不能是我做过的最好的事情？九首歌，九片雪花，在我们穿过风暴的道路上完成——难道它们的意义不足以等同于爱人、孩子或命运吗？它们落在地上所产生的电荷可能微小到连一根针都挪不动，但是这些歌对我来说具有现实生活从来不曾有的特殊含义。

我当时在想……别去想了。

我当时在想……消失吧。

其他人都准备就绪了，我又问起吉米她那首歌："说说你那首歌吧。需要一个副歌，是吗？"

"没错。确实需要一些东西补上那个缺口。一个能把那些清单串起来的东西。"

我等着。

"一些过渡的东西。之前的都只是一种情绪，但后面紧跟着的那一句，要能点石成金。到你的部分了，真的。"

"你说得好像已经有正确答案了。"

她微笑着："是有，只不过我不知道那是什么。"

第二部分就完全驾轻就熟了。我们早上九点开始。昨天一天证明，在这之前，我们几个没一个人这么投入过精力，就像那种开始看到机器运行的时刻。巴克斯特和吉米在他们被事先安排好的轨道上忙碌着，像瑞士钟表里的数字。圆圈和椭圆交叉着，如果仔细听，你能听到它们的交点汇合再分开的声音。我们所有复杂的、令人抓狂的、美丽的人类行为都是从这些简单的方法里生发出来的。我离开十分钟去"清空我的脑袋"。我躺在阳台上，望着天空。透过大气层，越过孤独的卫星和太空垃圾，在那上面，运行着最古老、最缓慢的机器。那是权力的机器：年久而磨损的光滑的齿轮，一个封闭的体系，从来没有任何东西从上面掉落。我在那儿躺了许久，听他们三个人磕磕巴巴地试着一个旋律，感觉是我转动钥匙，让他们开始演奏。他们演奏了几遍《毫无美感》，我听着它们变成朦胧的焦点。有人弹错了几个和弦，每次都有一个地方被含混不清地一笔带过。我最后望了一眼天空，感受着它后面不知何物的重量，然后回到楼下。

房间里的光线给一切都蒙上了一种文艺复兴艺术品的色彩。我静静地站在门口，想象着一幅油画：《遥/控乐队录制〈不知从何而来的笔记〉现场》。阴影把动作集中在以索尔为核心的一幅静态画面上，他背对着我，弓着背在弹奏键盘，只有他的脸被监视器蓝色的冷光点亮。吉米站在他身后的暗影里，阴暗的天色让她的头戴式耳机发出一层光晕。巴克斯特坐着，樱桃红色的吉他在阴影里被染成紫色，衬托得他的黑衣服格外扎眼。他们都静止不动，每个人都沉浸在耳机里，但我能听到用脚打拍子的声音。

那种感觉又来了，在一个绝对恰到好处的瞬间，既能感受到活生生的美，同时能体验到与之如影随形的另一种隐隐约约的感觉——这美将马上消逝。透过细细的拨动琴弦的声音、吉米的喃喃声，还有轻轻用脚打着节拍的声音，我竭力听着这首歌的灵魂。我看着这个场景，我把他们聚齐，他们又自发工作着。就像我弟弟和他的模型城市一样。

我在寂静中站着，直到索尔抬头看见了我。"嘿，布兰登，中间那一小节的第三个和弦是什么来着？"

我步入那幅画面，感到有些害羞，说道："是 g 小调。"只见他坐在轮滑椅子里，滑到吉米身边说："看吧，我就说吧。"

*（我又倒回去听了《光之减速》的 MP3，这里也附上。根本就没有 G 和弦，那里是一个升 A 大调，贝斯里有个经过音是 G。是你做的，不代表你就了解它。）

我们试了吉米的歌,最后一首歌,没有经过任何排练。吉米大声说出和弦,没人能做出更高明的尝试了。进入副歌时,我试图给自己一个惊喜,希望歌词自己出来,希望能有一个点亮前面所有东西的结尾——一个墓志铭、一块墓碑,但是什么都没有出现。音乐很美妙,主歌也起到了作用,但是我在哪儿?一片空白。我把失望藏了起来。过后我再自己试一遍吧。

后来,只剩下我和吉米时,我俩倒回去重新听了一遍,我意识到它相当不错。它太坚强了!有过失误,有过诋毁,有过过度复杂的问题,也有过不明原因的事故,好几首歌变调变得从"爵士"干脆成了"跑调"。但是所有歌,尽管我是自己说说,相当棒,演奏起来有一种奇异的魅力。

"如果这个做好了,将是你整个事业的转折点。你之前的每一次失败都可以重新改写为迈向这一辉煌目标的一小步。"

吉米的多任务处理能力让我高度兴奋。她一边在一场线上的二甲基色胺迷幻体验中指导着一个俄罗斯少年,一边给《世界末日之后》加入一些贝斯。

因为吉米想看新闻,所以我带了连接线,这样我们就可以通过电视停止或重新播放曲目。梳着价值五百美元发型的银行家们坐在纽约的路边人行道上,对着借来的手机牢骚不断,脚边的卡纸板箱子里放着他们的家当。一夜之间,在伦敦金融区的每一座玻璃高塔外面的街道上,一些新的够胆的团体都有了泼油漆的目标,并且给它们喷上了"跳啊,孬种"的字样。香槟酒吧空空荡荡。本来应该放在某个勤工俭学女大学生裸体上的寿司被整盘地倒掉,典当行也什么都不收了,除非是镶嵌了最多珠宝的劳力士。天空中笼罩着静静等待着的阴云。

她合上笔记本电脑,我们躺下来,望着烟雾袅袅地飘上旋转楼梯。

我又从头开始播放了唱片。

"挺好的。"她的声音对着天花板。

这是一个令人满意的时刻,我让它多停留了几秒,在层层烟雾之中,像刚刚结束了一场战斗。

"你知道仅仅是好还不够,对吗?"

"我知道。"

到那个时刻了,任何旅行、药物或是其他,那个开始走下坡路的时刻。在那一刻,沉闷的暖意开始散去。

破晓时分,有了第一道裂缝。吉米对着上空的烟雾说话了。

"我的意思是,为了让它达到'好',已经做得足够好了。"她自己笑着说,"它好到可以在《电线》音乐杂志里得到正面的评价,也可以在一些在线小型歌会上掀起小小的风暴,还可以被任何一个老得还记得你的记者打造成一次'华丽转身'来称颂。你还可能在一两场商演上推它,我的参与应该至少能帮你达到这个。"

我还是不能习惯吉米这种对自己价值的准确判断。"但它是好到当得起那些的,对吗?"我问道。

她现在转头看着我了。我的视线有些扭曲,房间里对我来说像桑拿房一样模糊不清,但我仍然能感觉到她表情里的严肃。

她说:"你要知道,布兰登,仅仅是好并非一无是处。总比什么都不是强吧,总比差强吧。它已经比百分之九十九的人一辈子能做到的都要好了。"

她的脸很梦幻。"它比你以前做的要好,这是绝对的。"

"但仅仅是好还不够。"我重复了一遍。

359

*（布兰登，读到这儿，我无法过多强调我们多有必要舍弃每一句。说真的。你必须要明白，如果我们明显知道将要发生什么，整件事情将会土崩瓦解。它甚至不顾把我置于何种境地。把这个删了。彻底删了。）

她只是看着我。
"如果我想要伟大，如果我想要一种轰动，那我需要一个故事。"
"起码得这样吧，"她说，"即使是这样了，谁知道够不够呢。"
我耸耸肩。我们在谈论的只是我的生命而已。她任由沉默蔓延。一股股烟雾升腾、交织在一起，彼此追逐着升向屋顶。我听到她起身了。
"我该走了，布兰登。好让你做你该做的。"
哪怕是通过音箱，她的声音听起来都很忧伤。我也要起身。
"不用了，"她说着，过来吻了一下我的头顶，"卡斯帕送我出去就行。"

第十一章

自由大厦是一栋表面光秃秃的摩天大楼，坐落在城市的边缘，离肖迪奇足够近，可以俯瞰街上狭窄密集的街区，而又没远到可以获得一些清净。安静的大厅让人看不出这栋楼是商用还是民用。佩戴着肩章的门卫让我觉得这里是民住房，但是前台人员却又戴着头戴式耳机，另外再配上她那干练的微笑，又让我打消了这个想法。我告诉她我要去的单元号。

她扶着耳机说："516 号，巴洛赫小姐，她知道您要来吗？"

所以我来这儿是来见吉米的。她知道我要来吗？"我想她应该知道，对，知道。"

她先是短暂的面无表情——那张"我在对着蓝牙说话"的脸是这个世纪独有的产物，而后又堆起了笑容："直接上去吧。"

吉米的工作室占据了五十层的整个半边。从西边的窗户能看到这座城市的一个个地标在下面铺展开来，圣保罗大教堂、电信塔；在一条条笔直的线之间，泰晤士河像一条银线穿城而过。往东边看，是新伦敦。每个角落都是起重机和建了一半的高塔，阳光普照，到处都是反射着阳光的闪闪发亮的玻璃。

我向外瞧着，想找到喜鹊酒店的屋顶，刻意不去理会屋里的紧张气氛。

杰已经在那儿了，在桌子上搭着什么设备——一台笔记本电脑、一架摄像机，还有一卷卷的纸卷——吉米一边讲着电话，一边在楼里踱来踱去。我有一句没一句地听到一些她说的话："但是火山这个事我们投保了啊""我在伊维萨见过她，太瘦了。"

她的头发披散着，乱蓬蓬的。她的衣服看上去完全不是我在电视里看到的她穿的那样。她穿着一件已经变了形的T恤，上面写着"酷爸爸就长这样"，牛仔裤上斑斑点点的油漆已经干了。她走来走去，一点儿都没看我。杰走了进来，给她嘴里放了一根点燃的香烟，等了一会儿，又拿了下来。他们的相处看起来很和谐舒适。我准确无误地听到对话接近尾声，然后她就在我面前了。很高，比我还高，一边胯骨很突兀地比另一边高出一截。音箱去除了她声音里任何细微的变化。

"杰说你过来了。"这是一个陈述句。我在想，我的动态他跟她汇报了多少。

"有新东西做了出来，我想着，还有谁比你更适合先体验一下呢？"她的音箱让我感到紧张不安。

"该死，我不知道，吉米，老实说，我上周末有点儿受打击，我更想来一杯单一麦芽威士忌，再躺一会儿。"我现在能无比自然地脱口而出了，而且声音里满是傲慢和厌倦。

她摇摇头。"我不觉得。你要了防弹衣，还做了假护照。看起来周末才刚刚开始嘛，所以我觉得你能抽出一点儿时间给我。再说了，这个明显会让你很快嗨起来。杰？"即使她在跟他说话时，她的眼睛也一刻没离开我。

杰学着迈克尔·杰克逊的太空步，从房子那侧走向我们。我看着他从口袋里掏出了药丸。"这东西正适合我们那些钱多又没时间的主顾，明白我的意思吧？"

打开摄像机之前,吉米先在脖子上系了一条黑丝巾,刚好看不见音箱了。她的头发遮住眼睛和宽边眼镜。电脑上显示着一个网站:是一组网络摄像镜头,男人居多,还有滚动的文字。我猜这是她以前一直给布兰登看的那个地方。她输入我们的名字——我们在那里显然叫作道恩和米吉,还有她对来到这个网站的朋友们表示欢迎。

杰在摄像头视线范围以外偷偷摸摸地来来回回,兀自在一堆唱片间忙活,卷着一个又一个烟卷儿。"得提前备好,是不?"

我胡乱思考着要不要把药丸藏在舌头下面,但是真的到了那一刻,他们两个人都紧盯着我,我别无选择,只好把它咽下去了。我立刻感到一阵颤抖,但马上又反应过来只是我的手机在口袋里嗡嗡地振。

我偷偷看了一眼:瑞发来一条短信——"你在哪儿,库斯加藤?"——吉米从眼镜上方向我投来一瞥。

"我想,手机最好关一会儿。需要你'在这儿',明白我什么意思吧?"

我点点头,没有回答,把手机关掉了。其实我在脑海里播放着瑞的早间日常,像是某种默默念动的咒语。她时而在镜子前,时而在给罗宾切开三明治,而罗宾呢,仰脸看着她,仿佛在说"快点儿,妈妈",时而又给煮沸溢出燕麦的锅盖上盖子。我让她的一天在我脑海中尽情展开,而我则侧着坐在沙发沿上,躲出了镜头。

杰按动一个按钮,三个窗户上的板条形窗帘全部咯吱咯吱地降了下来。细细的光线把房间一分为二,也给吉米的脸蒙上了一层条纹状的保护色。

等待着某样东西对你的头脑做些什么,这感觉很奇特。我时刻警惕着我的思想,就像一个将军害怕部队叛乱一样,一有风吹草动,我的心就狂跳不止。阳台上有什么东西在扑扇着翅膀,影子有动静,是要开始了吗？我现在终于能意识到那种改变了，你以为什么都没发生，其实它已经发生了。

吉米在网站上打字聊着天。她戴着耳机，所以我只能看到她这边的会话。

"不，千万别试，我挺怕致幻剂的。"

"就像倒车时，后视镜却是碎的。"

"每个人都这么说。但我比她辣吧，你不觉得吗？她有点儿胖。"她愉快地冲我眨了眨眼。

那个翅膀扑扇的声音又开始了。像苍蝇撞到玻璃上的声音，然后是一阵呼呼的风声。吉米理了理她的丝巾。我转过身面向着她，声音低沉地说："他们应该知道是你吧？"

"有一些人很可能知道。他们知道，我知道他们知道，他们知道我知道他们知道。不过这些人了解你也需要时不时地给自己放个假。你很了解这个吧，布兰登？作为一个演员什么的。"

音箱把她的语调磨平了。她是在讽刺表演这件事吗？她知道了吗？有个什么东西在敲着窗户。杰怎么不去看看呢？只见他小心翼翼地把唱片针从一张唱片上拿下来，放上另一个。

吉米一边打字一边跟我说着话。"你知道站在自己的对立面是什么感觉吧。"这是一个陈述句，不是疑问句。

她的指甲敲击在键盘上的声音听起来很大。她又对着摄像头看了看网站上的几个人。我看了一眼角落里的小窗，里面显示了一下这里的场景，然后就关掉了。她长久地看了我一眼，眼神难以捉摸，然后用手拢着一只耳朵，听着在播放的歌。是一首很熟悉的老歌。

"杰！你这老傻瓜。你喜欢这个？你居然连这个都知道？"

他咧嘴一笑，自己跳起了没有舞伴的华尔兹。他的双脚向后滑动，画出优雅的三角，向着吉米点头致意。她站起身，发着牢骚，脚步迟缓地跟他一起慢慢跳了起来，他把头靠在她肩膀上，那画面极不协调。

此刻，我觉得自己比刚才她在我旁边时被盯得更紧了。笔记本电脑上摄像头的绿色小灯闪烁着，照射着这间屋子里空荡荡的景象，他们两个人一起转着圈，谁也不说话。

仿佛有什么东西合上了，就像在六角手风琴里一样，所有东西都变平变暗了。我的视线变得模糊。我四处晃晃头，把杰和吉米框在中间，构成一幅旧时的油画。唱片听起来像是来自另一个星球：你的衣服都是由巴尔曼（Balmain）制成的，你的头发里有钻石和珍珠。

我听到小步快跑的声音。像是无数细小的趾甲从地板下穿过，围着踢脚线小步快跑着。我跟随着它们的路径：厨房、起居室、走廊。吉米和杰缓慢地旋转着，每个三拍子跳完，他们都回到起点重来。他们的动作有一种机械化的感觉。一步、一步、一步！重来！每次都一样。像循环播放的电影片段。

"什么？"吉米抓着我的胳膊，把我拉到她跟前，"什么？"

我一直没有意识到我在说话。我没有意识到她回到我身边来了。电脑的摄像头闪着绿光，仿佛在说"我看到你了"。

"我能看到机械的运转。"一个声音响起。我的声音吗？是我的声音。

就在那儿，在她的右眼后面。齿轮轻轻咬合转动，比手表的机械运转还要轻柔，来回嘀嗒着。我看到她脸颊上的抽搐，心想她皮肤底下哪个不易察觉的发动机点不着火了。我坐起来，伸出手去够它，但是她向后撤去。

"喂！别上手啊，哥们儿。"

我点点头,但是眼睛无法从那个抽搐的地方移开。它可能需要排除故障。

杰一个人继续舞动着——一步、一步、一步,我端详着她的脖子。丝巾滑了下去,音箱在斑驳杂乱的光线下发着暗淡的光。我本想忽略它,但是她的眼睛颤抖地闭上时,我凑近看了一眼。那是一个弧形的金色格状网,比脖子上的皮肤略微突出,和布满皱纹的灰色疤痕组织连在一起。做工很精美,现在我能看见了,它有着宾利车前格栅样的流畅线条。我极力克制自己想要伸手去摸的冲动。

吉米把头向后倾时,我们面对面站着,音箱闪着光芒。

"嘿,我的眼睛在这儿呢。"她说道,接着大笑起来。她把丝巾拉回到脖子上,然后用她那干巴巴的声音跟着唱片唱了起来。

"亲爱的,你要去向何方?"

我摇摇头,拿不准她是什么意思。此刻她正在对着屏幕说话,但我觉得那些话是说给我听的。一阵阵抓挠声在墙后面转着圈。屋子里暗下去又亮起来,像是有个巨人从窗户外走过。她把高跟鞋踢掉了,突然变得跟我一样高。

"你一路大费周章地回来,我一点儿都不意外,我自己想着我们可以跟他玩玩了,现在他的尖牙都拔掉了。"

她看着我,闭上了嘴巴,这让我不由得往后缩了一下。细小的声音在我身后从右往左闪过。我迫使自己不要退缩。

"现在他的尖牙拔掉了,"她重复了一遍,"但是,天可怜见,你意识到自己没有多少东西能拿得出手了,所以你想了个计划,编了个故事,有了个构想,我愿闻其详,因为,你知道,绝望会让一个人产生有趣的变化。"

屏幕在我们旁边闪烁着,我在想这一幕有多少被拍下来了。杰坐在另一间屋子里,双肘撑着膝盖看着。光线明明灭灭。翅膀扑扇的声音慢了下来,直到整个房间都跟着它的节奏搏动起来。

"我还想说的是,你的确投入了很多时间,你从来都是一个勤奋工作的人,就好像我们在建造什么东西,我觉得还不错,那哥们儿有点儿东西,现在他终于集中精力了。"她把声音放低,悄声说道,"死会让人集中精力的,是吗?"

我答不上来话。我的视线像静脉一样突突地跳。她继续说道:"所以是我买单,让你走上正路,又摆平了乐队的事。"她仔细看着我,"我给他们付了钱,他们才肯花时间在你身上。好像你是主顾似的。这不是什么光彩的事,真的。"

她歪着头,继续说道:"然后你又一次消失了,我想,也不难理解,哥们儿可能是有什么事要去处理,遗愿啊什么的。但是三天变成四天,七天变成八天,我开始怀疑你是不是当了逃兵。如果真是这样,虽然不出我们所料,但还是挺叫人失望的,因为少了我们手上这个东西,你真的一钱不值,布兰登。"

她用指甲修剪整齐的手指轻点了一下我的额头。"透明人,看到了吧?不过又是一个不知道为什么别人不再听他了的白皮佬。然后你就回来了。嘿,你瞧!"她学着小女孩故作惊讶的样子,"不过既然你回来了嘛……我不知道,我总感觉你少了一股劲儿,少了一股神儿。"

我搞不清楚那些药品对她的作用是不是跟对我一样。她的额头和脖子上都被汗湿了,每句话停顿时,她的嘴都不由自主地动着,但她的眼神却很镇定。

她又换上了一副深沉的嗓音。"他从不写信,从不打电话。所以我在想这个小小的计划是不是略微有点儿脱轨。"她上前一步,双手搭在我肩上,"是不是,布兰登?脱轨了?"

我努力尝试把一些事实在脑海中呈现出来,但就像在挪动很重的家具一样,怎么都挪不动。"不是,吉米……我没有脱轨。"我停下来,随即意识到我得多说点儿,"在完成要做的事情之前,有一些其他事情需要做,你明白吗?"

她看起来不像是明白的样子。

"这是一个……一个工程,里面的东西得像多米诺骨牌一样倒下。"我把一只手垂直举起然后放平,"得有条理,得严密计划,你懂吗?"房子似乎变成了真空状态,就好像我们在一只巨大翅膀扇起来的上升气流中一样,让我喘不上气来。

她咀嚼着我这番话。"布兰登,在我看来,只有一块牌还需要被推倒。我是说,该花的我都花了,该借的我也借了,话也说了,忙也帮了,就差一件事了,到你了。我们面对它吧,那是最简单不过的事。"

她又向前半步——她的眼睛对着我的眼睛,我们的嘴只相隔几厘米——两只手放在我胸前。

灯光闪烁。爪子和羽毛。墙后面有什么东西被关着。

"如此简单,我们总有一天都会做的。"

她的声音像机器一样。刀光剑影,羽毛翻飞。

她推了我一把,我重心移到脚后跟,开始跌倒。

灯泡上粘着飞蛾的翅膀,老鼠洞里有一些碎骨头。地板仿佛升起来把我接住。

"世界上最简单不过的事。"

然后就结束了。不是那个感觉彻底消失了:百叶窗户还是不时暗下来,像有巨大的鸟从窗外俯冲而过。我的心跳时而加速、时而变慢。不过我已经度过了最艰难的时刻。随着几道不真实的闪光,世界恢复了正常,没有变得更糟,吉米显然也感觉到了,她不再问问题,也不再挖陷阱了。她靠着沙发,朝我吐着烟圈。

雨滴轻轻打在窗玻璃上。杰自顾自做着游戏,把一个毛毡底的国际象棋棋子放在转动着的唱片上,在棋子快要撞到唱臂时把棋子拿起来。音乐里每秒都有一声轻拍。"第一次"啪!"我看到"啪!"你的脸……"这情景就像孩提时光的一个周日:虽然慵懒,但头顶上始终有一块阴影。

吉米的声音很坚定。"是结尾那首歌的事把你拽回来了吗?还是没什么想法吗?"

我默默地摇了摇头。唱片放完了,咔嗒一声停了下来。杰举起两个唱片套。"接下来放哪个,吉米?"

她吐了个烟圈,又吐了一个更小的追上去。"布兰登选吧。我都听腻了。"

杰朝我晃了晃两个唱片套。我立刻认出了其中一张。大卫·包伊,像个被暴揍了一顿的拳击手。我们在家时听过。

"我看,就包伊那个吧。"安全地回到布兰登拖长的语调中,这才是重中之重。

杰滑着太空步正要回到唱片机旁边,但是有什么东西引起了吉米的注意。她向杰举起一只手。"等一下。"她转过身来看着我。

"再说一遍,布兰登。"

该死。那是大卫·包伊啊,不是吗?我脑海中都能看见那个标志——我们在车里听过的那个磁带版。我确定那就是他。"包伊,亲爱的。"我又试了一次。

他把唱针放上了。是一首连我都知道的歌，而且绝对是包伊的歌。我放松了。这歌悠扬动听极了——杰精挑细选的几首歌过后，一阵令人愉悦的轻松——听起来像车载音乐，又像工人电台。吉米跟着哼起来。

"这里的吉他真棒。你听着是荣森还是阿洛玛？"

我感到很恶心。我尝试着把这个问题糊弄过去。"吉他？谁还关心吉他。听歌声就行了。"

吉米坐起来，平静地看着我。"没错，那哥们儿风笛加得也恰到好处。我们应该跳到《压力之下》(*Under Pressure*)，那里有一段唱的。在第几首来着？"

我揉了揉太阳穴。"天哪，吉米。这会儿我连我自己叫什么都想不起来。那玩意儿劲儿太大了。"别抱怨，我对自己说。

她双手托着下巴。"没关系，我等着你。"她看着我说。

"我可能得眯会儿。"我迫不及待地对她说。

"等一下。"音箱喊出这几个字，短促而刺耳，每个字的重音都一样。杰从起居室望过来，他也意识到事情有些不对劲儿。她问道："电台司令唯一一张还不错的专辑是什么，布兰登？"

沉默。我实实在在地感觉到恶心。我的胃里翻江倒海。

"我们是在哪儿偷了 R.E.M. 乐队的节拍器游码来着？你记得那场演出吧？"

我胃里最深处有什么东西在缩紧，在没有神经末梢的地方。我嗓子里又干又烫。

"Who put the ram in the rama lama ding dong[1]，布兰登？"

1　"Who put the ram in the rama lama ding dong"出自美国词曲作者巴里·马恩（Barry Mann）的《谁放了炸弹》(*Who Put the Bomp*) 这首歌，是基于美国乐团 The Edsels 于 1958 年录制的一首颇具争议的歌曲 *Rama Lama Ding Dong* 而来。

我举起一只手去挡她，然后站起身来向浴室走去。里面满满一排镜子。我跪在盥洗池前，干呕起来，吐出一小股稻草色的液体。

门在身后打开了。吉米跪在我身边，轻轻抚摸着我的头发："没事了，吐吧。"

我弓着背，什么都没吐出来。

"问题的关键，"她的手放在我脖子上，凉凉的，"我不信你难受到连'鲍伊'都读不准了。"她发出"鲍伊"的音时，我又呕了一下。"过去你可是非常看重这个的。"

我感觉脑袋嗡嗡的。

"还有，米克·荣森[1]在《我们跳舞吧》（*Let's Dance*）前十年就已经死了。还有，《压力之下》根本不在那张专辑里。"

我吐着口水，想把呕出来的酸水吐干净。

"我想说的是，你在面对那些事情时真的会忘掉你自己叫什么。"

她的抚摸就像一个人在摸狗一样：友善又随意。她抓着我的头发，把我拉过去面对着她，但是动作很轻。我无法直视她的眼睛。

"所以到底是怎么了？"

我用手擦了一把嘴。我正要开口但又不知道该说什么时，她凑得更近看着我。最担心的事还是发生了。

"见鬼——"她的手停下来。音箱比任何时候都要安静。我听到我的名字，我竭力隐藏起来的名字，简短的两个字："亚、当？"

我们以前见过。我不记得了，但是吉米还记得。我坐在厨房，身

---

[1] 米克·荣森（Mick Ronson, 1946—1993），曾是大卫·鲍伊的伴奏乐队"火星蜘蛛"（The Spiders from Mars）的吉他手。

上裹着一条毯子,病病歪歪的,吉米和杰端详着我。

"在新十字街大会场。本来应该充满了艺人和音乐产品,因为《美妙》音乐杂志是主角,所以紧急举办了那次活动让人们彼此了解。布兰登介绍你是他的'特技替身'。你很友善、很紧张,你很喜欢我的鞋。"

很有可能。到舞台后面总是让我惊慌失措,整个过程我都用来一秒一秒数着时间,直到我能安全离开。她的鞋确实不错。

我断断续续地给他们讲着事情的来龙去脉,但是我把所有事实摆在一起时,听起来却很可笑。布兰登的计划:他如何取代我的位置,罗尼和雷格的不称职,我如何灵光乍现决定成为他。他们看上去并不相信。最后,我在我手机里找出布兰登被杀时的录像给他们看。这比说服他们相信这不是幻想出来的故事要容易得多。

视频最后,布兰登仅仅变成了地上一团黑色的污渍。他们双双离开,到厨房里小声交谈着。然后他们回来了,关掉了一切。音乐和摄像头:像死了一样。窗帘被拉得太严实,起居室像是一个黑盒子。

吉米问道:"为什么?你为什么这么做?"

我告诉他们瑞和罗宾的事。关于他们,我从来没跟别人透露过一个字,所以我像洪水决堤般滔滔不绝,和刚才在卫生间的十分钟如出一辙。我大声怒吼着,被盗的抵押贷款,还有布兰登如何背叛了他们,他们的屈辱和窘迫,以及我要利用布兰登的自私给他们构建一个全新生活的决心。

吉米的第一反应是:"布兰登竟然有个孩子?可怜,这该死的可怜虫。"但是她的表情有所缓和,"那你为什么还来这儿?你告诉他们发生了什么了?"

"当然。"

她看人的方式非常直接。我把视线移开,她伸出一只手捏住我的下巴，强迫我看着她。她把我额前的头发从眼睛上拨开。

"但是还不止这些。"她的眼睛猛地在我脸上扫射着，"你想要他们。你想和他们在一起。是吗？"

是是是是是是。像蒸汽释放出来一样。是是是是。说出来吧，说出来就能成真。这个想法真实得就像一座建筑，你可以走进去，在里面走来走去。是是是是。是的，我想和他们在一起。是的，我想待在他们身边。

"我想，但我还有一些事情要应对。一些他的事需要办完，好把他们安顿好，不管我跟不跟他们在一起。"

她笑得更灿烂了。"哦，巴克斯特海滩男孩那件事。"

布兰登这个防护服此刻已经破烂不堪了。我刚才已经把他从我身体里全部吐出去了。我只想躺在那儿，把所有的实情和盘托出。"还有一场官司，跟索尔一起。"

吉米的盯视冷峻无情。她的眼睛在我脸上扫视着，想找出一些只有她自己能解读的迹象。"《微笑》专辑做好了，巴克斯特告诉我的。杰跟我说你已经去见过索尔了。你为什么还来这儿？"

不管喝多少水，我都还是觉得口干。"我还没完事儿呢。我得结果了他。"我尽力迎着她的目光。

"结果了他？以这件事应该结束的方式？"

我点点头。"以某种方式。不过还有一件事。"最近这几天来，一直有个事情在我脑海里来回萦绕着，现在吉米在我眼前，我可以把它变成文字了。

"我想把最后那首歌做完。我会把它做完，然后我会为了他们把它利用起来。"这个想法是我在读布兰登的笔记时想到的，我会完成他未能完成的那首歌，整张专辑将归我所有。

吉米长叹了一口气,好像她这段时间一直屏住呼吸来着。"所以为了这个你来这儿了。你不惜一切代价就为了一首歌。你跟他也没什么太大区别。"

那晚其余的时光都是在一些模糊不清的行动中度过的。杰每小时进出一次,一直在打电话。一阵短信轰炸过后,我们视频连线了太浩那边,好让瑞也加入进来。她和吉米像猫一样围着彼此转圈:小心翼翼,但是都对彼此兴味盎然。一个电话,罗尼和雷吉被从贝思纳尔绿地一间仓库里的派对上叫过来,他们坐在沙发沿上,很明显地对吉米表现出敬畏。

事情已经不由我掌控了。我们六个人,在五十楼:三对最不可能在一起的组合,凑在一起共谋一件事。这个构想的主体部分是我想出来的,瑞加入了一些创造性的细节,但是最终落实是吉米和杰。这变成了一场演出,而他们熟知如何上演一场演出。

所有事情都按计划中的筹备妥当后,吉米的司机把我送回诺丁山。邮件攒了一大摞,最上面的三封都来自业主协会:一封投诉噪声过大和在休息时间施工的,另一封调查注册房主状态的急件——标题一上来就是短短两字"已故?"还有一封,不用说,当然是一份驱逐通知。

没有了翁布里奇,屋子显得特别大,但是却很空很暖,还有一个睡袋。我睡着了,一动不动,睡了足足十个小时。醒来时,手机上有二十个未接来电:吉米、杰、业主协会。还有一条罗宾发来的短信,简简单单几个字:我们到了。

冰箱里有已经不新鲜了的果酱馅饼,我拿出来,一边坐在马桶上一边直接吃了两个。我又恢复了元气,不是布兰登那种烟花般的元气——旋转着、火花四溅,但是哪儿都去不了,而是一种建设者的力量。那种感觉就是你每放好一块砖,它就告诉你下一块应该放哪儿。

我走在泰晤士河东侧的桥上,一边测量着扶手的尺寸,一边跟模型制造商电话沟通着抗压测试和杠杆比率。我去了体育用品店和船用杂货店,又去取了杰给我找的防弹衣。我让吉米去处理录音的事了,不过这可能不太明智。她预订了热辣动作,她并不知道我跟那个地方的渊源。整件事情的对称性非常符合布兰登的风格,但是不管是谁真的想让我完全消失,因为箭已经在弦上,所以我必须硬着头皮去了。

我预订了三班不同的航班,以备这件事可能出现的几种不同走向。我给罗宾发了对新翁布里奇的一些构想,我走着的时候仿佛就可以看到他设计的街道覆盖了伦敦疲惫不堪的老石头地面。

热辣动作在白天感觉很不一样。一个霓虹灯指示牌闪烁着,上面写着"×××行为请往里走"。我顺着指示牌走进一条幽暗的走廊。走廊的尽头是一个门厅,挤满了人,人们集中在一个放满饮料的桌子旁。音乐声透过玻璃外墙闷闷地传出来。我完全不知所措了,但是布兰登和那些机器人般的脚步声,合力把我拉了进去。里面有太多人脸,太多不熟悉的人脸,不过在后墙根儿我认出了吉米那高耸的头发。她比大多数男的都要高出一头,我充满感激地挤过人群,向她走去。她向我抛了几个飞吻,伸出一只手放在我手臂上,用关切的眼神看着我。我在脑海里逼退人潮,抛了锚停在她身边。

"表现好点儿,我不知道他也会在这儿。"她低声说着,然后一双手把我转过去。

"你这平平无奇的小浑蛋。"

那张脸离我太近了,戴着帽子和眼镜,那副眼镜是太阳镜式的外形,镜片却是透明的。他皮肤很差,像橘子皮一样的质感,胡子像是画上去的。但是整张脸是笑着的,甚至可以说是热情洋溢。

我转身看看吉米,那人还在喋喋不休:"你知道吗,你应该自己预订场地的,不出名的人可以享受特别的折扣。"

他等待着,显然是在等我的回答。他身边一个女孩紧张地咯咯笑着。沉默持续蔓延,吉米用口型冲我说着"迪伦"。

最后我忍不住开了口:"嗯,我想我还欠你一笔租金呢。"

他眨眨眼,然后愉快地抓着我的胳膊:"过去的就过去了,布兰登,别再提了。来吧,我们走,去变魔术喽。"

他挽着我穿过人群,另一只胳膊挽着吉米。她比他高出许多,就连我都比他高一头,感觉就像我俩牵着孩子在走路一样。

我们在录音室里穿行,迪伦一路进行着现场解说:"这些是写字间。我们一次有将近二十个人在这里工作,都是半自由职业者。有点儿像一个21世纪的布里尔大厦[1]词曲加工厂。我们给蕾哈娜、凯蒂·佩里、甜心宝贝这些人干活儿。我一直在努力想让这个小可爱来这儿写首歌,是吧吉米?"

她的脸像戴了个面具。"他确实想。"

我们走过一扇双开门,到了录音室的老区,这下我认出里面的布局了。迪伦对每一个遇到的人都点点头、说句话,我想既是为我们好也是为他们好。他带着我们,沿着七拐八绕的走廊,走进那间圆形的录音室。今天它看上去远没那么险恶。尽管墙上一圈牌子都亮着灯,写着"女女""新模特""热辣场面"——还是能看出这是一个工作场

---

[1] 布里尔大厦以音乐产业工作室而闻名,一些最流行的美国歌曲就是在这里创作的。它被认为是20世纪60年代初期主导流行音乐排行榜的美国音乐产业的中心。

所。一个光脚的少年坐在一张凳子上在给一把吉他调音。

"嘿，蒂诺，我要用一下这把吉他。"迪伦把吉他拿起来，那个男孩急忙跑开了。

"乖孩子，"男孩离开房间时，迪伦说道，"他是个说唱歌手，相当不错的一个，不过我希望他们对这里的方方面面都有个基本的掌握。"他又停下来等着。我已经开始有点儿享受这可怕的安静了，但是吉米看上去很痛苦。

"言归正传，吉米给我放了那首歌，听起来不错。你不觉得你挺有天赋的吗，布兰登？"

他在吉他上弹出一组和弦，是那首歌主歌部分里的一句。

"嗯，多谢。的确，我觉得我们确实做得挺像样。但它是奔着压轴曲目去的，于是我想出了这个点子。"布兰登的狡猾今天被我完全避开了。又是一阵沉默。

"来，看看这个。"迪伦满脸喜气洋洋，递给我一个我所见过最大的手机，"给，往下滑，瞧瞧。"

他每个手指都戴着戒指——是一些精美的哥特式风格的戒指，我总忍不住想去看那些戒指，而不是看屏幕，那是一些骷髅、鸟头、眼球。

"你觉得那个怎么样？"他正指着一段文字。在发件人的下方，写着"纳尔逊·曼德拉"。他没有给我看文章的主体。

"我觉得很厉害。"我拿不准他想让我说什么。

"说的是我们在南非搞的这场慈善活动，我们给几所学校的五百间教室捐赠了钢琴。还有呢，瞧瞧这个，所有琴键都是黑的。"

他在手机里翻着。"从艾瑞莎那儿搞来一台。"

吉米又碰了碰我的胳膊："布兰登，迪伦今天非常热心地提出来制

377

作这一部分。"她的眼神里闪过一丝警告。

"哦太好了,那真是再好不过了。不过你知道,谁做都一样。"

吉米身子向前倾着,表示同意。"一个录音师就够了,或者有个人帮放磁带就行。我们十分确定地知道自己想要什么。"

迪伦不耐烦地挥挥手示意她别说了。"我们会找一个技工来做这件乏味的工作,但是像你们这次这个工程,确实需要一个富有创造力的人撒上一些魔力的粉末来化腐朽为神奇。"他用两只大拇指指着他自己。

"我说了,我们很乐意自己动手。"音箱把她这句话里可能会有的语调变化都抹平了,但是她目光坚定地看着我。

可是迪伦的声音里也有一副不容置疑的腔调:"胡说八道,没听说过。"

我们沉默不语,默默地放好设备。那个孩子回来了,操作调音台,移动音量控制器,接好电线。他示意我们戴上耳机,我把我的耳机戴上了。他的声音传到我耳朵里,有一种令人不快的亲密。"这样可以吗?"

音乐开始播放了。三双眼睛盯着我。迪伦、蒂诺、吉米。

一切都在我耳机里翩飞着、跳动着,像直升机的桨叶。我看看迪伦和吉米,他们似乎毫不在意。

"嗯,听起来不错。"

"混音部分不需要改变了?"

"不用,就那样就好。"

吉米往前倾着,好让麦克风到她的脖子处。"那样会昏头的,对吗?那可是这首歌的向导。"

我感到我快要结巴了,黑色的水幕即将升起。"嗯,对。"我试图摈除声音中的疑问。

"我能说两句吗？"迪伦的声音响起，不等我们回答，他继续说道，"我们可以拿掉一些电吉他的高音吗？它有点儿吃掉了歌唱部分。有点儿像蚊子哼哼。布兰登？钢琴的延迟呢？是谱子上就那么写的吗？我听着好像有点儿不太对。"

三双眼睛。远处的直升机。浓稠的油状液体冒着泡泡。

"本来就应该是那样的。"我尽力说得听起来不像是在赌气。想到了布兰登在他那些视频里说过的一句话，我说道，"这样错得刚刚好。"

迪伦举起双手。"你说了算，你说了算。"

电子倒计时数了"4、3、2、1"，然后录音开始了。在耳机里，我第一次能听出它里面的美了。每一句都自然而然引出下一句。旋律和和弦都把它拉得离正确的位置很远，但是后面主歌一出来，它就回来了，就像钥匙插进了锁孔。它把我眼睛后面看到的压力都推回去了，让我能保持平衡地站稳。向上，向上，向前，然后回来。我闭上眼睛，头耷拉下来。

音乐停了。"到你了布兰登。"迪伦看上去饶有兴味。吉米就没那么感兴趣了。

"抱歉，没错。"我把自己拉回现实，"我刚才，嗯，有点儿欣赏得入了迷。"

"从头开始？"录音师问道。

"从头开始。"

我又用回吉米原来的歌词了。布兰登重新写了词，给吉米、索尔、巴克斯特和他自己一人一段主歌，但我希望他专辑中最重要的这首歌不要有他来插手。吉米的和弦和主歌，我的声音，中间的空白是哪怕他死了都不足以填满的，瑞的这句话，在她第一次说出来时就在我脑

379

海中挥之不去。

我把我抄歌词的单子在面前铺平。我想我本来应该比这更紧张的，我从很小的时候起就没再唱过歌了。但是我体内一股潮水在涌动，就像晕船的感觉，和弦的自然往复轻轻推着我的后背。

东方的宗教，内心深处的预兆，皮肤是滴水的海洋，睡眠太少

我嘶吼着唱出来。我的声音在耳机里听着很细，我感觉整个屋子里的注意力都集中在我身上。

想象中的都市，天空中的细胞，阿斯汤伽，佛陀，低保真的享乐生活

我找不到调。这其实是一个有点儿像念白的部分，但我还是跑调了。吉米给录音师示意了一下，音乐停了。她看起来很着急，迪伦很好奇。

"你还好吗，布兰登？昨晚熬夜了？"

"还好，只是……"我的声音渐渐变小。机器转动的声音在我脑海里变大、变慢。

"我们要不试试音箱？像我之前提议的那样？"

我不知道她什么意思。"好啊，像我们提出的那样。"

她拔掉麦克风的线，拿到她喉咙边。她的音箱底端有非常细的插孔。她在线上连了一个转换器。"过来点儿。"她说道。

我面向她站着，她把麦克风拿在我面前。"说句话。"

我开始讲话。讲起了一个翁布里奇的故事。"在第三个乌鸦年，连着下了四十天的大雨后。"

我说话时,她开始默默地动着嘴。她噘起嘴巴,又大张开,舌头轻弹着牙齿,与此同时,她的眼睛一直盯着我的嘴。我说出来的话开始随着她的动作而变化。它们逐渐变成了音阶,逐渐变大、分裂,变成两倍、三倍,然后倒塌,变成恐怖电影里的声音。非常美,但很吓人。

"唱啊!"她命令道,我回到歌词单上。

一部分痴迷,一点点否定
野心、嫉妒、鳄鱼的微笑
机器连麦,万语千言
电影里的片段重复播放,获赞百万

我只是卡了节奏,其余都是她完成的。哀伤的旋律渐渐沉下去,接近尾声。重复、回音,如泣如诉的转音,逐渐变小又变大,时而一飞冲天,时而俯冲向下。她的声音一会儿如沙砾,一会儿像氦气,一会儿像砂纸,一会儿又像丝绸。

"好了。"她闭了一下眼睛,"从头开始。"

我们离得特别近,我都能看到她喉咙的每一个动作。她轻抚着我的声音,重新调整了它们的位置,就像个刚醒来的孩子似的,被抱起来,抱在父亲的怀抱里哄睡。

女人是子弹,男人是枪
阴暗面,死掉的星球围绕坍塌的太阳旋转
他们死了很久,嘴巴还在嚅动

我用邮件给她发过新的副歌,但我不知道她有没有学,所以我们到了那个点时，我又把麦克风拿近了。不过她已经准备好了，当我们的声音严丝合缝时，她扬起眉毛。然后，第二遍唱到这儿时，迪伦也加入了我们。就这样，我们三个人唱了起来。我的嗓音低沉粗哑——是一种扁平的声音，作用仅仅在于陪衬。吉米，在音箱的作用下，她的声音从一个音滑向另一个音，就像小提琴一样。迪伦，居然有一副出人意料的好嗓音，甜美而深情。三个声音分分合合，彼此缠绕、追逐，到最后一个音时合而为一。

"这就是你用爱换来的。"最后一个字拖长、下降，像一个新娘走下教堂的台阶，手里拎着裙摆，嗒、嗒、嗒，直到最后一个音。然后再来一遍。

我们唱了两遍。我说着主歌，吉米像乐器一样和着我的声音，我们三个一起唱了副歌，最后我脑子里桨叶的转动让这首歌听起来像白噪声一样。我听到更多的是吉米的呼吸声，而不是那些歌词，我不相信自己能再来一遍了。

"就这样吧，我不行了。"

我把耳机摘下来戴在脖子上，吉米把线从脖子上解下来，避开我的眼神。

迪伦点点头。"感情充沛。你们想现在就剪吗？"

我回头看了一眼机器。我无法直视吉米，那样感觉太亲密了。"没有什么时间比现在更合适了吧，我想？"

迪伦按下一个按钮。"蒂诺，你能来一趟剪辑室吗？"

他把他的凳子拉到我凳子旁边，离得太近了。他喷了浓浓的果香味儿的香水。

"这才是做这事的正确方式，对吧？如此纯粹。灵感到成品大概要……"他看了看表，"两小时吧。就像早些年人们做的那样。"他拨弄着戒指。

"我在楼上收藏了一张罗伯特·约翰逊的唱片,是那些年他在南方录音棚里剪的。只有他,还有一把吉他,这可花了我一笔钱。"他顿了顿,"问问我多少钱。"

我耸耸肩:"多少钱?"

"五十万。不过它值这个价,那是 20 世纪最伟大的艺术作品。"

他在手机里翻着。这已经成了习惯了,每次对话稍有一丝间隙,他都会这样。

"看,马克·扎克伯格。他在一场 TED 演讲中说过,挽救这些录音,和挽救鲸鱼一样重要,差不多就那个意思。"

我感到深深的厌倦。我想赶紧离开这些人,还有他们那些乱七八糟的事。

我摸索到口袋里的存储卡。"你能剪一整张专辑吗?"

他眨眨眼,摘掉眼镜。"当然,如果你们带了源文件的话。"

我举起存储卡:"现在可以吗?"

"当然是现在,来吧。"

他领着我走进剪辑室。我认出了那晚跟巴克斯特一起来时的味道:发烫的金属和 PVC 塑料味儿。吉米在外面等着的时候打起了电话。

"蒂诺,你能拿一张空盘吗?"

"当然可以,老板。"我在蒂诺的声音里听出一丝迪伦的影子,是下意识的模仿,还是不易察觉的嘲讽?迪伦把存储卡扔给他。

"曲目顺序都排好了吗?"蒂诺在问迪伦,而不是问我。他向这边望着。

"对,都排好了,可以直接剪。就把最后一首加在后面就行。"

我们坐在一个表面疙疙瘩瘩的棕色沙发上,又一次离得太近了,但是整个屋子里洋溢着一股令人舒适的专业气氛——机器嗡嗡地运转,暖烘烘的。迪伦一边听,一边跟我说着话,不时地看看手机。

"我喜欢这首。有披头士的感觉。"他跟唱着,声音盖过了唱片里的。

"我以前跟麦卡特尼合作过,在一个手机发布会上。我们在红场举办了一场演出。"他开始从他的文本信息里翻找,"我这儿还有他的手机号呢,看见了吗?"

他使劲眨着眼,好像灯光太亮了,头跟随演奏的旋律一伸一伸的。"你想过把这首做得再快一点儿吗?多上那么几拍就行。我想这会让整首曲子紧凑一些。"

他在沙发的木头扶手上敲出一个节拍,然后转过脸来对着我,"可能需要重新混音。"

我希望他赶紧闭嘴,只是按布兰登的方式摆着一张脸就已经够让我头疼的了。

"你还在做混音吗?"

这个问题可不是随随便便问的。他耸着肩,沉默不语。我犯瘾了。

"不干了,告诉你吧,这个完了就金盆洗手了。"

音乐继续放着。每一首都有着我和瑞第一次一起听到它们时的时间记号。它们像内置的视频一样闪现:她脸上微微激动的表情;她开怀大笑时眼睛周围像小花朵一样的细纹;她愧疚地用手捂着嘴,那令人心碎的指甲——涂了啃,啃了涂;还有她那狂放不羁的一头乱发。

我意识到"我们的曲目"可能应该是《初雪中的第一串脚印》,想到这儿,我不禁自顾自笑了起来,迪伦还以为我是在跟他笑。

"那么,你知道这张《微笑》唱片的醋酸酯版本吗?"

我的眼睛从剪辑机器上移开:"醋酸酯?"

"你不混论坛了?我知道你朋友巴克斯特还在呢。听说他已经找到母带了。从原版磁带里,整张唱片。"

我正在编织着、盘算着,布兰登知道多少,以及他会怎么跟这个人周旋。"真令人振奋啊。"

迪伦把脸凑近我的脸,他那张脸稀奇古怪、坑坑洼洼、没有棱角,像篮球表面一样。

"令人振奋?令人振奋?简直就是圣杯好吗!要是真的,想法子让他先来我这儿。"

"我会的。但是没听他提过。"

我觉得他根本没意识到他把我的手腕抓得有多紧。"不过他肯定会来找你的,我敢打包票。"

吉米在外面走廊上,还在打电话,我冲她挥挥手,希望她能感知到我的困扰。

迪伦仍然目不转睛地盯着我,就好像答案会写在我脸上似的。我迫使自己也看向他。他对我点点头,好像我们说定了什么一样。

"好小子,好小子。嘿,想不想看看我跟米克的合影?"

吉米站在门口。她身后的光把她照得像一尊雕像。

"孩子们,完事了吗?"

"快了。我让迪伦的人帮我们剪一下整张专辑。"

她把我带到走廊上,冲我摇了摇头。

"我知道跟他胡乱兜圈子很有趣,但是他总是能掌握主动。他一定会在这件事里插上一手的,我就知道。"

我点点头,我不在乎。唯一重要的就是行动,至于往哪个方向去,一点儿都不重要。我找了一个没人的洗手间,好平息一下我血脉偾张的头脑。

我回来时，吉米又在打电话了。迪伦用手指敲敲玻璃，我看到他的口型在说"都剪完了"。

醋酸酯在纯白的唱片套上，还散发着温乎乎的热气。有人在顶端用马克笔写了"未命名作品，吉米/库斯，马克斯曼出品"，吉米冲我翻了个白眼。

"我们边走边说。"迪伦又抓住我的手腕，完全没有理会吉米。他的声音压得很低。

"你另一个小伙伴呢，索尔？"他牵着我从来时的走廊往回走，"我听到传言说他可能会请律师。你跟这事儿有关系吗？"

"为什么这么问？"

"我也不知道为什么，不是吗？所以我才问你啊。你夹着尾巴灰溜溜地回来了，突然之间，你的独立音乐人小伙伴们都摩拳擦掌，某些人更是忙得不亦乐乎。你要是看到他了，告诉他，就连我的律师都有比他更好的。"

每走一步，我的血就往上涌一次。走着更容易全神贯注地做布兰登。坠落，坠落。药已深入骨髓，酸已深入细胞。

我挣脱迪伦抓着我的手，反过来抓住他肥胖的手腕。

"如果他想告的话，就算是世界上最好的律师也无法阻止他。那是他的歌。他知道，我知道……"我抓得更紧了，同时把我的脸逼近他的脸。一股紫罗兰的味儿。"你也知道。他以前只是一直没告你罢了。"

他的脸上一半是胜利，一半是绝望——他猜对了一件他希望自己猜错了的事情。

第二天。最后一天。我在诺丁山房子里的一片废墟中睡了几个小时。一张驱逐通知贴在外面的墙上，门上用白色的胶带纸贴了一个大叉号。阳光透过薄薄的窗帘钻进来，微波炉上的时钟闪烁着"00：00"。手机在地板上振动着，显示着一个陌生号码。

我接起来，嘴巴和眼睛都像粘上了似的。

"嗯。"

"我迪伦。他想要多少？索尔。"

光线晃得我眼睛疼，我把睡袋拉上来蒙住头。

"我记得他不可能告赢？"

"他是告不赢。不过我也不想我的这些事抖到法庭上去。我们这几个人里还是有人顾及名声的，你知道吧。说吧，多少钱？"

布兰登跟索尔说过二十五万，但是那可能只是为了激他好让他感兴趣的。那要不就十二万五千？我脑子里突然冒出一个想法。"他想要六万六千英镑。"

迪伦都不屑于掩饰声音里的如释重负："好的，我掏得起。这数字真奇怪啊。"

"他在研究数字命理。"我胡诌道，"这个数字有神奇的魔力。"

"很好，很好。这个大傻子。那我怎么知道他不会还要起诉呢？"

"我会让他签个东西。五点钟我得去趟鳗鱼派岛。你能到那儿见我吗？"

"今天吗？没问题。等下，这个鳗鱼派岛在哪儿？我们就不能在苏荷会所见面吗？"

"你就不能查查吗？我必须得去那儿一趟。咱赶紧做个了断吧。"

血液往我脑袋上奔涌，让我的视线每十秒钟都抖一下。我去冲澡，结果水没了。

大约十点钟，包裹开始接踵而至。都是从繁华商业街的店铺还有戏服供应商那里寄来的，都是昨天晚上经瑞和吉米讨论选购好的衣服。乌鸦头饰是最重要的，不过她们还设计了别的。

我把快递都堆在外面地上：几件印有"弗兰克说选择生活"字样的T恤、几条阿迪达斯三道杠裤子、樱桃红色的马丁靴、吉米寄来的假睫毛、黑色长外套。这是一堆象征符号的堆砌，表面很有意义，内里很空虚，跟布兰登很相符。

中午时分，罗尼和雷吉出现了。在一幢二十层楼的一套破败的废弃公寓里，由他们即将杀死的人和他已故兄长的女朋友指挥着试穿服装，他们丝毫没有表露出是否认为这事略显诡异。他们打闹着，为谁的头饰更好看而争执不休，假睫毛也让他们赞叹不已，房子里回荡着他们的尖叫声。他们把马丁靴的鞋带系紧，两个人立刻在屋子里转着圈跳起了小鸡一样的舞蹈，他们双臂搭在彼此的肩上，来回乱冲着。然后他们挤进小小的卫生间，准备着最后的大变样，我听到他们一边调整，一边叽叽喳喳地吵嚷着。他们的衣服堆在地上。我从罗尼的夹克衫里掏出他的手机，躲进厨房最深处的角落里给迪伦打了个电话。

我又强调了一下见面的事，给他指了具体地点。他已经知道该去哪儿了，不过我想让这通从罗尼的手机打过去的电话长度合理一些，以免过后有人查他的通话记录。挂断电话后，我又给他发了一条信息，我把措辞修改得看起来像是罗尼而不是我发的："六万六千英镑，包他死在水里，而你，择得干干净净。"

我刚把收音机调到亲吻电台，给他们找一首走秀的音乐，他们就手牵手出来了——两个破衣烂衫的乌鸦人，穿着休闲服饰的死神。他们大摇大摆地走来走去，嘴巴噘着，双手叉腰。我把笔记本电脑端在手里，好让瑞能够好好看看她的杰作，她的热烈掌声引得两个人都对她不断地深深鞠着躬。

扬声器里响起她欢快的声音:"这要不是今年最受小孩子欢迎的万圣节装扮,那就是我的品位出问题了。"

他们走后,我躺在地板上,看着她在太浩那边忙活着。

"准备好了吗?"她歪着头,好把我看得更清楚。

"准备好了。"我没说谎,一切都准备就绪了,"还有一小时,我就要走了,我突然不知道自己该干什么了。"

"嗯,我又在网上找到一个关于布兰登的线索。昨天晚上无意中在谷歌搜到的。是对一个付费视频的评论,在一个日语网站上,我待会儿发给你。"

我换了个姿势,点开她发来的链接。一个手持摄像机录制的视频开始播放了。人们在一个很小的场地来回闲溜达,有几个人斜眼瞅着拍视频的人。那种低低的嘈杂预示着将要有事发生。对话窗口视频里,瑞在厨房四处走动着,自顾自唱着什么。我关掉布兰登的视频,以后我什么时候都可以看。

男孩子们

以下是一家日本网站上一段非法录制销售的现场视频下面的评论。整个网站都是日文，除了价格还有以下文字。

好吧，这是个惊喜。我不知道这里还留下了视频片段，这是遥／控乐队最后也是最悲惨的一场演唱会。我从没有见过像那晚那么静止的画面。在这个舞台上，一个和我们存在时间一样久的乐队——经过整整两年的垂死挣扎——终将无可挽回地成为过往。更新潮、更闪耀的乐队使我们被束之高阁，我们不会再变得更酷。没有签约的乐队，一如色情片演员，必须在头一年半干出轰轰烈烈的成绩，否则就得抛下尊严，降低身段，做一些有辱人格的事来获取关注。于是就有了今晚这场演出。（那些还不知道什么是"展示"的幸运儿，所谓"展示"，就是一场伪造的现场演唱会，由乐队出资，给酒吧投入足够的钱，好引来那些疲惫不堪的酒鬼，这些人是构成伦敦唱片公司星探圈子的主力军，这个圈子里的人都不惜在酒吧的整场演唱会上吐槽他们的同事。因此，恰恰在乐队最需要全场疯狂起来时，他们一片死寂，这样这场活动最关键的目的——签一单合约——就变得比以前更加不可能。）那么为什么还要办呢？因为我们一败涂地、囊中羞涩、意志消沉、余醉未消、百无聊赖，又愤愤不平，最惨的是，我们欠了一屁股债，某品牌给了我们两千英镑作为"发展协议",我们——我读道——拿这笔钱买了衣服、狂喝滥饮,还办了这场无聊乏味的演唱会。这就是一场赤裸裸的勾引,来吸引某个大品牌买断我们的合约。

这个视频两位数的浏览量正说明了今天这场遥/控乐队的演出是多么无聊,但是对于那些在想"这到底是什么鬼东西"的人,我想我可以奉上导演的一句说明:女士们、先生们,我谨向你们介绍遥/控乐队之死。

0:10 日文版的简陋标题页。文本看起来比英语的更好懂,但我还在纠结要不要上谷歌翻译里打开它。地点是在边界酒吧,就在查令十字街后面,时间是1994年年底,这些就是我可以确定的信息了。

0:20 摄像师在人群中游荡。我会用"人烟稀少"这个词来形容,或者"寥寥无几"正合适。零星、零散,令人失望,失望透顶。人群中混合了没那么专业的唱片公司星探——他们压根儿就没有意识到每个重要的人都到我们这儿了。我,绝望的外乡人,稀里糊涂的外国人,还有遥/控乐队的几个固定粉丝(这些人如此之稀少,把他们几个全部关在一个电话亭里,空间都显得绰绰有余)。哦对,还有迪伦·马克斯曼。看,0:25,那就是他,他被一帮溜须拍马的人前呼后拥着,干着他最擅长的事:找出那些比他有才华得多的人,然后处心积虑榨干他们最后一滴油水,再兜售给根本不需要他那些音乐的人。

0:30 人多了起来。镜头粗放地掠过众多后脑勺,然后对准了空空荡荡的舞台,画面很模糊。对好焦啊,哥们儿,我的职业生涯将在那儿结束。舞台边等着的人和在吧台前排队的顾客人数比例是1∶12。然后就是那厄运的半圆：挨着舞台那一片光秃秃的舞池，没有人敢光顾，生怕被遥/控散发出来的颓败气息感染。

0∶45 我们的开场音乐：沃恩·威廉姆斯的《云雀高飞》(The Lark Ascending)。这个创意我们是从史密斯乐队偷来的（一如其他的众多创意）。他们在上场前就演奏了《罗密欧与朱丽叶》(Romeo and Juliet)，让舞台变得充满戏剧、富丽堂皇。而这里，听起来却像是有人开了古典音乐广播忘记关了。

0∶55 人声渐渐起来了：欢呼声、口哨声，一股巨大的堪比性兴奋的激情浪潮在观众中涌动，把他们刺激得越来越狂热……

1∶00 当然，这些都是磁带。来自索尔的一张布莱克本的狂欢晚会的录音。我们给古典音乐加了人群的嘈杂声，希望这些观众能像巴甫洛夫的狗一样给我们一些反应。

1∶05 灯光终于暗了下来，尽管人们还在大声聊天。一股可怜的干冰喷了出来，让舞台显得更加荒凉。

1∶12 索尔从舞台右侧上场了。虽然我不想承认，但是他看起来真的不错。这种杀气腾腾的愤怒倒很适合他。你们中比较见多识广的，就能从这个人的动作中看出来（但你们中比较敏感细腻的，凭你们的直觉，从他僵硬的动作中应该也能猜到，这个人正气得发抖，可能还背负着他的老友兼乐队领队的使命。他们最后的升值机会就是这场悲惨的告别演出了,倘若演出不能取得辉煌的成就,那他接下来就会搭乘飞机,任一班飞机,不管去哪儿,总之再也不会多看另外三个废物一眼)。他站在舞台左侧,背对着观众,像个待宰的羔羊。第一首歌里没有伴奏吉他,所以他就站在键盘后面的位置,优雅地扮作一个演奏钢琴的人,等待着……

1:30 吉米。那时候还是叫全名吉米·巴洛赫,现在都是以单独一个名为人所知,像王子、比约克、希特勒。瞧瞧那长长了的莫西干头,侧面的头发楂毛茸茸的,像兔子耳朵一样。戴着老气的珠宝,穿着缺乏品位的白色细高跟鞋。她很邋遢,但是邋遢得性感,对吗?她身上绑着那把白色的吉布森火鸟,演奏着一些根音,高、低、高、低。她过于专注,舌头都伸出来了,不过她一直处于一种特别好的状态,忘掉了一切。她像发脾气似的跺着那高跟鞋。你那时候能看出来她将来会成什么样吗?她有点儿能耐,绝对的。她腼腆的动作里有点儿意思,就像她被遥控操纵着似的。她那厚厚的眼线被哭得脏兮兮的,也许是装模作样,也许是因为我们刚才在后台大吵了一架。她以前很容易哭,我们的吉米,就好像哭没什么大不了的。如果要说她未来成名的种子早就埋好了,那也是因为我,还有整个遥/控乐队悲惨的失败遭遇,让这颗种子发芽开花。她的刚强和坚毅都来自我。我教会了她如何经营乐队,让它按照你的意志去发展。我是一个光辉的典范,也是一个引以为戒的故事。不用谢我。

1:45 巴克斯特跌跌撞撞地穿过舞台,因为我不喜欢光打在他身上。主要也是为了他好,他破坏了整体的美感。他找了个舒服的姿势坐好,转动着手里的鼓棒,好像有人明确告诉他不要这样他却偏要这么做似的，然后数着"1、2、3、4"，我们开始了。

1∶50　我们为什么要用这首歌开头呢？在我印象中，开头的鼓声特别巨大：像是众多布隆迪鼓手在奥林匹克录音棚的石头厅里录制的效果，而不是像现在这个温文尔雅的轻轻的拍打声。我知道这是家用录像的复制版本上传的，又是通过笔记本电脑的扬声器播放出来的效果，但是老天爷，这也太弱了吧。

2∶03　我们仿佛被隔离了一般。部落鼓，吉米的"瘸腿"放克音乐，索尔只用左手弹奏钢琴。一切准备就绪，将要迎来……

2∶30　……谁也没出现。本来应该是欢迎我出场，但是什么都没发生。自从在后台打完架，我可能一直都待在后台，为自己舔伤口、恢复精力；又或者是为别人。那件事是那时发生的吗，我和梅尔？我知道是那天晚上的某个时间，当她男朋友在架子鼓上大汗淋漓的时候，我们正在干着那件事，听起来也像是我能干出来的事。

2∶45　摄像师把镜头对准立麦架上的麦克风，就好像有事即将发生一样。从巴克斯特不住望向舞台左侧的紧张眼神可以判断，我这会儿肯定已经准备就绪了。两分钟的即兴重复演奏未免太长，特别是对着这样一群麻木的观众。此刻，时隔十五年再一次听时，有一丝我在那晚并未察觉的美妙感受。

2∶59　索尔正在键盘上演奏的曲调突然变了：变成了《小丑进场》（*Send in the Clowns*）。

394

3:03　我们的主人公出场了。他走上舞台去面对观众的掌声,"稀稀拉拉"这个词仿佛就是专为这种掌声而造的。见谅,不过我看上去很不错,对吗？遥/控一直没有火起来这件事几乎没给我带来什么有价值的东西,但是,我不用跟更年轻帅气的自己去比较,这绝对算其中的一个价值。发型看起来很不错,设计得恰到好处。衣服也刚刚合身,而且看起来也不像是为了演唱会特意打扮过。只见我对着观众鞠了一躬,连个喝倒彩的都没有。

3:05　我的自我介绍被人群不满的喧闹淹没了。(虽然我说的其实是,"他们说你每一场都表演两遍,一遍上场,一遍下场。你好啊,边界,又回到这里真好。")

3:10　我加入了他们。声音听起来还好。我动了动,试图把观众拉近些,试图把那个半圆填满。我们听起来其实还行。这些小扬声器根本没有什么用处,但是你仍然能听出我们的声音很坚定。

7:15　不是很顺利。如果到了第二首歌,人群还是没反应,那后面他们也不太可能再有什么反应。当观众变了时,当他们从聚在一起的一个个独立的个人变成其他的——暴徒、团伙、乌合之众,你必须努力撑过这些时刻。只要拿下他们中的三分之一,就可以感染全场,突然之间你发出的每一个声音,都能让这些木偶一样的人动起来。这真是美妙的体验——说真的,这个体验美妙绝伦。你唱一句,下面就有一千个声音热情地呼应你。见证着整个房间和着鼓点弹跳起来,看着一双双高高举起的手随着吉他伴奏在空中挥舞。遥/控:这种短暂而又神奇的体验在我一生中有过那么几次,我无比重视这些时刻,就像人们珍视自己孩子的第一次微笑。

7：20　这不是那种时刻。这完全是另外一回事。你们能看出来，我已经几近绝望了。我挣扎着、咆哮着、舞动着，想要从歌里榨出一丝力量，把这拨儿愚笨麻木的观众由铅块打造成金子。三首歌过去了，我们没有得到丝毫回应。唱片公司都在这里，看看我们是否能吸引观众，看看我们是否能调动观众，但是显然，他们就像水上漂的那层油，阻碍了水的沸腾。我们越是努力点燃观众，就越是显得绝望，而绝望是世上最难看的表情。

7：25　没有台上台下彼此的互动和寒暄。没有舞台效果。此时此刻，一切其实就已经结束了，但是我们只是继续用鞭子抽打着演唱会的尸体，迫使它前行。这时《司机》(The Driver) 刚唱了一半，而整首歌时长是七分钟，我转向索尔，伸出一根手指横在我的喉咙上：不是威胁，而是祈求"杀了我吧"。赶紧结束这一切。

7：30　他没理我。乐队继续演奏。

8：30　我又一次示意停下来。

9：00　他仍在继续。巴克斯特对一切浑然不知，但细心的吉米却注意到了。

10：15　我紧急打断了巴克斯特，我的吉他晃动着。吉米随着他一起慢了下来，她看起来冷冰冰的。索尔明显地故意闭上了双眼，头向后仰着，继续弹奏即兴重复段落。现在声音更大了，速度也逐渐加快，弹出的和弦如此不连贯，几乎变成了一阵巨大的噪声。他转向巴克斯特，头点着：1、2、3、4。

即使在这低像素的一团漆黑中，仍然能看到巴克斯特眼睛里瞬间闪过的沮丧，但紧接着，鼓棒一响，他又继续打起鼓来。吉米耸耸肩，也重新开始唱了，独独把我晾在那儿。我简直就是背着电吉他的布莱船长[1]。

台下响起了犹豫不决的掌声。这不仅仅是表面上看到的我们重新开始了一首唱了一大半的歌那么简单，而是他们察觉了有人没有按写好的剧本来。我开始唱了，刚找着调，索尔就变调了。我降了调去和上他，可他立马又变了一个调。吉米气得脸色煞白。

11:30　我当时对索尔非常生气，但同时又很感激他，因为他持续不断喷出的这个声音恰好掩饰了现场的真实情况。干冰、间奏带，还有每首歌之间的小停顿：它们都在掩饰着我们如此热情地对牛弹琴的耻辱。一首歌结束后，观众鸦雀无声，这是一种极其打击的感觉，就像早上醒来发现身边躺着一个错的人一样。好吧，算你狠，狂飙突进的索尔。

12:00　你能看到我和索尔都挺享受的。一首歌结束了，巴克斯特的鼓声听起来像是什么东西被从楼上推下去了似的，但是索尔仍在继续，像蜡像一般眼睛一眨不眨，学着伊恩·柯蒂斯[2]的样子疯狂甩头。这次，我和吉米都只是扫了一眼，接着砰的一声——我们就又

1　一位18世纪的英国皇家海军军官，遭到船员背叛并被扔下船。——译者注
2　伊恩·柯蒂斯（Ian Curtis, 1956—1980），英国创作歌手，患有癫痫症和抑郁症，他的舞台表演常常让人想起他经历的癫痫发作。

回到另一首歌里了。索尔还在 a 小调上，在《救护人员》(Ambulance Man) 长长的尾声里，而我们其余的人已经到了 D 调，这样某种程度上还取得了一些效果。巴克斯特则在中间的某个地带迷路了，他机械地打着镲，发出持续不断的一阵白噪声，只能看见动作，而不怎么能听见声音。他沮丧得都僵住了，我们的巴克斯特啊，一点儿临场应变的能力都没有，不过他仍然努力想要跟上节奏。紧接着，我和索尔之间仿佛有个秘密信号似的，我俩同时停了下来。手像折叠刀一样捂在琴弦上，然后像发电站乐队[1]那些"机器人"一样，一动不动。在吉米和巴克斯特也无力地结束之后，人群躁动了起来。这已经从索然无味变成了一场灾难，还是很有看头的。

13：03 鬼知道这个地方索尔在弹什么。视频里看不清他弹的什么和弦，弹出来的声音——你们也可以听到——简直太难听了。他狂砍着琴弦，每当你稍稍能听出些他弹奏的旋律或节奏，他就又开始乱弹。时至今日，过去十五年了，我还是想不起来我当时究竟唱了什么，我想可能也是胡乱唱的吧，唱得如此之低、如此之快，几乎变成了一个节奏乐器。巴克斯特数着数也加入了，于是索尔加快了速度。我冲着吉米大声喊出和弦，但是谁都知道这段乱糟糟的噪声里根本就没有和弦。只要有一丁点儿曲调，也都会被这个噪声漂白。

14：09 我们周围的半圆更大了。索尔笑得如此用力，他的两颊都湿了。节拍已经快到不能再快，每次巴克斯特和吉米在这阵噪声中找到某种平衡时，我和索尔都把它撕裂。迪伦的几个人冲上舞台，相

---

[1] 发电站乐队 (Kraftwerk)，1969 年在德国成立的乐队，被广泛认为是电子音乐的创新者，开创了一种"机器人流行"风格。

互搭着肩膀，像精神错乱一样跟着节奏乱蹦。索尔转过身去，弯下腰在吉他上猛烈地击打着空弦。

14∶55　巴克斯特和吉米同时爆发了。巴克斯特扔出鼓棒打我（当然没打中），而吉米，轻轻地把贝斯放在架子上，转身走开了。他们还没走到台侧，就见吉米伸出胳膊搂着巴克斯特。他的头靠在她胸前，像个孩子一样。他的肩一耸一耸的，明显能看出来他在哭。不过这在当时我是不知道的。他们结束演奏那一刻起就已经从我的世界消失了。

所以台上只剩下我和索尔，还有两个家伙在旁边高举着啤酒乱舞。没有了节奏部分，歌曲几乎要停下来了，直到索尔在键盘上奏出一个低音。一阵磕磕巴巴的刺耳声音过后，《男孩子们》的旋律开始响起。我知道你们没有一个人来这儿是为了听遥/控的历史教训的，我只告诉你们这是我和索尔第一次写的歌。它脱胎于一串用编曲软件做出来的不需要动脑的即兴演奏，就像为纽伦堡重新改写了《我感受到爱》，所以即便吉米和巴克斯特不在台上，我们也能演奏。合成器剧烈振动着，我听过的风钻都比这个声音悦耳动听，索尔狂弹着吉他，我们继续下去。

这会儿前排那两个家伙完全站上了舞台，我的舞台。他们像弱智一样跳来跳去，转着圈，其中一个还把啤酒杯举得高高的。我没有停下表演，而是冲立麦架底部——靠近底座的地方——踹了一脚，所以它正好撞在一号弱智身上，他向后一仰从舞台上掉下去了。就在他的同伴过来看他到哪儿去了时，时机刚刚好，我抓着他后背衣服的一小块布料，把他拽到台下，正好摞在一号弱智身上。索尔连头都没回。因为那段即兴演奏只有 A 和弦和 D 和弦，一种对耶稣和玛丽链[1] 乐队来

1　耶稣和玛丽链（The Jesus and Mary Chain），成立于 1983 年的苏格兰另类摇滚乐队。

说有点儿简单的东西,你可以和着它想怎么唱就怎么唱。我也正是这么做的。索尔低着头,敲着吉他,你能听到断断续续的歌声。

15:10　当我陷入爱河……

15:30　你已经失去了爱的感觉。这句是对着索尔唱的,我挑起眉毛,给这句歌词平添了一分单相思的纯真感,满心希望能得到前排观众一些该死的回应。我像约翰尼·雷[1]一样跪在地上。

15:45　我宁愿再也看不见。我用一只手捂住眼睛,另一只手伸向天空。也不愿看见你离开。

一号弱智又回来了。这一次带了一伙人:二号到七号弱智。二号爬上舞台时,索尔向前走了一步,都没解开带子就用吉他猛戳着他的屁股,他流了血平躺在了地上。你们从这里是看不到的,不过在当时那可是一派胜景。一颗孤独的牙齿,在乐队面前旋转着飞过,恰好被舞台灯照亮。他的同伙上来把他拉开,这下舞台前的半圆可是缩小了。

16:07　我已看见未来,兄弟,那是谋杀。该死,我把这个给忘了。那是伦纳德·科恩的《未来》,听起来像是整件事正在由我完成。瞧瞧我跪着的样子,活像个单相思的灵魂歌者。

我已看见未来,兄弟,那是谋杀。一遍又一遍。我知道我在预见未来吗,还是我只是喜欢那些词的发音?可能是后者。这时弱智三号

---

[1] 约翰尼·雷(Johnny Ray, 1917—1990),评论家称他为摇滚乐的先驱,他戏剧性的舞台表演和忧郁的歌曲影响到了从伦纳德·科恩到莫里西的音乐人。

到七号来了，手臂挽着手臂，像英国斗牛犬一样。摄像师这时把摄像机举过头顶，因为人群正涌过来。最后他们组成了一场表演。

我已看见未来，兄弟，那是谋杀。就那样，索尔离开了。摄像师没有抓拍到他下台，键盘立起来放着，它们输出的音变成了单一的磕磕巴巴的音。摄像机从舞台上扫过，寻觅着他，然后突然转向……我，胡乱弹着吉他，胡乱吼叫着。当时感觉自己颇有英雄气概，有点儿像"站在燃烧的甲板上的男孩"那种感觉，但是现在从这里看起来只剩了……悲凉。

我已看见未来，兄弟，那是谋杀。一个瓶子，然后是一个玻璃杯，相继被扔到舞台上，啤酒从玻璃杯里洒出来，划出一道优雅的抛物线，瓶子砸在吉他弦上，发出清晰的咣当声。我抬腿想去踢瓶子，但是没踢到。摄像机拍到一堵背影构成的人墙。舞台前熙熙攘攘的人群，恰如一场正常的演唱会应该有的样子。

视频里我最后的眼神：不是恍惚，不是神秘，也不是变脸。那是对寂静的恐惧，一旦我停止表演，寂静就会把我包裹起来。电线从吉他放大器上拔下，发出尖锐刺耳的电流声，还有低低的嗡嗡声，接着出现了一片矩形的光，是索尔打开了更衣室的门，我一头钻了进去。只过了几秒钟人群就涌过来了，摄像机在混乱的人群中挣扎着。拳头咣咣砸着铁门，人群向两边分开，让出一条路来，有一个人助跑着过去踹门，但是门纹丝不动。

21：27　一记重击，仿佛压强被关掉了似的，房间里的空气都被抽走了。灯亮了起来。音响师接到指令，开始播放结束曲：卢·里德的《晚安，女士们》(*Goodnight Ladies*)。听到这首低吟浅唱的音乐，那几个蠢货受到了鼓舞，正要再一次向更衣室的门发起新一轮的进攻，这时，灯光亮起，音乐响起，啤酒洒了一地，喊喊喳喳的说话声，人们这才被拉回现实。这当然是当时环境的问题。尽管如此，我仍然对自己说，在职业生涯即将光荣结束之际，在面对如此热情洋溢的观众时突然情绪失控，也算是一个传奇了。但是这个人是什么时候录的这一段？为了补充说明而拍的？好吧，真是可悲。

我已看见未来，兄弟，那是谋杀。摄像机依然对着更衣室的门，但是拍摄者却倒退着，没入这家免费酒吧的人群之中。没有敬畏的鸦雀无声，只有模模糊糊的在筹备接下来一场派对的声音。

22：28　摄像机被放在一张桌子上了，因为镜头很稳地一直对着化妆间的门。什么都没再发生。

23：11　画面逐渐变黑。

好了，这就是全部了。一个小小的乐队的小小的死亡。吉米从我的错误中学到了人是多么容易步入歧途。距离我们四个人最后一次见面已经过去十五年了。背叛朋友，树立敌人，寂静大海中消失殆尽的涟漪。我的生命。

第十二章

我后来看了那个日语视频,看的时候我把声音关得很小,双脚悬在泰晤士河上。画面很粗糙,布兰登看上去像个幽魂。我开始读他的评论,但是他的文字节奏让我厌烦。我越靠近他,越发现他这个人一点儿都不真实。布兰登只是一个语调,一个眉弓,一个发型。我让视频播着,而我却看着一只黑水鸡艰难地在筑巢。关于那场演唱会,不管布兰登再怎么说,那个舞台上显得真实的是另外三个人:流汗流泪又流血,明显还很担忧。我已经准备好了,要把他埋葬。

阳光在河面上投下一条条缎带,雨燕大口呷着昆虫,鸭子从容地四处漂游,远处教堂的钟声敲响。岛上看起来凉爽宜人,水上船屋张灯结彩,岸边立满了船桨和自行车,附近几个孩童在嬉戏打闹。

我轻轻踩着水花,突然手机响了。是瑞,说她找到了布兰登提到的那首歌,《男孩子们》。我不在乎。十首歌,十一首歌:有什么区别?

迪伦发消息汇报他每一步的行踪:他到哈默史密斯了,他到奇斯威克,他还有十分钟就到。我把鞋袜穿好,把头发抚平。

我已经用粉笔在桥上标好了位置,一旦我确定到了准确的位置,就把粉笔记号擦掉。乌云笼罩着这座城市,但是这个地方却干爽明亮,而且头顶的空间很开阔。我的倒影在河里破碎了又复原。白色的头发,

403

白色的衬衫，清晰地显现在油亮的天空里。我关掉手机，靠在后面，注视着来往的燕子。

我应该早点把吉米拉进来的。我一跟她解释布兰登的计划——他那及时抽身而退的机巧还有层层递进的残酷，她立刻就明白了。我解释到最后，她反而还补充了一些细节，愉快地打着响指。就在高楼的五十层，瑞在屏幕上，罗尼和雷吉坐在沙发边沿，杰走来走去。吉米的邪恶气质让我想起了布兰登。

"我知道你只是来解释这件事的，因为它完完全全走偏了，亚当，但是你得承认这个点子很值得佩服，不是吗？"

我做了个鬼脸。

"确实很邪恶，我承认，还有他对待瑞和罗宾的方式，简直丧尽天良。"她对着屏幕点点头，"但是跳出来看，还是很厉害。非常有想法，而且我万万没想到布兰登有这等才华。这张唱片，要是按照他想要的方式问世的话……"

她张开双臂："它会是一个全新的东西。"

于是，抱着这个目的，她和瑞共同策划了我的死法。

我本来想解释一下布兰登的合理死因，比如留一封遗书或一个视频，好让整件事能说得通，但她们都不屑于考虑这个问题。

吉米来了精神。"不不不不不。你这是在尝试讲一个故事，你想让它结局圆满，让一切都在最后有个合理的解释，但是现在已经没有人喜欢那样的故事了。我们应该做一件既轰动，又凌乱，又悬疑，还真实的事，然后让人们根据自己的喜好各取所需。"

她掰着指头数着。"凶杀、唱片、无解。"她愉快地打了个响指，"这就不是一个故事，而是一场罗夏测验。"

我的恶心感消除了一些，只见她和瑞语速飞快地彼此测试着。与此同时，杰则在另一条完全不同的轨道上：打着一通又一通我听不懂的电话，说着一些满是缩略语的行话，我一时分不清他是在说毒品还是在说枪。

我躺在地毯上，任由他们的对话冲刷着我。瑞说道："就有点儿像开膛手杰克，之所以令人着迷，是因为你永远都无法证实它，哪条路都行不通。"罗尼说："但也不要太轰动，我们戴着头饰，又穿成那样，太吸引眼球了。"杰在电话里小声说着："两克新货……"吉米则在屋子里走来走去，自言自语："尽我们所能多加入一些元素：乌鸦、迪伦、约翰·迪什么的；钱啊，毒品啊，血啊火啊的这些……都加上，一个个摞上去。"

我梦到了新翁布里奇，从下面看去是一个由滑轮和链条构成的倒置的城市。随着城市的苏醒，每个黑暗的角落渐渐显现出光明。我梦到了水和火。我走进一个房间，里面躺满了人，都睡着了，杰像个婴儿被吉米抱在怀里，罗尼和雷吉蜷缩在沙发上，太浩仅仅在一方屏幕里存在，我知道我属于哪里了。

远处有人向我挥手。迪伦在河岸边，我没有动。不远处，一扇车门关上的声音，还有孩子们的喊叫声。一架飞机无声地划过天空。迪伦腋下夹着一个包，嘴上骂骂咧咧的。

第一枪打在我身上时，我恍惚间以为是不是弄错了。那感觉太真实了，我的胸脯瞬间震了一下，像被一个无形的东西推了一把。这一下打得我转过身去，膝盖一软跪在了地上。地上很脏——都是碎石子和狐狸粪便，我往后退了一点儿。1、2、3、4。没动静。第二枪呢？鲜血像花朵在我胸口绽放，我告诉我的大脑，要忽略我眼前所见。怎么还不打第二枪？我这才意识到第二个血袋，"致命"的那一个，绑在我肚子上，而我此刻是背对着枪口的。我强撑着爬起来转过身去。

鸟叫，教堂的钟声，好闻的火药味儿。头饰棒极了，巧妙地介于禽类和机器人之间。光滑羽毛反射出的光泽像一群移动的昆虫。罗尼把枪放在一旁，雷吉举起了枪。我从余光能看到岛上的目击者，他们还不确定这是什么事。是演出，还是宣传活动，还是真有不好的事发生了？迪伦惊讶地张大了嘴巴，随时要逃跑。我快冻死了。穿衬衫和裤子还是很必要的，这样就能看清楚我身上没有带着水肺，但天太冷了，我不想在屏幕里显得惊恐。

我抬起头看着雷吉在灰色天空映照下的剪影。长长的鬃毛般的羽毛，弯弯的鸟嘴，手枪的枪管。他在等着。等什么呢？然后我想起来了。我尽量轻地把唱片扔在地上，看着血浸透了纸质的唱片套。

我的眼光随着手枪抬起，它的两个枪管对准我的瞳孔。鸟嘴端平了，手枪猛地一抖。它的声音比我预想的要轻柔一些；又是无形的一推，低低的，但很用力，猝不及防。空气从我体内抽走，我按下按钮，感觉到血从血袋里喷溅出来。我按照瑞教我的那样抱住自己。刚才站起身来时走得太远，桥的边沿在我身后将近两米远的地方，要是我现在就躺倒的话，会错过栏杆。我向后退了一步，举起手来，但是为时已晚，太晚了。

到了最后，我们都只是在空间里移动的躯体而已。出了点儿工程问题，甚至都不是什么复杂的问题。栏杆仿佛冲上来迎向我的大腿后侧,我的体重把栏杆变成了一个支点。我一个趔趄向后,胳膊伸向太阳,现在是水平的了。没有声音,又只剩下平淡乏味的伦敦天空。然后我倒下,头冲下,周遭各种噪声四起。我掉下去时,绳子挂住了我的脚后跟。我转过身,在重力的作用下,头向下地掉了下去。脚后跟的绳子拉紧了。天空一闪而过,但是什么动静都没有。只有黑洞洞的桥沿。我把双脚并拢,但肚子和脸仍然拍打在了水面上。诀窍是尽量压低水花,我应该能做到。

最后一件事。在吉米高耸入云的办公室里,挤满了像漫画书里一样的人物,瑞在屏幕上,如此真实,看到她,我感到一阵刺痛,还有杰,非常温柔地说着"我们需要更多的血"。满满三针管的血注入一个透明的血袋。我的血。布兰登的血。

我去够那根绳子时,寒冷使我无法呼吸。罗宾给了我灵感。新翁布里奇中央那座蒲公英钟依靠最简单的滑轮系统工作着。你绊到了绳子,重力下降,那个结构升起。事情分两头展开。

今天早晨,我把一个装有水下呼吸设备的包扔到岸上。一条带滑轮的绳子连着它,绳子另一端连着桥上一个圆环。我的脚踏进圆环里。

第一下枪响,我踉踉跄跄,把包从淤泥里拽出来,牵动着桥上的滑轮绳。我任由水把我淹没,直到我的脚刚刚触到河床,但是水太脏了,什么都看不清。我从靴子上把滑轮的绳抓过来,顺着它一点儿一点儿向前摸索,摸到了水肺咬嘴熟悉的形状。我在特雷利克塔练习过,蒙上眼睛,在寒冷中屏住呼吸,练到仅靠摸就能感知到面罩的形状。

在洗脸池里，我能憋气四十五秒，但是其实只要十秒，我的肺就开始膨胀了。我戴上面罩，迫使自己不要被冲走，然后打开气阀。又没反应。我让它运行着，把水从面罩里挤出去，然后有了：稀薄的、胶皮味儿的空气。我吸了一口气，又吸了一口，然后就适应了那个设备。即使戴上它，我也看不到我身前的手。

我一定是在地上踩了一脚泥，周围笼罩着一团阴云，像在猪圈里一样。我是不是应该等它冲干净再走，省得我留下一溜儿泥道子？还是赶紧走，趁着还没有人跳下来救我？光是想想这后一种赤身裸体的情形就让我尴尬，我赶紧拔腿就走。我迈着很小的步子，把身上的重物和密封口袋拖得都有一点儿离开地面了。我不自觉地踢起泥浆，不过它们都在我身边散开了。我步履蹒跚，笨拙地向上游走去。我努力让头顶上方的光线一直直射着我。均匀的光线意味着相同的深度，意味着别人看不见我，意味着逃离。八百步，我昨天数出来的，八百步，我就安全了。

我把湿答答的衣服剥掉，在昨天在岸边选好的地方躺了一小会儿。这里是距离桥两百米的上游，隐藏在河的一个拐弯处，从鳗鱼派岛看不到这里。我凝视天空良久，一个死人，一个谁也不是的人。我望着希思罗机场的飞机在天空中拖着白色的拉烟，直到远处的警笛声把我拉回现实。我的头发被烂泥糊住，感觉很厚重，我拿手捋了一把头发，抓了一手泥。我从防水的包里拿出一件T恤、一条裤子，然后把湿的衬衫和裤子放进去。我在树下的阴凉里换衣服，冷得直打战。我戴上一顶羊毛帽，使劲往下拉了拉，又戴上眼镜，穿上运动鞋。没什么像样的衣服：都是一些没遇到这件事情前我会穿的东西。然后我把所有东西都塞到一个运动包里，从草丛里拖出一条船。船被拖入水中时，几只蟋蟀从底下四散奔逃。一串警笛声刚停，另一串又响了起来。

我向南岸划去，船桨拍打水面的声音像在大声拍手。划到半路，我停了下来。南岸种了一排树——是一片茂密的伦敦梧桐，透过树干间的缝隙，还是能看到蓝光闪闪。一辆警车，一辆救护车。我已经提前摸清了那个地方的地形，所以我无法想象他们为什么要停在那儿。那是一条一望无际的路；也正因此，我才选了它作为上岸的地点。

我由着船漂了一会儿，看看他们会不会开走，但是那里仍然灯火闪烁，偶尔夹杂着几声喇叭声。我尽量轻地掉转船头，转而向鳗鱼派岛远处那一侧进发。这里的船屋更老旧，上面绿树成荫，船屋与周遭的风景融为一体。我静静地划着，船桨轻轻拍打着水面，直到我找到我要找的：一个被木板覆盖着的带登岸码头的船屋。透过那片树丛，我能听到大声交谈的声音，还是那一群小孩子在追逐嬉戏。我把船拖入一座人迹罕至的花园外的高高的草丛里，把它侧立起来。喊声像烟雾信号一样贯穿整个岛。车门开了又关上的声音，接着新来了一辆警车，警笛从南岸传来。我走上一条主干道。感觉这里是一个游人如织的露营胜地。已经有人在往桥跟前去了，不过非常缓慢，他们一路上聊着天，像足球比赛前的人群。我尽量不慌不忙地低着头走着。

桥上乱成一团。主路上的一辆警车和两辆救护车疲乏无力地响着警笛，我能看见柏油路上碎片散落一地。岛上的居民在桥的入口处聚集，但也有几个人探着身子在自拍。一辆小艇绕着桥墩转圈，激起一片浪花，两个身穿黄色衣服的警察围着在拼命打手势的迪伦。不管是谁，要把他身上揣着的六万六千英镑现金跟罗尼、雷吉的报价联系起来，都需要下一番功夫，不过这正是我所期待的。

主路上，一辆警车为了躲避碎片，爬上了草丛。现在随时都会有

409

犯罪现场录像和大规模的访谈,还有谎言。我大步从桥上穿过,眼睛盯着上游的水,好像在期待某个人出现。一个警察漫不经心地想把我挡回去,但这会儿桥两侧都有人涌上桥来。

"抱歉、抱歉、抱歉。"我背对着迪伦和那个警察穿桥而过,走到另一侧。一队医护人员抬着担架和氧气瓶吃力地走过来。

出租车司机太健谈了。为了让他闭嘴,我只好戴上耳塞。我们向西朝着希思罗机场开去,穿过居民区的后花园,能不时透过树丛瞥见泰晤士河。

我又查看了一遍护照。我的护照过期了,杰说他得要一天时间才能做一个新的,所以我出门时用的是布兰登那个姓氏改成了菲茨罗伊的护照。它看上去是全新的。封面很硬挺,内页空空的。照片里的他皮笑肉不笑的,我对着窗玻璃里的影子练习了一下这个表情。我翻动着护照,想找找看有没有我认识的印章,却发现了一张 SIM 卡,深深地卡在中间的几页折页里。此刻的我距离希思罗机场还有二十公里,我指甲里有血,头发里有泥。

黎明恐惧

那张 SIM 卡里只有一条数据：一篇长长的文章，分在几个文档里。摘录这篇文章的难度极大，因为它满篇都是冗长的流水句，不是没分大小写，就是没加标点。我尽我所能把它整理了一下，去掉了任何我认为无关紧要的内容。所有文档都还在草稿箱里。

早上五点十五分。我打开窗。一部分是为了驱散空气里的忧愁，同时也是为了听到吉米离开的声音。她和卡斯帕简单交谈了几句，车门开了又关，车轮碾过混凝土路面，最后就只剩下鸟叫声。其他的一些道别涌向我的脑海。又有几扇门关上，又有几辆车驶入黎明。又一个完整的人生正从一辆长长的黑色轿车后座消失。我摆脱掉这种情绪，按下录制键。冷静下来是录制唱片的绝佳时机：事物间的差距缩小了，你可以躺下让宇宙弹拨你的弦。我重录了《筋疲力尽》和《世界末日之后》。我们演绎得已经够好的了，但是乐队把它做得过于刚强，而这些歌恰恰需要有崩溃的威胁。我没再倒回去听。

正是破晓时分。事物的边缘逐渐清晰，显现出现实的感觉，夜晚朦胧的愉悦感渐渐冷却凝固。我想起曾在电视里听到过的一个词：黎明恐惧，一种对天将亮的恐惧。我烧了四张 CD。我唯一的疑虑是最后那首歌，还有它贯穿始终的一片片空白。心里有个声音告诉我这还好：

那些空白是纯洁高雅的，但是我内心深处知道不是这么回事。此刻，将死之时，我一无所有。

我想要走一走。我昨晚原本应该在那滚滚浓烟中燃烧并让自己消失。我想象着自己走向海岸，每走一步就消失一点儿，能量的云朵在我身后长长地拖着，像斗篷一样，直到我像羽毛一样轻飘飘地走下悬崖。绒面革衬衫、黑裤子、绒面革厚底鞋。

卡斯帕在大堂打电话。他示意我等一下，不过我用口型告诉他"只是出去透透气"，然后就步入了黎明。灰色和金色，烟雾和卤钨灯，石头和雨。

早上七点二十五分。天气太冷，促使你不得不快走起来。我随意转着弯，避开我认识的那些街道，让伦敦的景物滑过。左、右、右。没有规律可循。一个乞讨的人坐在自动取款机蓝色的光里，牵着一根狗绳，但是没有狗。我在衣兜里摸索着：一些美元，还有一小包杰的那些"三字诀"。如果说有人需要给自己的生活增添一些刺激，那就是这个人了，所以我给他帽子里丢了几粒，然后把其余的都干吞了。我大步地前行，穿过人群，老街上一群西装革履的人自动为我让出一条路来。进入城市中心，街上已经热闹起来。公共汽车的窗玻璃被刚下夜班的人睡梦中的呼吸打湿：索马里的清洁工、塞尔维亚的保安、孟加拉的餐饮服务员、罗马尼亚的妓女、伊朗的赌场管理员，还有波兰的修理工，它在一众水星和雷克萨斯中逆流而行，广播放着第四台，后座的苹果手机外放着新闻，播报着哪家银行今天又破产了的消息。

我向北朝着巴比肯方向走去，路过伦敦仅存的一段伤心的古罗马城墙——在一些野兽派风格卸货区的背风面，粗制滥造，光线幽暗。

之前吞下的东西让我脑海中发散着纷乱的画面和断断续续的歌词。一个令人发指的店铺名称——"吐痰潇洒"、一个在门口乞讨的牙买加人皮肤上的白癜风构成的卡通画、一个废弃的贝果面包袋子里窸窸窣窣伸出的一只鸽子尾巴，它们都深深吸引着我。但盖过这一切的是一串一闪而过的歌曲串烧，因为一个小孩子在胡乱拨弄着车上收音机的钮。

游荡，游荡，四处游荡，我在这世界四处游荡，游荡，世界不会听。我听着乐队在奔跑，放飞自由的心灵

车又往北开去了，穿过伦敦那些不知名、也不知道谁住在里面的街巷。天已经大亮了，但是街灯还亮着。大片死气沉沉的房子在静静等待着这一带居民变得有钱。最空洞的涂鸦：没有图画，没有美女，只有无休止的名字摞名字再摞名字。天使街到了。瑞很喜欢伦敦这些名字。天使、七姐妹、水晶宫：就像从幻想小说中出来的一样。

在我第三次错判了一辆车的轨迹而穿过马路后——引来了一阵模模糊糊的摁喇叭声，还有大喊大叫的辱骂声随风飘散，我躲进国王十字车站后面的一家苍蝇小馆里。它一下子就把我带回了我刚来英国时的那段岁月，塑封的纸质菜单，胖滚滚的番茄形状的塑料番茄酱瓶子，瓶身上糊着的番茄酱结了像干血渍一样的棕红色硬皮。我不饿，但我还是点了一份三号套餐——两个鸡蛋、薯条、豆子、香肠、熏猪肉，还有炸面包片——好拖延时间待在那里，但是他们上菜太快了，真叫人心烦。

早上八点十分。我正接近某种平衡。我的心停止了像蝴蝶在胸中

猛扇翅膀般的跳动，在我脑海中不断淡入淡出的断断续续的音乐和对话声也平静下来，像剧院里大幕前观众的骚乱，可以忽略不计了。

窗外正是红灯，我观察着那些等灯的司机。一个一身商务打扮、画着猫科动物一样眼线的女子呼了一口气到手背上检查口气；一个货车司机点燃了一支烟的烟屁。这个早晨沉重而缓慢，我非常想把头靠在塑料贴面的餐桌上睡一觉。餐馆里播放着怀旧老歌电台：《如果天堂能有一半美好》(*If Paradise Was Half as Nice*)；还有《太阳将永不再闪耀》(*The Sun Ain't Gonna Shine Anymore*)；几条十秒长的新闻短讯和眼镜、车险广告；《如坐针毡》(*Needles and Pins*)《爱情急不得》(*You Can't Hurry Love*)。唱片像云又像雨，你无法想象它们被写出来，无法想象那些歌词在笔记本里写下，无法想象乐队队长说着"我们再试一次四三拍的"。

一个穿着暗黄绿色莱卡骑行服的自行车手，头戴着昆虫样的、极富热带风情的、显得头重脚轻的头盔，在等红绿灯时，为了保持平衡不断微调着身体。我真心希望他摔倒。顷刻之间，豆大的冰雹砸在窗户上。两个老头儿坐在餐馆内相对的两个角落里，各自埋头吃着一盘盘热气腾腾的当日特价菜：一种棕色的、黏糊糊的东西，闻起来像猫粮。我又要了一杯茶，等着冰雹退去。两个骑着自行车的孩子在窗户前擦肩而过，一个向另一个手里递了个什么东西，双方都没有减速，天衣无缝。

新闻结束了，埃塔·詹姆丝[1]出场了。一个老牌偶像。"我宁愿，宁愿再也看不见……也不愿看你离开。"在干瘪的咒语里，我屏住呼吸。就像日全食一样，你不能迎头直视它，否则它会把你灼伤，你必

---

[1] 埃塔·詹姆丝（Etta James, 1938—2012），美国乐坛的传奇女歌手。

须一点儿一点儿地看它。那富有弹性的单弦吉他音深深埋藏在混音里。背景里有女孩子们伴唱着"呜呜呜""耶耶耶",你能想象这些女孩子严肃认真,梳着蜂窝头,非常可爱。她们住在离录音棚坐公交两站地远的地方,身上带着家庭作业,候场时她们就写作业。唱歌时,她们情绪高涨,斗志昂扬,手指舞动着。接着是仿佛刚睡醒、聚会迟到了的号声,然后是埃塔本人出场,通常是和着节拍点着头,听起来很酷、游刃有余,除了有那么几句卡在她嗓子眼里听起来像是要死似的(当她唱到"最重要的是,我不想获得自由"时,给我的冲击力实在太大了,令我感到窒息)。我完全陶醉于那几乎不可能实现的嗓音里,狂喜不已。两分三十五秒的亚拉巴马暖融融的空气四处流动着,伴随着声带振动、颤抖的琴弦和真实可感的节拍器,被困在磁带里一长串磁力电荷中,后来又经过数字化处理,成为银色的光盘,远渡重洋,在收音机里播放;又从历史的长河中撷取出来,以数字化的方式转化为录音机里的声波,穿透伦敦天空中的冰雹,抵达那台放在柜台后面的收音机。这重获新生、恢复自由后的声音,击打着我的耳膜。虽然经过这一重重的转化变形,但它仍然给了我一记重拳。我的眼睛满含着泪水,正如埃塔一样,不过是在远隔一万公里的三十五年之后。遥远的控制。

与此相比,我的生命是什么呢?在我的生命可能走到尽头的这些天里,我会做些什么呢?我望着对面雨篷下挤在一起疯狂抽着烟的女孩子;孩子们把校服顶在头上;那两个老头儿为了拖延时间,慢吞吞地吃着盘子里最后的一点儿食物;女服务员把同一张桌子又擦了一遍,因为确实没什么别的事情可做了;花臂的厨子双臂交叉抱胸坐在柜台上;人们擦着结满冷凝水珠的公交车窗好望向窗外;无尽的妈妈推着同样无尽的坐在婴儿车里的孩子;保时捷司机对着头戴式耳机讲着话,货车司机拿着上周的《明星日报》——那报纸在仪表台上已经放得泛黄了。我在想我该做点儿什么才能跟这些充满渺小希望和巨大痛苦的神圣的队伍相比。舌头上意外有了泪水的味道，凌晨之后的卧室里闪烁着灯光，难以触及的地方伤痕累累，一种孤独感像黑色水面上的薄冰，像动物的牙齿，像活着的死亡。

上午十点零一分。我在桌上放下十英镑，不等歌曲放完就离开，大步走入还在零零星星砸下来的冰雹之中。天际出现一缕阳光，有放晴的迹象。我感到正气凛然，像羽毛般轻飘飘的。我刚才都在想些什么？想着我很重要，我很要紧？我的脚步变成了鼓点，脑海里响起了从未如此坚定的歌声。

愿有一条路随你起伏，愿这条不知通往何方的路直抵你的心灵。进来吧，亲爱的，让我为你找一个地方，总有我们的容身之所，抬头看，总有一天，我们会找到通往新生的路

路在我眼前展开。下山来到国王十字火车站，然后进入圣潘克拉斯站。这个在整整一个时代里仅作为嘈杂的国王十字站一个不受待见的、低调的附属品，如今似乎也开始觉醒，破茧成蝶，开始腾飞。有些地方的雨又下大了，我坐在车站的小餐馆里，这是一个千篇一律仅供果腹的店，店名叫贝杰曼。我隐约记起贝杰曼的一个访谈，在苏塞克斯荒凉的悬崖上，他坐在轮椅里，强撑着冻得瑟瑟发抖的身体，似乎已经有一百万岁，比女王还要优雅高贵。当他被问及"生命中还有什么遗憾的事"时，他不假思索地答道："我希望我做了更多的

爱。"我当时向这个老变态翻了个白眼,突然一阵歌声像暴风雨般席卷了我。

在城市的中央,条条大路交会的地方,在等你,我已厌倦,厌倦了等我的心上人,恃宠而骄的人啊,你在市郊做什么,最重要的人啊,我等你等到心都碎了,等待,我不是在等一位女士,我只是在等一位朋友

沿着尤斯顿路返回南边。一些三流的酒店,在网上看着可能还好些——"距离各大火车站和西区仅一公里",游客拖着随身行李稳稳地走在不平坦的路面上,轮子发出轧轧的声音,一阵风吹来,掀开了他们的地图。乌云在天空中呼啸而过,没留下一丝蓝色。阴天时很痛苦,有阳光时稍好些。贝克街:橄榄球迷在一家巨大的酒吧外狂吼乱叫,挤占着自行车道。房地产用地真正被开发之前,只有北面一排办公室和酒店。帕丁顿:一条条街道上什么都没有,除了人还是人。熙攘喧闹的摩洛哥人拖着超大号水烟袋。仿佛 B 级片里出来的阿拉伯司机靠在德国产的车上——通常是黑色的车,车停在谁知道是什么店外的双黄线上。女王大道:一个眼睛混浊的人穿着一件被太阳晒得发白的旧夹克,要是在美国,我遇到这种人都会留神看看他的衣袋有没有枪形突起。只见他追随着我的步调,跟我攀谈道:"要豪华游艇吗?只要一万四。"我给了他十英镑,掉头走开了。

所有一切统统来吧,来吧,不要梦想它已结束,其实它从未开始,我知道它在彩虹的尽头,天空是蔚蓝的,蔚蓝。蓝色,是我房间的颜色,有一个世界,我能去往那个世界,我的秘密向它倾诉

下午两点十二分。诺丁山。这个地方从 20 世纪 90 年代开始就老气横秋但现在还在装嫩，它曾经像是某个暴躁的拉斯特法里主题公园，挤满了长着张马脸似的切尔西男孩，对他们来说，此地的粗犷刚好是他们可以忍受的；间或还有一个大惊失色的意大利游客。如今这里的情况更糟了。唯一能见到的黑色面孔都在壁画里了，其他地方种族纯粹得像梅费尔一样（也像梅费尔一样极尽奢华）。到了波托贝洛路。我离开时它就已经很落后了。如今看起来像是个户外的礼品铺子。没有爱尔兰人，没有黑人。成群的狗。没有一个四十岁以下的人，就像战时的年月。只剩下那一幅旧景象：老得穿不上军队夹克的男人们在雨中喝着酒，几条狗在他们脚边吃着炸土豆片。到万圣路了，我第一次到伦敦的第一个歇脚的地方。这里曾经应该是艺术的前沿地带，后来成了伪装成出租车办公室和自行车维修铺的蓝调俱乐部。一个红色的灯泡，还有写着"严禁吸食可卡因，违者请离开"的牌子。我从来没有希望过它结束。

又一阵淅淅沥沥的雨下了起来。我衬衫的绒面开始发皱，所以我躲进一家旅游纪念品店，买了一件伦敦产的英式风雨衣。雨一停我就可以把它丢掉。几个小时以来，我第一次正儿八经抬头看了看，几个街区外，破败的特雷利克塔赫然耸现。当然了，亚当就在那上面某个地方，围着他那些模型和植物转。这感觉很美好，他什么都没有变：我自己的"道林·格雷的画像"。

我绕着塔附近的街道走着，感到非常安心，因为我确定亚当会一直往里看而不会向外看到这里。天气无止境地切换着频道。一会儿是冰雹，一会儿是阵雨，一会儿又是平淡乏味的乌云。我坐在塔对面的一家酒吧里，身边挤满了市场上的小贩，他们从围裙里掏出厚厚的一沓钱买酒喝。我能一直这样下去吗？忘记我那些阴谋诡计，只是在这死气沉沉的城市里游荡？走着，被风吹着，吃饭就在不知名的小餐馆里跟老头儿们一起，住就在小旅馆。让那张唱片自生自灭，而我自己变成一阵风、一个传说。我越走越快，想感受到自己的存在。

如果你看见我在街上走，我开始哭泣，脚下的土地开始破碎，因为我情不自禁坠入爱河，坠落，大笑，像一场大雨将要落下，像记忆冲刷着我的脑海，迫不及待，等待我的心上人，他出卖了世界，不愿听乐队唱歌

此刻，歌词在我的脑海里播放，像发烧了一样。我是一副受疾病驱使的躯壳。一个装满了凋零花朵的花瓶。

男孩们不住摇摆，他们总是能解决，我们能解决，从我脑海中出来，到门口，只是一个梦，我的一个小小的梦，只有我自己，我又一次情不自禁陷入爱河，又一次，孤身一人。

所有的歌曲到了最后都是摇篮曲，不是吗？它们存在的价值就是为了让我们进入长长的梦乡，嘴角挂着笑。门厅里的麻雀，舌尖上的雪花。我所见到的一切都是那么美，我所见到的一切都已结束。一个老头儿费力地跪在地上，为他的妻子系上鞋带，这几乎令我落泪。一个穿着背带裤的女孩在一辆停着的货车镜子前照着，描了一下眼线。一个骑着自行车的少年，把约莫一百份免费报纸丢进垃圾桶，听着耳机里的音乐说唱着骑车离开了。

听到一种"嘘""嘘"的声音，听到她在呼唤我的名字，我的名

字叫作"嘘",全世界都是"嘘""嘘"的声音,就像四尖子乐队。我情不自禁爱上你,没有人可以做到,让我活在你的魔咒里,因为你是我的

我想做个了断了。我已经围着特雷利克塔走了好几圈,突然之间,这似乎毫无意义。我想去那个地方去了,因为人们最后都会去往那里,对吗?完成收尾工作。去它的吧,让他们去死。反正我们最后都会迎来这个时刻。

继续。向前。(不要停,像时钟的针一样)不不不不……不要停。继续向前。像个影子,像飘飞的落叶。一路向前

下午三点零一分。我又冒着大雨来到伦敦一家被人遗忘的酒吧外。我为什么要写下这些文字?我会把它发给谁?某个随机的号码吧,也许。它又存在,又不存在,"薛定谔的短信"。我怎么能在走了这么远后还在奢求不可能实现的事?超越死亡地活着,被几百万对我毫无一丝了解的人爱戴。也许是迷失在音乐中太久了,在那里,魔法像水一样飞散,每一个裂缝中都开出花朵。

天堂是一个什么都不会发生的地方,是我们完整的心灵,是人间的一个地方,是一个什么都不会发生的地方

音乐。如果可以选择来生,我会选择成为音乐:透过车窗听到的一段歌声,电台主播滔滔不绝地说着。在舞池里缓缓升起的低音。哼

唱给小孩子的一段记不太清的歌。一段旋律，一个鼓点，一朵雪花落在地面上。管弦乐团调整的一个音，一个黑人女孩跳舞的节奏。一场像蒲公英般随风飘散的相思病。

一段第一次跳的舞蹈，一曲最后的华尔兹。

一声"啦啦啦"。

第十三章

我处在布兰登的时间里：一切都是如此之慢，然后是突然的能量释放。先是昏昏欲睡的地铁，然后是快速驶过的火车。机场的两个步骤：排队和问讯，问讯和排队。我坐在喧闹的乘客中，望着大屏幕上缓慢的倒数。如此多的家人，如此多的朋友。手机像情人一样被紧紧攥在手里：我马上就到了。我剩余的药丸和包装都在泰晤士河的淤泥里溶解、分解；上周在我身上留下的就只有那些残存在血液中的药物分子。我希望我能把自己洗刷干净，用新鲜的血液去拥抱新的世界。只要有人跟我说话，就让我心头一颤——"这个包是您自己打包吗，先生？""我可以看一下您的登机牌吗？"

我坐在一家咖啡厅中，点了一杯矿泉水。杰闯入喜鹊酒店拿回来的那盘磁带装在我裤子口袋里，鼓起了一个包，上面用胶带粘了一张字条："你是对的，老兄。电话底座里有内置的录音机，按动'7'键就会启动。不过我没时间听。"

迪克逊有一款录音机可以播放那个尺寸的磁带。我一买完录音机，就感觉把最后一些现金花完似乎是很有必要的，于是我又随意买了一些东西。一大摞花里胡哨的杂志——我也不会看。给罗宾买了一个攀爬机器人；给瑞买了香奈儿五号、味噌汤和伏特加、飞行袜。

通知里嘀嘀嘀的声音就像水刑一样。我走来走去，直到通知我到登机口，然后就是时间，是坐在陌生人中间漫长的等待，望着飞机的侧舱还有所有飞行所需的组织架构：机场送餐车、叽叽喳喳的空乘人员，还有穿着亮黄色反光布料衣服的地勤人员。我总是在想，可能——一定是——有什么东西出错了，因为这样的逃离不像是我能干出来的事。每一次地面工作人员检查他们的电脑屏幕，或者安保人员坐着巡逻车按着喇叭经过，又或者是一个警察——全副武装还佩着枪，仿佛这里是巴格达——执勤时，我都会想：我就知道，他们要把我扣下了。我偷偷地把两个手腕并拢，想象着冰冷的手铐无情的晃动，以及背上吃一警棍的感觉。

直到从飞机窗口望出去——简直是奇迹中的奇迹，城市在下面渐渐缩小：真实生活又变成了模型。我像上帝一样俯视着成了一个银色小圆环的泰晤士河这个伦敦的标志。鳗鱼派岛就在河流的一个拐弯处，在里士满公园对面。在那里，某些事，某个人，在下面的泥里逝去。

我向飞机上没有声音、没有时间概念、没有生活气息的状态投降了。任何电影，我都无法看进去超过十分钟，超过十分钟我就开始一头雾水。但是当我尝试入睡时，却梦到一个冰冷的黑色巨浪，有十层楼那么高，没有眼睛的海洋生物悬挂在崖壁上，还没有死。分钟变长，时钟变短，全部围绕着我展开。我看了看地图：一架玩具飞机被推着环游世界。饼干、冰淇淋、饮料、晚餐，这些都被我谢绝了。我一瓶接一瓶地喝水。每上一次卫生间，我都是在挥别几毫升自己的旧生命。

到了格陵兰岛某地的上空，我把磁带塞进录音机。我在揣列克塔的最后那个晚上，瑞曾经给我发来消息：你知道喜鹊酒店那部电话机吗？你有没有试过摁"7"键？

我在脑海中回想着那个语音提示："5 银，6 金，7，一个秘密闯入你的心。"

"我从来没摁过。可能就躲在眼皮子底下？"

"那将会非常符合布兰登的风格，你不觉得吗？"

咔嗒。"欢迎来到'7的秘密世界'，喜鹊寻踪酒店的特色服务。听到嘀的一声后，告诉我们一件您从未告诉过任何人的事。注意，将来会有客人听到这份录音，不过他们不会知道这是谁的秘密。"

嘀——

一个女声，我不认识。"我有一个三万六千英镑的小金库，我的家人对此一无所知。我再给他们最后一次机会，给他们该死的每一个人。再有一次，他们敢再不尊重我……"

咔嗒。"欢迎来到'7的秘密世界'，喜鹊寻踪酒店的特色服务。听到嘀的一声后，告诉我们一件您从未告诉过任何人的事。注意，将来会有客人听到这份录音，不过他们不会知道这是谁的秘密。"

嘀——

沉默不语。

咔嗒。"欢迎来到'7的秘密世界'，喜鹊寻踪酒店的特色服务。听到嘀的一声后，告诉我们一件您从未告诉过任何人的事。注意，将来会有客人听到这份录音，不过他们不会知道这是谁的秘密。"

嘀——

一个男声，可能是杰。这个声音让我想起他，不过没他口音那么重。

"我每天都要点上三支蜡烛。每一天,哥们儿。我穿上防刺背心,整理好头发,然后为杰米点上一支蜡烛,为杰西点上一支蜡烛,为可怜的我自己点上一支蜡烛。就是这样,满意了吧?"

咔嗒。"欢迎来到'7的秘密世界',喜鹊寻踪酒店的特色服务。听到嘀的一声后,告诉我们一件您从未告诉过任何人的事。注意,将来会有客人听到这份录音,不过他们不会知道这是谁的秘密。"

嘀——

一个男声,一个陌生人。"我不喝酒。只不过那家 AA 汽车协会酒店是唯一有人肯听我说话的地方。感谢聆听。"

咔嗒。"欢迎来到'7的秘密世界',喜鹊寻踪酒店的特色服务。听到嘀的一声后,告诉我们一件您从未告诉过任何人的事。注意,将来会有客人听到这份录音,不过他们不会知道这是谁的秘密。"

嘀——

一个男声,巴克斯特,准确无疑。"有时候,其实是很多时候,我真的,真的很讨厌音乐。讨厌到一秒钟都受不了了。唉!烦透了,真的。"

咔嗒。"欢迎来到'7的秘密世界',喜鹊寻踪酒店的特色服务。听到嘀的一声后,告诉我们一件您从未告诉过任何人的事。注意,将来会有客人听到这份录音,不过他们不会知道这是谁的秘密。"

嘀——

一个女声,我不认识的,背景音很嘈杂。"我不知道这是谁的聚会。我只是跟着大堂的一个人进来了。谢谢你的香槟,陌生人。"

咔嗒。"欢迎来到'7的秘密世界',喜鹊寻踪酒店的特色服务。听到嘀的一声后,告诉我们一件您从未告诉过任何人的事。注意,将来会有客人听到这份录音,不过他们不会知道这是谁的秘密。"

嘀——

布兰登的声音。从背景的噪声里判断,可能是和前一条录音同一天晚上录的。"……等一下宝贝儿,我正在这儿倾诉呢。好了。首先,冥王星,冥王星和卡戎[1]。冥王星是一颗……嗯……八十亿公里以外的行星,在那遥远、遥远的宇宙。卡戎是它的月亮。"

他听起来醉醺醺的。这个录音是他唯一喝多了后口齿不清的录音。

"行星和月亮。瑞和罗宾,他们是虚无边缘的两颗卫星。他们离太阳如此之远,它丝毫感受不到他们的引力。重要的是他们一起舞动的方式,两个人都围绕着某个空白的点运转着,永远面对面。他们被困在一个冷冰冰的华尔兹里。那么遥远、寒冷、黑暗,但是他们从不孤单。谁又需要处于万物的中心呢?"

一个声音打断他:一个女声,听不清楚。布兰登回答她。

"我是认真的,要是你敢当着我的面放拱廊之火[2]的唱片,我就叫酒店保安了。不信你试试。"

这里有一声长长的吸气声,可能是抽了一口烟,因为随后他的声音就慢了下来。

"不过当然了,这也不是什么秘密。那只是一种观察。那秘密呢?那是我将要去的地方。回到冥王星和卡戎,如果他们愿意接受我。回到太空深处,在那里,星星只是一个一个的小亮点,在那儿,我们围着自己转。我就要永远地回归了。直到此刻我才明白这就是我想要的。

---

1 卡戎(Charon),一般指冥卫一,矮行星冥王星中五颗已知天然卫星中最大的一颗。
2 拱廊之火(Arcade Fire),加拿大独立摇滚乐队。

再过……嗯……三天,我就要回归了。"

一口长长的烟吐出来的声音。咔嗒。

我醒来,看到金门大桥那两根巨大的金色手指矗立在雾蒙蒙的海上。黄昏中的旧金山像是在电影里一样,浸泡在余烬般的光线里。这微微的光,让我这个初来乍到这座城市的人感到了一种久别返家的感觉。我把喜鹊酒店的那盘磁带掰成两半,把里面的磁带条揉成一团,把空姐叫过来,对她说"请把这堆垃圾收走烧掉,多谢亲爱的"。飞机的轮子一接触地面,一阵电子音乐在整个飞机里响起,不一会儿,每一位乘客都拿起了电话。我在行李提取处磨蹭了一会儿,品尝着最后一点儿的清醒时刻,马上我就要再次迷失了。"他们不会来,他们不会来。"我什么都不需要申报:没有什么比这更真实的了。一个海关人员要求搜查我的行李,当我说我没有行李时,他很恼火。我一路低着头,走进灯火通明得有些刺眼的大厅,不去理会那些站在隔离防护屏后面期盼的人群:举着旗子的小孩,举着牌子的司机,还有捧着花束的爱人。"他们不会来,他们不会来。"

接着,一个小小的身影——一抹浓密的金发藏在一顶司机帽底下——从人群中冲出来,一双胳膊抱住了我的膝盖,一张脸紧紧地埋在我腿上。我弯下腰去拥抱他,仿佛这是世间最自然不过的事情。在他身后十步之遥,矜持地站着的,是她。

一开始我只能看到——快速地一扫而过——那充满睡意的笑容,如今第一次见到真容,像是初升的太阳。她的手放在罗宾头上,她轻声说着:"嘿,罗比,我们应该怎么说?"罗宾分开抱着我的手,退后几步,向我行了一个鞠躬礼,他的帽子都盖在眼睛上了。"您的车已备好……爸爸大人。"

此刻，我们中间没有隔着屏幕，瑞对我来说太……太难接受了，所以我一点儿一点儿偷偷看着她，让罗宾在中间做我们的桥梁——我们两个人的手都被罗宾握着，又接触到，又没有接触到；又聊着天，其实又没有聊天，因为我们都在跟罗宾说话，通过他对话。我偷眼瞧着瑞：皮肤上有一片雀斑，像鸟蛋的表皮，她双肩耸起来大笑着，仿佛有一条银线顺着她的后颈骨向下一直延伸到她扎着的头发中。现在没有了电脑扬声器，那个声音显得越发深沉，带着朴实的口音。即使是我们一起坐在后座的时候，她那无比珍贵的双手都一直搂着罗宾。之后我们换到了前排座位，我在她倒车时就看着她的眼睛和她嘴角流露出的专注。罗宾从后座探过身子，他的一头金发——一半是我的白色，一半是瑞的金色——狂野又热烈。一切都是如此明媚、如此真实、如此生动。罗宾讲了一个关于新翁布里奇的很长的故事，充满了技术术语和工程行话，让瑞惊讶地挑起了眉毛。从镜子里，我再次完完整整看到了她的脸，有那么一秒钟，她的手盖在了我的手上。我无法呼吸、躁动不安、心醉神迷。

我们在一个服务区停下来，罗宾尿急得不行，我和瑞坐在一条塑料长凳上，一阵小心翼翼的沉默。一只黑色的鸟，羽毛光滑，像是被精心擦亮了似的，在地上一个外带食品包装袋里啄着，瑞啃着指甲上的肉刺。

"你看。"她打开手机上一个页面，是《每日邮报》的主页，写着"英国摇滚歌手卷入桥上的恐怖凶杀案"。那个英国摇滚歌手指的是迪伦，不是布兰登——就连在他自己的谋杀里，他都是附属品。

"你应该看看推特。从黑帮袭击，到特效视频，说什么的都有。"

这正是我们想要的结果，我知道，但是在这儿，在混合着香味和柴油味的橘子林里,在她灰色的眼睛里,在州际公路上呼啸而过的车里,那个小小的身影从卫生间出来,像跳跳虎一样蹦蹦跳跳地回来了……此情此景,那件事根本不值一提。她迅速关掉页面,罗宾又牵起我们的手,把我们拽回到车里的暖意融融里。我们开着车稳稳地行驶在上坡路上,加利福尼亚的温暖包裹着我们。冷杉里藏着的一片片积雪闪闪发亮。我们从西边的小镇一路向上攀行,驶过一家家客栈、小餐馆,还有铁路沿线的小站和沉默不语的水塔。又到了上坡路,车窗开着,一阵阵刺骨的冷风吹进来,没有广播,没有音乐,只有罗宾的叽叽喳喳,还有湿乎乎的车胎碾过柏油路的声音。

群山高低起伏:石板黑、圣诞绿、屋顶上脏了的白雪。我们沿着一条弯弯曲曲的窄路驶入太浩城——其实应该算一个村庄,地势比较平坦,简简单单的。在一座像是原木小屋的房子外面,我们停了下来。房子是棕色和绿色的,整个底层都是车库。在这里,声音似乎被放大了:踩在冰上嘎吱嘎吱的脚步声,钥匙丁零当啷的响声仿佛是音响效果。他们的房子——一个全新的世界——像折纸一样在我身边铺展开来。罗宾在每间房子里蹿进蹿出,瑞就像一颗温暖的卫星环绕着我们俩,令我惊讶的是,她居然比我低一头,我之前没想到她这么"浓缩"。她就是一座灯塔。时差和奔波开始蔓延,把时间变成了脉冲,但是罗宾相当坚持:"你们必须现在就来看。"

我们踏进一个空间,太像我小时候的房间了,这让我心里一阵刺痛。每一面墙底部的三分之一都贴满了各式各样的海报和图表。家具被堆到一边,就连床都被挤到角落里。跟占满了屋子中间的模型相比,一切都成了附属品。

新翁布里奇建设得巨大而阔气:一方平坦的纯白区域,分成几百个几何平面,像一块太阳能电池板。他做的东西就藏在这下面。我和瑞坐在墙根的儿童座椅上,罗宾把我从希思罗机场给他买的机器人放了上去。他跟我要了吗?我都不记得了。屋子里充满了他叽里咕噜的说话声和他们俩之间的暖意。他说的每一句话,哪怕是说给我听的,也都通过瑞传递过来。他坐在我俩中间时,让我感觉瑞更近了,不再遥远,就像有一个力场把我们紧紧包住。

他拽了拽瑞的衣袖:"灯,妈妈。"

顷刻间,一片漆黑。我听到罗宾把机器人放到屋子中央的某个地方,然后又赶紧跑回来坐到我俩中间。他的呼吸声略有些粗重,和玩具机器人咯噔咯噔的声音融为一体。我把一只手放在他头上,看到一片光亮了起来。

在一片投影的景观里,机器人变成一个黑色的小块儿,它前行的步伐相当艰难。它缓慢地走过一个格子,再走过另一个,灯光在它身后亮起来,在房间的黑暗里仿佛拖着一条小尾巴。此刻,在第三个格子上,它身后的地面开始上升,地底下是隐藏的水力系统。桌子的边缘同时散发出昏暗的灯光。机器人继续向前走,光线旋转着,它每走一步,都会触动地底下的机关。新翁布里奇的城墙,有一些像屋子里的一样黑,有一些则是精美的镜面装置,从桌子里缓缓升起,在墙上投下阴影。屋子仿佛随着缓慢的变换轻颤起来:摩天大楼拔地而起又轰然倒塌,光秃秃的树木高耸入云又低入尘埃,灯光如雪花般飘落又堕入虚无。穿过这一切,那个孤独的小人儿不知疲倦地前进着。这个被周围的墙壁衬得矮矮的小机器人,有一种本初的特质:就像看恐怖电影一样,就算你知道它不是真的也丝毫不会影响观感。

它脚下的地面在液压系统的作用下上升,牵动着邻近的格子,组合出新的形状。整个区域全部展开:爬满藤蔓的墙,像铃铛般叮咚响的喷泉,画上去的商铺。机器人被抬升、旋转、换位、推倒,每走一步，中间的世界都随它重新组合变化。他是怎么做到的？

我伸手去摸罗宾的肩膀，他睡着了，在我胳膊上死沉死沉的。如此重，如此轻，如此真实，他嘴巴周围的皮肤干干的，玫瑰花蕾一样的耳朵后面被虫子咬了一个包，我们的手放在他头上，触碰但又不是触碰，只是同样的时间放在了同样的位置，此刻，谁还会奢求更多呢？夜晚的鸟鸣，机器人微弱的咯噔咯噔声，罗宾轻得像羽毛一样的呼吸声——小小的动人心魄的呼吸，还有新翁布里奇像花儿绽放般展开的声音。

机器人还在继续走着。峡谷开满了花朵，整个区域化为碎末。一盏盏灯亮了起来，直到整间屋子都沉浸在如水的灯光里。一个方格子下面藏着的弹簧让整个村庄的花都绽放开来，而城市的另一端花儿则悉数凋谢：一个个村庄像烟火、像蜉蝣。机器人此刻接近中央了，每走一步，它脚下的地面就缓缓抬升。现在整座城市变成了一个闪闪发光的塔庙，像一辆新车那么干净，只有中间一个孤独的小点在动。小人儿的发条快要走完了，每往前一步都异常艰难。在它走最后这几步路时，我感到瑞的手紧紧攥着我的手。

走到中间，它停下来了，最后一步下脚前似乎还犹豫了一下。终于，瑞在我身边，我们中间没有任何阻隔——没有屏幕、没有中间人，也没有遥控，我们同步呼吸着，她的手被我紧紧攥在手里。只见机器人摇摇晃晃，它脚下的小方块升起来，倾斜，把它送上一个旋梯。四周的高墙伴随着它升腾，越来越高，到了顶端，在那里，它等着一记击打、一个永恒。紧接着，它前面的地面张开怀抱，然后，和我在泰晤士河被扔下去又吊起来同样的方式，它倾斜，坠落。机器人掉落时，被一个有金银丝线装饰的透明尖塔覆盖着。它颤抖着落入指定地点，灯光齐刷刷地照着它的侧面，它让光线四散开来，细小的尘埃缓缓落下，如雪花飘落，墙面因此而微微颤动。

瑞全神贯注，脸红扑扑的，焕发着由内而外的光彩。她的脸上坚毅和暗影交织，她的嘴唇没有任何感情倾向，像吐出一股烟那么轻，她说道："我们走？"

我把罗宾扛在肩上。他像个暖烘烘的小烤箱，被我笨拙地抓在手中。我抱着他沿着走廊朝他的房间走去。每扇窗户都展示着一幅雪景，像一排圣诞贺卡一样。

我把他放在角落里的床上，把他的头发从眼睛上拨开。他长叹了一声，翻了个身背对着我。我在那儿坐了一会儿，听着他的呼吸，望着他微微颤动的眼皮，还有他脖子上突突搏动的颈动脉。

我回到卧室时，瑞把那个透明尖顶放了回去，坐在屋子中间。墙壁沐浴在碎金子般的灯光里：时而变成钻石，时而变成月牙，时而变成曳光弹。她盘腿坐在床上，光影给她身上投下花纹。我小心翼翼地坐在她身边，老式的弹簧床垫使得她朝我这边倾斜过来。

"他睡了吗？"

"纹丝不动。"

他。现在的罗宾。他是我的，我们的。

这些天我与太阳一同起床，我也无法控制。即使窗帘拉得严严实实，太阳仍然能从缝隙间挤进来呼唤我起床。我起来了，我起来了，我浑身紧绷，嗡嗡作响，像吉他的一根弦，同时，我的脚轻轻打着听不到声音的节拍。

128拍，808底鼓，第3拍和第4拍时拍手

我做了一杯咖啡，坐在门廊上。这里几乎一到夜里就下雪，仿佛是某项市政服务似的。每天早上，我都在一个崭新的世界中醒来。在接下来的几个小时里，我们三个将会在这张白纸上度过我们草草写就的一些人生篇章。一组轮胎印和一溜儿细小的脚印盖住了我的脚印。链锯将随着冰锥掉落的音乐，隔着山谷彼此呼唤。但是此刻，就只有我和鸟儿们。

先知五号，琶音器，滤波器保持开启状态

我感到激动、躁动、涌动，但是一股缓缓的潮水让我恢复了平静。是我的弟弟。那轮幽暗的月亮和他倒退的轨道：像是卡戎之于我这颗冥王星。最终，不知不觉间，他给了我在这个弯曲的世界直行所需的一切。

滤波器关闭，基本音律动

我在门廊上把身子向后仰着探到外面，刚好让缓缓飘落的雪花轻轻落在我的头发上、脸上、舌头上，直到我的脸上全部湿了，像刚刚哭过一样。我探出身子，在家和深渊之间达到了平衡。我在那里游啊游——冷风、黑水，还有墓地般的寂静，然后我直起身子，抹掉脸上的雪，进屋去叫家人起床。

致　谢

首先也是最后，感谢安妮莎，直到永远。

感谢塔里克·戈达德既做我的指路明灯也时时警示我。还要感谢威尔·弗朗西斯，感谢他迅速对这本书表现出的坚定热情。

感谢约翰尼·道克斯、朱莉·克拉克，还有卡特里奥纳·沃德，他们认真阅读了早期不成熟的几稿，以及 Repeter 出版社的乔什和瑞恩对后来几稿的编辑工作。

格莱米·韦伯为这本书绘制了精美的封面，沃特金斯的乔治安娜在长期烦琐的讨论中把我的设计理念付诸实际。里克·霍恩比为这本书的音乐骨架填上了丰满的血肉——如果他是遥/控乐队的一员，那乐队将会无比强大。

感谢乐队的几位伙伴——布雷特、西蒙、理查德和尼尔，感谢你们让我生命中每一天的音乐日常都充满魔力（以及让一个贝斯手的工作无比充实）。

还要感谢我的弟弟——理查德，感谢他一路上给予的诸多建议和鼓励。

最后，感谢米卡和洛里恩，感谢他们对双胞胎关系中潜在危害的孜孜不倦的研究。